ANDREA RUSSO

DER SÜßE *Himmel* DER SCHWESTERN LINDHOLM

Roman

Rowohlt Taschenbuch Verlag

Originalausgabe
Veröffentlicht im Rowohlt Taschenbuch Verlag,
Hamburg, Januar 2022
Copyright © 2022 by Rowohlt Verlag GmbH, Hamburg
Covergestaltung Cordula Schmidt Design, Hamburg
Coverabbildung Design Cuts Ltd; Cordula Schmidt
Satz aus der Quadraat Pro
bei Pinkuin Satz und Datentechnik, Berlin
Druck und Bindung CPI books GmbH, Leck, Germany
ISBN 978-3-499-00401-8

Die Rowohlt Verlage haben sich zu einer nachhaltigen Buchproduktion
verpflichtet. Gemeinsam mit unseren Partnern und Lieferanten setzen
wir uns für eine klimaneutrale Buchproduktion ein, die den Erwerb von
Klimazertifikaten zur Kompensation des CO_2-Ausstoßes einschließt.
www.klimaneutralerverlag.de

MIX
Papier aus verantwor-
tungsvollen Quellen
FSC® C083411

Die schwedischen Gebäck-
spezialitäten im «Süßen Himmel
der Schwestern Lindholm»:

VANILJHJÄRTAN:

Zartes Mürbeteiggebäck in Herzform mit einer
Füllung aus Vanillecreme.

WIENERBRÖD:

Fluffiges Plundergebäck aus Hefeteig, das mit viel
Butter gebacken wird. In die Mitte gehört ein Klecks
Vanillepudding und darauf nach Belieben Früchte.

KARDEMUMMABULLAR:

Hefeteig, zu einem Knoten geflochten, mit einer
Füllung aus Kardamom, Zucker und Butter.

KANELBULLAR:

Hefeteig, zur Schnecke gerollt, mit einer Füllung
aus Zucker, Zimt und Butter.
Zimt war früher sehr teuer, die Schnecken aus
Hefeteig gab es aber schon in den 30er Jahren.
Richtig beliebt wurden sie in den 50er Jahren, als
Zimt nicht mehr unerschwinglich war.

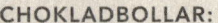

CHOKLADBOLLAR:
Kleine Kugeln aus Haferflocken, Kakao, Butter und Espresso, die in Kokosflocken gerollt werden. In Schweden gibt es sie in fast jedem Café.

MAZARINER:
Kleine Törtchen in Muffingröße in einer Hülle aus Mürbeteig und einer buttrig-cremigen Mandelfüllung.

KLADDKAKA:
Ein Schokoladenkuchen mit viel Kakao, der nicht zu lang gebacken werden darf, damit er schön klebrig bleibt.

DAMMSUGARE:
Kleine süße Nascherei aus Kuchen oder Keksresten, die mit Butter und Alkohol zu kleinen Punsch-röllchen geformt und mit grün gefärbtem Marzipan überzogen werden.

SEMLOR:
Süße Hefebrötchen, die mit einer Marzipan-Creme gefüllt werden. In Schweden wurden sie ursprüng-lich vor der Fastenzeit gegessen.

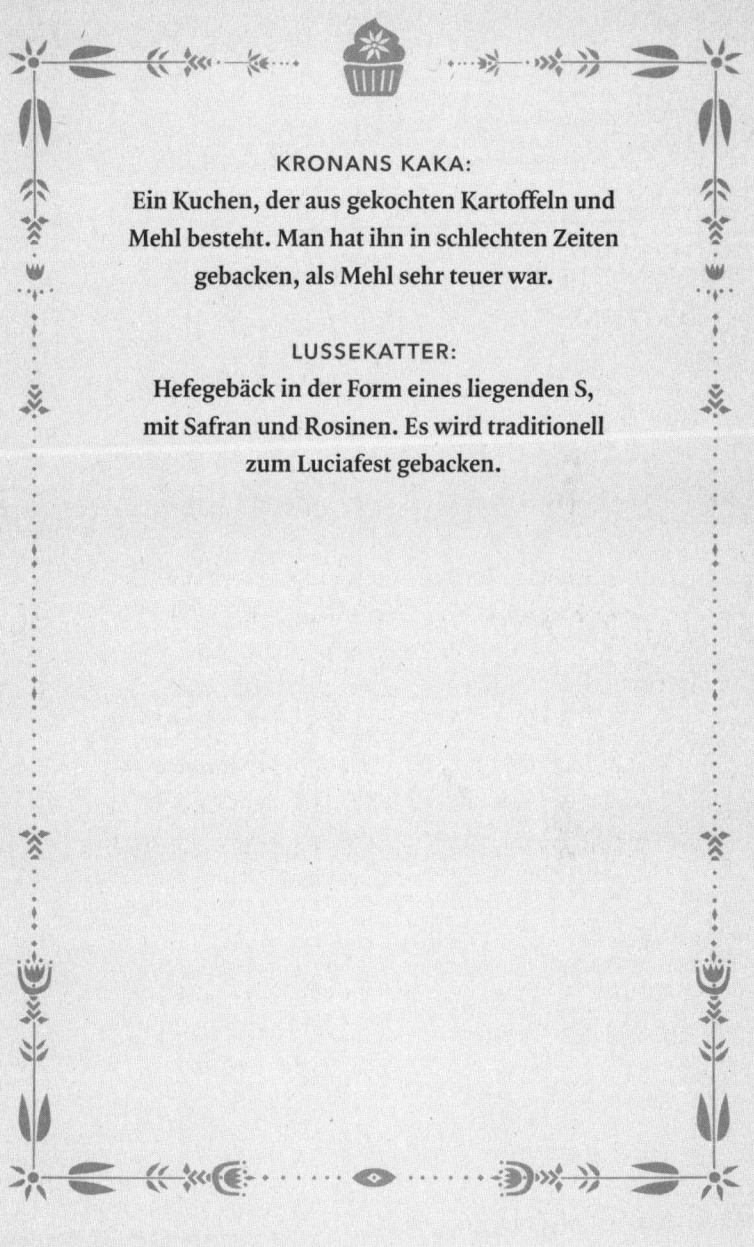

KRONANS KAKA:

Ein Kuchen, der aus gekochten Kartoffeln und Mehl besteht. Man hat ihn in schlechten Zeiten gebacken, als Mehl sehr teuer war.

LUSSEKATTER:

Hefegebäck in der Form eines liegenden S, mit Safran und Rosinen. Es wird traditionell zum Luciafest gebacken.

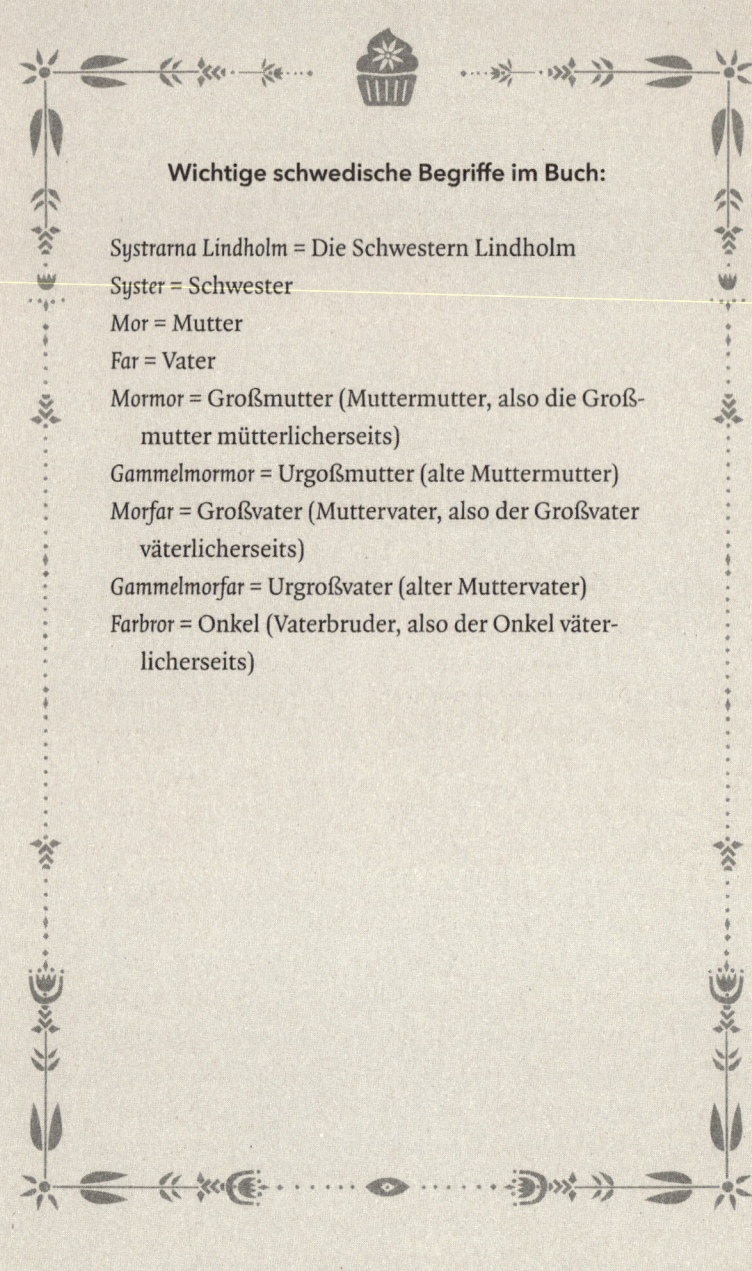

Wichtige schwedische Begriffe im Buch:

Systrarna Lindholm = Die Schwestern Lindholm

Syster = Schwester

Mor = Mutter

Far = Vater

Mormor = Großmutter (Muttermutter, also die Großmutter mütterlicherseits)

Gammelmormor = Urgoßmutter (alte Muttermutter)

Morfar = Großvater (Muttervater, also der Großvater
väterlicherseits)

Gammelmorfar = Urgroßvater (alter Muttervater)

Farbror = Onkel (Vaterbruder, also der Onkel väterlicherseits)

1

Juni 2020

Britt

Der herbe Duft von frischem Brot hing in der Backstube. Er vermischte sich mit dem der traditionellen schwedischen Vaniljhjärtan, die eine der Konditorinnen in diesem Moment auf dem Blech aus dem Ofen zog. Britt warf einen kurzen Blick auf die Vanilleherzen und nickte zufrieden. Die Teigdeckel der mürben Gebäckstücke hatten sich in der Mitte leicht nach oben gewölbt und waren nur an den Rändern gebräunt, die Herzen sahen perfekt aus. Nun mussten sie einen Moment abkühlen, bevor sie vorsichtig aus den Förmchen gelöst und mit Puderzucker bestäubt werden konnten. Kurz darauf würden sie schon verkauft sein. Sie war sich sicher, dass am Ende des Tages keines mehr in der Auslage der Verkaufstheke liegen würde.

Die kleinen Gebäckteilchen mit der aromatischen Cremefüllung gehörten zu den absoluten Lieblingen der Gäste. Seit über achtzig Jahren wurden sie nach demselben Rezept gebacken, das eine besondere Bedeutung für die Familie hatte. Die süßen Herzen waren die Lieblingsleckerei ihrer Oma Ingrid gewesen, die sich stets wie im Himmel fühlte, wenn sie eins der Herzen auf der Zunge zergehen ließ. So war das Café damals zu seinem Namen gekommen: Söta Himlen – Süßer Himmel.

Britt hingegen mochte es auch mal herzhaft und freute sich auf die Scheibe Roggenbrot, großzügig mit Butter bestrichen und mit einer Prise Meersalz bestreut. Heute war so viel zu tun gewesen, dass sie ihre Pause ausfallen lassen und bis auf das Frühstück den ganzen Tag noch nichts gegessen hatte.

«Danke», sagte sie, als Camilla ihr den Teller mit dem noch lauwarmen Brot reichte. Der köstliche Duft ließ ihr das Wasser im Munde zusammenlaufen und weckte alte Kindheitserinnerungen. «So habe ich es früher schon am liebsten gemocht.»

«Für mich konnte das Brot auch nie dick genug geschnitten sein, besonders wenn es ganz frisch gebacken war. Und so ist das auch heute noch. Wurst oder Käse brauche ich dann gar nicht dazu.» Camillas Augen strahlten, und ihre Wangen glühten von der Hitze in der Backstube. «Ich habe etwas Kümmel und Fenchelsamen mit eingebacken. Sag Bescheid, wenn dir der Geschmack zu intensiv ist.»

Britt hielt den Teller etwas höher und schnupperte daran.

«Es riecht himmlisch. Und ich bin mir sicher, dass es auch genauso schmeckt!» Nicht umsonst arbeitete Camilla nun schon seit knapp dreißig Jahren im Söta Himlen, ihre Backkünste waren einmalig. Nach der Ausbildung als Konditorin in der Backstube hatte Britts Mutter sie fest eingestellt. Seitdem war Camilla dem Café treu geblieben. Britt schätzte sie nicht nur als Konditorin. Über die Jahre hatte sich eine tiefe Freundschaft zwischen den beiden entwickelt, gemeinsam hatten sie schon den einen oder anderen Schicksalsschlag gemeistert. Sie lächelte ihre Freundin an. «Danke, Camilla. Ich werde es draußen genießen – ganz in Ruhe.»

Britt nahm den Seitenausgang und ging hinter den Birken neben dem Gartencafé entlang, vorbei an den Tischen, die mit hübschen rot-weiß karierten Tüchern eingedeckt waren. Obwohl sie offiziell nur noch zwanzig Minuten geöffnet hatten, war das Gartencafé noch immer sehr gut besucht, alle Plätze waren belegt. Sogar auf der Wiese vor dem neuen Anbau hatten es sich zwei junge Frauen bequem gemacht. Sie saßen im Schneidersitz im Gras, den Rücken an die rot gestrichene Holzwand gelehnt, und tranken Kaffee. Ihre Teller hatten sie auf den Beinen abgestellt. Für richtige Tische ist der schmale Streifen zu schmal, aber vielleicht sollten wir doch ein paar bequeme Sitzkissen anschaffen, überlegte Britt. Ihre Tochter Elin hatte es vorgeschlagen, weil auch schon am letzten Wochenende einige Gäste mit einem Platz auf dem Boden zufrieden gewesen waren.

Ja, das machen wir, entschied Britt. Das würde die ungezwungene Atmosphäre, für die das Café bekannt war, sogar noch unterstreichen. Sie nahm sich vor, Elin später zu bitten, sich darum zu kümmern. Jetzt aber wollte sie erst einmal ihre wohlverdiente Pause genießen.

Die Bank gleich neben dem großen Kräuterbeet gehörte zu ihren Lieblingsplätzen. Für die Gäste war das kleine Fleckchen nicht zugänglich, ein Gartenzaun aus Holz grenzte es vom Rest des Cafés ab. Ein wenig Privatsphäre musste sein.

Sie drückte das Tor auf, atmete tief den würzigen Duft von Thymian, Lavendel und Rosmarin ein, ließ ihre schmerzenden Schultern kreisen und schaute über das Meer. Von hier hatte man einen herrlichen Blick darauf. Das Licht der Abendsonne, die bald hinter dem Kullaberg untergehen würde, ließ die Oberfläche des dunklen Wassers silbrig glitzern. Nur ein paar hundert Meter hinter dem Abhang rollten die Wellen beständig auf das steinige Ufer zu. Wenn sie sich darauf konzentrierte, hörte sie sie rauschen. Heute gelang ihr das jedoch nicht. Das laute Lachen eines Mannes drang zu ihr, gefolgt vom Kichern einer Frau.

Es würde noch eine Weile dauern, bis es still wurde im Café. Seit jeher war der Süße Himmel ein Ort, an dem man sich wohlfühlte. Die Gäste kamen nicht von selbst darauf, sich auf den

Weg nach Hause oder in ihre Ferienunterkunft zu begeben. Sie mussten in der Regel darauf hingewiesen werden, dass um siebzehn Uhr dreißig geschlossen wurde. Und wie jeden Abend wurde es fast sieben, bis der letzte Gast sich verabschiedete. So war es schon immer gewesen.

Britt setzte sich, legte ihr Beine auf den kleinen Hocker vor der Bank und biss in die Schnitte, auf der die Butter mittlerweile etwas zerlaufen war.

Auf Camilla war Verlass. Das Brot schmeckte, wie nicht anders erwartet, wundervoll. Es hatte eine krosse Kruste, eine weiche Krume und die perfekte Porung. Fenchel und Kümmel sorgten für etwas Würze, blieben aber dezent im Hintergrund. Sie verputzte es bis auf den letzten Krümel, stellte den Teller auf den Boden, lehnte sich zufrieden zurück und schloss die Augen. Ein paar Minuten nur für mich, dachte sie, eine kleine Auszeit für die Seele.

Doch in den Genuss kam sie nicht lang. Elin beendete ihre Pause.

«Mama! Bist du da?», rief sie.

Ihre Stimme klang etwas höher als sonst, ein unverkennbares Zeichen dafür, dass sie gereizt war.

Aus dem Café kommend, konnte man nicht sehen, ob jemand auf der Bank saß. Britt hatte als Sichtschutz eine Kirschlorbeerhecke gepflanzt, damit man darin die Arbeit für einen Moment komplett vergessen und abschalten konnte.

«Erwischt!», sagte sie laut zu sich selbst, stand auf und verfolgte lächelnd, wie Elin mit schnellen Schritten durch den Garten auf sie zulief. Sie trug, genau wie Britt und auch die anderen Mitarbeiterinnen, eine weiße Bluse, darüber eine rote mit Margeriten bestickte Weste, einen weit schwingenden Rock im gleichen Rotton und eine cremefarbene Schürze.

Vor dem Gartentor blieb Elin stehen und stützte die Hände auf die Hüften.

Obwohl sie mit ihren sechsundzwanzig Jahren längst erwachsen war, erinnerte sie Britt in diesem Moment an das kleine Mädchen, das sie früher gewesen war. Das lag daran, dass ihre Tochter voller Energie und manchmal ein wenig trotzig war – besonders wenn andere oder sie selbst ungerecht behandelt wurden. Dass irgendwas passiert war, stand Elin ins Gesicht geschrieben. Die steile Falte zwischen ihren Augen war unverkennbar.

«Was ist los?», fragte Britt.

«Mormor Astrid ist da! Und natürlich hat sie sofort die Lachs-Schnitten auf der neuen Speisekarte entdeckt», antwortete Elin. «Ich hatte einen Entwurf ausgedruckt und im Ausgabefach des Druckers vergessen. Mormor hat ihn prompt gefunden. Ich wusste nicht, dass sie heute schon wieder kommt, sonst hätte ich besser aufgepasst. Was macht sie überhaupt hier? Sie war doch gestern erst da.» Elin atmete tief ein und wieder aus. «Ist ja auch egal, jetzt ist es eh zu spät. Klärst du das vielleicht, Mama? Ich habe keine Lust, mich wieder mit ihr zu streiten.»

Britt war klar gewesen, dass ihre Mutter von der Erweiterung der Speisekarte nicht begeistert sein würde. Aber in diesem Fall war sie Elins Anregung gefolgt, weil sie es wichtig fand, dass Elin eigene Entscheidungen treffen konnte. Deswegen hatte sie vorab nicht mit der Mutter darüber gesprochen. Sie seufzte und bückte sich nach dem Teller.

«Tut mir leid, Mama, eigentlich hätte ich damit auch warten können, bis du dich etwas ausgeruht hast.» Elins Stimme klang nun weicher. «Ist wieder sehr viel los heute.»

«Alles gut», erklärte Britt. «Später habe ich noch genug Zeit, um die Beine hochzulegen. Es konnte ja niemand wissen, dass Oma heute noch kommt.»

«Als hätte sie es gerochen!» Ihre Tochter lächelte verschwörerisch. «Hat sie vielleicht auch. Das Brot riecht köstlich.»

«Sie braucht eben ihre Zeit, bis sie sich an Neues gewöhnt», sagte Britt, während sie nebeneinander auf das Haus zugingen. «Du weißt doch, wie sie ist.»

«Klar weiß ich das. Aber du hättest eben mal erleben sollen, wie sie Camilla rundgemacht hat. Das ging so was von gar nicht!» Elin schüttelte den Kopf. «Die Arme wäre bestimmt in ein metertiefes Loch gesprungen, wenn sich eins vor ihr aufgetan hätte, nur um Oma zu entkommen. Dabei kann Milla doch gar nichts dafür. Sie hat das Brot nur gebacken, weil wir ihr das gesagt haben. Das weiß Oma doch. Ich habe gerade an Tisch zwei bedient, als das Gezeter losging. Durch das geöffnete Fenster konnte man jedes Wort hören. Das war mir echt peinlich vor den Gästen. Ich bin sofort rein und habe versucht, Oma zu beruhigen, aber das hat alles nur noch schlimmer gemacht. Sie ist stinksauer.»

Britt hakte sich bei ihrer Tochter unter. «Gemeinsam werden wir den Tiger schon bändigen ... obwohl Löwin es wohl besser trifft. Deine Oma hat ihre Familie immer beschützt, und da gehört das Söta Himlen nun mal dazu. Du weißt doch, was beim Brotbacken mit dem Backofen passiert ist. Damals hat sich deine Urgroßmutter vorgenommen, die Bäckerei ganz aufzugeben und sich nur noch auf die süßen Sachen zu konzentrieren ...»

«Ja, natürlich, aber das ist jetzt mittlerweile achtzig Jahre her, außerdem verkaufen wir ja keine Brotlaibe, sondern bieten es als kleine herzhafte Mahlzeit an. Davon mal ganz abgesehen, leben Löwinnen mit anderen Weibchen gleichberechtigt im Rudel», entgegnete Elin. «Eine Alpha-Wölfin, das ist sie. Oma Astrid akzeptiert niemanden neben sich, hat sie doch noch nie, wenn es um das Café geht. Außerdem muss sie das Söta Himlen vor uns nicht beschützen. Es bedeutet uns doch genauso viel wie ihr.»

Das stimmte so nicht ganz. Ihre Mutter hatte seit jeher die Belange des Cafés vor die eigenen Bedürfnisse und auch vor die ihrer Familie gestellt. Bei Britt kam das Café erst an zweiter Stelle, die Familie ging vor. Aber um solche grundsätzlichen Dinge ging es im Moment nicht, sondern nur um eine kleine Änderung auf der Speisekarte. «Oma wird sich daran gewöhnen», bekräftigte Britt noch einmal. «Warte mal ab, spätestens wenn sie das Brot selbst probiert hat, wird sie wahrscheinlich sogar begeistert sein.»

Aber das überzeugte Elin nicht. «Sie ist einundachtzig – ich verstehe ja, dass sie am Café hängt, und finde es schön, wenn sie hin und wieder vorbeikommt. Aber ihre generalstabsmäßigen Kontrollen, die müssen aufhören. Und sie sollte endlich einsehen, dass wir beide sehr wohl in der Lage sind, das Café ohne sie zu führen. Weißt du noch, was sie für einen Aufstand gemacht hat, als wir die Kardemummabullar neu auf der Karte hatten? Die wollte sie anfangs auch nicht. Dabei kommen sie bei unseren Gästen so gut an.» Sie schnaufte. «Und mittlerweile tut sie so, als wäre das ihre Idee gewesen.»

Britt musste lachen und blieb stehen. «Ach, Elin …»

Die hübschen grünen Augen ihrer Tochter funkelten. «Was? Lustig finde ich das nicht!»

Den Gedanken, dass ihre Mutter und ihre Tochter sich ungemein ähnlich waren, behielt Britt für sich. Stattdessen sagte sie: «Ich freue mich einfach darüber, mit welchem Eifer du dich für das Café einsetzt.»

Doch Elin hatte sie durchschaut. Skeptisch zog sie die Augenbrauen hoch. «Das sagst du über Oma auch immer. Vergiss es, Mama, ich bin nicht wie sie. Ich lasse andere Meinungen gelten.» Sie deutete mit dem Kopf zum alten Kastanienbaum, unter dem der größte der Tische im Gartencafé stand. Dort konnten zehn Personen sitzen. Er war für kleinere Gesellschaften oder Feiern gedacht, aber wenn es keine gab, fanden sich dort Gäste zusammen, die sich vorher noch nie gesehen hatten. Wenn sie das Café verließen, waren sie sich nicht mehr fremd. Über die süßen Köstlichkeiten auf ihren Tellern kamen sie immer ins Gespräch.

Britt erspähte ihre Mutter sofort. Ihr immer noch volles, schneeweiße Haar, das sie zu einem losen Dutt hochgesteckt hatte, fiel sofort auf. Sie stand am Tisch bei einigen Gästen. Obwohl sie in den letzten Jahren um ganze drei Zentimeter geschrumpft war, wie sie gern betonte, war sie immer noch einen Meter siebzig groß und hatte eine erstaunlich aufrechte Haltung.

«Sie unterhält sich», stellte Britt fest. «Das kann dauern, lass uns später mit ihr reden.»

«Uns?» Elin schüttelte den Kopf. «Mach du das lieber.»

«Wie du meinst, aber vorher schau ich noch mal kurz nach Camilla. Kommst du so lang allein klar?»

«Klar.» Elin sah auf ihre Armbanduhr. «Gleich halb. Ich bereite die Gäste langsam darauf vor, dass wir demnächst schließen, und nehme die letzten Bestellungen auf.»

Britt sah ihrer Tochter nach. Ein «Langsam» existierte für Elin nicht – auch da war sie ganz wie ihre Oma Astrid. Elin ging nicht, sie flitzte, und Britt wollte nicht wissen, wie viele Kilometer ihre Tochter am Ende jeden Tages zurückgelegt hatte. Sie beobachtete, wie Elin an einem der Tische stehen blieb. Obwohl ihre Tochter ihr nun leicht den Rücken zugedreht hatte, wusste Britt, dass sie lächelte, denn Groll, egal, woher er kam, hatte bei den Gästen nichts verloren. Ihr Haar hatte Elin heute im Nacken zu einem Zopf gebunden. Der warme goldene Schimmer erinnerte Britt an Honig. Den Farbton hatte ihre Tochter von der Oma geerbt.

Als Britt auf dem Weg zurück zum Haus in einigem Abstand an ihrer Mutter vorbeiging, konnte sie ihren Blick förmlich spüren. Sie winkte ihr, und eine plötzliche Dankbarkeit erfasste sie – dafür, dass ihre Mutter noch gesund war und sich in all den Jahren nicht hatte unterkriegen lassen. Sie war gewiss kein einfacher Mensch, aber sie hatte es auch nicht leicht gehabt. Und obwohl Britt sich manchmal gewünscht hatte, ihre Mutter hätte sich hin und wieder mehr Zeit für die Familie genommen, so wusste sie doch, dass es den Süßen Himmel dann längst nicht mehr geben würde.

Britt betrat die Backstube. Die Öfen liefen immer noch auf Hochtouren. Einige Kuchen für den nächsten Tag wurden schon gebacken, Tortenböden vorbereitet, sodass sie nach Bedarf nur noch gefüllt oder belegt werden mussten. Die letzten Bestellungen zum Mitnehmen wurden verpackt, während eine der Mitarbeiterinnen bereits die Backutensilien säuberte, die heute nicht mehr benötigt wurden.

Kurz vor Feierabend war im Café erfahrungsgemäß am meisten zu tun. Ihre Mutter hätte sich keinen schlechteren Zeitpunkt für ihre Stippvisite aussuchen können, und das wusste sie auch, schließlich hatte sie fast ihr ganzes Leben hier gearbeitet. Britt runzelte die Stirn. Ungewöhnlich, dass Mama ausgerechnet um diese Uhrzeit hier aufgetaucht ist, dachte sie, das machte sie doch aus genau diesem Grund sonst nicht. Sie schaute zu ihrer Freundin, die mit einem Teigklumpen in den Händen durch die Backstube auf sie zukam. «War meine Mutter sehr schlimm?»

Camilla ließ den Teig in die Schüssel plumpsen, die direkt

neben Britt auf dem Tisch stand, stäubte etwas Mehl darüber und lächelte breit. «Ja. Aber deine Tochter hat mich verteidigt wie eine Löwin ihr Junges.»

Den Vergleich hatten wir heute schon mal, dachte Britt. «Die beiden sind sich sehr ähnlich.»

«Das stimmt, Elin steht deiner Mutter in nichts nach. Aber ich finde das gut. Sie kann sich behaupten. Du hast sie zu einer sehr selbstbewussten jungen Frau erzogen, die weiß, was sie will. Du kennst mich ja. Es ist nicht so, als würde ich mich nicht selbst wehren, wenn es darauf ankommt – normalerweise. Aber deine Mutter hat irgendwas an sich, dass ich automatisch ein schlechtes Gewissen bekomme, sobald sie den Raum betritt, auch wenn ich gar nichts angestellt habe. Und wenn sie dann tatsächlich loslegt, fühle ich mich wie ein kleines Kind, das auf frischer Tat ertappt wurde – obwohl ich mittlerweile fünfzig bin.» Sie schob eine ihrer braunen kurzen Locken, die sich gelöst hatte, unter die weiße Backmütze. «Es war doch klar, dass sie erst einmal skeptisch sein würde, wie bei allem Neuen. So ist deine Mutter eben. Sie wird sich schon daran gewöhnen.»

«Das denke ich auch. Lass sie das Brot erst einmal probieren, dann wird sie ihre Meinung ändern. Es schmeckt köstlich. Wenn es nach mir ginge, würde ich es auch ohne Belag anbieten: eine Scheibe frisch gebackenes Brot, Butter, Salz.»

«Mach doch.»

Britt nickte. «Ich sage Elin, sie soll es mit auf die Karte setzen.»

«Das finde ich gut.» Ein kleines Lächeln umspielte Camillas Lippen. «Wir wissen doch beide, dass es deiner Mutter nicht um das Brot geht. Es spricht nichts dagegen, unseren Gästen auch ein paar herzhafte Kleinigkeiten anzubieten. Sie braucht einfach das Gefühl, hier immer noch die Entscheidungen zu treffen.»

«Für Elin ist es allerdings wichtig, sie nicht immer fragen zu müssen, wenn sie etwas ändern möchte. Mir macht es nichts aus, meine Mutter mit einzubeziehen. Das liegt wahrscheinlich daran, dass es mein ganzes Leben lang schon so war», erwiderte Britt. «Aber ich bin froh, dass Elin sich letztes Jahr dazu entschieden hat, das Café mit mir gemeinsam zu führen. Sie bringt jede Menge frischen Wind rein, und ich werde sie bestimmt nicht bremsen.» Sie sah aus dem Fenster. Ihre Mutter stand noch immer unter der Kastanie und unterhielt sich mit den Gästen. «Es wird Zeit, das ein für alle Mal zu klären.»

Camilla deutete mit dem Kopf hinter sich. «Das Brot liegt auf dem großen Holzbrett, die Feigensoße und ein paar gekochte Eier findest du daneben. Der Lachs ist im Kühlschrank. Viel Glück!»

Ein paar Minuten später verließ Britt mit einem appetitlich angerichteten Teller die Backstube. Der Fisch stammte vom Fischhändler Itzigehl in Höganäs, der eine eigene Räucherei betrieb. Von dort würden sie auch die Krabben für das Räksmörgås beziehen. Krabbenbrot, Lachsbrot und Butterbrot, die drei kleinen herzhaften Gerichte würden die Speisekarte aufwerten, da war Britt sich sicher. Ganz bewusst hatten sie auch hierbei nur regionale Produkte ausgewählt. Der Käse, den sie mit auf die Karte setzen wollten, wurde in einer Hofmolkerei in der Nähe produziert. Von dort bezogen sie auch Milch, Sahne und andere Molkereiprodukte, die sie brauchten.

Ihre Mutter war mittlerweile ein paar Tische weitergewandert. Wenn sie im Café war, ließ sie es sich nicht nehmen, mit möglichst vielen Gästen zu plauschen. Dabei verstand sie es wie niemand sonst, ihnen das Gefühl zu geben, willkommen zu sein. Doch eigentlich tat sie das für sich selbst. Camilla hat recht, schoss es Britt durch den Kopf, der Gedanke, die Zügel

immer noch in der Hand zu halten und nicht auf dem Abstell-
gleis gelandet zu sein, hält Mama jung. Ihr stolzes Alter sah man
ihr nicht an. Erst auf den zweiten Blick entdeckte man die vielen
kleinen Falten, die ihr Gesicht zierten und an das anstrengende,
aber schöne Leben erinnerten, das sie geführt hatte, wie sie
selbst immer gern betonte. Wenn man mit ihr sprach, wurde
man sofort von ihren wachen strahlend blauen Augen in den
Bann gezogen. Trug sie, so wie heute, enge schwarze Capri-
Hosen, dazu ein schlichtes schwarzes Shirt mit U-Boot-Aus-
schnitt und ihre überdimensional große Stoffschultertasche in
der Farbe ihrer Augen, ging sie glatt für zehn Jahre jünger durch.

Britt setze sich an einen frei gewordenen Tisch und wartete.

«Hallo Schatz.» Ihre Mutter drückte ihr einen leichten Kuss
auf die Wange. Wie immer stieg Britt dabei der Duft ihres angenehm blumigen Parfums in die Nase.

«Hallo Mama.» Sie fackelte nicht lang, schaute sie fest an und
schob ihr den Teller hin. «Koste.»

Doch überraschenderweise sagte die Mutter: «Elins Idee,
nehme ich an. Du musst mich nicht davon überzeugen, dass
es schmeckt. Ich bin sicher, dass es lecker ist. Wenn Camilla
eins kann, dann backen. Ich verstehe nur nicht, warum im Vor-
feld niemand mit mir darüber gesprochen hat und ich immer
vor vollendete Tatsachen gestellt werde. Aber lassen wir das
jetzt ...» Sie schwieg einen Moment, bevor sie erklärte: «Wir
haben andere Probleme.»

Die kleine bedeutungsvolle Pause und der etwas leisere Tonfall, den die Mutter anschlug, bedeuteten nichts Gutes. «Was ist
passiert?»

Die Mutter griff in ihre Tasche und legte einen Briefumschlag
im DIN-A4-Format auf den Tisch. «Der kam heute bei mir an.
Von einer Julia Spielberg – aus Deutschland.» Sie schloss für ei-

nen kurzen Moment die Augen und atmete tief durch. «Die Frau behauptet, die Enkeltochter einer Lindholm zu sein.»

«Einer Lindholm? Von wem?» Im Kopf ging Britt flugs alle Verwandten der Familie durch. Den Namen Julia hatte Britt allerdings noch nie gehört. Auch der Familienname sagte ihr nichts.

«Sie ist fünfzig Jahre alt, also deine Generation», erklärte die Mutter und schob Britt den Brief zu. «Sieh ihn dir an.»

Britt zog mehrere Seiten aus dem Umschlag. Gleich obenauf lag eine, die sie sofort erkannte. Großmutter Ingrids Schrift mit den etwas übergroßen Wortanfängen und den betonten Oberlängen war unverwechselbar. «Das ist ja das Rezept von unseren Vaniljhjärtan.» Sie blätterte weiter. «Kladdkaka, Chokladbollar, Dammsugare … Das gibt es ja nicht!»

«Die letzte Seite ist am interessantesten», erwiderte die Mutter.

«Du machst es aber spannend.» Britt nahm das Blatt heraus und schaute auf das darauf abgedruckte Foto einer Frau mit kurzem braunem Haar und einem sympathischen Lächeln. Sie hielt ein schwarzes Notizbuch in die Kamera. Auf dem großen weißen Beschriftungsfeld stand: «Systrarna Lindholms Receptsamling». Ihr fehlten die Worte. Schließlich räusperte sie sich und fragte: «Ist das etwa das Originalrezeptbuch der Lindholm-Schwestern?»

«Es sieht ganz danach aus.» Die Mutter seufzte und schüttelte den Kopf, so als würde sie es selbst nicht wahrhaben wollen. «Diese Julia sieht unzweifelhaft aus wie eine Lindholm.» Sie schob das Blatt mit dem Foto über den Tisch zu Britt: «Schau sie dir noch mal genau an. An wen erinnert sie dich?»

Diesmal konzentrierte Britt sich auf die Frau, nicht das Rezeptbuch. «An dich! Sie hat deine Augen, Mama», stellte sie überrascht fest. «Das gleiche strahlend helle Blau.»

«Das stimmt, aber damit bin ich nicht die Einzige in der Familie.» Ihre Mutter runzelte die Stirn. «Sie sagt, sie habe das Buch von ihrer Mutter Greta erhalten. Wenn es die Greta ist, die im Jahr 1938 geboren wurde, ist es tatsächlich eine Lindholm. Es wundert mich nur, woher der Brief kommt. Es scheint so, als würden die Wege in unserer Familie immer wieder nach Deutschland führen.»

2

Juni 1936

Hannah

*L*aute Vogelstimmen drangen durch das offenstehende Fenster. Hannah hielt ihre Augen geschlossen und lauschte dem fröhlichen Gezwitscher, das von lauten Atemgeräuschen ihrer Schwestern begleitet wurde. Wenn Ingrid, so wie jetzt gerade, auf dem Rücken schlief, hörte sie sich an wie eine Dampflok, die stoßweise Luft auspustet. Normalerweise störte Hannah sich daran nicht, sie war an die Schlafgeräusche gewöhnt, aber gestern Nacht hatten sich in regelmäßigen Abständen auch laute Schnarchphasen dazugesellt. Das lag daran, dass ihre Schwester auf der Geburtstagsfeier ihrer Freundin Alkohol getrunken hatte – etwas zu viel, wie Ingrid selbst gesagt hatte, bevor sie wie ein schwerer Sack ins Bett gefallen und kurz darauf eingeschlafen war.

«Wir sollten ihr verbieten, Punsch zu trinken, wenn wir selbst nicht dabei sind, oder wir binden sie im Bett fest, damit sie auf der Seite liegen bleibt», war da plötzlich eine leise Stimme zu hören – und danach ein Seufzen. «Das geht schon die ganze Nacht so.»

Hannah drehte sich zur anderen Seite und öffnete die Augen.

Ihre Schwester Matilda saß im Schneidersitz auf dem Bett, in den Händen hielt sie ein Buch, das sie nun zuklappte. «Ingrid kann froh sein, dass dein Bett zwischen unseren steht», sagte sie. «Sonst hätte ich sie bestimmt ein paarmal geschüttelt.»

«Ich habe sie mit dem Fuß angestupst», gestand Hannah. «Aber es hat nicht geholfen, oder zumindest nur für ein paar Sekunden. Danach ging es sofort wieder los.» Sie schmunzelte. «Immerhin scheint sie Spaß gehabt zu haben. Allerdings war der Punsch wohl zu stark. Sie haben eine ganze Flasche Arrak in die Schüssel geschüttet, hat sie mir erzählt. Und weil der Punsch ihnen so nicht geschmeckt hat, haben sie ihn verdünnt – mit Wein.»

Matilda schüttelte den Kopf. «Wie man das Zeug kalt trinken kann, habe ich noch nie verstanden. Mir schmeckt Punsch nur heiß und auch nur im Winter.»

«Ich habe alles gehört!», meldete sich nun Ingrid mit kratziger Stimme zu Wort. «Du hast mich getreten, Hannah, wie nett.»

«Nur ganz leicht», erklärte Hannah. Ingrids Bett stand fast genau eine Beinlänge von ihrem entfernt, sodass sie ihre Schwester gerade so mit dem Fuß erwischte, aber dabei nicht viel Kraft ausüben konnte. Sie setzte sich auf. «Guten Morgen übrigens.»

«Morgen», brummte Ingrid, versuchte sich ebenfalls zu setzen, ließ sich aber sofort wieder zurücksinken. «Mir ist ein wenig schlecht.»

«Am besten isst du gleich ein trockenes Brötchen», schlug Matilda vor. «Das hilft.»

Ingrid seufzte wehleidig. «An Essen mag ich jetzt gar nicht denken.»

«Ist es so schlimm?», fragte Hannah.

Ingrid rollte sich zur Seite. «Ja.»

«Meinst du denn, du kannst Großmutter später beim Backen helfen? Wir hatten doch ausgemacht, dass du ...» Hannah spürte, wie eine gewisse Hitze in ihr hochkroch, das geschah immer, wenn sie zu intensiv an Karl dachte. «Dass du für mich übernimmst, damit ich mich mit Karl treffen kann.»

Ingrid antwortete nicht, das übernahm Matilda für sie. «Wer feiert, kann auch arbeiten. Im Meer baden hilft auch, Ingrid. Das Wasser ist schön kalt, das weckt die Lebensgeister und hilft gegen jeden Kater.»

«Du musst es ja wissen», maulte Ingrid, fügte aber im nächsten Moment hinzu: «Natürlich übernehme ich deinen Dienst heute, Hannah. Das würde ich auch machen, wenn ich nicht verloren hätte.» Sie gähnte herzhaft «Wie spät ist es, habe ich noch etwas Zeit, um zu schlafen?»

«Halb acht», antwortet Matilda.

«So früh? Wir haben Sonntag!» Sie kuschelte sich in ihre Decke. «Gute Nacht!»

Hannah hatte mit Ingrid gewettet, wie lange es dauern würde, bis Matildas neuer Kollege sich in Matilda verlieben würde. Er arbeitete seit ein paar Wochen als Rezeptionist in dem Hotel, in dem Matilda als Servierkraft tätig war. Gestern hatte sie ihnen erzählt, dass er sie gefragt hatte, ob er mit ihr ausgehen würde. Es hatte also nicht lang gedauert, bis Matilda Oskar den Kopf verdreht hatte, Hannah hatte recht behalten. Matilda hatte etwas an sich, das Männerherzen höherschlagen ließ. Das lag an ihrem Charme, den sie eindeutig vom Vater geerbt hatte. Wenn der einen Raum betrat, zog er sofort die ganze Aufmerksamkeit auf sich. Bei Matilda verhielt sich das ähnlich. Hannah selbst war das noch nie passiert – bis sie vor knapp drei Wochen Karl kennengelernt hatte, der von Anfang nur Augen für sie gehabt hatte.

«Wo trefft ihr euch?», fragte Matilda.

«In Skäret», antwortete Hannah. «Ich fahre mit dem Fahrrad hin, Karl kommt mit dem Automobil. Sein Onkel aus Stockholm ist gestern gekommen. Er leiht ihm das Automobil.»

«In Skäret? Passt bloß auf, dass euch niemand sieht», sagte Ingrid, plötzlich wieder hellwach.

«Wir fahren von dort aus weiter, wohin, weiß ich aber noch nicht», erklärte Hannah und seufzte. «Mit Gunnar treffe ich mich später auch noch. Ich werde ihm sagen, dass ich nicht mehr mit ihm zusammen sein kann.»

Matilda schüttelte den Kopf. «Überleg dir das gut, Hannah, nicht, dass du es hinterher bereust. Karl macht Urlaub hier. In zwei Tagen fährt er zurück nach Deutschland, dann hat er dich bestimmt ganz schnell wieder vergessen. Versteh mich nicht falsch, das liegt nicht an dir, aber so sind Männer eben, besonders die, die zur Sommerfrische hier erscheinen, dazu noch in Mölle! Wo alle Badegäste sowieso nur auf ihr Vergnügen aus sind.»

«Karl ist anders», entgegnete Hannah. «Davon mal ganz abgesehen, klingst du gerade wie Großmutter. Wenn die rumzetert, weil sie Mölle immer noch als Sündenpfuhl sieht, passt dir das gar nicht. Dann sagst du, dass die Zeiten sich geändert haben und moderner geworden sind.» Sie setzte sich etwas aufrechter und straffte die Schultern. «Außerdem badet Karl nicht nackt, er trägt Hosen, wenn er ins Wasser geht.»

Der Großmutter war es gar nicht recht, dass Matilda in Mölle arbeitete. Sie war überzeugt davon, dass in dem Badeort die schwedische Sünde erfunden wurde. Die Walross-Schnauzer, wie die Großmutter die manchmal sehr fülligen Urlauber gern nannte, hatten sich dort regelmäßig mit ihren Damen zum gemeinsamen Baden verabredet. Nachdem sogar König Oscar und sein Sohn Eugen gegen Ende des letzten Jahrhunderts dort in die Fluten gestiegen waren, war das gemeinsame Planschen von Männern und Frauen schnell hoffähig geworden. 1907 hatte sogar der deutsche Kaiser Wilhelm II. den Ort besucht. Das hatte der Gegend jede Menge Badegäste aus Deutschland beschert – und eine direkte Bahnlinie, die von Berlin bis nach Mölle führte.

Gegen das gemeinsame Baden hatte die Großmutter heute nichts mehr einzuwenden. Aber dafür, dass manche der Gäste nach deutschem Vorbild seit den Zwanzigern sogar nackt ins Wasser hüpften, hatte sie kein Verständnis, das gehörte sich einfach nicht. Und zumindest in der Angelegenheit hatte Hannah die gleiche Meinung.

«Darum geht es doch gar nicht, Hannah», entgegnete Matilda. «Karl ist Deutscher, wie stellst du dir das denn vor? Willst du auf lange Sicht etwa mit ihm nach Deutschland gehen? Das ist sehr weit weg. Außerdem weißt du doch, was da gerade los ist. Abgesehen von dem, was sie im Radio sagen, habe ich gestern eine Unterhaltung zwischen zwei Gästen mitbekommen. Glaub mir, dieser Hitler ist gefährlich. Großvater denkt das auch. Er hat letztens erst wieder gesagt, er befürchtet, das Land würde auf einen Krieg zusteuern.»

Karl sah das ganz anders als der Großvater, aber darüber wollte Hannah jetzt nicht mit ihrer Schwester diskutieren. Doch in einer Sache konnte sie sie beruhigen. «Natürlich will ich nicht nach Deutschland gehen.» Sie legte eine kleine bedeutungsvolle Pause ein. «Karl hat erzählt, dass er vielleicht im nächsten Jahr nach Stockholm kommt, um in der Firma seines Onkels zu arbeiten. Deswegen ist der Onkel nach Mölle gekommen, um mit ihm darüber zu sprechen. Wenn die beiden sich einig werden, lebt Karl bald in Schweden. Und dann ...»

Hannah dachte daran, wie Karl sie plötzlich sehr ernst angesehen hatte, nachdem er ihr von seinen Plänen erzählt hatte. «Am Ende mache ich es vielleicht wie mein Onkel», hatte er gesagt und ihr tief dabei in die Augen geschaut. «Ich heirate eine Schwedin und lebe glücklich mit ihr in Stockholm.»

«Mich?», hatte Hannah mit zittriger Stimme gefragt.

Geantwortet hatte Karl auf ihre Frage nicht. Aber er hatte sie eng an sich rangezogen, seinen Körper fest gegen ihren gepresst und sie dabei leidenschaftlich geküsst. Bei dem Gedanken an die kribbelnden Gefühle, die Karls Nähe in ihr auslösten, klopfte Hannahs Herz ein paar Takte schneller.

«Stockholm ist aber auch ganz schön weit weg von Arild», gab Ingrid da zu bedenken.

«Noch steht ja nichts fest», lenkte Hannah ein. «Karl weiß noch nicht, ob das was wird.» Außerdem hatte er sich bisher nicht konkret geäußert, wie es nach seiner Abreise, die schon in zwei Tagen sein würde, mit ihnen weitergehen sollte.

«Trotzdem, ich sehe das wie Matilda, Hannah, überleg dir das gut», sagte Ingrid. «Nicht nur, weil Karl Deutscher ist, sondern auch, weil Gunnar wirklich nett ist.»

Hannah strich sich unruhig durchs Haar. «Das ist ja mein Problem. Gunnar ist ein guter Mann, er hat es verdient, dass ich ehrlich zu ihm bin, und ich liebe ihn nun mal nicht, das habe ich jetzt gemerkt. Wie hätte ich mich sonst in Karl verlieben können?»

«Aber Gunnar ist ...», begann Ingrid zu erklären, doch Matilda unterbrach sie.

«Vergiss es», sagte sie. «Hannah hat es eben doch schon selbst gesagt, sie ist verliebt, da kannst du alle vernünftigen Argumente vergessen. Wahrscheinlich machen wir es nur noch schlimmer, wenn wir uns gegen Karl aussprechen.»

«Stimmt!» Hannah lächelte glücklich. «In Karls Nähe fühle ich mich einfach wie ... wie ...» Sie suchte nach den richtigen Worten. «Wie eine Frau eben.» Während Gunnar in ihr wahrscheinlich immer noch die gute Freundin sah, die sie seit der Kindheit für ihn war. Zumindest fühlte sie sich so, obwohl sie nun schon seit über einem Jahr ein Paar waren. Natürlich hatte Gunnar sie schon geküsst, und das hatte sie auch gemocht. Aber wenn Karls Lippen auf ihre trafen, fühlte es sich einfach besser an, aufregender – und nach mehr.

«Hast du schon mit Karl geschlafen?», fragte Matilda da prompt in ihrer direkten Art. Sie war mit ihren neunzehn Jahren zwar die Jüngste im Dreierbunde, Ingrid war einundzwanzig und Hannah schon dreiundzwanzig, aber Matilda war wesentlich offener, was solche Dinge betraf. Das lag mit Sicherheit an ihrem Arbeitsplatz in Mölle, insofern konnte Hannah die Skepsis der Großmutter nachvollziehen.

«Also weißt du, Tilda, sie ist doch gar nicht mit Karl verheiratet, außerdem ist sie Gunnars Freundin», warf Ingrid ein.

Hannah merkte, wie die Hitze wieder in ihr hochkroch. Dass ihr Gesicht sich rot verfärbte, bekamen auch ihre Schwestern mit.

«Hannah!» Ingrid sah sie mit weit aufgerissenen Augen an.

«Nein, habe ich natürlich nicht!», erklärte Hannah mit fester Stimme. «Aber wir haben uns geküsst. Genau deswegen möchte ich ja auch heute noch mit Gunnar sprechen.»

«Aber ...», begann Ingrid.

Doch Hannah unterbrach sie. «Wir haben genug über meine Liebesangelegenheiten geredet. Ich gehe jetzt frühstücken. Was ist mit euch?»

Matilda akzeptierte Hannahs Ansage sofort. «Ich lese noch ein wenig», erklärte sie.

Ingrid seufzte, hakte aber nicht weiter nach. «Na gut, dann schlafe ich noch eine Stunde, damit ich die Arbeit mit Großmutter gleich gut überstehe. Weckst du mich um neun, Matilda, Großmutter erwartet mich um zehn in der Backstube.» Sie drehte sich um und zog die Decke über ihre Schulter.

«Mach ich», sagte Matilda. «Aber nicht wieder schnarchen!»

Hannah stand auf. In der Tür blieb sie noch einmal stehen

und sah sich um. Ihr gefiel das Reich unter dem Dach, das sie sich mit ihren Schwestern teilte. Der Raum war recht groß. Jede von ihnen hatte ein eigenes Bett. Sie standen nebeneinander an der Wand, mit Blick zum Fenster, durch das sie in der Ferne das Meer sehen konnten. Außerdem hatten sie alle einen Schrank und ein kleines Nachttischchen. Den Schreibtisch und den Frisiertisch mussten sie sich teilen. Aber sich darum streiten, das gab es bei ihnen nie. Meistens war es Hannah, die am Schreibtisch saß und die Rechnungen über das ausgelieferte Gebäck schrieb, während Matilda sich vor dem Spiegel hübsch machte.

Ich bin dreiundzwanzig, dachte Hannah. So schön es hier auch ist, früher oder später werde ich das Haus verlassen, und vielleicht sogar Arild. Sie brannte darauf zu erfahren, was das Gespräch zwischen Karl und seinem Onkel ergeben hatte. Ob er tatsächlich nach Stockholm kommen würde?

In der Küche saß die Mutter am großen Holztisch und pellte Kartoffeln. Wie immer hatte sie das blonde Haar zu Zöpfen geflochten und am Hinterkopf zu einer Schnecke gebunden. Sie war so versunken in ihre Arbeit, dass sie Hannah nicht sofort zu hören schien, als diese den Raum betrat.

«Guten Morgen, Mor.»

Die Mutter sah auf. «Du bist schon wach, guten Morgen.»

Hannah schnupperte. «Es riecht nach Kaffee.» Sie sah sich um und entdeckte die Porzellankanne auf der Ablage neben dem Ofen.

«Er ist noch warm, ich habe ihn gerade erst gekocht», erklärte die Mutter. «Schenk mir bitte auch noch ein Tässchen ein.»

«Mach ich.» Seitdem der Vater vor fünf Jahren seine Arbeitsstelle verloren hatte und es auch in der Bäckerei nicht mehr so gut lief, wurde an allen Ecken und Kanten gespart, aber nicht an Kaffee.

Die Wirtschaftskrise hatte auch vor Skåne nicht haltgemacht. Der Tourismus im Seebad Mölle lief zwar auf Hochtouren, und auch ihr kleiner Fischerort Arild mit seinen knapp einhundertfünfzig Einwohnern hatte sich zum Badeort gemausert – es tummelten sich mittlerweile immer mehr Urlauber hier –, doch seitdem eine große Bäckerei die Belieferung fast aller Hotels übernommen hatte, kämpften die Lindholms um den Erhalt des Geschäfts. Von ihren größeren Kunden war nur einer übrig geblieben. Johannes, dem das Jönssons Hotel in Arild gehörte, ließ sich noch von ihnen beliefern. Jeden Morgen brachten sie ihm frisch gebackene Brötchen für seine Gäste, und hin und wieder bestellte er für eine Feierlichkeit ein Kuchenbuffet. Aber das kam nur noch selten vor, seitdem er einen Koch eingestellt hatte, der selbst gern backte. Der Kuchen war zwar bei weitem nicht so gut wie der der Lindholms, wie Johannes unumwunden zugab, aber eben günstiger, und die Gäste beschwerten sich nicht. Auch verirrte sich leider viel zu selten ein Badegast in ihre Bäckerei, denn sie lag außerhalb von Arild und einfach zu versteckt hinter dem kleinen Kiefernwäldchen. Nur die Einheimischen blieben ihnen treue Kunden. Aber mit den Einnahmen kamen sie nicht weit.

«Morgens brauche ich einen guten Kaffee, und zu einer vernünftigen Fika gehört er auch», hatte der Vater gesagt. «Bevor wir darauf verzichten und Malzkaffee trinken müssen, arbeite ich lieber im Erzbergwerk und sehe zu, dass Geld nach Hause kommt.» Ein paar Monate später hatte er tatsächlich seine Koffer gepackt.

Seit nunmehr drei Jahren schuftete er sich im zweitausend Kilometer entfernten Kiruna den Rücken für die Familie krumm.

Er war hoch im Norden aufgewachsen und nun zurück in das elterliche Haus gezogen, in dem auch sein Bruder mit seiner Frau und den drei Kindern lebte. Aufgrund der Entfernung sahen sie den Vater nur noch selten. In den Sommermonaten kam er zu besonderen Anlässen zu Besuch, und er blieb meistens nur wenige Tage. Dafür verbrachte er im Winter eine Woche am Stück bei ihnen, wenn es in Kiruna besonders kalt und dunkel war. Aber die zwei Wochen Jahresurlaub waren viel zu kurz, sie sahen sich viel zu selten!

«Was ist mit Ingrid und Matilda?», fragte die Mutter, als Hannah sich zu ihr setzte.

«Die eine liest, die andere ...» Sie grinste. «... braucht wohl noch eine Weile, bis sie wieder voll ansprechbar ist.»

«Ich habe mitbekommen, dass ihre Freundinnen sie gestern Abend nach Hause gebracht haben. Sie waren nicht zu überhören.»

«Ja», stimmte Hannah zu. «Sie waren ganz schön laut, hatten aber jede Menge Spaß.»

«Das ist schön.» Ihre Mutter legte eine warme gepellte Kartoffel in die Schüssel, die vor ihr auf dem Tisch stand, und blickte zu ihr auf. «Ich war in deinem Alter, als ich dich auf die Welt gebracht habe. Wie die Zeit vergeht, du bist jetzt auch schon dreiundzwanzig.»

«Du bist sechsundvierzig, und wenn wir beide zusammen irgendwo gesehen werden, denken viele, dass du meine Schwester bist», sagte Hannah schnell, um das Gespräch in eine unverfängliche Richtung zu lenken. Sonst würde ihre Mutter gleich wieder darauf hinweisen, dass sie noch immer auf Hannahs Hochzeit und das erste Enkelkind wartete. «So wie der Badegast, der letzte Woche die Torte für den Geburtstag seiner Tochter bei uns in der Bäckerei bestellt hat.»

«Ach, der!» Die Mutter wischte mit der Hand durch die Luft. «Das hat er nicht ernst gemeint, er wollte nur mit mir anbandeln.»

«Weil du wunderschön bist», sagte Hannah, während sie hinter die Mutter trat. Das war nicht geflunkert, sie meinte es ernst, auch wenn ihre Mutter in den letzten Monaten für ihren Geschmack viel zu schmal geworden war. Ihre Mutter stach hervor. Mit ihren einen Meter sechsundsiebzig war sie recht hochgewachsen, und mit der aufrechten und stolzen Haltung, die Hannah immer schon an ihr bewundert hatte, wirkte sie noch etwas größer. Sie besaß sanfte Augen, eine hübsche kleine Nase und einen schön geschwungenen Mund mit vollen Lippen, den perfekten Kussmund, wie der Vater immer wieder gern betonte.

«Danke, Schatz.» Die Mutter lächelte, was sie in der letzten Zeit viel zu selten tat, wie Hannah neulich erst wieder aufgefallen war. «Gut, dass wir beide uns so ähnlich sehen – das sagte der Badegast doch, oder?»

«Stimmt.» Hannah ließ den Kopf auf die Schulter der Mutter sinken.

«Dann sind wir wohl beide wunderschön.» Die Mutter sagte es mit dieser feinen Spur Ironie, die sie immer dann benutzte, wenn es um Selbstlob ging.

Und noch vor zwei Wochen hätte Hannah selbst diese scherzhafte Aussage, dass auch sie schön war, weit von sich gewiesen. Da hätte sie entgegnet, dass sie ganze vier Zentimeter kleiner, ihre Haltung schlecht und ihr Mund bei weitem nicht so wundervoll geschwungen war wie der der Mutter. Doch das hatte sich wohl geändert, wie sie nun bemerkte, seitdem sie Karl kennengelernt hatte. Denn er gab ihr das Gefühl, besonders zu sein. Nun vermochte sie das Kompliment der Mutter anzunehmen.

Hannah genoss den stillen einvernehmlichen Moment der

Nähe, den es so nicht mehr sehr häufig gab. Aber sie konnte sich nicht beschweren. Als sie noch ein Kind war, gab es genügend solcher Augenblicke. Sowohl die Mutter als auch der Vater hatten sie, und auch ihre Geschwister, immer sehr liebevoll behandelt – es sei denn, sie hatten etwas ausgefressen, da konnte insbesondere die Mutter sehr streng sein.

Ein Poltern und kurz darauf lautes Lachen beendeten den schönen Moment. Die Zwillinge waren im Anmarsch. Ihre vierzehnjährigen Schwestern waren die Nesthäkchen der Familie und viel zu verwöhnt, wie Hannah fand. Aber dafür hatten sie immer gute Laune und sorgten überall für fröhliche Stimmung, wie auch jetzt, als sie die Küche betraten und sich kichernd zu den beiden an den Tisch setzten.

«Guten Morgen», sagte die Mutter. «Erzählt ihr uns, worüber ihr euch so freut?»

«Ach, nichts Besonderes», antwortete Ulla, und Ebba nickte grinsend. Doch lang hielten sie es nicht aus. «Wir haben Ingrid gerade im Badezimmer gesehen. Sie hat ihren Schädel in kaltes Wasser getaucht», erklärte Ulla und gab ihrer Stimme einen unschuldigen Klang. «Anscheinend hat sie Kopfschmerzen.»

Die Mutter ließ sich nichts anmerken und erwiderte im gleichen Tonfall: «Ist sie krank, die Arme? Dann könntet ihr so nett sein und ihre Aufgabe übernehmen. So wie ich das mitbekommen habe, soll Ingrid eurer Großmutter beim Backen helfen. Aber wenn es eurer Schwester schlechtgeht, ist das natürlich nicht möglich.»

«Heute ist doch Hannah dran», warf Ebba ein.

«Die hat was vor», erklärte die Mutter.

«So, was denn?», fragte Ulla.

Hannah griff schnell zur Kaffeetasse und versteckte ihr Gesicht dahinter. Sie hatte die Mutter angelogen und ihr erzählt, sie würde sich mit einer Freundin treffen. Aber es war schon zu spät, Hannah merkte, wie sie schon wieder rot anlief, eine sehr unliebsame Angewohnheit, die sie zu gern ablegen würde. Zum Glück betrat in diesem Augenblick Ingrid den Raum, um das nasse Haar ein Handtuch gewickelt. Sie sieht wirklich blass aus, dachte Hannah.

«Bist du so krank, dass du Großmutter Ida heute nicht beim Backen helfen kannst?», fragte Ulla, noch bevor Ingrid einen guten Morgen wünschen konnte.

«Ich bin nicht krank, das wisst ihr ganz genau», erwiderte sie. «Agnetha ist gestern zwanzig geworden, da ist es normal, dass man mal etwas zu viel feiert. Aber um eure eigentliche Frage zu beantworten: Ihr könnt euch einen faulen Tag machen. Natürlich helfe ich Großmutter, das hatte ich mit Hannah so abgemacht, ich halte meine Versprechen.» Sie nahm die Kaffeekanne hoch. «Genau das brauche ich jetzt!»

«Dazu ein trockenes Brötchen», ertönte es aus dem Flur, und kurz darauf betrat Matilda den Raum.

«Dann sind ja jetzt alle beisammen», stellte die Mutter fest, «und wir können frühstücken.» Sie sah zu den Zwillingen. «Deckt ihr bitte den Tisch?»

Sofort sprangen Ulla und Ebba von ihren Stühlen auf. Sie drückten sich zwar gern vor der Arbeit, wenn sich die Möglichkeit dazu ergab, würden aber niemals murren oder gar der Mutter widersprechen, wenn ihre Schwestern anwesend waren.

Die Mutter zeigte auf die Schüssel mit den Kartoffeln. «Nach dem Frühstück bereiten wir den Heringssalat für heute Mittag vor. Ich werde nicht da sein, ich bin mit meiner Freundin Tuva verabredet.» Sie streckte sich und verkündete entschlossen: «Heute genehmige ich mir ausnahmsweise einen freien Tag, wir gehen baden!»

«Oh, das ist ja eine schöne Idee, wo denn, Mor?», fragte Matilda.

Hannah war sich sicher, dass ihre Schwester nur gefragt hatte, um zu erfahren, wo Karl und Hannah heute nicht hinfahren durften, und sah sie dankbar an.

«Wir fahren nach Mölle!», sagte die Mutter da.

«An den Ort, an dem die schwedische Sünde erfunden wurde», bemerkte Ingrid trocken.

Hannah biss sich auf die Lippe, um nicht loszulachen.

Aber da sagte Ulla: «Du hörst dich schon an wie Großmutter, Ingrid, so was von altmodisch. Lass Mutter doch auch mal ihren Spaß.»

Matilda prustete los, und steckte die anderen an, auch die Mutter.

«Das hat Ingrid nicht ernst gemeint, Ulla», erklärte die Mutter den beiden kurz darauf. «Das war Ironie.»

Die Mutter ahnte nicht, dass da noch mehr dahintersteckte. Und Hannah war froh, nun zu wissen, wohin ihre Mutter unterwegs war. Mit Karl würde sie genau in die andere Richtung fahren.

3

Ingrid

Verstohlen schielte Ingrid zu ihrer Großmutter hinüber. Bei ihr sah alles so spielend leicht aus. Das Holz rollte wie von selbst über den Teig, der immer dünner wurde. Ihre Großmutter musste Ingrids Blick bemerkt haben, denn sie sagte: «Du musst mit sanftem Druck arbeiten. Nicht zu fest, sonst reißt der Teig.»

«Wie macht ihr das nur, Hannah und du?» Sie schüttelte den Kopf. «Sosehr ich mich auch anstrenge, meiner wird nie so gleichmäßig wie eurer.»

«Deine Schwester und ich sind Perfektionistinnen», erklärte die Großmutter. «Wir wiegen grammgenau ab und arbeiten stets mit der gleichen Routine. Für uns gibt es nichts Schöneres als zwölf exakt gleiche Plunder auf dem Blech. Dir ist das zu langweilig. Du hast als Kind schon lieber kleine Kunstwerke aus dem Teig geformt, und wenn es nach dir ginge, dürfte jedes Gebäckstück anders aussehen und schmecken.» Sie sah zu Ingrid und zog tadelnd gleich beide Brauen nach oben. «Außerdem bist du ungeduldig, das war schon immer dein Problem. Wienerbröd braucht Zeit. Das Ziehfett muss gründlich in die Schichten eingearbeitet werden, und die dürfen nicht zu dick sein, sonst geht das Gebäck nicht gleichmäßig auf, und die Butter läuft heraus.»

«Das weiß ich doch, Mormor.» Schließlich war auch Ingrid bei der Großmutter in die Lehre gegangen. Und trotzdem hatte sie beim Backen nicht das gleiche geschickte Händchen wie ihre zwei Jahre ältere Schwester Hannah.

Die Großmutter schnalzte mit der Zunge. «Na, wo ist dann das Problem?»

«Du hast recht, wahrscheinlich bin ich zu ungeduldig», gestand Ingrid. Außerdem habe ich gestern zu viel Punsch getrunken und wäre jetzt viel lieber im Garten, fügte sie in Gedanken hinzu und sah aus dem Fenster. Die Kastanie blühte spät in diesem Jahr. Die letzten Monate waren recht kühl gewesen, nun war Mitte Juni, und die Sonne holte nach, was sie bisher versäumt hatte. Die Natur zeigte sich in ihren schönsten Farben. Der Salbei mit seinen tiefvioletten Blütenähren setzte hübsche Akzente in dem Meer aus weißen Margeriten. Die Pfingstrosen leuchteten in einem kräftigen Rosaton. Aber am besten gefielen ihr immer noch die zarten weißen Blüten der Moltebeeren, die sie unter den Rhododendren gepflanzt hatte. Im Herbst hatte der Vater in Kiruna mit dem Spaten Teilstücke am Waldrand ausgestochen, und Ingrid hatte sie hier im Garten wieder in den Boden gesetzt. Sie hatte selbst nicht daran geglaubt, dass ihr die Anzucht gelingen würde. Aber nun würde sie sich ab Juli über die wohlschmeckenden goldgelben Früchte freuen können, die wie kleine Bernsteine in der Sonne funkelten.

Gleich in der Nähe der Blumenbeete hatten ihre jüngsten Schwestern eine Decke ausgebreitet und es sich darauf gemütlich gemacht. Ebba lag auf dem Rücken und fuhr mit den Beinen Fahrrad in der Luft. Ulla lag ihr zugewandt auf der Seite, den Kopf mit der Hand abgestützt. Sie tratschten miteinander und hatten Spaß. Hätte Ingrid darauf bestanden, krank zu sein, müsste sie jetzt nicht in der Küche stehen und backen, obwohl heute Sonntag und eigentlich ihr freier Tag war. Noch einmal schielte sie zur Großmutter hinüber, die konzentriert an ihrem Wienerbröd arbeitete.

«Bist selbst daran schuld», kam es prompt von ihr. «Heute wäre Hannah mit Helfen dran gewesen.» Sie musterte Ingrid eindringlich mit ihren hellen grauen Augen, und bevor sie sich's versah, klatschte die Großmutter ihr mit der flachen Hand auf den Oberarm. «Sag schon, wo ist sie? Treibt sie sich wieder mit Gunnar rum?»

«Autsch!» Ingrid rieb sich über die Stelle, die sich sofort rot färbte. Ein kräftiger Schlag auf die nackte Haut oder ein fester Kniff in die Wange waren Warnsignale der Großmutter. Sie wollte damit unmissverständlich klarstellen, dass es keinen Sinn hatte, sie anzulügen. Und dass sie ein untrügliches Gespür für die Wahrheit besaß, die man gar nicht erst zu verdrehen brauchte, das hatte Ingrid schon allzu oft erlebt.

«Weiß ich nicht», flunkerte Ingrid trotzdem und trat vorsorglich einen Schritt zur Seite. «Wir haben gewettet, und ich habe verloren.»

«Ihr mit euren ständigen Wetten», schimpfte die Großmutter, hakte aber zum Glück nicht weiter nach. Ingrid hätte ihr unmöglich erzählen können, worum es in ihrer Wette gegangen war. Bei dem Gedanken schlich sich ein Lächeln in Ingrids Gesicht. Zwar hatte sie die Wette verloren und musste in der Küche helfen, aber dafür hatte sie in allen Einzelheiten Matildas ausführlichem Bericht über Oskar lauschen dürfen, nachdem Hannah heute Morgen zum Frühstück gegangen war. Die kleine Schwester war bereits häufiger geküsst worden als Hannah. Allerdings holte Hannah seit zwei Wochen gewaltig auf, wie sie vorhin zugegeben hatte. Aber davon durfte die Großmutter erst recht nichts erfahren.

«Welche Füllung nehmen wir?», fragte Ingrid, um die Aufmerksamkeit wieder auf die Arbeit zu lenken. Nicht, dass die Großmutter noch mehr fragte oder dass sie selbst sich verplapperte.

«Blaubeeren aus dem Glas», antwortete Großmutter Ida, klappte ein Drittel der Teigplatte um, das andere Drittel darüber und walzte wieder flugs mit der Rolle darüber.

Ingrid tat es ihr nach, darauf bedacht, sorgfältig zu arbeiten. Normalerweise war Hannah diejenige, die der Großmutter in der Backstube half, während Ingrid für den Verkauf zuständig war. An Sonntagen hatte die Bäckerei geschlossen. Aber wenn die Nachbarn hin und wieder Gebäck für ihre Fika am Nachmittag oder eine Feier bestellten, wurde der Ofen doch angefeuert. Das Geschäft lief seit Jahren immer schlechter, und jede zusätzliche Krone in der Kasse kam ihnen gelegen.

Vater arbeitet im Erzbergwerk, um Geld nach Hause zu schicken. Und ich jammere schon rum, weil ich am Sonntag backen muss, schalt Ingrid sich im Stillen und nahm sich vor, nicht mehr so undankbar zu sein. Es war für alle nicht leicht momentan, besonders nicht für ihre Großmutter, die den ganzen Tag den mürrischen Großvater Vilhelm ertragen musste. Er hatte, ebenso wie der Vater, seine Arbeit in der Schlosserei verloren, war aber zu dem Zeitpunkt mit seinen sechzig Jahren schon zu alt gewesen, um eine neue Beschäftigung zu finden. Seinen Unmut ertränkte er im Alkohol. Nur wenn er genügend Schnaps im Blut hatte, konnte er lustig werden und hatte wieder Freude am Leben. Auch sie hatte gestern Abend jede Menge Spaß gehabt. Dafür ging es ihr heute schlecht. Dieser Preis wäre ihr jedoch auf Dauer zu hoch. Warum der Großvater so viel trank, verstand sie einfach nicht.

«Und Matilda?», fragte die Großmutter plötzlich.

«Steckt mit der Nase in einem Buch», antwortete Ingrid.

Das war nicht gelogen, auch wenn sie wusste, dass ihre kleine Schwester keinen Roman las, sondern heimlich für ein Vorsprechen probte. Aber dafür hätte die Großmutter überhaupt kein Verständnis.

«Pff!», machte sie prompt. «Euer Vater hätte ihr das Bild der Garbo nicht schenken dürfen. Matilda hat nichts als Flausen im Kopf.» Sie strich behutsam mit der Hand über den Teig. «Na, wenigstens habt ihr beiden Älteren ein ordentliches Handwerk gelernt.»

Ingrid widersprach nicht, wenngleich sie die Spitze gegen Matilda nicht verstand. Matilda verdiente ihr eigenes Geld, und zwar als Servierkraft. Schließlich waren sie fünf Schwestern und konnten nicht alle in der kleinen Bäckerei arbeiten. Sie bewunderte Matilda dafür, dass sie davon träumte, Schauspielerin zu werden. Ihre jüngere Schwester hatte ihren eigenen Kopf – und Pläne.

Ingrid faltete den Teig ein letztes Mal zusammen. «Fertig!»

Die Großmutter nickte. «Ist doch gar nicht so schlecht geworden.» Sie deutete mit dem Kopf zum Fenster. «Die Sonne scheint. Geh schon raus, den Rest schaff ich allein.»

«Danke, Mormor.»

Ingrid legte die Schürze ab, wusch sich die Hände und war schon fast zur Tür hinaus, als die Großmutter hinzufügte: «Bring mir bitte eben noch zwei Gläser Blaubeeren. Und vielleicht sammelt ihr später noch ein paar Muscheln für das Abendessen.»

Ingrid blieb stehen. «Muscheln?» Die Leibspeise des Vaters, das konnte nur bedeuten ...

«Vorhin ist ein Telegramm hier angekommen. Euer Vater hat sich für heute Abend angekündigt. Er kommt mit dem Zug nach Mölle», erklärte die Großmutter da auch schon. Dabei verzog sie keine Miene.

Ingrid hätte zu gern gewusst, was zwischen den beiden vorgefallen war. Bei seinem letzten Besuch zu Ostern hatten sie sich gestritten. Was der Grund gewesen war, hatte keine von den Schwestern mitbekommen. Mutter schwieg, wenn sie sie danach fragten. Und Großmutter war seither sehr einsilbig geworden, wenn es um den Vater ging.

Anstatt der Großmutter vor Freude um den Hals zu fallen, wie sie es bei einer solchen Nachricht normalerweise getan hätte, entgegnete Ingrid nur: «Das ist ja schön. Ich sag den anderen Bescheid.»

Der Mund der Großmutter verzog sich zu einem Lächeln, aber ihre Augen blieben ausdruckslos. «Mach das. Eure Mutter weiß noch nichts davon, sie war schon weg, als das Telegramm ankam. Gegen sieben wird er wohl hier sein, hungrig. Seht zu, dass ihr die Eimer voll bekommt.»

«Machen wir!»

Kaum hatte Ingrid die Tür der Backstube hinter sich geschlossen, lief sie, so schnell sie konnte, ins Haupthaus. Es stand nur ein paar Meter entfernt von dem Bäckereiladen und der daran angeschlossenen Backstube. Ingrid hatte es zum Glück nicht weit. Wenn sie mit der Arbeit fertig war, lief sie über den Hof und war direkt zu Hause. Auch das kleine Häuschen der Großeltern stand auf dem Hof, gleich neben dem Schuppen. Es war im gleichen Rotton gestrichen wie die anderen Gebäude, hatte aber wie auch die Backstube und die Bäckerei kein zweites Stockwerk und kein spitzes Satteldach. Die Großeltern hatten sich die Altersunterkunft gebaut, nachdem die beiden Zwillinge geboren waren. Seitdem war einfach nicht mehr genügend Platz im Haupthaus für alle. Und außerdem war der Großvater froh, dass er so auch mal seine Ruhe haben konnte, wie er gern betonte. Gegessen wurde gemeinschaftlich. Dafür trafen sie sich jeden Abend in der großen Küche des Haupthauses, dort fand auch der Großteil des Familienlebens statt.

Ingrid rannte die Treppe hinauf und stürmte in das Zimmer, das sie sich mit Hannah und Matilda teilte.

«Vater kommt heute!», platzte sie heraus. «Am Abend. Großmutter sagt, wir sollen gleich noch Muscheln fürs Essen sammeln.»

Matilda lag auf ihrem Bett. Ohne eine größere Regung legte sie ihren Text für das Vorsprechen zur Seite und richtete sich auf. «Heute schon?»

«Ja, sag ich doch, hat Großmutter gerade erzählt, am Abend ist er da.»

«Na dann!», antwortete Matilda und griff wieder zu ihrem Buch.

Ingrid setze sich zu ihr auf die Bettkante. «Freust du dich gar nicht?»

Ihre Schwester zuckte mit den Schultern. «Doch, schon. Die Stimmung ist allerdings ohne ihn besser hier. Beim letzten Mal war Großmutter richtig gemein zu ihm. Und Mutters trauriger Blick deswegen war auch kaum zu ertragen. Ganz ehrlich? Wenn Großmutter meinen Mann so behandeln würde, dann würde ich ihr ein paar Takte dazu sagen. Aber sie nimmt ja immer alles einfach so hin.» Sie seufzte. «Ich hoffe, dass Mutter endlich mal Stellung bezieht. Großmutter Ida spielt sich hier auf wie meine Chefin im Grand Hotel.»

Ingrid schlüpfte aus ihren Sandalen. «Rück mal ein Stück zur Seite.»

Matilda rutschte bis zur Wand, und Ingrid legte sich zu ihr. «Was meinst du? Warum haben Vater und Großmutter Streit?», fragte sie, obwohl sie das schon etliche Male diskutiert hatten. «Ich gehe eigentlich immer noch davon aus, dass sie Unstimmigkeiten wegen des Geldes haben. Darum geht es doch meistens. Großmutter ist sehr knauserig. Und Vater hat eben gern die Spendierhosen an, wenn er uns besucht.»

Matilda grinste plötzlich. «Wir könnten ihn gleich heute Abend danach fragen. Er ist immer sehr gesprächig, wenn er genug Brännvin getrunken hat.»

Ingrid dachte einen Moment nach. «Nein, lieber nicht. Am Ende bekommt Großmutter es mit, und dann gibt es vielleicht Streit. Daran möchte ich nicht schuld sein.»

«Warten wir mal ab.» Matilda kringelte eine ihrer Haarsträhnen um ihren Zeigefinger. Sie hatte sich erst vor kurzem von einem Friseur in Mölle die Haare so schneiden lassen, wie Greta Garbo sie trug: knapp schulterlang, zur Seite frisiert und mit einer Brennschere zu einem Innenschwung onduliert. «Egal, was es ist, ich bin mir sicher, dass die finanzielle Situation es noch schlimmer macht.»

«Es ist für niemanden leicht in diesen Zeiten», sagte Ingrid. «Viele haben ihre Arbeit verloren. Wir haben wenigstens noch das Haus – und die Bäckerei, auch wenn sie nicht gut läuft. Wir können unser eigenes Brot backen, haben Gänse, Hühner – und ganz in der Nähe das Meer voller Fische, Krebse und Muscheln. Verhungern werden wir zumindest nicht.»

Matilda schnalzte mit der Zunge, so wie die Großmutter es auch gerne tat. «Ich will aber mehr vom Leben, als nicht verhungern zu müssen.» Sie sah zum Fenster. «Da draußen gibt es noch so viel mehr zu entdecken. Außerdem ist es unfair, dass ich meinen Lohn abgeben muss und nur das Trinkgeld für mich behalten darf.»

«Was allerdings nicht wenig ist. Wir müssen alle etwas beitragen. Und am Ende des Tages hast du immer noch mehr als Hannah und ich.»

«Das stimmt.» Sie lächelte verschmitzt. «Und Großmutter kann es nicht kontrollieren. Ich glaube, das ärgert sie ungemein.»

«Sie macht sich Sorgen», erklärte Ingrid. «Und ihr Herz hängt an der Bäckerei. Erst letztens hat sie mir wieder erzählt, wie sie schon als kleines Mädchen auf einem Hocker in der Backstube stand und ihrem Vater bei der Arbeit über die Schulter geschaut hat.»

«Ja, weiß ich doch alles. Und es tut mir wirklich leid, wie es gerade ist. Aber langsam kann ich die alten Geschichten nicht mehr hören. Die Zeiten haben sich mittlerweile geändert.» Matilda legte den Kopf leicht schief und sah ihre Schwester nachdenklich an. «Und wenn du doch mit mir im Hotel arbeitest? Sie brauchen Zimmermädchen. Ich habe gestern erst gehört, wie die Hausdame darüber gesprochen hat. Großmutter könnte doch mit Hannah backen, und Mutter kümmert sich um den Verkauf, schließlich gehört ihr die Bäckerei ja mittlerweile. Davon mal ganz abgesehen könnte Großvater sich auch mal nützlich machen, wenn du mich fragst.»

«Das kannst du vergessen», erwiderte Ingrid. «Das würde Großmutter nicht wollen. Sie hätte Angst, dass er die Kunden vergrault. Du weißt doch, wie unausstehlich er sein kann, wenn er nüchtern ist.»

«Da hast du recht», stimmte Matilda zu. «Aber was ist nun mit dir? Soll ich fragen, ob sie dich nehmen?» Sie setzte sich auf. «Oder willst du ewig hier bleiben und versauern?»

Auch Ingrid setzte sich. «Versauern trifft es nicht, zumindest nicht für mich», erklärte sie. «Ich fühle mich hier wohl. Die Arbeit in der Bäckerei macht mir Spaß. Ich stehe gern im Geschäft und verkaufe unsere Ware. Es gefällt mir, dass ich mich dabei mit den Kunden unterhalten kann. Nur Großmutter ist sehr anstrengend, aber die wird irgendwann aufhören, sie ist jetzt immerhin schon über sechzig.»

«Fein, dann kannst du die Bäckerei irgendwann weiterführen, gemeinsam mit Hannah. Sie backt, du verkaufst», erklärte Matilda. «Sobald sich für mich eine gute Möglichkeit ergibt, bin ich hier weg.»

«Vorausgesetzt, Hannah bleibt in Arild.» Ingrid zog eine Schnute. An den Gedanken, dass Matilda irgendwann wegziehen würde, hatte sie sich gewöhnt. Matilda hatte schon immer Träume gehabt, und Ingrid war sicher, dass Matilda diese verwirklichen würde. Aber Hannah liebte die Gegend hier, das Meer, den Kullaberg, die Familie und auch die Bäckerei. Und nun sprach sie auf einmal davon, dass sie sich vorstellen konnte, nach Stockholm zu gehen. «Am Ende sitze ich ganz allein hier.»

«Glaub ich nicht. Dafür ist Hannah viel zu vernünftig, auch wenn Karl ihr gerade gehörig den Kopf verdreht hat. Und wie ich vorhin schon gesagt habe, wird Karl zurück nach Berlin gehen und unsere Schwester ganz schnell wieder vergessen, da bin ich mir sicher.»

«Das wird ihr das Herz brechen.» Ingrid seufzte. Sie wollte zwar, dass Hannah blieb, aber auch, dass ihre Schwester glücklich wurde.

«Außerdem wärst du doch gar nicht allein», stellte Matilda da fest. «Ulla und Ebba sind doch auch noch da.»

Ingrid stupste Matilda in die Seite. «Das ist nicht dasselbe, wir drei sind etwa in einem Alter, und wir sind nicht nur Schwestern, sondern auch Freundinnen.»

«Das stimmt!» Matilda sah Ingrid ernst an. «Deswegen hätte ich mich auch gefreut, wenn du im Hotel arbeiten würdest. Außerdem zahlen sie gut, du würdest mehr verdienen als in der Bäckerei. Überleg es dir noch mal.»

«Dafür bin ich wohl nicht geeignet. Großmutter wäre als Zimmermädchen brauchbarer», scherzte Ingrid. «Tischtücher akkurat zusammenfalten kann sie genauso, wie sie das bei ihrem Plunderteig macht, meiner sieht aus wie die Badetücher unten im Schrank. Die sind immer unordentlich, weil irgendjemand eins zwischendrin rauszieht, anstatt es von oben wegzunehmen.»

Matilda fing an zu kichern. «Also fragen wir Großmutter, ob sie als Zimmermädchen arbeiten will.»

«Sehr gute Idee!», stimmte Ingrid zu. «Aber du fragst!» Da fiel ihr plötzlich siedend heiß ein, dass sie etwas vergessen hatte. «Verflixt!» Sie sprang auf. «Ich sollte ihr zwei Gläser Blaubeeren aus dem Vorratsraum bringen. Sie macht mich gleich bestimmt einen Kopf kürzer.»

Ingrid war noch nicht ganz bei der Backstube angekommen, da sah sie Hannah auf den Hof radeln. Ingrid blieb stehen, verschränkte die Arme vor der Brust und wartete.

Ihre Schwester lehnte das Fahrrad an den Schuppen, strich das Kleid glatt und sortierte mit den Fingern ihr Haar, das sie heute ausnahmsweise offen trug. Noch hatte sie nicht bemerkt, dass Ingrid sie beobachtete. Erst als Hannah schon fast das Haus erreicht hatte, entdeckte sie Ingrid und ging zu ihr.

Ingrid musterte sie von oben bis unten und grinste. «An deiner Stelle würde ich jetzt nicht in die Backstube gehen. Großmutter sieht sofort, was mit dir los ist.»

Hastig strich Hannah sich eine Haarsträhne hinter das Ohr. «So schlimm?»

«Deine Wangen glühen, deine Augen strahlen, und dein Haar ist ganz zerzaust», stellte Ingrid fest. «Auch wenn du gerade versucht hast, es zu richten.»

47

Hannah nickte und biss sich auf die Lippe. «Ist Großmutter sehr sauer?»

«Überhaupt nicht. Ich habe ihr bis eben geholfen», erklärte Ingrid und konnte sich die Frage dann doch nicht verkneifen. «Küsst er besser als Gunnar?»

Sofort färbte sich Hannahs Gesicht so rot wie ein Krebs, der in heißes Wasser geworfen wurde. «Ja, viel besser. Und außerdem ...» Sie stockte. «Das erzähl ich später, wenn Matilda dabei ist, dann muss ich nicht alles zweimal berichten. Ich wollte mich nur kurz frisch machen, dann treffe ich mich mit Gunnar.»

«Wo denn?», fragte Ingrid.

«Unten am Meer», antwortete Hannah.

Plötzlich tat Gunnar Ingrid leid. «Tu ihm nicht so sehr weh.»

Hannah runzelte die Stirn. «Wenn du mir erklärst, wie das gehen soll, gern. Immerhin werde ich ihm sagen, dass es vorbei ist mit uns, da kann ich noch so nett sein, es wird ihn verletzen.»

«Das weiß ich ja, aber vielleicht solltest du ihm das mit Karl erst mal nicht sagen, zumal der sowieso in zwei Tagen zurück nach Deutschland fährt. So wäre es vielleicht einfacher für Gunnar. Und wenn Karl dann wirklich nächstes Jahr nach Stockholm geht und ihr euch wiedersehen solltet, ist bis dahin schon ein wenig Zeit vergangen.»

«Darüber habe ich lange nachgedacht. Glaub mir, leicht fällt mir das bestimmt nicht, und es geht mir auch gar nicht gut bei dem Gedanken, aber ich möchte ehrlich zu Gunnar sein», erklärte Hannah und deutete im nächsten Moment mit einer Kopfbewegung in Richtung Straße. «Da kommt Großvater. Wir reden gleich weiter.»

Der Großvater war zu Fuß unterwegs. Etwas Zeit blieb ihnen noch. «Warte!» Ingrid hielt ihre Schwester am Arm fest und erzählte die Neuigkeit, die sie eben erfahren hatte. «Wir sollen für heute Abend Muscheln sammeln. Willst du mit, oder bist du die ganze Zeit mit Gunnar beschäftigt?»

Ein Lächeln huschte über Hannahs Gesicht. «Vater kommt? Wann denn?»

«Am Abend, gegen sieben.» Hannah sah auf die Armbanduhr, die der Vater ihr zur Volljährigkeit geschenkt hatte. «Es ist Viertel vor drei. Treffen wir uns um halb fünf unten bei den Felsen?»

«Abgemacht. Und jetzt sieh zu, dass du Land gewinnst. Großvater ist gleich da.»

Hannah lief los. «Danke!»

Der Großvater kam auf den Hof getorkelt. Wie jeden Sonntag hatte er sich nach dem Mittagessen mit seinen Freunden am Hafen getroffen. Jeder wusste, dass sie dort in einem Schuppen heimlich Branntwein brannten – und tranken. Dabei schimpften sie über Gott und vor allen Dingen über die Welt, die ihnen, wie sie gern lautstark verkündeten, so übel mitgespielt hatte in den letzten Jahren. Dass die sozialdemokratische Regierung nach einer Abstimmungsniederlage zurückgetreten war und König Gustav nun bis zur Wahl im September einen Mann aus dem Bauernbund zum Minister ernannt hatte, passte dem Großvater gar nicht. Er war durch und durch Sozialdemokrat und wollte Per Albin Hansson, das sozialpolitische Reformpaket und den Traum vom Volksheim zurück. Die Rede über das Fundament des Heims, die Hansson 1928 in einer Debatte des Reichtags gehalten hatte, kannte der Großvater in- und auswendig.

«Im guten Heim gibt es keine Privilegierten oder Benachteiligten, keine Hätschelkinder und keine Stiefkinder», zitierte der Großvater gern. «Im guten Heim herrschen Gleichheit, Fürsorglichkeit, Zusammenarbeit und Hilfsbereitschaft.» Seit Monaten war aber auch die Entwicklung in Deutschland ein Thema.

Matilda hatte recht, der Großvater hielt gar nichts von Hitler. Besonders nachdem dort die Nazis die Sozialdemokratische Partei verboten hatten, tat der Großvater lautstark kund, was er darüber dachte, dass Hitler die deutsche Bevölkerung seiner Meinung nach mit braunen Ideen krank machte.

Wenn er wüsste, dass seine Lieblingsenkelin sich ausgerechnet in einen Deutschen verliebt hat, dachte Ingrid und blieb einen Moment unschlüssig stehen. Doch als sie befürchtete, der Großvater könnte jeden Moment der Länge nach hinfallen, ging sie zu ihm, hakte sich bei ihm unter und sagte: «Komm, Großvater, wir setzen uns ein Weilchen auf die Bank.»

In dem Moment schwang die Tür zur Backstube auf. «Wo bleiben die Blaubeeren, Ingrid?», schmetterte die Großmutter los. «Die Teilchen müssen in den Ofen.»

«Das gibt Ärger», nuschelte der Großvater.

«Für dich oder für mich?», fragte Ingrid leise, dann rief sie: «Sofort! Ich helfe nur noch eben Großvater.»

«Zum Teufel aber auch», schimpfte die Großmutter, «ich hol sie mir selbst!», und stapfte aufgebracht in Richtung Haus.

«Ärger für uns beide», lallte der Großvater, grinste schief und kratzte sich den fast kahlen Schädel. «Deine Großmutter kann eine richtige Hexe sein.»

Ich weiß, lag es Ingrid auf der Zunge, aber sie verkniff sich den Kommentar. «Komm, wir setzen uns einen Moment», wiederholte sie, und der Großvater folgte ihr, ohne zu murren.

Die alte Eichenbank stand neben dem Eingang zum Bäckereiladen. Er ließ sich schwerfällig darauf nieder und schloss für einen Moment die Augen. «Ich schätze mal, ich hatte zu viel Brännvin», brummte er.

«Sieht ganz danach aus», stellte Ingrid fest. «Gut ist das nicht, das weißt du.» Dass sie gestern selbst zu viel getrunken hatte, behielt sie für sich, das musste sie ihm nicht unbedingt auf die Nase binden, zumal es bei ihr die absolute Ausnahme war und so schnell nicht wieder vorkommen würde.

«Jawoll!» Er sah sie an und seufzte tief. «Ist aber auch nicht leicht als einziger Mann mit ... wie viele Weibsbilder seid ihr noch gleich ... sieben! Fünf Enkeltöchter, eine Tochter und ein Drachen. Hast du gewusst, dass eure Großmutter Feuer speien kann?»

«Pst!», raunte Ingrid. «Sag das nicht zu laut, Großvater!» Wie sie das anstellte, wusste Ingrid nicht. Aber die Großmutter schien ihre Ohren überall zu haben. «Außerdem bist du nicht der einzige Mann. Vater ist auch noch da, und der kommt heute Abend.»

«Oh, das bedeutet noch mehr Ärger!» Der Großvater schürzte die Lippen. «Jetzt, da euer Vater eine Liebelei in Kiruna hat.»

Ingrids Magen zog sich zusammen, und ihr Herz schlug schneller. Der Großvater hatte zwar zu viel Schnaps getrunken. Aber so etwas würde er nicht einfach so in die Welt setzen. Sie räusperte sich, wagte aber nicht zu sprechen, weil sie Angst davor hatte, was sie gleich erfahren würde. Dann tat sie es aber doch. «Was meinst du damit, dass Vater eine Liebelei hat?»

«Ups!» Der Großvater schlug sich kurz die Hand vor den Mund und schüttelte den Kopf. «Ich schweige besser wie ein Grab. Am Ende bin ich wieder der Böse.»

«Morfar!»

Er massierte sich mit dem Daumen und dem Zeigefinger die Nasenspitze, was er immer tat, wenn er nachdachte. Schließlich sah er sie an und erklärte: «Ich habe nichts gesagt. Und falls ich doch was über eine andere Frau gesagt habe, musst du es für dich behalten. Ebba und Ulla sollen es nicht wissen. Und ihr großen Mädchen eigentlich auch nicht. Das ist eine Sache allein zwischen eurer Mutter und ihm. Da solltet ihr euch raushalten.»

Ingrid schwirrte der Kopf. Deswegen war die Stimmung also so schlecht. Die arme Mutter! Was, wenn der Vater für immer in Kiruna und bei der anderen bleiben würde?

Obwohl sie mit aller Macht dagegen ankämpfte, brannten auf einmal Tränen in ihren Augen. Erst geriet Hannah auf Abwege und nun auch noch der Vater.

Der Großvater tätschelte unbeholfen ihre Wange. «Geh nicht zu hart mit ihm ins Gericht. Es kann recht einsam sein, dort in Kiruna. Da kann so was schon mal vorkommen.»

Sie wollte gerade zu einer empörten Antwort ansetzen, als sie Ebba und Ulla kichern hörte, die aus dem Garten um das Haus herumkamen.

«Pst», zischte nun der Großvater.

Ingrid straffte die Schultern und versuchte sich nicht anmerken zu lassen, was sie eben erfahren hatte. Sie lächelte ihre beiden Schwestern an, die kurz darauf bei ihnen waren.

«Hast du schon gehört, Ingrid?», fragte Ebba mit vor Glück strahlenden Augen. «Vater kommt heute Abend. Das hat Großmutter uns erzählt. Sie hat gesagt, wir sollen später noch Muscheln sammeln.»

«Ich weiß», sagte Ingrid. «Wir gehen kurz vor vier, alle zusammen.»

«Fein.» Ulla klatschte in die Hände. «Das wird ein Festmahl zur Feier des Tages.»

«Ja, das wird eine feine Feier», sagte der Großvater. Trotz seiner Trunkenheit schaffte er es, seiner Stimme einen sarkastischen Klang zu verleihen.

Ingrid stieß mit ihrem Fuß fest gegen seinen. «Großvater hat ein bisschen zu viel getrunken.»

«Wie jeden Sonntag um diese Uhrzeit», bemerkte Ebba und hakte sich bei Ulla unter.

Der Großvater setzte zu einer Antwort an, winkte aber ab und sah zu Ingrid. «Ganz schön frech, die beiden jüngsten Lindholms.»

«Wieso die beiden?», verteidigte Ulla sich sofort. «Das hat Ebba gesagt.»

«Aber gedacht hast du's auch», konterte Ebba. «Schließlich sind wir Zwillinge.»

Es stimmte, die beiden nahmen sich Sachen heraus, die sie sich niemals getraut hätte, genauso wenig wie Hannah, und noch nicht mal Matilda. Aber sie hatten recht, der Großvater trank wirklich zu viel, auch unter der Woche. Sie sprang den Schwestern aber nicht bei. Sie musste erst einmal wieder zur Besinnung kommen nach der unglaublichen Nachricht. «Und ihr verkrümelt euch besser wieder, bevor Großmutter gleich aus dem Haus kommt und euch doch noch dazu verdonnert, beim Backen zu helfen.»

Die Taktik ging auf. «Sie ist im Haus?», fragte Ulla vorsichtig.

«Ja, im Vorratsraum», erklärte Ingrid. Und in dem Augenblick trat die Großmutter auch schon aus der Tür.

«Los, Ulla, schnell weg hier», flüsterte Ebba, und sie liefen davon.

Die Großmutter blieb vor der Bank stehen und warf dem Großvater einen langen vorwurfsvollen Blick zu, sagte aber nichts. So konnte sie ihrer Enttäuschung am besten Ausdruck verleihen, Schweigen war ihre stärkste Waffe. Schlimmer als Feuerspucken, schoss es Ingrid durch den Kopf.

Zu gern hätte sie die Großmutter gefragt, ob das mit der anderen Frau tatsächlich stimmte. Aber letztendlich würde das Großvater nur noch mehr Ärger einhandeln, weil er sich verplappert hatte. Und außerdem war Ingrid sich sicher, dass ihr Großvater nicht geflunkert hatte. Denn wie hieß es so schön? Kinder und Betrunkene sagten immer die Wahrheit. Wie konnte der Vater ihnen das nur antun?

4

Hannah

Er liebt mich, hat er gesagt. Ich muss einfach nur ja sagen. Aber möchte ich wirklich all das hinter mir lassen? Hannah atmete tief die salzige Luft ein und grub ihre Zehen in den festen feuchten Sand. Was hat das Meer nur an sich, dass ich mich in seiner Nähe gleich viel besser fühle, fast so, als würde es all meine Sorgen davonspülen? Sie schützte mit der Hand ihre Augen vor der Sonne und blickte über die Skälderviken-Bucht, die in das Kattegat führte. Linkerseits lag der Kullerberg, Berlin befand sich genau entgegengesetzt, etwa fünfhundert Kilometer Luftlinie von hier entfernt, wie Karl ihr erklärt hatte. Er hatte von Deutschland aus mit der Eisenbahnfähre die Ostsee überquert und war von Trelleborg weiter bis nach Malmö und schließlich Mölle gereist. Sie selbst hatte Skåne noch nie verlassen, weiter als Helsingborg war sie noch nie gekommen. Noch einmal sog sie tief den frischen Duft der wogenden See ein. In den letzten Tagen war es ungewöhnlich heiß gewesen, aber heute wehte ein angenehm leichter Wind. Sie dachte daran, wie leidenschaftlich Karl sie wieder geküsst und dass er in seiner Erregung etwas zu fest zugebissen hatte. Dabei fuhr sie mit der Zunge über die Innenseite der Unterlippe, wo sie die kleine Wunde noch immer spüren konnte. Das verheißungsvoll ziehende Gefühl in ihrem Unterleib breitete sich wieder aus. Er hatte sie so berührt, wie Gunnar es sich bisher noch nicht getraut hatte – obwohl sie bereit dazu gewesen wäre.

Innerhalb von nicht mal drei Wochen hatte Karl es geschafft, ihre Welt auf den Kopf zu stellen, und dabei hatten sie sich in der Zeit nur sechsmal getroffen. Noch nie hatte sie sich so lebendig gefühlt – und so anziehend. Natürlich machte auch Gunnar ihr hin und wieder ein Kompliment, über ihr langes volles Haar oder über ihre wohlgeratenen Proportionen. Aber so wie Karl hatte sie noch niemand angesehen. Auch er fand sie schön, aber mindestens ebenso sehr bewunderte er ihre Klugheit, ihren Fleiß, und er schwärmte für ihre weiche Stimme und ihr sanftes Wesen. Karl war kleiner als Gunnar und bei weitem nicht so kräftig gebaut. Seine Hände kamen ihr fast zart vor, wenn sie sie mit Gunnars verglich, die von der Arbeit auf dem Fischerboot rau und rissig geworden waren. Aber sie hatte sich sofort in Karls unbeschreiblich schöne blauen Augen verliebt, die voller Schalk nur so blitzten. Und außerdem war er nicht nur klug, sondern auch gebildet. Mit ihm konnte sie Gespräche führen wie mit niemandem sonst, noch nicht mal mit ihren Schwestern. Sie wusste, dass das verrückt war, denn obwohl sie sich noch nicht lange kannten, wünschte sie sich, den Rest ihres Lebens mit Karl zu verbringen.

Ihr Herz wurde schwer bei dem Gedanken, dass sie gleich mit Gunnar darüber reden musste. Aber er hatte es verdient zu erfahren, dass es keinen Sinn machte, noch länger auf sie zu warten. Sie kannten sich schon seit der Kindheit und waren stets gute Freunde gewesen, bevor sich im letzten Jahr plötzlich zarte Bande zwischen ihnen entwickelt hatten. Im Grunde musste er sie verstehen, immerhin hatte er sich von seiner Freundin Pia getrennt, um mit Hannah zusammen sein zu können. Er müsse auf sein Herz hören, hatte er gesagt, und so ging es Hannah nun auch.

Der Gedanke, jemals wieder einen anderen Mann als Karl zu

küssen, erschien Hannah geradezu absurd. Karl würde tatsächlich im nächsten Jahr für immer nach Schweden kommen, um im Betrieb seines Onkels in Stockholm zu arbeiten, das hatte er ihr gerade gesagt. Zwar wollte sie Karl nicht jetzt schon nach Berlin begleiten, wie er ihr vorhin überglücklich vorgeschlagen hatte. Aber Stockholm konnte sie sich vorstellen. Das war zwar auch weit weg von Arild, doch immerhin blieb sie in Schweden. Und es gab ja schließlich eine Zugverbindung. Der Vater kam sogar von Kiruna bis zu ihnen, im Vergleich dazu würden die knapp sechshundert Kilometer, die sie zurücklegen müsste, ein Klacks sein.

Als sie aus den Augenwinkeln in der Ferne eine große Gestalt am Spülsaum entlang auf sich zukommen sah, fühlte sie einen beklemmenden Druck auf der Brust, der ihr fast die Luft zum Atmen nahm. Ohne Zweifel sah Gunnar besser aus als Karl. Sie wusste, dass viele Frauen aus dem Ort ein Auge auf ihn geworfen hatten. Mit seiner stattlichen Größe von über einem Meter neunzig, den breiten Schultern und dem dunklen störrischen Haar fiel er sofort auf.

Ich mag ihn sehr, schoss es Hannah durch den Kopf. Aber geliebt habe ich ihn nie. Zumindest nicht so, wie ich Karl liebe. Gunnar war ihr immer ein Freund geblieben, verglichen mit dem, was sie für Karl empfand.

Sie winkte ihm zu und schlüpfte wieder in ihre Sandalen. Es gab hier unten nur einen sehr schmalen Streifen Sand kurz vor dem Wasser. Die Küste war ansonsten steinig. Und wenn man barfuß lief, konnte man sich schnell eine zersprungene Muschelschale oder einen Splitter Treibholz eintreten. Später würde sie mit ihren Schwestern noch ein paar Muscheln sammeln. Sie griff nach dem Eimer, den sie mitgebracht hatte. Ihre Schwestern waren in heller Aufregung, weil der Vater aus Kiruna zu Besuch kommen würde. Er liebte Muscheln und dazu eine

Scheibe frisch gebackenes Weißbrot, Butter, etwas Salz und frische Petersilie aus dem Garten. Mehr brauchte er nicht zum Leben, sagte er immer wieder, außer seinen Mädchen. Und auch sie freute sich darauf, ihn endlich wiederzusehen. Doch vorher musste sie die Sache mit Gunnar klären.

Mit klopfendem Herzen ging Hannah los und erreichte die beiden Findlinge noch vor ihm. Auf den Steinen hatten sie schon oft gesessen, um Kiesel ins Wasser zu werfen oder Gebäckteilchen zu essen, die sie aus der Bäckerei mitbrachte. Gunnar mochte am liebsten die schlichten weichen Hefebrötchen, die er je nach Lust mit Marmelade oder auch mal mit geräuchertem Hering aß.

Sie kletterte auf einen der Steine, zog die Beine an und schlang die Arme um ihre Knie. Dann wartete sie.

Gunnar war bestimmt noch hundert Meter weit weg, da fiel ihr auf, dass sein Gang heute schleppend wirkte. Die Hände hatte er tief in den Hosentaschen vergraben. Und anders als sonst war sein Blick nicht auf sie, sondern auf den Sand zu seinen Füßen gerichtet.

Ob er Karl und mich vielleicht beobachtet hat, überlegte Hannah, und ihr Herz klopfte noch etwas schneller. Oder hat uns vielleicht irgendjemand anders gesehen und es ihm gesagt? Sie schüttelte unwillkürlich den Kopf. Sie waren vorsichtig gewesen und hatten sich nicht am Meer getroffen. In die kleine Lichtung im Kiefernwäldchen hinter Skäret verirrte sich so schnell niemand. Trotzdem fühlte sie sich nun schrecklich unwohl. Obwohl das schlechte Gewissen schon seit Tagen an ihr nagte, machte Gunnars Anblick es jetzt noch schlimmer.

Er blieb vor ihr stehen, fuhr sich mit der Hand durch das dichte Haar und sagte nichts. Er sah sie einfach nur mit traurigen Augen an und schien nach den richtigen Worten zu suchen.

«Es tut mir leid, Gunnar», sagte sie, überzeugt davon, dass er es wusste.

Er blinzelte ein paar Tränen fort. «Du weißt es schon?»

Sie horchte auf. Etwas anderes musste passiert sein, Gunnars Zustand hatte nichts mit ihr zu tun.

«Dein Großvater?», fragte sie. Er war seit Wochen schon bettlägerig, und es stand nicht gut um ihn.

«Mein Vater», antwortete er, und Tränen traten ihm in die Augen. «Er … er hatte einen Unfall, und er hat es nicht geschafft. Er ist …»

Hannah sprang auf. «Oh Gott, das wusste ich nicht.» Sie legte ihre Arme um Gunnar und hielt ihn ganz fest, während er anfing zu weinen.

Es dauerte eine kleine Ewigkeit, bis er sich einigermaßen wieder gefangen hatte. Sie zog ihn an der Hand neben sich auf den Stein.

«Erzähl, was ist passiert? Oder möchtest du lieber nicht reden?»

«Er ist im Boot ausgerutscht und unglücklich mit dem Kopf auf die Planken aufgeschlagen», erklärte Gunnar. «Man konnte nichts mehr für ihn tun.»

«Das tut mir furchtbar leid.» Sie drückte Gunnars Hand ganz fest. In diesem Moment hätte sie alles dafür getan, seinen Schmerz zu lindern. Es tat ihr in der Seele weh, ihn so leiden zu sehen.

«Und deine Mutter?», fragte sie.

«Es geht ihr schlecht», antwortete Gunnar. «Ich muss auch sofort wieder zurück. Ich bin nur gekommen, um dir zu sagen, dass du nicht auf mich zu warten brauchst.»

Genau das wollte ich dir auch sagen, schoss es Hannah durch den Kopf, aber sie verscheuchte den Gedanken schnell wieder.

Jetzt gab es Wichtigeres als ihr Liebesglück. «Ich komme mit!», entschied sie.

Doch Gunnar schüttelte den Kopf. «Das ist lieb von dir, aber meine Mutter möchte allein sein. Sie hat auch alle Nachbarn weggeschickt.»

Eine Woge der Traurigkeit erfasste Hannah, als sie nun an Gunnars Vater Erik dachte, der der Inbegriff eines Seebären war, den nichts erschüttern konnte, der die besten Seemannsgarngeschichten erzählte und immer guter Laune war, wie sein Sohn. Sie konnte nicht begreifen, dass er nicht mehr lebte, schluchzte auf und ließ ihren Kopf an Gunnars Schulter sinken.

Schützend legte er den Arm um sie und zog sie ganz nah an sich heran. Dann flüsterte er: «Nicht traurig sein, immerhin haben wir uns. Gemeinsam können wir alles schaffen.»

Hannah erwiderte darauf nichts, sie ließ ihren Tränen freien Lauf, bis ihr Gewissen sich meldete, das ihr klarmachte, dass sie nicht diejenige war, die im Moment Trost brauchte. Entschlossen wischte sie sich die Tränen aus dem Gesicht und sagte: «Ich bin für dich da, wenn du mich brauchst.»

Als Gunnar sie zum Abschied außergewöhnlich heftig küsste, ließ sie es zu, aber sie fühlte sich schlecht dabei. Nur zwei Stunden vorher hatte sie eng umschlungen mit Karl auf einer Decke im Wald gelegen. Nun schmerzte die kleine Wunde auf ihrer Unterlippe plötzlich, und sie zuckte zusammen.

Gunnar ließ sofort von ihr ab. «Habe ich dir weh getan?», fragte er. «Tut mir leid, ich fühle mich so ...» Er suchte nach den richtigen Worten.

«Verzweifelt», sagte Hannah und legte ihre Hand auf seine Wange. «Aber der Schmerz wird mit der Zeit nachlassen.»

Er legte seine Hand auf ihre. «Ich weiß.»

Sein Vater war nicht der erste Angehörige, den Gunnar verloren hatte. Auch sein Bruder hatte vor drei Jahren bei einem Bootsunglück sein Leben gelassen.

Nachdem er weg war, blieb Hannah auf dem Stein sitzen, sah aufs Meer hinaus und weinte. Unaufhaltsam strömten die Tränen ihr die Wangen hinab. Sie hatte den Vater gerngehabt – und er sie. Mit Gunnars Mutter Wilma war sie in all den Jahren nie richtig warm geworden, und das hatte sich auch nicht gebessert, nachdem Hannah und Gunnar ein Paar geworden waren. Im Gegenteil, Wilma hatte nie ein Hehl daraus gemacht, dass Pia ihr als Schwiegertochter lieber gewesen wäre. Gunnars Mutter hat recht gehabt, dachte Hannah. Zu ihrer Trauer gesellte sich ein erdrückendes Schuldgefühl. Was für ein furchtbarer Mensch war sie nur! Während sie sich mit Karl im Wald vergnügt hatte, war Gunnars Vater gestorben. Jetzt musste sie für Gunnar da sein, als Freundin. Sie schüttelte den Kopf, weil sie selbst nicht wahrhaben wollte, wie egoistisch sie gewesen war. Gunnar brauchte sie, und wenn sie es bedachte, die Großeltern, die Eltern und die Schwestern auch.

Was sich eben noch wie ein großer Lebenstraum angefühlt hatte, drohte wie eine Seifenblase zu platzen. Aber Gunnar durfte auf keinen Fall erfahren, was sie getan hatte – nicht jetzt.

Als sie fröhliches Gelächter in der Ferne hörte, blickte sie auf. Ihre Schwestern kamen, bewaffnet mit Eimern und Messern, den Hang hinunter. Großmutter hat recht, schoss es Hannah beim Anblick der vier durch den Kopf, als sie unten am Ufer angekommen waren. Nebeneinander sehen wir tatsächlich aus wie Orgelpfeifen. Selbst unsere beiden Nesthäkchen sind nicht gleich groß, obwohl sie Zwillinge sind. Sie beschloss, erst einmal für sich zu behalten, was geschehen war. Besonders die beiden Jüngsten brannten darauf, den Vater wiederzusehen. Die Freude wollte sie ihnen nicht verderben. Dass Gunnars Vater gestorben war, würden sie noch früh genug erfahren. Sie riss sich zusammen, stand auf, lief zur Brandung und benetzte ihr Gesicht mit dem klaren Meerwasser. Das kühle Nass tat gut und half ihr dabei, ihre Gedanken zu ordnen. Sie hatte sich wieder einigermaßen gefasst, als die Schwestern fast bei ihr waren.

«Das ist unfair, Hannah! Was jetzt schon in deinem Eimer ist, zählt nicht!», rief Ebba.

«Genau, die Muscheln zählen nicht!», stimmte Ulla zu.

Hannah griff nach dem Eimer, den sie neben sich gestellt hatte, und drehte ihn mit einem Schwung um. «Ist leer!»

Ebba war zuerst bei ihr. Sie beäugte den Eimer misstrauisch. «Wo hast du sie versteckt?» Ihre Augen suchten den Boden ab. «Du hast doch bestimmt irgendwo einen ganzen Haufen gebunkert.»

«Sie hat keine, weil sie keine Zeit hatte, welche zu sammeln», sagte Ulla und zeigte triumphierend auf den Boden vor dem Findling. «Im Sand sind Fußabdrücke, und zwar ziemlich große.»

Ebba piekte Hannah mit dem Zeigefinger in die Seite. «Habt ihr euch geküsst, Gunnar und du?»

Prompt kam ihr Karl in den Sinn. Hitze kroch in Hannah hoch, und sie merkte, wie sie wieder errötete.

«Wusste ich es doch!», sagte Ebba triumphierend.

Zum Glück kam Matilda Hannah zu Hilfe. Sie zog Ulla an ihrem stramm geflochtenen blonden Zopf und sagte: «Du bist mit deinen vierzehn Jahren noch viel zu jung für solche Fragen. Sei nicht so neugierig. Fang lieber an, Muscheln zu sammeln, sonst hast du am Ende die wenigsten und darfst heute ganz allein den Abwasch machen.»

«Wie langweilig! Können wir nicht mal um was anderes wetten?», fragte Ebba. «Wenn eine von euch Großen verliert, helft ihr euch doch sowieso gegenseitig. Das ist unfair.»

«Na gut, dann lasst euch einen besseren Einsatz einfallen», schlug Matilda vor.

«Zu Befehl!» Ebba hakte sich bei Ulla unter und zog sie mit sich. «Komm, bevor wir uns wieder die übliche Standpauke anhören müssen, von wegen wir sind noch zu jung für die Liebesangelegenheiten unserer ach so erwachsenen Schwestern.»

Die Zwillinge waren schon ein paar Meter in Richtung der Felsen marschiert, als sie sich voneinander lösten, sich zu ihren Schwestern umdrehten und Ulla laut rief: «Wer am Ende am wenigsten hat, muss den ganzen Abend neben Tante Jorunn am Tisch sitzen! Sie bekommt uns bestimmt besuchen, jetzt, wo Vater kommt.»

Tante Jorunn war Vaters ältere Schwester. Sie hatte die unschöne Angewohnheit, an allem und jedem herumzunörgeln – und alles besser zu wissen. Mit ihr war nie gut Kirschen essen, sie war immer sehr streng und wirkte etwas hart. Der Vater hatte einmal gesagt, das würde wohl daran liegen, dass sie schon so früh gezwungen war, Verantwortung zu übernehmen. Sie war zwölf, als die Mutter starb, und Jorunn musste sich um die Geschwister kümmern, Hannahs Vater Anders und den Bruder Nisse, die damals erst sechs und vier Jahre alt waren. Dazu kam noch der Haushalt. Damals lebten sie alle noch in Kiruna. Aber dann hatte Tante Jorunn einen Mann aus Skåne geheiratet und war zu ihm ans östliche Ende der Bucht in der Nähe von Ängelholm gezogen. Seitdem der Vater im Erzbergwerk arbeitete, sahen sie Tante Jorunn nur noch selten. Sie selbst hatte keine Kinder bekommen und betonte gern, dass ihr Bruder ihr das Glück einer großen Familie zu verdanken hatte. Wenn Jorunn Kiruna damals nicht verlassen hätte, hätte der Vater während eines Besuchs bei ihr in Ängelholm seine zukünftige Frau nicht kennengelernt und es gäbe die Lindholm-Schwestern nicht. Im

Grunde genommen fand Hannah Tante Jorunn aber sehr nett, sie meinte es immer nur gut. Für Matilda jedoch war sie ein rotes Tuch. Seitdem sie in Mölle arbeitete, musste Matilda sich jedes Mal einen Vortrag darüber anhören, wie es dort zuging. In der Beziehung war Tante Jorunn noch schlimmer als die Großmutter.

«Die mit den wenigsten Muscheln soll neben Tante Jorunn sitzen? Das ist hart!», kam es prompt von Matilda. «Ich weiß ja nicht, wie es euch geht, aber das will ich mir nicht antun.» Sie zückte ihr Messer, mit dem sie gleich möglichst viele Muscheln von den Steinen lösen wollte, an denen sie festsaßen. «Dann werde ich mal lieber gleich mit dem Sammeln anfangen. Was Karl heute mit dir angestellt hat, kannst du uns später noch erzählen. Schmecken seine Küsse tatsächlich so gut, dass du für ihn nach Stockholm gehen würdest? Du musst uns alles berichten – auch die Einzelheiten.»

«Sie schmecken nach Tabak», sagte Hannah zu Ingrid, als Matilda, den Blick auf den feuchten Sand gerichtet, davonging.

«Bah.» Ingrid schüttelte sich. «Und das magst du? Mir wäre Schokolade lieber. Oder noch besser: Zimt.»

Hannah lächelte wehmütig. «Dafür muss mich niemand küssen, den koste ich jeden Tag in der Bäckerei. Ich mag Tabakgeschmack.»

Ingrid verdrehte die Augen. «Mich erinnert das an Vater, der riecht auch so.»

«Das war gemein!» Hannah klatschte ihr mit der flachen Hand auf den Arm.

«He! Erst Großmutter und jetzt auch noch du», sprudelte es aus Ingrid heraus. «Das musst du dir echt abgewöhnen, Hannah, das geht gar nicht! Immerhin habe ich heute deinen Dienst übernommen und mir von Großmutter auch schon eine eingefangen, als sie mich gefragt hat, ob du dich mit Gunnar rumtreibst.» Sie beruhigte sich wieder. «Tut mir leid, dass ich vorhin nur an Gunnar gedacht habe, und nicht an dich. Wie ist es gelaufen, war es sehr schwer, es ihm zu sagen? Erzähl, wie geht es dir?»

Obwohl Hannah sich so fest vorgenommen hatte, stark zu sein und sich zusammenzureißen, schossen ihr Tränen in die Augen, und ein lauter Schluchzer entfuhr ihr.

Ingrid war sofort bei ihr und schloss sie in die Arme. «So schlimm?»

«Schlimmer», flüsterte Hannah. «Gunnar hat mir gerade erzählt, dass sein Vater heute gestorben ist. Es war ein Unfall, auf dem Boot. Und da konnte ich Gunnar doch nichts von Karl erzählen … Und auch nicht, dass ich … Ich wollte eigentlich … Aber Gunnar braucht mich doch jetzt.»

«Oh Gott, das ist ja fürchterlich.» Ingrid strich ihr über das Haar und hielt sie einen Moment ganz fest.

Da ertönte plötzlich Matildas Stimme neben ihnen. «Was ist los? Was ist passiert? Hat Karl etwa mit dir Schluss gemacht, Hannah?»

«Hannah hat sich doch eben mit Gunnar getroffen, um ihm von Karl zu erzählen. Aber dazu ist es nicht gekommen, da Gunnar ihr gesagt hat, dass sein Vater einen Unfall hatte. Er ist heute gestorben, Matilda», erklärte Ingrid und schluckte schwer.

«Oh mein Gott, Hannah, das tut mir leid, das mit Gunnars Vater.» Matilda stellte sich zwischen ihre Schwestern und legte jeweils einen Arm um sie. «Sollen wir alle gemeinsam zu ihnen gehen und unser Beileid bekunden?»

Hannah schüttelte den Kopf. «Gunnars Mutter möchte allein sein.» Sie straffte die Schultern. «Lasst uns lieber später über alles reden. Ich muss das erst mal verdauen. Außerdem möchte ich den Zwillingen nicht auch noch die Muschelsuche verderben. Ich will ihnen erst mal nichts davon sagen. Die Nachricht wird sich ohnehin schon in Arild rumgesprochen haben und bei Mutter, Großmutter und Großvater angekommen sein. Ebba und Ulla erfahren es noch früh genug, sie sollen sich, solange es geht, darüber freuen dürfen, dass unser Vater heute kommt.»

«Pff!», machte Ingrid. «Der kann meinetwegen bleiben, wo der Pfeffer wächst.»

«Wieso, was ist los?», hakte Matilda sofort nach.

«Ach, nichts, aber du hast doch vorhin selbst gesagt, dass die Stimmung ohne ihn besser ist», erklärte Ingrid ausweichend. «Lasst uns schnell ein paar Muscheln suchen und zusehen, dass wir wieder nach Hause kommen.»

Hannah sah, dass Ingrid unter dem gefassten Äußeren aufgewühlt war. «Was ist passiert?», fragte sie. «Hat Großmutter wieder gegen Vater gewettert?»

«Nicht direkt. Darüber gefreut, dass er heute kommt, hat sie sich allerdings nicht. Aber jetzt ist sowieso nicht der richtige Zeitpunkt dafür, um darüber zu reden», sagte Ingrid. «Habt ihr nicht gehört, was für einen gemeinen Wetteinsatz die Zwillinge sich haben einfallen lassen?»

«Ihr spürt Muscheln doch in jedem Versteck auf.» Matilda seufzte theatralisch. «Ich Arme werde neben Tante Jorunn sitzen dürfen.»

Hannah war dankbar für den Themenwechsel und ging auf das Ablenkungsmanöver ein, um die Stimmung wieder etwas aufzulockern. «Dann musst du auf jeden Fall aufpassen, dass sie nicht zu viel trinkt. Bestimmt schläft Tante Jorunn wieder bei uns im Zimmer. Und dann schnarcht sie grässlich laut.»

«Das liegt wohl in der Familie», sagte Matilda und grinste Ingrid frech an.

Aber Ingrid ging nicht darauf ein. «Gut, reden wir also später. Jetzt machen wir uns an die Arbeit!», entschied sie. «Am besten teilen wir uns auf, dann sind wir schneller fertig. Möchtest du lieber für dich sein, Hannah, oder soll eine von uns bei dir bleiben?»

«Wir gehen getrennt», sagte Hannah. Ein bisschen Zeit allein würde ihr guttun.

Miesmuscheln fand man zwischen den Felsen und den größeren Steinen im flachen Wasser. Man musste sie mit einem Messer vorsichtig ablösen und durfte die Schalen dabei nicht zerstören. Hannah mochte jedoch die schmackhaften Herzmuscheln lieber. Sie vergruben sich in den Sand. Dabei hinterließen sie einen verräterischen dunklen Krater auf der Oberfläche. Es dauerte nicht lang, als sie etwas bemerkte, in die Hocke ging und gleich eine ganze Ansammlung Herzmuscheln nur knapp unter dem Sand eingegraben entdeckte. Es waren fünf an der Zahl, so wie sie und ihre Schwestern. «Tut mir leid, meine Lieben», sagte sie, «heute Abend landet ihr auf unseren Tellern.» Sie richtete sich auf und sah triumphierend nach ihren Schwestern. Dabei bemerkte sie Ingrid, die ein paar Meter weit weg von ihr stand und in die gleiche Richtung sah, zu den Felsen, zwischen denen die Zwillinge herumkletterten.

«Sie sind viel zu weit weg!», rief Ingrid da auch schon.

Statt zu antworten, pfiff Hannah lang und laut auf ihren Fingern.

Ebba und Ulla blieben sofort stehen, sahen in ihre Richtung, winkten und machten sich auf den Weg zurück. Allen Schwestern war schon seit jüngster Kindheit eingebläut worden, dass man dem Signal zur Rückkehr sofort folgen musste. Zu groß war die Gefahr, dass man von der Strömung mitgerissen wurde, wenn man nicht aufpasste und ins Wasser fiel.

«Das Meer gibt, das Meer nimmt, achte gut auf dich, wenn du am Wasser bist», hatte Gunnars Vater Erik mal zu Hannah gesagt. Jetzt war er plötzlich tot, und der Gedanke, dass er einfach nicht mehr da war, war unvorstellbar.

Sie sah auf das Meer hinaus. Gunnar war jeden Tag auf dem Wasser, um zu fischen. Die Arbeit war nicht nur schwer, sie war auch gefährlich. Das Wetter konnte manchmal unberechenbar sein, hin und wieder wurden auch die erfahrensten Fischer von einem Sturm überrascht, und dann konnte es passieren, dass sie nicht mehr zurückkamen. Auch aus diesem Grund, so wurde ihr nun in diesem Moment klar, hätte sie ihr Leben lieber mit Karl verbracht. Er kümmerte sich um die Finanzen in der Kabel- und Drahtfabrik seines Vaters in Berlin. Auch in Stockholm hätte Karl bei seinem Onkel einen ungefährlichen Arbeitsplatz in einem Büro. Und sie könnte ebenfalls ihren Teil zum Lebensunterhalt beitragen. Sie war gut in der Backstube, und sie hatte auch ein Händchen für feinere Kuchen und Torten. Vielleicht könnte sie sich eine Anstellung in einer Konditorei suchen. Es würde ihr große Freude bereiten, wenn sie dort auch noch etwas dazulernen konnte.

«Ich habe einen Hummer gefangen!», rief Matilda da plötzlich und riss Hannah aus ihren Gedanken. «Er hat sich in einem Netz verfangen.» Sie drehte sich zu Matilda und sah sie bis zu den Knien im Wasser stehen, mit der einen Hand den Rock nach oben gerafft, mit der anderen hielt sie triumphierend das Tier nach oben.

«Pass auf, dass er dich nicht beißt!», rief Ebba übermütig zurück.

«Zwickt», korrigierte Ulla sie. «Hummer können doch nicht beißen.»

«Mein ich doch.» Ebba lachte. Und die anderen Schwestern stimmten mit ein, auch Hannah.

Ich würde sie alle vermissen, dachte sie. Da erst bemerkte sie Ingrid, die nicht weit von ihr weg stand und nun auf sie zukam.

«Was machst du jetzt?», fragte Ingrid. «Mit Gunnar und Karl.»

«Wenn ich das nur wüsste», antwortete Hannah.

5

Matilda

Der vom Meerwasser nasse, blauschwarze Panzer des Hummers glitzerte in der frühen Abendsonne. Das Tier war wunderschön, etwa vierzig Zentimeter lang und bestimmt gute zwei Pfund schwer. Matilda ging mit weit ausgestrecktem Arm auf ihre Schwestern zu. Sie konnte den Hummer kaum mit der Hand umfassen, so dick war sein Körper. Der Schwanz des Prachtstücks wippte aufgeregt auf und ab. Sie hatte Angst, ihn fallen zu lassen, und zwicken sollte er sie auch nicht.

«Ebba, Ulla, ich brauche eure Haarbänder», rief sie. «Die Scheren sind riesig.»

Die beiden liefen ihr sofort entgegen.

«Meint ihr, es war wirklich ein Hummer, der damals Großvaters Finger gebrochen hat?», fragte Ebba, während sie das Band aus ihrem Zopf löste und es geschickt und ohne Zögern um eine der Scheren wickelte.

«Pff!», machte Ulla. «Das schafft ein Hummer doch gar nicht. Entweder ist Großvater im Suff gestürzt, oder Großmutter hat ein wenig nachgeholfen. Vielleicht hat sie versucht, Großvater den Ehering abzunehmen, und hat absichtlich zu fest daran gezogen. Wundern würde mich das nicht.»

Matilda drehte den Hummer in Ullas Richtung. «Willst du es versuchen?»

Ulla überlegte nicht lang. Sie hielt tatsächlich ihren Zeigefinger hoch.

Kopfschüttelnd zog Matilda den Hummer zurück. «Du bist genauso leichtsinnig wie Großvater. Der wollte auch testen, wie kräftig der Hummer zukneifen kann.»

Ulla runzelte die Stirn. «Hast du das gesehen oder auch nur gehört?»

«Mutter hat es mir damals erzählt», antwortete Matilda. «Sie hat es mitbekommen. Großvater hat laut aufgeheult, als der Hummer zugepackt hat, hat sie gesagt. Allerdings hat er sich den Finger erst gebrochen, als er ihn schnell wieder rausgezogen hat. Er ist dabei mit der Hand gegen die Tischkante gestoßen.» Sie sah ihre Schwester streng an. «Jetzt binde das Band drum, und rede nicht so abfällig über Großvater. Immerhin lebst du, wie wir alle, in seinem Haus. Davon mal ganz abgesehen ist das jetzt schon ein paar Jahre her. Damals hatte Großvater seine Arbeit noch, und da ging es ihm besser. Dass er sich den Finger gebrochen hat, war wahrscheinlich sogar das kleinere Übel.» Sie hielt den Hummer etwas höher. «Immerhin knacken die Tiere sogar Muscheln und Schnecken mit ihren Scheren. Vielleicht hätte er den Finger am Ende ganz abgeschnitten, wenn Großvater ihn nicht rausgezogen hätte. Das hätte eine schöne Sauerei gegeben.»

Ulla fing an zu kichern. «Und dann wäre der böse Hummer mit dem blutigen Finger durch die Küche gerannt.» Sie stupste ihre Zwillingsschwester in die Seite. «Merkst du was, Ebba? Tilda will uns wieder eine ihrer Horrorgeschichten auftischen.» Sie schnitt eine gruselige Grimasse. «Am besten hat mir immer noch die mit dem Hai gefallen, der den Jungen gefressen hat.»

«Pinocchio.» Matilda schüttelte den Kopf. «Das ist keine Horrorgeschichte, sondern ein Märchen. Du hast aber auch gar nichts verstanden.»

«Aber recht hat Ulla schon», pflichtete nun Ebba ihrer Zwillingsschwester bei. «Zumindest was Großvater angeht. Er hat heute schon wieder zu viel geschluckt.» Sie deutete mit dem Kopf zu den beiden anderen Schwestern. «Frag doch Ingrid, sie saß vorhin neben ihm auf der Bank.»

Matilda folgte Ebbas Blick. Die beiden älteren Schwestern standen dicht beieinander am Spülsaum und sahen auf das Meer hinaus. Beide hatten die Arme vor der Brust gekreuzt. Das sah nach einem ernsthaften Gespräch aus. Ingrid war eben rausgerutscht, dass der Vater bleiben sollte, wo der Pfeffer wächst. Dabei hatte sie sich vorhin noch so über die Nachricht seines Besuchs gefreut, als sie im Zimmer miteinander gesprochen hatten. Ob die Großmutter doch etwas erzählt und Ingrid gegen ihn aufgebracht hatte?

«Ingrid sah sauer aus, aber irgendwie auch traurig», erklärte Ulla prompt. Sie wickelte ihr Band um die Schere. «Und Hannah übrigens auch. Sie hatte eben verweinte Augen, hat aber so getan, als sei alles in Ordnung. Wir haben extra nichts gesagt, aber das heißt ja nicht, dass wir es nicht bemerkt haben. Wir sind zwar jünger als ihr, aber wir bekommen am Ende doch alles mit. Obwohl sie die Wette verlieren könnten, stehen die beiden barfuß am Wasser und reden lieber miteinander, anstatt Muscheln zu sammeln. Was ist los? Hat Hannah sich mit Gunnar gestritten?»

«Schlaues Mädchen», sagte Matilda und seufzte. Die beiden würden es sowieso heute noch erfahren. Hannah hatte recht, wahrscheinlich wusste der ganze Ort bereits Bescheid. Mit Sicherheit hatte der Pfarrer die Glocken schon geläutet. Das tat er immer, sobald er vom Tod eines Bewohners erfuhr, auch wenn dieser kein Kirchgänger gewesen war. «Gunnars Vater ist gestorben», sagte Matilda. «Er ist auf dem Boot gestürzt und mit dem Kopf aufgeschlagen. Hannah hat es eben erfahren. Aber

72

sie wollte es euch nicht erzählen, damit sie euch die Freude auf Vater nicht verdirbt.»

«Oh mein Gott, die arme Hannah!», rief Ulla aus. «Das ist schlimm!»

«Vor allem aber für Gunnar und Wilma», erklärte Matilda streng, obschon sie insgeheim fand, dass Ulla recht hatte. Es war schlimm für Hannah. Ihr persönlich gefiel Gunnar zwar besser, aber Hannah hatte sich verändert, seitdem sie Karl kennengelernt hatte. Ihre oftmals so ernste Schwester lachte häufiger, war fröhlicher und auch offener geworden. Karl tat Hannah gut. Matilda konnte zwar nicht verstehen, was die Schwester an dem blassen Deutschen fand, aber Matilda wusste selbst, dass man sich nicht aussuchen konnte, zu wem man sich hingezogen fühlte. Und dass es die verschiedensten Gründe dafür gab, warum die Liebe am Ende unerfüllt blieb. Sie kannte Hannah. Auch wenn die Älteste von ihnen in den letzten Tagen fröhlicher gewesen war, oder gerade deswegen, stand ihr das schlechte Gewissen ins Gesicht geschrieben. Es war Hannah wichtig gewesen, endlich mit Gunnar zu sprechen und ihm reinen Wein einzuschenken, wie sie ihr und Ingrid am Morgen anvertraut hatte. Aber das hatte Hannah heute nicht übers Herz gebracht, und das würde sich auch so bald nicht ändern, da war Matilda sich sicher. Wenn Hannah eins hatte, dann war es Verantwortungsgefühl, und Gunnar brauchte jetzt eine starke Schulter zum Anlehnen.

Matilda seufzte noch einmal und straffte kurz darauf die Schultern. «Lasst uns trotzdem jetzt an die schönen Dinge denken. Unser Vater kommt.» Sie hielt stolz den Hummer hoch. «Und ich würde behaupten, dass ich nicht diejenige bin, die an Tante Jorunns Tisch bedienen muss. Der Gute hier ist so groß, dass er gar nicht in meinen Eimer passt.»

«Dafür haben wir jede Menge Muscheln gefunden», erklärte Ebba.

Im gleichen Moment fing Ulla an, mit ihren Armen zu fuchteln, und rief: «Hau ab, du blödes Vieh!»

Die Zwillinge hatten ihre Eimer nicht mitgebracht und einfach stehen lassen, als Matilda sie gerufen hatte. Nun hatte eine freche Möwe sich auf den Rand von einem gesetzt und pickte darin herum.

Gut gelaunt sah Matilda den beiden hinterher, die schimpfend über das steinige Ufer zurück zu ihrer Beute rannten.

Durch den Lärm hatten auch Hannah und Ingrid sich umgedreht und sahen in ihre Richtung.

Was immer passiert, wir haben uns, dachte Matilda. Auch wenn sie sich manchmal ausgeschlossen fühlte, weil Ingrid und Hannah sich so nah standen, dass niemand dazwischenzupassen schien, wusste sie, dass ihre Schwestern immer für sie da waren – und sie für sie.

«Du hast am wenigsten, Hannah», stellte Ebba fest und strich ihrer Schwester über den Arm. «Aber ich gebe dir welche von meinen ab.»

«Ich auch», sagte Ulla. «Dann setzen wir uns links und rechts neben Tante Jorunn.» Sie grinste. «Wir ziehen uns aber dann genau gleich an. Es ärgert sie, wenn sie uns nicht auseinanderhalten kann.»

Matilda zeigte auf ihren Eimer. «Das ist lieb von euch, aber ich werde mich um Tante Jorunn kümmern, denn mein Eimer ist nur halb voll, ich habe am wenigsten gefunden. Der Hummer zählt nicht, es ging um Muscheln. Außerdem komme ich am besten mit ihr zurecht, ich lass mir am wenigsten von ihr gefallen.»

Hannah freute sich darüber, dass ihre Schwestern ihr beistehen wollten, sogar die beiden Jüngsten, was bedeutete, dass sie es erfahren haben mussten. «Ihr wisst also von Gunnars Vater», sagte sie, sah aber dabei zu Matilda.

«Ich habe es Ulla und Ebba erzählt», erklärte Matilda. «Sie haben sowieso mitbekommen, dass etwas nicht stimmt. Außerdem sind sie alt genug und müssen nicht mehr in Watte gepackt werden, oder?»

«Das bedeutet aber auch, dass ihre Schonzeit vorbei ist, wenn es darum geht, in der Bäckerei und im Haushalt mitzuhelfen», warf Ingrid mit strenger Stimme ein.

«Das sehe ich auch so.» Hannah sah zu den beiden jüngsten Schwestern. «Mir ist heute erst wieder aufgefallen, wie schmal Mutter geworden ist. Ich glaube, sie könnte etwas mehr Unterstützung gebrauchen.»

Ebba und Ulla nicken einträchtig und mit ernsten Gesichtern.

«Gut, hiermit seid ihr offiziell aufgenommen in den Bund der Fürchterlichen Schwestern Lindholm», sagte Matilda feierlich.

«Fürchterlich?», hakte Hannah nach.

Matilda freute sich über das kleine Lächeln im Gesicht ihrer Schwester. «Ja, behauptet Großmutter doch immer. Eine von uns ist fürchterlicher als die andere.»

«Also, zu mir hat sie das noch nie gesagt», meldete sich nun Ingrid zu Wort.

«Zu mir auch nicht.» Hannahs Lächeln vertiefte sich. «Entweder hast du das erfunden, oder Großmutter nennt nur dich so, Matilda.»

«Das hat Matilda erfunden», sagte Ebba. «Da bin ich ganz sicher.»

Ulla nickte. «Auf jeden Fall. Solche Worte benutzt Großmutter nicht. Wenn, dann nennt sie uns liederlich. Wir sind ihr alle nicht ordentlich genug. Na ja, bis auf Hannah.»

«Das hat Großmutter gesagt?» Matilda sah zu Ingrid. «Dann wissen wir ja, wer die Stelle als Zimmermädchen im Hotel annehmen könnte.»

«Ihr meint mich?» Hannah schüttelte den Kopf. «Das kommt gar nicht in Frage. Obwohl ...» Sie runzelte die Stirn. «Auf der anderen Seite würde ich im Hotel wesentlich mehr verdienen und könnte dann zu Hause mehr beisteuern. Bekommen Zimmermädchen auch Trinkgeld?» Vielleicht bliebe dann auch was für Gunnar und Wilma übrig, jetzt, wo Erik weggefallen ist. «Ab wann wäre die Stelle frei?»

«Eigentlich hatte ich das eher aus Spaß gesagt», erklärte Matilda. «Großmutter würde das gar nicht gefallen, sie braucht dich in der Backstube.»

«Die hat doch noch Ebba und Ulla», erwiderte Hannah. «Es könnte funktionieren, wenn die beiden etwas mehr helfen.»

Hannah klang dabei so ernst, dass Matilda sich nicht sicher war, ob sie scherzte. Sie konnte Hannah sich beim besten Willen nicht als Zimmermädchen vorstellen. Hannah liebte die Backstube. Und außerdem war Hannah bisher immer die gewesen, die die Zwillinge zum Lernen in der Schule anstachelte, damit aus den beiden mal was werden würde. «Du hast wirklich Interesse?», hakte Matilda nach.

«Nein», antwortete Ingrid an Hannahs Stelle, «hat sie nicht», und wandte sich direkt an Hannah. «Triff jetzt bloß keine übereilten Entscheidungen. Lass uns in Ruhe darüber reden, wie verabredet.» Sie legte eine kleine bedeutungsvolle Pause ein. «Über alles.»

Matilda horchte auf. Der Nachsatz hörte sich nicht gut an. Hier ging es nicht nur um Hannah. Was hatte Ingrid nur erfahren?

«Wann denn?», fragte Ebba da. «Wir sind dann aber auch dabei.»

Da hatte Matilda was angerichtet. Aber es gab Dinge, für die die Zwillinge einfach noch zu jung waren. Sie mussten nicht alles wissen. «Heute um Mitternacht», flunkerte Matilda. «Bei uns im Zimmer.»

«So spät? Morgen ist Schule, da müssen wir früh raus», warf Ulla ein. «Mutter erlaubt uns nie, um diese Uhrzeit hoch zu euch zu kommen. Und sie wird doch sofort wach, wenn sie die Treppen knarzen hört.»

«Pff!», machte Ebba. «Wir sind doch nicht doof. Das hat Matilda doch nur gesagt, weil sie uns doch nicht dabeihaben will. Warum können wir denn nicht jetzt reden, wo wir doch alle hier beisammenstehen?»

«Weil wir die Muscheln zu Hause abliefern müssen. Und weil mir alles gerade zu viel wird», erklärte Hannah. «Ingrid hat recht, ich muss die Entscheidung in Ruhe treffen. Aber ich verspreche, dass ich euch mit einbeziehen werde, wenn ich darüber nachdenke, ob ich vielleicht lieber im Hotel arbeiten sollte. Gebt mir nur etwas Zeit.»

Damit hatte Hannah das Problem auf geschickte Art gelöst. Die Zwillinge willigten nicht nur sofort ein, Hannah erreichte damit auch, dass sie ihr noch mehr Hilfe anboten.

«Nur damit du es für deine Überlegungen weißt, wir könnten nach der Schule auch in der Bäckerei helfen», schlug Ulla vor.

«Wie gesagt, lasst uns ein anderes Mal darüber sprechen. Aber ich finde es sehr lieb von euch, dass ihr euch so um mich sorgt», sagte Hannah mit weicher Stimme. «Auch wenn wir heute eine traurige Nachricht erfahren haben, freue ich mich auf das gute Essen am Abend – und auf Vater. Lasst uns nach Hause gehen.»

Während die Gesichter der Zwillinge zu leuchten begannen, verdunkelte sich Ingrids. Sie war noch nie gut darin, ihre Gefühle zu verbergen. Am liebsten hätte Matilda sie jetzt auf der Stelle gefragt, was passiert war, hielt sich aber zurück. Das musste warten.

Gemeinsam gingen sie am Spülsaum entlang.

«Wisst ihr, was, ich werde doch keine Schauspielerin, sondern Schriftstellerin», überlegte Matilda laut. Woher der Gedanke kam, wusste sie nicht, aber er gefiel ihr. «Den Titel für mein erstes Buch habe ich schon. Ich nenne es ‹Systrarna Fruktansvärda›.»

«Die Schwestern Fürchterlich?» Neben ihr fing Ingrid an zu lachen, und auch die anderen Schwestern stimmten mit ein.

Doch da blieb Hannah plötzlich stehen und rief: «Ich habe meine Schuhe vergessen!» Sie drehte sich um. «Ich gehe sie holen, sie müssen noch irgendwo am Ufer liegen.»

«Wir kommen mit», bot sich Ulla sofort an, stellte ihren Eimer auf den Boden und lief hinter Hannah her, gefolgt von Ebba.

«Wenn sie merken, dass es einer von uns nicht gut geht, sind die Nesthäkchen echt süß», stellte Ingrid fest. «Du hast recht, Matilda, sie sind alt genug, wir sollten sie mehr einbeziehen.» Plötzlich wirkte sie bedrückt. «Aber alles müssen sie nicht wissen.»

«Jetzt rück schon raus mit der Sprache, was ist los?», fragte Matilda. «Hat Vater irgendwas angestellt? Hat Großmutter was zu dir gesagt?»

«Großvater», erklärte Ingrid. «Er hat sich vorhin verplappert, als er vom Hafen zurückgekommen ist. Ich habe nur noch nichts gesagt, weil Hannah sowieso schon so traurig ist wegen Gunnars Vater.» Sie atmete tief durch. «Großvater meint, dass Vater eine andere Frau in Kiruna hat.»

«Verdammt», entfuhr es Matilda. Sie hatte schon einige

Liebschaften von Hotelgästen mitbekommen. Sie lösten sich zwangsläufig nach dem Urlaub in Wohlgefallen auf. Doch der Vater war in Kiruna, um zu arbeiteten, er lebte jetzt dort – weit weg von seiner Familie. Wut kochte in ihr hoch. «So ein Mistkerl! Weiß Mutter es?» Sie sah ihre Schwester an und las in ihrer bekümmerten Miene, dass das wohl der Fall sein musste. «Natürlich, deswegen geht es ihr so schlecht. Und deswegen ist Großmutter auch nicht gut auf Vater zu sprechen. Hat Großvater noch etwas erzählt? Wie hat er davon erfahren? Und ist er sich auch wirklich sicher?»

«Mehr weiß ich nicht. Ebba und Ulla sind zu uns gekommen, als wir gerade darüber sprachen, da haben wir schnell das Thema gewechselt», erklärte Ingrid. «Aber ich glaube schon, dass es stimmen könnte. Großvater hat gesagt, dass wir es eigentlich nicht wissen dürfen und es eine Sache zwischen Vater und Mutter ist, deswegen gehe ich auch davon aus, dass sie es weiß.» Sie deutete mit dem Kopf zu den Klippen. «Hannah und die Zwillinge kommen wieder zurück, lass uns später darüber reden.»

«Du hast recht, davon sollten Ebba und Ulla besser nichts erfahren», erklärte Matilda. «Aber Hannah müssen wir es sagen, bevor Vater zu Hause ankommt, auch wenn sie gerade andere Dinge im Kopf hat. Dann ist sie vorbereitet, falls das irgendwie zur Sprache kommt.»

«Sehe ich auch so», stimmte Ingrid sofort zu.

Bisher hatte sich Matilda keine Gedanken darüber gemacht, warum der Vater sie besuchen kam, wo doch weder ein Geburtstag noch ein Feiertag vor der Tür stand. Jetzt sah das anders aus. Warum kam er so plötzlich, ohne sich Wochen vorher angemeldet zu haben, so wie sonst immer? Was, wenn er vorhatte, die Mutter zu verlassen? Ihr Bauch zog sich für einen Moment zusammen, doch als Hannah, Ebba und Ulla wieder bei ihnen ankamen, hatte sie sich, zumindest äußerlich, wieder im Griff und Ingrid auch. Die anderen sahen ihnen nicht an, worüber sie gerade gesprochen hatten. Vielleicht täuscht Großvater sich ja, dachte Matilda, aber das flaue Gefühl in der Magengegend sagte ihr, dass dem nicht so war.

6

Hannah

Hannah ging vorneweg. An dem Gespräch ihrer Schwestern beteiligte sie sich nicht, und sie versuchten auch nicht, Hannah mit einzubeziehen. Sie waren sensibel genug, um zu spüren, dass Hannah ein wenig für sich sein wollte.

Seitdem sie losgegangen waren, ging Hannah das Treffen mit Karl nicht mehr aus dem Kopf, obwohl, wie sie sich selbst vorwarf, ihre Gedanken doch bei Gunnar sein müssten. Sie mochte Gunnar sehr, sie war davon ausgegangen, dass sie beide bald heiraten würden. Direkt gefragt hatte Gunnar sie bisher noch nicht, aber er hatte von einem Haus für sie beide gesprochen, möglichst nah am Wasser. Und er wollte fünf Kinder, am liebsten Mädchen, so wie die Lindholm-Schwestern, sagte er immer.

Doch dann hatte sie Karl kennengelernt. Es war nun knapp drei Wochen her, aber es kam ihr vor wie eine kleine Ewigkeit, so als ob Karl und sie sich schon sehr lang kennen würden. Und dann aber wieder, so wie jetzt, fühlte es sich an, als sei es erst gestern gewesen, dass Karl in ihr Leben getreten war. Sie hatte im Grand Hotel an der Rezeption auf Matilda gewartet, als er plötzlich das Foyer betrat. Er trug beigefarbene, fast bis zu den Knien hochgekrempelte Hosen. Die Ärmel des weißen Hemdes hatte er bis über die Oberarme geschoben, die von einem schlimmen Sonnenbrand feuerrot waren, genau wie sein Gesicht. Warum waren die Urlauber nur so dumm, sich viel zu lang in die heiße Sonne zu legen, wo doch jeder wusste, dass man die Haut langsam daran gewöhnen musste? Plötzlich hatte dieser rothäutige Fremde bei ihr gestanden, so nah, dass sie seinen herben Geruch wahrnehmen konnte, der ihre Nase kitzelte. Er roch nach Kampfer, Holz und einem Hauch Thymian – nach *Pitralon*, wie sie mittlerweile wusste, dem Tonikum, das Karl nach der Rasur benutzte. Obwohl Hannah so tat, als hätte sie ihn nicht bemerkt, und ihre Nase tief in einen Prospekt mit Ausflugszielen steckte, bat Karl sie um seinen Zimmerschlüssel. Nur seine harte, etwas holprige Aussprache verriet Hannah, dass er aus einem anderen Land kam, sein Schwedisch war ansonsten erstaunlich gut.

Sie war so überrascht, von ihm angesprochen zu werden, dass sie nicht wusste, was sie antworten sollte, und starrte ihn stattdessen einfach nur an. Da sagte er ein paar Sätze auf Deutsch zu ihr, und sie fand endlich ihre Sprache wieder.

«Es tut mir leid, ich verstehe kein Deutsch, und mit dem Schlüssel kann ich Ihnen nicht helfen», erklärte sie. «Ich gehöre nicht zum Hotelpersonal.»

«Entschuldigen Sie bitte, ich habe Sie mit der Rezeptionistin verwechselt, die hier eben noch Dienst hatte», erwiderte der Hotelgast, und Hannah gefiel das Funkeln in den Augen, als er weitersprach. «Wie konnte mir das nur passieren, wo Sie doch so viel schöner sind?»

Natürlich lief sie mal wieder rot an, wie sie an ihren heißen Wangen merkte, und hatte nun bestimmt in etwa die gleiche Gesichtsfarbe wie der Deutsche. Zum Glück kam in dem Augenblick die «Rezeptionistin» herbeigeeilt, in Hosen – und mit einem Schnurrbart im Gesicht.

«Sie haben mich mit einem Mann verwechselt?», fragte Hannah gespielt entrüstet. «Dabei hatte ich mich gerade so über das nette Kompliment gefreut.» Schon im nächsten Moment war es ihr peinlich, und sie wäre am liebsten im Boden versunken. So forsch war sie normalerweise nicht, schon gar nicht, wenn es um völlig fremde Männer ging.

Sie war froh, dass er nicht mehr darauf reagieren konnte, weil der Rezeptionist sich nun an ihn wandte.

Wenn sie ihrem inneren Instinkt gefolgt wäre, hätte sie nun fluchtartig das Hotel verlassen, aber anstandshalber wollte sie dem Deutschen wenigstens noch einen schönen Tag wünschen. Außerdem hatte sie mit Matilda abgemacht, dass sie sich an der Rezeption treffen würden. Also blieb sie stehen und widmete sich wieder dem Programmzettel, wobei sie sich, wie sie überrascht feststellte, sehr zusammennehmen musste, um nicht dauernd unauffällig zu ihm zu schielen.

Endlich hörte sie plötzlich Matildas fröhliche Stimme hinter sich. «Hej, Herr Bauer, hej, Oskar.» Kurz darauf hakte sich die Schwester bei Hannah ein. «Gehen wir? Das Kaffestugan wartet auf uns.»

Das Kaffeehaus lag wunderschön, oben bei den Klippen am Kullaberg. Matilda hatte Hannah am Tag zuvor dazu eingeladen, mit ihr dort einen Kaffee zu trinken und ein Stück Kuchen zu essen. Ingrid hatte keine Zeit, sie war mit ihrer Freundin verabredet. Aber Hannah hatte ihren freien Tag, und Matilda musste, weil sie Frühschicht hatte, nur bis um drei Uhr am Nachmittag arbeiten. Da hatte Hannah das Angebot sehr gern angenommen, zumal Matilda anbot, die Rechnung mit ihrem Trinkgeld zu bezahlen.

Bei dem Gedanken, dass Karl nur wenig später – und ganz zufällig, wie er behauptete – im Kaffeehaus aufgetaucht war, schüttelte Hannah nun unwillkürlich den Kopf. Mittlerweile waren sie fast zu Hause angekommen. Das Gespräch mit ihren Schwestern am Morgen fiel ihr wieder ein – und dass die Ransviker Klippen genau jene waren, die sich die Gäste damals zum gemeinsam Baden ausgesucht hatten, weswegen die Großmutter Mölle gern als Sündenpfuhl bezeichnete.

Das passt ja, dachte Hannah. Sie wusste, dass es nicht richtig war, sich auf Karl eingelassen zu haben, obwohl sie noch Gunnars Freundin war, das gehörte sich einfach nicht. Und nun steckte sie deswegen in der Zwickmühle! Ihr Herz gehörte Karl, aber das konnte sie Gunnar jetzt in seiner Trauer nicht sagen. Vielleicht hat Ingrid recht, überlegte sie, vielleicht wäre es das Beste, einfach noch zu warten. Immerhin fährt Karl in zwei Tagen nach Berlin, und wenn es Gunnar wieder etwas besser geht, kann ich immer noch mit ihm reden.

Das Haus stand oben auf dem Hügel, geschützt hinter einem lichten Hain aus Buchen und Kiefern. Das letzte Stück des Weges mussten sie über die in die Erde eingelassenen Treppenstufen aus alten ausgetretenen Holzbohlen nacheinander nach oben gehen, für zwei Personen nebeneinander war kein Platz. Hinter Hannah kam Ingrid, danach folgten Matilda, Ulla und Ebba. Die Älteste zuerst, die Jüngste zum Schluss, dachte Hannah, blieb abrupt stehen und drehte sich um. Karl würde ihr fehlen, wenn er in zwei Tagen abreiste, aber sie hatte immer noch ihre Schwestern.

«Was ist los?», fragte Ingrid, die nicht aufgepasst hatte und beinahe in Hannah reingelaufen wäre.

Sie bedeuten mir sehr viel, dachte Hannah, und es wurde ihr warm ums Herz. Direkt gesagt hatte sie das ihren Schwestern noch nie. Sie hatten ein gutes Verhältnis zueinander, und insbesondere mit Ingrid und Matilda ging sie sehr offen um, sie hatte keine Geheimnisse vor ihnen. Sie liebte ihre Schwestern, und es war ihr plötzlich ein Bedürfnis, das auch auszusprechen. «Ich habe euch alle sehr lieb.»

«Ich dich auch», rief Ebba von ganz unten. «Du bist meine liebste Syster Fruktansvärd», und handelte sich dafür einen kleinen Schubser von ihrer Zwillingsschwester ein.

«Außer Ulla», korrigierte Ebba sich sofort. «Und Ingrid und Matilda natürlich auch.»

«Wir haben einander alle lieb», stellte Ingrid fest. «Und wir sind immer füreinander da.» Sie warf Hannah einen langen bedeutungsvollen Blick zu. «Und hier zu leben ist auch sehr schön. Dreht euch doch mal um, ist es nicht herrlich?»

Hannah sah zum Meer, und auch die Schwestern folgten Ingrids Aufforderung. So standen sie zu fünft aufgereiht auf den Treppenstufen, den Blick zum Wasser gerichtet.

Heute Mittag hatte Karl Hannah von den langen Sandstränden in der Ängelholmsbucht vorgeschwärmt. Er wollte unbedingt irgendwann mal mit ihr zum Baden dorthin fahren. Aber sie hatte es noch nie gemocht, sich wie die vielen Badegäste dort auf Strandlaken in der Sonne zu aalen. Sie liebte die zerklüftete Landschaft hier an diesem Teil der Küste, die Felsen, die teilweise recht steil bis zum Wasser abfielen, und auch den Wald oberhalb der Klippen. Die Buchen mit ihrem dunklen grünen Blattwerk bildeten einen herrlichen Kontrast zu den hellen grauen Steinen und dem schmalen, fast weiß wirkenden Streifen Sand, der sich entlang des Wassers zog.

Eine leichte Bö ließ die hohen Gräser, die links und rechts neben ihnen wuchsen, sanft hin und her wiegen. Aus Ebbas und Ullas Zöpfen hatten sich Haare gelöst, die der Wind mitnahm, der heute, wie so oft in den letzten Tagen, auf das Meer hinauswehte. Die weiter unten stehenden Zwillinge hatten das hellste Haar von ihnen und kamen ganz nach dem Vater. Je nachdem, wie die Sonne daraufiel, hatte es einen silbernen Glanz, während Ingrids eher golden schimmerte. Hannah und Matilda hatten das Dunkelblond der Mutter geerbt. Es glänzte nicht so intensiv wie das der Schwestern, war aber dafür voller. In der Statur unterschieden sich die fünf ein wenig. Hannah war nicht nur die Größte, sie war auch die Schlankeste von ihnen. Sie konnte essen, so viel sie wollte, aber sie nahm einfach nicht zu, das hatte sie wohl tatsächlich von der Mutter geerbt. Trotz ihrer schlanken Figur war sie sehr weiblich gebaut, mit ihrer schmalen Taille, den rundlichen Hüften und der recht ansehnlichen Oberweite. Sie war glücklich, so wie sie war, besonders nachdem Karl sich sehr begeistert von ihren Kurven und auch ihren wohlgeformten langen Beinen gezeigt hatte. Matilda kam Hannah von der Figur her am nächsten. Seitdem ihre Schwester sich als Servierkraft täglich die Füße wund lief, hatte sie einige Pfunde verloren, sodass sie nun die Kleidung tauschen konnten. Ingrid war am kräftigsten von allen gebaut, sie naschte gern. Wenn am Ende des Tages Gebäck übrigblieb, brachte sie es nicht übers Herz, es zu entsorgen. Dann aß sie es lieber auf. Ebba und Ulla waren, auch wenn sie erst vierzehn waren, sehr zierlich und nur knapp einen Meter sechzig groß. Der Vater foppte sie manchmal damit, das läge daran, dass sie sich im Bauch der Mutter gegenseitig alles weggefuttert hatten, aber er schob immer hinterher, dass sie noch wachsen würden, wenn sie nun ordentlich beim Essen zulangten.

Was alle Schwestern gemeinsam hatten, waren die blauen Augen des Vaters und die zu dem blonden Haar im Kontrast stehenden dunklen Augenbrauen sowie die ebenmäßige Haut der Mutter. Sie waren alle auf ihre Art hübsch, dachte Hannah, und obwohl jede anders aussah, wurden sie von Außenstehenden als Schwestern erkannt. Immer dann, wenn sie zu fünft unterwegs waren, fielen sie besonders auf, dann drehten sich die Menschen nach ihnen um und sahen ihnen nach.

Ein Gefühl von Dankbarkeit erfasste Hannah, dafür, dass es ihnen allen gutging. Wie schnell sich das ändern konnte, hatte die Nachricht gezeigt, die Gunnar ihr heute überbracht hatte.

Jetzt, in diesem Moment, schien es ihr nicht mehr ganz so schlimm, dass Karl erst einmal nach Berlin gehen würde.

Wenn unsere Liebe stark genug ist, werden wir am Ende zueinanderfinden, dachte sie.

Plötzlich fing Ulla, die dicht bei Matilda stand, laut an zu quietschen, bevor sie mit empörter Stimme rief: «Der Hummer hat mir weh getan!»

Eines der Bänder hatte sich von den Scheren gelöst, und Ulla war dem Tier wohl nah genug gekommen, sodass der Hummer tatsächlich ihre Hand erwischt hatte.

«Ist der Finger noch dran?», fragte Matilda, die sich das Lachen verkniff, wie Hannah am Tonfall ihrer Schwester erkannte.

«Ja», antworte Ulla und klang dabei fast trotzig. Sie hielt Matilda ihre Hand hin. «Am kleinen Finger, da, wo er rot ist, an der Seite.»

Matilda betrachtete kurz Ullas Hand, und dann sagte sie: «Selbst dran schuld, so ist das eben, kleine Sünden bestraft der liebe Gott sofort.»

Matilda spielte damit wohl auf etwas an, das Ulla angestellt haben musste. Dennoch fühlte Hannah sich ertappt, und sie war froh, dass sie Karl heute gezügelt hatte, der gern noch etwas weitergegangen wäre, als sie miteinander geschmust hatten.

Sie war aber nicht die Einzige, die sich angesprochen fühlte, wie sich herausstellte. Eine Stufe unter ihr legte Ingrid nun ihre Hand auf die Stirn und seufzte. «Was die kleinen Sünden angeht ... so schnell trinke ich keinen Punsch mehr, schon gar nicht im Sommer. Mein Kopf tut schon wieder etwas weh, anscheinend habe ich die Sonne nicht gut vertragen. Können wir jetzt vielleicht endlich weitergehen?»

«Das machen wir», entschied Hannah. Sie ging die Stufen weiter nach oben, schmunzelnd, da Ulla schon wieder quiekte und sich kurz darauf lauthals beschwerte: «Matilda, das war Absicht. Halt den blöden Hummer doch nicht so nah an mich ran.»

Nach dem Anstieg war es nicht mehr weit bis zum Haus. Sie gingen den knapp dreihundert Meter langen Trampelpfad durch das kleine Wäldchen, bis sie am Garten angekommen waren, der hinter dem Haus lag. Hannah drückte das Tor auf – und ihr Herz klopfte ein paar Takte schneller. Von hier aus konnte man am Haus vorbei bis zur Straße schauen, und dort entdeckte sie ein Automobil, das am Wegrand geparkt stand.

«Besuch», stellte Ingrid fest.

Bitte nicht, dachte Hannah. Das Automobil war schwarz wie das, mit dem Karl sie heute in Skäret abgeholt hatte. Was hatte er vorhin zu ihr gesagt? Eines Tages würde er einfach an die Haustür klopfen und der Mutter verkünden, dass er ihre älteste Tochter mitnehmen würde.

«Vater», sagte Ebba da, und ihre Augen strahlten. «Hat er nicht beim letzten Besuch erzählt, dass er Fahren lernen und die Prüfung machen möchte? Vielleicht wollte er uns überraschen und ist doch nicht mit dem Zug gekommen.»

«Im Leben nicht!», stellte Matilda klar. «Auch wenn er es gelernt hat, woher soll er denn bitte das Automobil haben? Das kann er sich doch gar nicht leisten.»

Die Zwillinge drängelten sich an den anderen Schwestern vorbei.

«Schauen wir einfach nach», sagte Ebba, «dann sind wir schlauer.»

Hannah, Ingrid und Matilda blieben stehen und sahen den beiden nach, die in Richtung Haus stürmten.

«Ist das etwa Karls Wagen?», fragte Ingrid leise, als die beiden Nesthäkchen weit genug entfernt von ihnen waren.

Hannahs Bauch zog sich zusammen. Sie war davon ausgegangen, dass Karl es nicht ernst gemeint hatte, als er gesagt hatte, dass er kommen und sie mitnehmen würde. Sie hatte im Spaß geantwortet, da müsste er wohl bis nach Kiruna fahren und den Vater fragen. Und jetzt hatte der Vater sich ausgerechnet heute zum Besuch angekündigt. Konnte es sein, dass Karl davon erfahren hatte? «Zumindest ist das Automobil auch schwarz», sagte sie mit zittriger Stimme.

«Wie die meisten Automobile», mischte sich da Matilda ein. «Für mich sieht das aus wie ein Taxi, ein Volvo TR 701, darin werden die betuchten Badegäste oft vom Bahnhof bis in ihre Hotels kutschiert.»

«Was du so alles weißt», sagte Ingrid.

«Du solltest öfter mal nach Mölle kommen», erwiderte Matilda. «Da lernt man so was, manche Gäste lassen sich sogar vom Hotel bis zum Strand fahren.»

«Pff!», machte Ingrid. «Wozu habe ich zwei gesunde Füße, mit denen ich gehen oder in die Pedale treten kann?»

«Das machen ja viele auch, aber ...»

Hannah folgte dem Gespräch der Schwestern nur noch am Rande. Sie kniff die Augen zusammen, um das Automobil etwas genauer betrachten zu können. Der Wagen, der dort vorne stand, war etwas höher und auch kantiger als der, mit dem Karl sie abgeholt hatte, wie sie nun erkannte. Eine zentnerschwere Last fiel von ihr ab. Heute wäre wirklich der denkbar ungünstigste Zeitpunkt für einen Besuch von Karl gewesen. Gunnars Vater war gestorben, da konnte Hannah doch nicht ihren neuen

Freund präsentieren. Außerdem war Karl Deutscher, darauf musste sie ihre Eltern und auch die Großeltern schonend vorbereiten.

Da rief Ulla auch schon: «Es ist Vater, und er hat Onkel Nisse mitgebracht – und noch einen anderen Mann.» Sie stand neben Ebba, die auf Zehenspitzen durch das Küchenfenster spähte. «Wo bleibt ihr denn, Hannah, Ingrid, Matilda, los, wir gehen rein!» Und schon stürmten die beiden los.

«Vater hat seinen Bruder mitgebracht und noch jemanden?», fragte Matilda, die leicht alarmiert klang, und sah Ingrid an. «Was soll das denn? Hat Großmutter darüber irgendwas erzählt?»

Ingrid schüttelte den Kopf. «Nur dass ein Telegramm gekommen ist und wir Muscheln suchen sollen. Mutter wusste auch nichts, sonst wäre sie bestimmt nicht mit ihrer Freundin zum Baden gefahren.»

«Ist doch schön, ich mag Onkel Nisse!», sagte Hannah. Jetzt, wo sie wusste, dass das Auto nicht Karl gehörte, konnte sie sich wieder auf den Besuch des Vaters freuen und auch auf den Onkel, der so gern Späße machte. «Mit ihm ist es immer lustig. Kommt ...»

Ingrid hielt sie am Arm fest. «Warte mal, wir müssen dir noch was sagen.» Sie räusperte sich und zögerte einen Moment, bevor sie weitersprach. «Es ist nämlich so, dass Großvater vorhin behauptet hat, Vater hätte eine andere Frau in Kiruna, also eine Liebschaft, wie Großvater es genannt hat. Ob das stimmt, wissen wir nicht. Aber Großvater hatte zu viel Brännvin intus, als er es mir erzählt hat, und da sagt er ja oft wahre Dinge, die er nüchtern nicht von sich geben würde. Wir dachten, du solltest es wissen. Nur vorhin warst du erst so traurig, und dann waren die Zwillinge die ganze Zeit bei uns, deswegen konnten wir es dir nicht erzählen, weil wir nämlich denken, dass Ulla und Ebba es nicht erfahren sollten.»

Nachdem Ingrid sie eingeweiht und ihren Arm wieder losgelassen hatte, fühlte Hannah sich wie gelähmt. Sie sah auf ihren Arm, auf dem sich nun die Fingerabdrücke ihrer Schwester abzeichneten. Ingrid hatte in ihrer Aufregung sehr fest zugedrückt.

Ingrid bemerkte Hannahs Blick. «Es tut mir leid», sagte sie. «Habe ich dir weh getan?»

Hannah nahm sich vor, jetzt nicht die Fassung zu verlieren, sie hatte heute schon genug geweint «Nein, aber gib mir bitte einen Moment, ich muss mich erst einmal sammeln», erklärte sie.

Noch vor ein paar Wochen hätte sie erwidert, sie könne sich beim besten Willen nicht vorstellen, dass der Vater ihrer Mutter, und auch ihnen, das antun würde. Aber heute hatte sie selbst sich mit einem Mann vergnügt, obwohl sie immer noch die Freundin eines anderen war. Sie hätte nie gedacht, dass ihr so etwas passieren würde, auch wenn sie nicht mit Gunnar verheiratet war. Ihr Vater und ihre Mutter waren allerdings Mann und Frau, sie hatten sich ewige Treue geschworen! Das war etwas anderes, entschied Hannah. Und hier ging es um viel mehr. Sie alle waren abhängig vom Vater. Ohne ihn und die regelmäßigen Geldzuwendungen kämen sie nicht über die Runden, das stand fest, deshalb war er ja nach Kiruna gegangen. Ihre Gedanken rasten. Wenn der Vater kein Geld mehr schicken sollte, wie würden sie es schaffen? Dann wäre neben Matilda tatsächlich noch eine von ihnen gezwungen, im Hotel zu arbeiten. Und was würden Ebba und Ulla dazu sagen? Sie liebten den Vater abgöttisch, es würde ihnen das Herz brechen, wenn sie davon erführen. Wenn es stimmte, wenn der Vater wirklich eine Liebelei hatte, dann musste er sie beenden, bevor es am Ende noch eine ernste Sache wurde. Es lag in der Verantwortung des Vaters, sich um die Familie zu kümmern. Und auch in meiner, dachte Hannah entschlossen, immerhin bin ich die Älteste.

«Weiß Mutter davon?», fragte Hannah.

«Vermuten wir, wissen es aber nicht», antwortete Matilda. «Und auch nicht, ob das überhaupt stimmt.»

Hannah drückte ihren Rücken durch. «Das finden wir heraus!»

«Und dann?», fragte Ingrid.

«Wenn es wahr ist, dann bekommt Vater es mit seinen Töchtern zu tun!», antwortete Hannah mit fester Stimme.

7

Hannah

Hannah wollte gerade die Haustür aufdrücken, da wurde sie von innen geöffnet, und ein Mann mit weißem Hemd, Weste und Schirmmütze auf dem Kopf schaute sie mit einem Schmunzeln an, trat einen Schritt zurück und musterte sie und ihre zwei Schwestern von oben bis unten.

Der Taxifahrer, dachte Hannah, und grüßte freundlich. «Hej.»

«Hej.» Er drehte sich um und rief ins Haus hinein: «Du hast recht, Anders, deine Mädchen sind wirklich alle ausgesprochen hübsch.»

«Sag ich doch», brüllte der Vater zurück. Die dunkle Reibeisenstimme war unverkennbar, und Hannah war überrascht, dass sie sich freute, sie zu hören, auch wenn sie noch nicht wussten, was der Besuch des Vaters ans Tageslicht bringen würde.

«Die Damen …» Der Taxifahrer tippte mit zwei Fingern gegen den Schirm und ging langen Schrittes an ihnen vorbei nach draußen, nachdem sie ihm Platz gemacht hatten.

«Wer war das? Ein Taxifahrer oder ein Freund von Vater, der ihn mitgenommen hat?», fragte Ingrid leise. «Mir kam er nicht bekannt vor.»

«Wahrscheinlich einer, der ihn mitgenommen hat», antwortete Matilda. «Du weißt doch, wie Vater ist, er ist sehr gesellig, findet schnell Kontakt, und dann lädt er auch mal Fremde zu uns nach Hause ein.»

«Aber wenn es ein Taxifahrer gewesen ist, warum kann Vater sich plötzlich eine Taxifahrt leisten?», fragte Ingrid. «Von Mölle bis nach Hause, das ist sicher teuer.»

«Vielleicht hat er sich die Kosten mit Onkel Nisse geteilt», erwiderte Matilda. «Bestimmt hat Vater einen guten Preis ausgehandelt.»

Hannah sah dem Mann nach. Ihr war es egal, ob und woher er den Vater kannte, sie war nur froh, dass es nicht Karl gewesen war, der sie mit seinem Besuch überrascht hatte.

Da ertönte ein Lachen aus dem Haus, hell und laut, so wie Hannah es schon lang nicht mehr gehört hatte.

«Das ist Mutter!», stellte Ingrid verwundert fest und sah Hannah und Matilda mit großen Augen an. «Sie hört sich glücklich an. Vielleicht weiß sie ja doch nichts.»

«Oder es stimmt gar nicht», stellte Hannah klar, was ihr natürlich am liebsten wäre. «Lasst uns versuchen, möglichst nicht schon das Schlimmste zu denken. Nicht dass wir Vater am Ende unrecht tun.» Sie setzte den Fuß über die Türschwelle. «Kommt ...»

Sie saßen alle um den großen Tisch, Mutter, Vater, Großmutter, Großvater und Onkel Nisse. Ebba und Ulla hockten glücklich jeweils auf einem Knie des Vaters, sodass der kaum zu sehen war. Als er Hannah, Ingrid und Matilda entdeckte, schob er die Zwillinge von seinem Schoß, stand auf, streckte die Arme aus und rief fröhlich: «Meine großen Töchter, kommt her, lasst euch umarmen!»

Ingrid kam seiner Aufforderung als Erste nach, wenn auch mit einem winzigen Zögern, das vermutlich nur Hannah und vielleicht auch Matilda bemerkten. Hannah beobachtete, wie der Vater die Schwester herzlich drückte, und sah dabei aus den Augenwinkeln die weißen Rosen in dem großen Porzellankrug auf dem Tisch. Ob der Vater damit sein schlechtes Gewissen beruhigen wollte? Er brachte zwar immer mal Geschenke mit, auch für die Mutter, aber einen solch großen Strauß hatte sie noch nie bekommen. Sie stupste Matilda unmerklich an und deutete verstohlen mit dem Kopf in Richtung des Tisches.

Die jüngere Schwester nickte grimmig, setzte aber sofort wieder ein strahlendes Lächeln auf, als sie nach Ingrid den Vater umarmte.

Matilda konnte immer schon am besten von uns schauspielern, dachte Hannah, am Ende sehen wir sie wirklich irgendwann in einem Film oder im Theater.

Ihr selbst gelang es nicht, ihre Zweifel zu überspielen, sie drückte den Vater nur kurz und wollte sich schnell wieder entziehen. Doch der Vater hielt sie weiter fest in seinen Armen. Dabei stieg Hannah der Geruch von Zigaretten in die Nase, und prompt musste sie an Karl denken.

Da fragte der Vater leise: «Du hast das von Erik gehört? Das tut mir sehr leid. Schlimme Sache.»

Damit hatte Hannah nicht gerechnet. «Ja», antwortete sie mit kratziger Stimme.

«Wenn du jetzt lieber bei Gunnar sein möchtest, dann geh ruhig zu ihm, ich könnte das gut verstehen», erklärte der Vater und strich ihr liebevoll über das Haar.

Die zärtliche Geste trieb Hannah die Tränen in die Augen, die Emotionen schwappten in ihr hoch, und plötzlich wurde ihr alles zu viel. Sie war vor allen Dingen traurig wegen Gunnars Vater. Dass er nicht mehr lebte, konnte sie einfach nicht fassen. Aber sie war auch verwirrt wegen ihrer intensiven Gefühle für Karl. Und nun auch noch verunsichert, was den Vater anging. Er war für sie immer der Fels in der Brandung gewesen, sie hatte sich immer so sehr auf seine Besuche gefreut. Und nun das!

«Entschuldigung ...» Hannah löste sich vom Vater und lief ins Bad.

Dort setze sie sich auf den Boden und ließ sich gegen die stählerne Sitzbadewanne sinken, die der Vater ihnen im letzten Jahr besorgt hatte. Sie zog die Beine an, umschlang sie mit ihren Armen, legte den Kopf auf die Knie und schluchzte auf.

Es dauerte nicht lang, bis die Tür aufging. Hannah erwartete Ingrid oder Matilda, aber es war ihre Mutter, die sich neben sie setzte.

«Es tut immer weh, wenn uns ein geliebter Mensch für immer verlässt», sagte die Mutter und drückte Hannah ein Stofftaschentuch in die Hand.

«Danke.» Hannah tupfte sich die Tränen aus dem Gesicht. Und zum zweiten Mal an diesem Tag ließ sie ihren Kopf auf die Schultern ihrer Mutter sinken.

«Wir sind sofort zu Wilma gegangen, als wir es erfahren haben, Agnetha und ich», sagte die Mutter und legte ihre Hand auf Hannahs. «Wilma kann immer noch nicht glauben, was geschehen ist, erst wird ihr einer der Söhne genommen und dann auch noch der Mann. Aber sie ist auch sehr stark, und sie hat Gunnar an ihrer Seite, der ihr den nötigen Halt gibt. Sie wird es schaffen.»

Karl und auch das Gerücht um den Vater erschienen Hannah auf einmal wieder unwichtig in Anbetracht der Tragödie, die sich heute ereignet hatte. «Ihr wart bei ihr? Ich wollte Gunnar nach Hause begleiten, aber er hat gesagt, Wilma möchte keinen Besuch», erklärte sie. «Meinst du, ich sollte vielleicht doch zu ihnen gehen, Mor? Vielleicht brauchen sie mich.»

«Wilma hat uns wieder weggeschickt, sie möchte nur ihre Familie um sich haben. Aber du gehörst ja schon fast dazu», sagte die Mutter.

Das stimmte so nicht ganz. «Gunnar hätte mich gern bei sich, aber Wilma würde das nicht wollen, das weiß ich», erklärte Hannah. «Sie war nie damit einverstanden, dass Gunnar und ich ein Paar geworden sind.»

«Ach, Hannah ...» Die Mutter strich ihr tröstend über den Arm. «Das wird schon. Am Ende will sie nur, dass Gunnar glücklich ist. Wilma wird irgendwann einsehen, dass du die Richtige für ihn bist.»

«Vielleicht hat sie ja recht, vielleicht bin ich nicht die Richtige», rutschte es Hannah heraus und hätte das so unbedacht Gesagte am liebsten gleich wieder zurückgenommen. «Aber darum geht es jetzt ja gar nicht», erklärte sie schnell. «Mein Bauchgefühl sagt mir, dass ich besser nicht hingehen sollte, aber mein Verstand das Gegenteil.»

«Vertrau deiner Intuition», schlug die Mutter vor. «Jeder geht anders mit Trauer um, und wenn Wilma für sich sein möchte, solltest du das vielleicht respektieren.» Sie sah Hannah ernst an. «Und über das andere sprechen wir noch mal in Ruhe. Trauer trübt die Sinne, und du darfst nicht vergessen, dass auch du traurig bist. Da erscheint schnell alles zu dunkel. Also zweifle nicht an dir und schon gar nicht daran, ob du die Richtige bist. Davon mal ganz abgesehen, hat Wilma das nicht zu entscheiden, sondern einzig und allein Gunnar.»

Jetzt war kein günstiger Zeitpunkt, um mit der Wahrheit herauszurücken, das würde sie, so wie die Mutter gerade vorgeschlagen hatte, in Ruhe machen. «Wie kommt es, dass Vater unangekündigt hier ist, dazu in Begleitung von Onkel Nisse?», fragte sie stattdessen.

«Das weiß ich noch nicht so genau», antwortete die Mutter. «Aber er hat gesagt, dass er eine Überraschung für uns hat, die er aber erst kundtun möchte, wenn alle beisammen sind.»

«Eine schöne Überraschung?»

Die Mutter lachte leise auf. «Das hoffe ich doch. Euer Vater ist ausgesprochen gut gelaunt.»

«Und er hat dir Blumen mitgebracht, Mor», sagte Hannah und konnte dabei nicht verhindern, dass ihre Stimme skeptisch klang.

«Weiße Rosen, ja.» Die Mutter seufzte. «Manchmal ist es besser, wenn man die Vergangenheit ruhen lässt.» Hannah wusste nicht, was ihre Mutter damit meinte, spürte aber, dass nun nicht der richtige Moment war, danach zu fragen, denn die Mutter drehte den Kopf zu Hannah und sah sie forschend an, bevor sie weiterredete. «Großvater hat mir gebeichtet, dass ihm Ingrid gegenüber etwas rausgerutscht ist, das er für sich hätte behalten sollen. Hat sie dir davon erzählt?»

Hannah war so verblüfft, dass es ihr einen Augenblick die Sprache verschlug. «Dass Vater eine andere Frau in Kiruna hat», kam es ihr dann aber doch über die Lippen. «Ingrid hat es Matilda und mir erzählt, Ebba und Ulla wissen aber nichts darüber.»

«Das ist gut, und das sollte auch so bleiben, Ebba und Ulla sind noch zu jung, um so etwas zu verstehen», erklärte die Mutter und zögerte einen Augenblick, bevor sie weitersprach. «Euer Vater war kurz davor, einen großen Fehler zu begehen. Aber er hat sich besonnen. Ihr müsst euch also keine Sorgen machen. In jeder Ehe gibt es mal Höhen und Tiefen, man darf nur nicht in den Tiefen steckenbleiben oder gleich aufgeben. Zwischen uns beiden ist alles wieder gut. Ich möchte, dass ihr das wisst.»

«Das ist schön.» Hannah blinzelte unendlich erleichtert eine Träne weg. Sie war wirklich sehr nah am Wasser gebaut heute. «Danke, Mor, dass du mir das gesagt hast.»

Die Mutter lächelte verschmitzt. «Vielleicht sollten wir uns häufiger nebeneinander im Badezimmer auf den Fußboden setzen, an die Wanne gelehnt, und miteinander sprechen. Ich vergesse gern, dass du schon dreiundzwanzig – und erwachsen bist.»

Ob sie vielleicht doch nun von Karl erzählen sollte, schoss es Hannah durch den Kopf. Und außerdem hatte sie noch etliche Fragen, was den Vater betraf. Doch da drang ein ungewöhnlich lautes Lachen von der Küche bis zum Badezimmer. Es klang etwas heiser, kam tief aus dem Bauch und war eindeutig weiblicher Natur.

«Eure Großmutter», stellte die Mutter fest. «Sie hat sich wieder mit eurem Vater vertragen.»

«Das ist gut.» Hannah konnte sich trotz Gunnar und Wilma freuen, weil alle gerade so gut gelaunt waren. Denn das geschah nur selten. «Es wäre schön, wenn alle wieder etwas fröhlicher sein könnten», sagte sie.

«Ja, da hast du recht, wir sollten uns alle mehr auf die guten und schönen Dinge im Leben konzentrieren. Komm, lass uns rübergehen und hören, was euer Vater zu berichten hat», schlug die Mutter vor. Sie reichte Hannah die Hand und zog sie hoch. «Würdest du bitte in einer ruhigen Minute mit Ingrid und Matilda sprechen? Ich möchte nicht, dass sie sich unnötig Gedanken machen. Sie sollen den Abend genießen. Und vielleicht gelingt dir das auch ein wenig, trotz der traurigen Nachricht, die uns heute ereilt hat.»

«Das mache ich, Mor», sagte Hannah. Das vertraute Gespräch hatte ihr gutgetan, und ihr gefiel der Gedanke, sich bei Gelegenheit wieder mit der Mutter zu einem Fußbodengespräch im Badezimmer zu treffen.

In der Küche waren alle beschäftigt. Matilda und Ingrid säuberten die Muscheln, Ebba und Ulla schnitten Zwiebeln und Kräuter, Großmutter und Großvater kümmerten sich um den Hummer, der Vater deckte den Tisch, der Onkel schüttete Brännvin in Gläser.

«Wir haben uns noch gar nicht begrüßt, Farbror», rief Hannah.

Er stellte die Flasche ab und strahlte sie über den Tisch hinweg an. «Na, worauf wartest du dann noch? Komm her!»

«Schön, dass du hier bist», sagte Hannah, als der Onkel sie mit seinen großen starken Armen ein paar Zentimeter vom Boden hob, während er sie herzlich drückte.

«Das war lange überfällig.» Er setzte sie wieder ab und zwinkerte ihr zu. «Ich bin nur gekommen, um jeden Tag von deinen leckeren Semlor zu essen. Du backst mir doch welche, auch wenn keine Fastenzeit vor der Tür steht?» Er rieb sich über den runden Bauch, der noch etwas praller geworden war, seitdem sie ihn das letzte Mal gesehen hatte, was vor etwa zwei Jahren zu Ostern gewesen sein musste. Hannah fand es sehr schade, dass sie sich so selten sahen. Aber Kiruna war einfach zu weit weg und die Zugfahrt außerdem sehr teuer. Den Urlaub verbrachte Nisse also lieber gemeinsam mit seiner Frau und den Kindern zu Hause in Kiruna.

«Natürlich, darauf kannst du dich verlassen», sagte Hannah. Sie wusste, wie sehr der Onkel die hellen weichen Brötchen liebte. Und dass er immer noch die traditionelle Art bevorzugte, ohne Sahne und Mandelfüllung, aber dafür in heiße Milch eingetaucht. «Wie lange bleibst du denn, Farbror?»

Er seufzte. «Viel zu kurz, wenn du mich fragst. Wir haben nicht lang frei bekommen und müssen am Samstag schon wieder zurück.»

«Fährt Vater dann auch wieder zurück, in drei Tagen schon? Da lohnt sich die lange Fahrt doch gar nicht.»

«Das sehe ich anders – und mein Bruder auch.» Nisse deutete mit dem Kopf zum Fenster, vor dem der Vater gerade neben der Mutter stand und ihr liebevoll über den Rücken strich. Der Anblick rührte sie. Sie musste sofort mit Matilda und Ingrid sprechen, damit sie sich auch an den guten Nachrichten freuen konnten.

«Auf jeden Fall ist es schön, dass ihr da seid, Vater und du», sagte Hannah. «Ihr habt bestimmt Hunger nach der langen Reise. Ich helfe eben beim Muschelsäubern, damit wir gleich essen können.»

«Das wird ein Festmahl», sagte der Onkel mit funkelnden Augen. «Ich gebe zu, dass ich ein wenig neidisch bin. Ihr findet das schmackhafteste Essen hinter dem Haus im Meer. Und baden könnt ihr im Wasser auch. Bei uns gibt es nur den Luossajärvi. Darin habe ich mir als Kind schon den Hintern abgefroren. Zum Schwimmen ist der See einfach zu kalt, auch im Sommer. Aktuell haben wir etwa vierzehn Grad. Morgen werde ich meinen Bauch den ganzen Tag in die Sonne halten, das sag ich dir!»

«Du bist die Sonne nicht gewöhnt», erklärte Hannah und stupste neckisch gegen den Bauch des Onkels. «Übertreib es nicht, es wäre schade, wenn du ihn dir verbrennst.»

«Das hat deine Mutter vorhin auch schon zu mir gesagt», erwiderte Nisse. «Ihr seid euch sehr ähnlich.» Er zwinkerte ihr zu. «Beide klug – und sehr hübsch.»

«Und du bist wie Vater. Du kannst genauso gut Süßholz raspeln wie er», neckte sie ihn. Mit Onkel Nisse konnte man wunderbar scherzen. Er hatte, im Vergleich zu seinen Geschwistern, am meisten Humor abbekommen.

Matilda und Ingrid arbeiteten Hand in Hand. Die kleinen Herzmuscheln lagen schon in einer großen Schüssel mit salzigem Wasser, um sie vom letzten Sand zu befreien. Matilda zog den Miesmuscheln den Bart ab, mit dem sie sich am Untergrund festhielten, und Ingrid bearbeitete sie danach mit der Bürste.

«Bleibst du hier, Hannah, oder gehst du doch zu Gunnar?», fragte Matilda.

«Ich bleibe hier», antwortete Hannah und senkte die Stimme. Die anderen waren alle beschäftigt, sodass sie die Gelegenheit nutzen konnte, ihre Schwestern kurz auf den neuesten Stand zu bringen. «Ich habe mit Mutter geredet. Stellt euch vor, Großvater hat ihr erzählt, dass er sich verplappert hat. Ich soll euch von Mutter sagen, dass alles in Ordnung ist und wir uns keine Sorgen machen müssen.»

Matilda deutete unauffällig mit dem Kopf zu den Eltern. «Sieht auch so aus.»

«Und hat Mutter auch was dazu gesagt, ob Großvater recht hat?», fragte Ingrid leise.

«Nur, dass Vater beinahe einen großen Fehler begangen hätte», erklärte Hannah.

«Beinahe also …», wiederholte Ingrid. «Dann hat er es also nicht getan.» Sie zog ein erzürntes Gesicht. «Gut so, sonst hätte er nämlich wirklich Ärger mit uns bekommen.»

Hannah war sich nicht sicher, ob die Mutter das so gemeint hatte und wie weit er mit der anderen Frau wirklich gegangen war. Aber sie war froh, dass die Eltern sich anscheinend wieder gut verstanden. Und die Tatsache, dass die Großmutter ausgesprochen gut gelaunt war, sprach auch dafür, dass es da keine ernsteren Probleme mehr gab.

Matilda sah das anscheinend ähnlich. «Hauptsache, Mutter kommt damit klar und es geht ihr gut.»

«Sehe ich auch so», stimmte Hannah zu. Da klatschte ihr jemand von hinten mit der flachen Hand auf den Oberarm, und sie zuckte zusammen. «Autsch!»

«Hört auf zu tratschen! Das Wasser ist heiß, die Muscheln müssen gekocht werden», schimpfte die Großmutter.

«Wir sind doch schon die ganze Zeit dabei, sie sind gleich fertig, Mormor!», sagte Matilda. «Und außerdem …»

Klatsch! Auch Matilda fing sich einen gezielten Schlag mit der flachen Hand ein. «Nicht quatschen, arbeiten.»

Ingrid wartete, bis die Großmutter weit genug weg war, bevor sie grinste und erklärte: «Jetzt haben wir alle drei eine Schelle bekommen, ich habe meine heute Morgen schon beim Backen abgekriegt.»

Hannah rieb sich den Arm, der immer noch empfindlich schmerzte. Wenigstens hat sie uns noch nie ins Gesicht geschlagen, schoss es ihr plötzlich durch den Kopf. Und auch der Vater, die Mutter und der Großvater hatten noch nie Hand an sie oder ihre Schwestern gelegt. In anderen Familien passierte das häufiger. Zumindest von Gunnar wusste sie, dass er und sein Bruder als Jungen häufiger mal Prügel bekommen hatten, wenn sie sich nicht so benahmen, wie von ihnen erwartet wurde. Sie hatte Erik gerngehabt, aber auf einmal konnte sie sich noch gut an das eine oder andere blaue Auge erinnern, das Gunnar sich als Kind eingehandelt hatte. Erik war früher ein strenger Vater gewesen, und Gunnar hatte sich gefreut, als er alt genug war, um sich ihm entgegenzustellen. Seitdem hatte Erik ihn nie wieder geschlagen. Und nachdem Gunnar in seine Fußstapfen getreten war und sie gemeinsam mit dem Boot rausfuhren, hatten die beiden sich richtig gut verstanden. Erik hatte gern betont, wie stolz er auf Gunnar war, und das konnte man auch im Leuchten seiner Augen sehen, wenn er über seinen Sohn sprach. Genau so wollte Hannah Erik in Erinnerung behalten, und sie wiederholte die Worte, die ihre Mutter eben erst zu ihr gesagt hatte: «Wir sollten uns auf die guten und schönen Dinge im Leben konzentrieren.»

«Genau, auf das Essen zum Beispiel», erwiderte Matilda. «Habe ich schon erwähnt, dass ich Hunger habe?» Sie griff nach einer Muschel und machte sich mit dem Messer daran zu schaffen. «Die Badegäste sind übrigens ganz verrückt danach. Im Hotel werden sie tonnenweise verspeist.» Sie sah aus dem Fenster. «Schade, dass hier keine Badegäste vorbeikommen, sonst könnten wir statt der Bäckerei ein Restaurant eröffnen und uns eine goldene Nase damit verdienen.»

«Und wer sollte das Kochen übernehmen?» Ingrid schubste Matilda liebevoll in die Seite. «Du etwa?»

«Natürlich nicht.» Matilda lachte herzhaft. «Wir würden doch wollen, dass die Gäste wiederkommen.» Sie sah zu Hannah. «Das müsstest du übernehmen.»

«Ich habe das Backhandwerk gelernt», antwortete Hannah und deutete mit dem Kopf zur Großmutter. «Das hat Großmutter zwar auch, aber wenn ihr eine richtig gute Köchin wollt, solltet ihr euch an sie halten.»

Ingrid fing an zu kichern. «Arme Großmutter, jetzt soll sie neben Zimmermädchen auch noch Köchin werden.»

«Sie sieht übrigens zu uns, bestimmt kommt sie gleich wieder hierher», bemerkte Matilda da trocken. «Wer von uns fragt sie?»

«Ich ganz bestimmt nicht», sagte Hannah, griff schnell nach der Schüssel mit den Muscheln und goss das Wasser ab. «Die werden doch sowieso nicht alle auf einmal gekocht. Ich gebe sie schon mal in den Topf», erklärte sie. «Ihr putzt den Rest.»

Am Herd stand die Mutter. «Rein damit!», sagte sie und gab den Hummer in einen großen Topf mit kochendem Wasser.

Hannah ließ die Muscheln vorsichtig in den Topf gleiten, der auf dem gusseisernen Herd stand. «Ich habe es Ingrid und Matilda gesagt», erklärte sie ihr.

«Dann können wir uns alle auf das Essen und einen schönen

Abend freuen.» Die Mutter legte kurz die Hand auf Hannahs Schulter. «Ich danke dir.»

Hannah fühlte tief in sich hinein. Heute hatte die Mutter zum ersten Mal wie mit einer Erwachsenen mit ihr geredet, und so fühlte Hannah sich im Moment auch. Sie würde mit allem, das sie gerade bewegte, mit allem, das ihr geschah, irgendwie zurechtkommen. Ich bin dreiundzwanzig, dachte sie, alt genug, um meinen eigenen Weg zu gehen.

8

Hannah

Es roch köstlich. Eine Schüssel mit gekochtem Gemüse stand schon auf dem Tisch. Die Großmutter hatte ein ordentliches Stück Butter darübergegeben und frische Kräuter daraufgestreut. Muscheln und Hummer siedeten auf dem Herd vor sich hin, das Weißbrot im Backrohr, das sie gleich dazu essen würden, duftete köstlich. Hannah lief das Wasser im Mund zusammen. Sie sollten viel häufiger Muscheln sammeln, um sie gemeinsam zu genießen, auch wenn der Vater wieder in Kiruna war. An Gunnar dachte sie ebenfalls. Er saß jetzt mit seiner Mutter und den anderen Verwandten in der Küche, und während hier im Haus alle gutgelaunt waren und lachten, wurde dort geweint und getrauert. Trotzdem konnte Hannah sich ein wenig von der guten Stimmung anstecken lassen. Besonders Onkel Nisse sorgte mit seinen Geschichten und Witzen für Heiterkeit.

Erst als alle Köstlichkeiten aufgefahren waren, wurde es etwas ruhiger, alle griffen beherzt zu und ließen es sich schmecken. Der Hummer thronte in seinem roten Panzerkleid auf einer hübschen weißen Porzellanplatte mitten auf dem Tisch. Darum standen mehrere Schüsseln mit Muscheln. Das Brot hatte die Mutter in dicke Scheiben geschnitten. So konnte man den schmackhaften Sud besonders gut aufsaugen. Dazu tranken sie süßen hausgemachten Heidelbeerwein, den die Großmutter zur Feier des Tages ausgeschenkt hatte. Sogar Ebba und Ulla hatten heute ein Gläschen abbekommen. Die beiden Jüngsten saßen mit roten Wangen da und sahen selig aus. Erst hatten ihre großen Schwestern sie als dazugehörig bezeichnet, und nun wurden sie auch noch von der Großmutter wie Erwachsene behandelt. Wein bekamen die beiden sonst nie.

Nachdem auch die letzte Muschel verputzt war, klopfte der Vater mit einem Löffel an sein Glas, und Hannah fiel jetzt erst wieder ein, dass die Mutter von einer Überraschung gesprochen hatte. Das hatte Hannah in der Aufregung und dem Trubel ganz vergessen. Aber nun stand der Vater sogar auf. Er war heute adrett gekleidet, trug schwarze Hosen, ein gestärktes weißes Hemd und eine etwas zu eng sitzende Weste. Aus deren Tasche baumelte eine goldene Uhrenkette, die Hannah bisher noch nicht aufgefallen war. Sie war neu, die alte war silbern. Gespannt lehnte Hannah sich zurück. Der Vater sah in die Runde. Seinem ernsten, fast stolzen Gesichtsausdruck nach hatte er etwas sehr Wichtiges mitzuteilen.

Er räusperte sich und sah zur Mutter, die neben ihm saß. «Meine liebe Helene ...» Der Blick wanderte den Tisch entlang zu den Schwestern und der Großmutter. «Meine Töchter ... ihr wundert euch sicher, dass ich ohne Vorwarnung hier aufgetaucht bin. Das liegt nur daran, dass ich Sehnsucht nach euch hatte und euch gern sehen wollte!» Er schmunzelte. Es war klar, dass er ihnen nichts vormachen konnte. «Aber das ist natürlich nicht die ganze Wahrheit. Ich habe eine gute Nachricht, die ich und auch Nisse euch gern persönlich mitteilen möchten: Wir haben ein Haus geerbt, Nisse, Jorunn und ich, von unserem Onkel, der vor ein paar Wochen verstorben ist. Und da Nisse schon ein Haus hat und Jorunn nicht nach Kiruna ziehen will, könnten wir darin wohnen. Es wäre groß genug für uns alle, wenn man es etwas umbauen würde.» Er legte eine kleine bedeutungsvolle Pause ein und erklärte schließlich mit vor Stolz geschwellter

Brust: «Zudem bin ich befördert worden – zum Vorarbeiter. Das bedeutet, dass es uns auch finanziell dort sehr gut gehen würde.»

Hannah klappte die Kinnlade nach unten. Und den anderen ging es auch nicht besser, das konnte sie den erstarrten Gesichtern ansehen. Sogar die Mutter sah sehr erstaunt aus, sie hatte wohl auch nichts davon gewusst.

Das kann er unmöglich ernst meinen, dachte Hannah und wartete darauf, dass der Vater über seinen Scherz lachte. Aber diesmal schmunzelte er nicht.

«Und, was haltet ihr davon?», fragte er stattdessen, als niemand etwas sagte.

Ebba reagierte zuerst. «Aber das Haus steht doch in Kiruna, oder?», fragte sie mit zittriger Stimme. «Du willst, dass wir nach Lappland ziehen, Far, wo du selbst immer sagst, wie ungemütlich das dort ist?»

«Far, das geht nicht, das kannst du uns nicht antun», meldete sich nun auch Ulla zu Wort.

Hannah sah zu den beiden kleinen Schwestern, die sie manchmal für verzogen und viel zu vorlaut hielt. Aber in dem Fall hatten sie recht. Was hatte sich der Vater nur dabei gedacht? Auf die Antwort musste sie nicht lange warten.

«Ich kann verstehen, dass das überraschend für euch kommt. Aber so hätten wir die Möglichkeit, alle wieder zusammen zu sein. Ich gehe davon aus, dass du hier bei Gunnar bleiben wirst, Hannah. Du, Matilda, hast deine sichere Anstellung in Mölle, aber auch in Kiruna gibt es Hotels.» Er sah triumphierend in die Runde. «Und es gibt keine einzige vernünftige Bäckerei in Kiruna. Ich bin mir sicher, dass die Leute euch dort das Gebäck aus den Händen reißen, wenn man da was aufbaut.»

«Das ist ja ein Ding!», kam es nun vom Großvater, der bisher sehr still gewesen war. «Jetzt brauche ich erst einmal einen Schnaps.»

Der Vater ging darauf nicht ein, stattdessen wandte er sich an die Mutter: «Wir könnten wieder eine richtige Familie sein. Was hältst du davon, Helene?»

«Dass wir beide erst einmal unter vier Augen darüber reden sollten», erklärte die Mutter mit sehr ruhiger Stimme, aber Hannah vermutete, dass sie innerlich aufgewühlt sein musste. Die Mutter hatte sich aufrecht hingesetzt, den Rücken durchgedrückt. Ihre Hände hatte sie fest ineinander verschlungen, aber die Zeigefinger wippten dabei hoch und runter. Sie alle konnten es sehen: Die Mutter war angespannt. Doch schließlich umspielte ein kleines Lächeln ihre Lippen, und sie sagte: «Aber den Gedanken an sich, dass wir alle wieder zusammenleben könnten, finde ich sehr schön.»

«Das sehe ich auch so!» Der Vater beugte sich runter zur Mutter und küsste sie mitten auf den Mund.

Sie lachte verlegen. «Jetzt brauche ich tatsächlich auch einen Schnaps.»

«Mor ...», sagte Ulla mit weinerlicher Stimme.

Doch die Großmutter ließ Ulla nicht zu Wort kommen: «Du hast doch gehört, was deine Mutter gesagt hat, sie möchte mit deinem Vater unter vier Augen sprechen. Das wird sicher nicht mehr heute passieren, solch eine Entscheidung muss sehr gut überlegt sein. Jetzt räumen wir erst einmal den Tisch ab – und dann gibt es Nachtisch. Onkel Nisse freut sich schon auf den Kladdkaka.»

Der Schokoladenkuchen war perfekt, außen leicht knusprig und innen noch schön feucht. Aber die Einzigen, die Freude daran hatten, schienen der Vater, Onkel Nisse und der Großvater zu sein, die ihr Stück, kaum stand der Teller vor ihnen, schon fast aufgegessen hatten. Den Frauen in der Familie hatte es augenscheinlich nicht nur die Sprache, sondern auch den Appetit verschlagen. Ebba und Ulla stocherten mit trotzigen Gesichtern auf ihren Tellern herum, Matilda und Ingrid aßen schweigend, und die Mutter hatte nach der Hälfte des Nachtischs aufgehört. Die Großmutter aß generell keinen Kuchen nach dem Essen, und auch Hannah hatte diesmal verzichtet. Ihr gingen zu viele Gedanken im Kopf herum. Vor ein paar Stunden hatte sie noch darüber nachgedacht, wie sehr sie all das hier vermissen würde, und nun würde vielleicht ein Großteil der Familie nach Kiruna ziehen. Was sollte dann aus den Großeltern werden?

Als hätte sie ihre Gedanken gelesen, legte der Großvater plötzlich geräuschvoll seine Gabel neben den Teller und sagte mit lauter Stimme: «Nur für mich zum Verständnis, Anders, wie meintest du das, als du erwähntest, es wäre für alle genug Platz im Haus? Du gehst doch nicht etwa davon aus, dass Ida und ich da mitmachen? Unser Zuhause ist hier, und das wird es auch immer bleiben, bis wir irgendwann den Löffel abgeben.»

Die Großmutter, die gerade dabei war, Onkel Nisses Kaffeetasse aufzufüllen, schnalzte mit der Zunge. «Also weißt du, Vilhelm!»

«Nein, ich weiß es eben nicht, Ida», blaffte der Großvater zurück. «Deswegen frage ich ja. Nun, wie sieht es aus, Anders?»

«Wenn wir anbauen, wäre Platz für alle», antwortete der Vater nach einem kurzen Zögern.

Der Großvater zog eine Augenbraue nach oben. «Das beantwortet meine Frage nicht. Bist du davon ausgegangen, dass wir mitgehen?»

Der Vater trank einen Schluck Kaffee, bevor er erklärte: «Nein, nicht direkt. Ich habe mir gedacht, dass ihr Arild nicht verlassen werdet und hierbleibt. Aber wie gesagt, die Möglichkeit würde bestehen. Das müsst allein ihr entscheiden.»

«Wir bleiben», stellte der Großvater klar. «Wir werden unseren Lebensabend ganz bestimmt nicht im kalten Kiruna verbringen.» Er sah zur Großmutter. «Ida und ich.»

Hannah rechnete damit, dass die Großmutter nun schimpfte oder dem Großvater wenigstens einen strengen Blick zuwarf, aber das passierte nicht. «Da bin ich ganz deiner Meinung, Vilhelm», sagte sie mit fester Stimme.

«Warum verkauft ihr das Haus nicht, Nisse, Jorunn und du, Anders?», hakte der Großvater nach. «Das Geld könnten wir alle gut gebrauchen. Dann könntest du zurückkommen und dir hier eine Arbeit suchen. In Mölle brummt das Geschäft mit den Badegästen, da lässt sich mittlerweile bestimmt was finden. Und das, was du weniger verdienst, gleichst du mit dem Verkaufserlös des Hauses aus.»

Der Plan klang gut, wie Hannah fand.

Doch da ergriff Nisse das Wort. «Das geht leider nicht, wir haben zwar das Haus unseres Onkels geerbt», erklärte er, «aber unsere Tante Siv lebt noch darin, sie hat lebenslanges Wohnrecht. Verkaufen können wir erst, wenn sie mal nicht mehr ist.» Dann grinste er frech. «Und die alte Dame ist sehr zäh, das kann noch ein paar Jahre dauern. Da müssen wir noch etwas warten.»

Klatsch! Nisse hatte das Pech, dass die Großmutter gerade neben ihm stand, und der war es egal, dass er der Bruder ihres Schwiegersohns war. Nun hatte er sich eine gefangen.

Nisse machte so ein verdutztes Gesicht, dass Hannah trotz des ernsten Themas grinsen musste. Neben ihr fing Matilda an zu kichern, hielt sich aber schnell die Hand vor den Mund.

«Das war nur ein Spaß, Ida», verteidigte der Vater seinen Bruder. «Wir mögen Siv, und wir wünschen ihr ein langes Leben.

Nur verkaufen können wir eben nicht. Bis sie ihren Löffel abgibt, um es mit deinen Worten zu sagen, Sven.»

«Fein, das freut mich für eure Tante, wir bleiben aber auf jeden Fall hier», murrte der Großvater.

«Ich auch!», kam es da plötzlich laut und deutlich von Ingrid. Mit Matildas Widerstand hatte Hannah gerechnet, mit Ingrids nicht. «Ich bleibe hier und helfe Großmutter in der Bäckerei. Und wenn wir sie zu zweit nicht halten können, arbeite ich eben als Zimmermädchen im Grand Hotel.»

«Die nehmen dich bestimmt», warf Matilda ein.

Hannah schwieg, sie kämpfte noch mit sich, sagte aber schließlich: «Warum sollten wir die Bäckerei nicht halten können? Ich bin ja auch noch da.» Stockholm stand, wenn überhaupt, erst im nächsten Jahr an. Bis dahin konnte sie zumindest die Familie unterstützen.

«Und wir sitzen dann allein in Kiruna?», rief Ulla, und Ebba war so aufgewühlt, dass sie sogar zu weinen anfing.

«Ihr seid nicht allein, ihr habt doch immer euch», versuchte der Vater die Wogen zu glätten. «Außerdem hat Nisse auch Kinder, mit denen ihr euch sicher gut vertragen werdet.»

Nun griff die Mutter ein. «Jetzt beruhigen sich bitte erst einmal alle wieder», sagte sie in ihrer besonnenen Art. «Es ist noch nichts entschieden. Vielleicht finden wir ja eine Lösung, die für alle zufriedenstellend ist. Aber wie gesagt, das möchte ich gern mit meinem Mann ganz in Ruhe besprechen.» Sie griff nach der Hand des Vaters. «Was hältst du von einem Spaziergang am Meer, Anders, nur du und ich?»

«Das Lappland hat auch seine guten Seiten», sagte Onkel Nisse, nachdem der Vater und die Mutter sich zu dem Spaziergang aufgemacht hatten. «Besonders im Winter, wenn die Nordlichter als grüne, rote oder blaue Schleier in Kiruna über den Horizont tanzen, ist es bei uns sehr schön. Wenn der Luossajärvi zugefroren ist, kannst du dort eisangeln oder mit dem Hundeschlitten im Schnee durch die Wälder fahren. Der Sommer ist kälter, aber dafür ist ein Spaziergang unter der Mitternachtssonne unvergleichlich. Ihr seid hier aufgewachsen, ich kann verstehen, dass ihr Skåne liebt. Das Meer hat durchaus seine schönen Seiten, auch ich freue mich darauf, morgen in die Fluten zu springen. Aber ihr dürft nicht vergessen, dass euer Vater in Kiruna aufgewachsen ist und dass auch er seine Heimat liebt. In seiner Brust schlagen zwei Herzen.»

Er hat recht, dachte Hannah. So hatte sie das bisher noch nie gesehen. Wenn der Vater sich mal beschwerte, was selten vorkam, dann war es lediglich über die schwere Arbeit im Erzbergwerk. Hin und wieder erwähnte er, er würde die Sonne und das Meer vermissen, und natürlich seine Familie. Aber bevor er nach Kiruna gegangen war, hatte er oft von den wunderschönen dunklen Wäldern dort gesprochen, durch die er in seiner Kindheit gestreift war. Seit er vor fünf Jahren zurückgegangen war, hatten sie ihn noch nie dort besucht, ehrlich gesagt hatten sie noch nicht einmal darüber nachgedacht. Und das lag nicht nur an der Tatsache, dass es finanziell fast unmöglich war. Zumindest Hannah war schlicht noch nie der Gedanke gekommen, nach Kiruna zu fahren. Und sie war sich sicher, dass sich das bei ihren Schwestern ähnlich verhielt, denn bisher hatte keine von ihnen den Wunsch geäußert. Sie hatten sich, ihre vertraute Umgebung, und waren daran gewöhnt, den Vater nur noch selten zu sehen, sie vermissten ihn nicht wirklich. Doch er hatte große Sehnsucht nach ihnen, und nach Onkel Nisses Worten verstand Hannah den Wunsch des Vaters, sie alle nach Kiruna zu holen, besser.

«Die Mitternachtssonne stelle ich mir sehr schön vor, Farbror», sagte Hannah. «Und auch eine Schlittenfahrt mit den Hunden. Schade, dass Kiruna so weit weg liegt von Arild.»

«Das finde ich auch.» Nisse zeigte auf Ebbas und Ullas Kuchenstückchen, die sie nicht aufgegessen hatten. «Mögt ihr nicht mehr? Dann schiebt ihn zu mir rüber. Der ist wirklich sehr gut. Falls ihr nach Kiruna kommen solltet, backt einfach euren Kladdkaka, und ihr seid gemachte Leute.» Er lachte. «Aber im Ernst, ich fände die Idee mit der Bäckerei gar nicht schlecht. Oder ihr eröffnet ein Kaffeehaus, so wie sie in Mölle immer mehr aus dem Boden schießen. Bei uns gibt es zwar keine Badegäste, aber dafür Arbeiter, die immer hungrig sind und ein gutes Stück Kuchen schätzen. Glaubt mir, sie würden kilometerweit gehen für eine gute Tasse Kaffee, sogar im Winter, und wenn ihr dazu die Semlor in heißer Milch anbietet, noch weiter.»

«Hier, Fabror Nisse, du kannst ihn haben.» Ebba schob den Teller über den Tisch.

Ulla tat es ihr nach und erklärte dabei: «Wir können dir auch das Rezept für den Kladdkaka aufschreiben, es ist sehr einfach. Dann kann Tante Alva ihn für dich backen, wenn du Lust darauf bekommst.»

Tante Alva war Nisses Frau. Hannah hatte sie bisher erst einmal gesehen, das war zur Taufe der Zwillinge gewesen. An ihr Aussehen konnte sie sich kaum erinnern, wohl aber daran, dass sie einen gesunden Appetit hatte und gern Kuchen aß.

Der Onkel wischte mit der Hand durch die Luft. «Ach, das hat sie doch schon längst. Aber sie bekommt ihn einfach nicht so gut hin wie ihr. Er wird immer zu trocken.» Er grinste schelmisch. «Die Lindholm-Schwestern werden also gebraucht in Kiruna!»

«Netter Versuch, Farbror», entgegnete Ulla frech.

«Alva muss nur die Backzeit reduzieren», sagte Hannah automatisch. Das war das häufigste Problem, das bei dem Kuchen auftrat, man durfte ihn nicht ganz durchbacken, damit er innen feucht und saftig blieb.

«Danke, Hannah, das werde ich ihr ausrichten.» Nisse schob sich die Gabel mit einem Stück Kuchen in den Mund. «Sehr köstlich», nuschelte er. «Aber sagt mal, habe ich euch eigentlich schon erzählt, dass ich letztens beim Einkaufen im Kaufmannsladen Erik Larsson getroffen habe. Wir haben also auch Berühmtheiten in unserem Ort.»

«Wer ist das? Ein Schauspieler?», fragte Matilda. Ihre Neugierde war geweckt. Wahrscheinlich, weil sie selbst gern berühmt wäre, dachte Hannah.

«Nein, ein Skilangläufer», antwortete der Onkel. «Erik hat letztes Jahr während der Nordischen Skiweltmeisterschaften in der Tschechoslowakischen Republik mit der Staffel die Bronzemedaille geholt. Dieses Jahr tritt er bei den Olympischen Winterspielen in Deutschland an. Und ich sage euch, der Mann hat gute Chancen, da Gold zu holen.»

«Ein Sportler also», stellte Ebba fest. Sie und Ulla hatten Spaß an der Bewegung, besonders das Turnen hatte es beiden angetan. Sie übten oft das Radschlagen, hatten einen tiefhängenden Ast zur Turnstange umfunktioniert, und erst vor ein paar Tagen hatte Hannah die beiden auf Händen durch den Garten gehen sehen.

«Ein sehr guter, würde ich behaupten, er gehört zur Weltspitze», erklärte Nisse stolz. «Nett ist er dazu, der Erfolg hat ihn kein bisschen eingebildet werden lassen. Er ist durch und durch Christ und geht davon aus, dass sein Können von oben kommt. Wir kennen ihn gut, euer Vater und ich. Erik hat im letzten Sommer als Paletten-Reiniger im Erzbergwerk gearbeitet und im

Winter als Holzfäller.» Er spannte seine Muskeln am Oberarm an. «Die schwere Arbeit hat seinen Körper gestärkt.»

Erik, so hieß auch Gunnars Vater, dachte Hannah traurig. Und der hatte gern Ähnliches über die Arbeit auf dem Boot gesagt und dabei seine Muskeln an den Armen präsentiert.

«Sag ihm, er soll zu uns kommen, Teig kneten», ließ die Großmutter da verlauten und klopfte sich auf ihren Oberarm. «Da bekommt er noch mehr Muskeln.»

Hannah war überrascht über den Scherz, den die Großmutter gemacht hatte. Die Großmutter wirkte erstaunlich gelassen in Anbetracht der Tatsache, dass ein Teil der Familie vielleicht nach Kiruna ziehen würde. Hannah schrieb das Onkel Nisse zu. Er verstand es wirklich, für gute Stimmung zu sorgen, und machte auch sofort damit weiter.

«Sollen wir Armdrücken, Ida?», fragte er. «Wenn du mich schlägst, bekommst du eine Krone.»

«Du willst es wirklich darauf anlegen, dich lächerlich zu machen?», konterte die Großmutter.

Hannah verfolgte das Spektakel mit einem Lächeln auf den Lippen. Sie war sich nicht sicher, ob die Großmutter am Ende tatsächlich stärker gewesen war oder ob Nisse sie gewinnen ließ. Aber das war auch nicht wichtig, das Ablenkungsmanöver hatte funktioniert. Niemand dachte mehr an Kiruna – bis die Eltern plötzlich wieder in der Tür standen und so ernst aussahen, dass sie zu einer Entscheidung gekommen sein mussten. Es wurde schlagartig still.

Die beiden traten ein, setzten sich aber nicht zu ihnen. Die Mutter überließ dem Vater das Wort.

«Helene und ich, wir sind uns einig», verkündete er, und Hannah rutschte das Herz in die Hose. Der Vater sah glücklich aus, das konnte nur eins bedeuten.

«Wir denken, dass es insbesondere für Ebba und Ulla zurzeit das Beste ist, wenn sie erst einmal in Arild bleiben, um ihre Schulausbildung zu beenden», erklärte er zu Hannahs Erstaunen. «Trotzdem werde ich in das geerbte Haus ziehen, damit ich Platz habe, wenn eure Mutter mich besuchen kommt – allein oder mit euch gemeinsam, ganz so, wie es passt.»

Die Großmutter nickte wortlos, und neben Hannah atmete Matilda erleichtert auf. Auch die Zwillinge sahen froh aus.

«Das ist eine sehr gute Entscheidung», stellte der Großvater fest.

«Jetzt, wo Anders mehr Geld verdient, können wir uns hin und wieder eine Reise nach Kiruna leisten», sagte die Mutter. «Aber es bliebe natürlich noch genügend Geld, um die Bäckerei zu unterstützen, solange sie nicht besser läuft. Wir haben gedacht, dass ich in den Sommerferien mit Ebba und Ulla hinfahre, das wären gleich ein paar Wochen am Stück. Wenn ich Anders allein besuche, müsstet ihr Großen euch natürlich neben der Bäckerei auch etwas um die Nesthäkchen kümmern.» Sie wandte sich nun direkt an Hannah. «Du als Älteste hättest dann die Verantwortung. Traust du dir das zu?»

Hannah kam nicht dazu, auf die Frage zu antworten.

«Ich bin ja auch noch da», warf die Großmutter ein. «Das kriegen wir schon hin.» Sie sah zu ihrem Schwiegersohn: «Das rechne ich dir hoch an, Anders.»

Er nickte und fragte: «Was haltet ihr anderen von der Idee?»

«Sie ist gut, sehr gut sogar!», stimmte Ulla sofort zu. «Aber im Winter würden wir auch gern mal nach Kiruna kommen, nicht wahr, Ebba? Dann könnten wir mit dem Hundeschlitten fahren – oder Ski.»

«Das hört sich alles gut an», sagte Ingrid, die heute bisher allzu still gewesen war. «Kiruna würde ich mir auch sehr gern irgendwann einmal anschauen. Es interessiert mich zu sehen, wie du lebst, Far. Und wenn Mutter allein bei dir ist, könnt ihr die Zeit gemeinsam genießen und müsstet euch keine Gedanken um uns machen. Wir kriegen das alles hier gut ohne euch hin. Wir sind eine Familie, wir sind füreinander da.»

«Darauf trinken wir!», sagte der Vater und hob sein Glas. «Auf die Familie!»

Hannah schluckte schwer. Ingrids kleine Ansprache hatte sie tief berührt. Sie war zwar erleichtert, dass die ganze Familie in Arild blieb. Sie freute sich, dass die Eltern sie gefragt hatten, mehr Verantwortung zu übernehmen, insgeheim war sie auch stolz, dass sie ihr das zutrauten. Aber zwei Dinge wusste sie nicht: ob sie das auch wollte – oder ob sie es überhaupt konnte. Was, wenn sie im nächsten Jahr in Stockholm wäre? Wie würden sie dann ohne sie klarkommen?

9

Ingrid

Ingrid konnte nicht einschlafen. Sie hatte noch lang mit Hannah und Matilda über den Vater und die andere Frau gesprochen, die zumindest eine Zeitlang eine Rolle in seinem Leben gespielt haben musste. Am Ende waren sie sich einig gewesen: Die Mutter hatte, wie immer, eine diplomatische und besonnene Lösung gefunden. Alles hatte sich zum Guten gewendet, dachte Ingrid. Aber warum fühlte sie sich trotzdem schlecht?

Der Mond stand voll am Himmel und warf sein warmes Licht durch das Fenster. Sie sah zu Hannah, die tief und fest schlief. Hannah hatte Ingrid und Matilda eben sehr klar gesagt, dass sie überlegte, mit ihm nach Stockholm zu gehen. Wenn Karl sie im nächsten Jahr immer noch wollen würde, dann würde Hannah wohl Arild verlassen. Sie müsste ihren eigenen Weg gehen, hatte Hannah gesagt. Aber bis dahin würde sie die Familie unterstützen, wo immer sie konnte. Matilda ging weiterhin davon aus, dass Hannah ihren Karl nie wiedersehen würde, und deswegen hatten die beiden sich fast gestritten. Dabei hatte Matilda es nur gut gemeint. Sie wollte Hannah einfach vor einer großen Enttäuschung bewahren, weswegen Ingrid da ganz auf Matildas Seite war. Aber am Ende hatten die beiden sich wieder vertragen. Matilda hatte Hannah versichert, dass sie ihr doch nur von ganzem Herzen Glück wünschte. Und Hannah hatte Matilda versprochen, dass diese sie, sooft sie wollte, in Stockholm besuchen dürfte.

Am Ende sitze ich wirklich allein hier, dachte Ingrid, wie sollte sie das dann alles schaffen? Es würde ihr in der Seele weh tun, wenn sie die Bäckerei am Ende vielleicht doch schließen mussten. Nicht nur wegen ihr selbst. Nein, wie schade wäre das! Onkel Nisse hatte nämlich recht, ging es ihr durch den Kopf. Unser Kuchen ist sehr gut, die Kunden und die Nachbarn lieben ihn geradezu. Wir müssen nur die Badegäste bis zu uns locken ...

«Das ist es!», flüsterte sie und setzte sich auf.

«Was ist los, Syster?», fragte Matilda leise.

Ingrid stieg aus dem Bett und ging auf Zehenspitzen zu Matilda. «Mach mal Platz.»

«Findest du mein Bett gemütlicher als deins, du warst doch heute Mittag erst drin», flüsterte Matilda, rückte aber ein Stück zur Seite. «Gut, dass ich morgen frei habe, sonst würde ich dich wegschicken.» Sie gähnte. «Was ist denn los?»

Ingrid legte sich neben ihre Schwester, stützte den Kopf mit ihrer Hand ab und sah Matilda triumphierend an. «Ich habe eine Idee! Wir machen das, was Onkel Nisse vorgeschlagen hat. Wir eröffnen ein Kaffeehaus, nicht in Kiruna, sondern hier bei uns.»

Matilda legte ihre Hand auf Ingrids Stirn. «Hast du Fieber?»

«Nein, aber Onkel Nisse hat es selbst gesagt: Die Leute würden kilometerweit gehen für ein Stück so guten Kuchen, wie wir ihn backen.»

«Da oben in Lappland vielleicht, aber doch nicht hier», erklärte Matilda. «Und überhaupt, wie stellst du dir das vor? Wo willst du die Gäste hinsetzen, ins Wohnzimmer?»

«Natürlich nicht, aber wir könnten ein paar Tische in den Garten stellen. Du sagst doch immer, dass die Gäste ganz verrückt danach sind, draußen zu sitzen. Und immerhin kann man das Meer von hier hören und von manchen Stellen sogar sehen.»

«Hm.» Einen Moment schien Matilda zu überlegen, dann

sagte sie: «Die Idee ist vielleicht wirklich gar nicht so schlecht, aber woher willst du die Gäste bekommen?»

«Und wo sollen sie ihre Notdurft verrichten?», fragte Hannah plötzlich dazwischen, die wohl alles mit angehört hatte und doch nicht schlief. «Großvater wird sich bedanken, wenn jemand auf seinem Lokus hockt.»

«Du wieder, Hannah.» Matilda fing an zu kichern. «Wie kommst du denn jetzt darauf?»

«Weil ich schon die ganze Zeit zur Toilette muss», erklärte Hannah. «Deswegen bin ich wach geworden – oder weil ich euch gehört habe.» Sie seufzte. «Ist ja auch egal, ich muss auf jeden Fall sofort aufstehen.» Sie setzte sich im Bett auf – und zog die Stirn kraus. «Hört ihr das? Die Treppen knarzen, da kommt jemand.»

Es waren Ebba und Ulla, die kurz darauf das Zimmer betraten.

«Mitternacht», sagte Ebba. «Ihr habt gesagt, wir dürfen dabei sein, wenn ihr redet. Die anderen sitzen noch unten in der Küche. Sie haben nichts mitbekommen.»

«Ich muss um vier Uhr wieder in die Backstube», maulte Hannah und stand auf. «Wenn ihr alle reden wollt, könnt ihr das machen, aber dann ziehe ich mir die Decke über den Kopf und schlafe schon etwas.»

«In Ordnung», stimmte Ulla sofort zu.

Ingrid stand auf, ging zu ihrem Bett und sagte: «Eine von euch kann zu mir.»

Ulla setzte sich im Schneidersitz auf Ingrids Bett.

Ebba ging zu Matilda. «Ich muss zu dir, Hannah will schon schlafen.»

«Das sagt sie nur, und dann bekommt sie doch alles mit», sagte Matilda. «Das war eben auch schon so.» Sie hob die Decke hoch. «Du darfst dich gern zu mir legen, aber wenn du mir in der Nacht die Decke wegziehst, gibt es Ärger!»

«Und, worum geht es?», fragte Ebba. «Um Kiruna oder um die Arbeitsstelle als Zimmermädchen?»

«Ingrid möchte ein Kaffeehaus eröffnen», erklärte Matilda trocken. «Hinter dem Haus, bei uns im Garten.»

«Ein Kaffeegarten, das ist aber eine hübsche Idee, Ingrid», rief Ulla.

«Finde ich auch», stimmte Ebba begeistert zu. «Wir machen es einfach hier, dann kommt keiner mehr auf die Idee, dass wir den Kuchen in Kiruna backen und verkaufen sollen.»

«So, und wie stellt ihr euch das vor? Ich finde Matildas Frage durchaus berechtigt. Wo bekommen wir die Gäste her?», fragte Hannah.

«Siehst du, Ebba, das meinte ich eben», sagte Matilda. «Sie tut nur so, als ob sie schläft.»

«Aber meine Frage ist durchaus berechtigt», erklärte Hannah. «Also noch mal, wo bekommen wir die Gäste her?»

«Na, aus Arild», schlug Ebba vor. «Da gibt es mittlerweile auch Badegäste. Sie kommen nicht, um bei uns Brot oder Kuchen zu kaufen, dafür ist die Bäckerei zu weit weg. Aber sie fahren mit dem Fahrrad bis nach Mölle, um dort Kaffee zu trinken. Warum sollten sie dann nicht bis zu uns kommen, wo es doch so viel näher ist? Außerdem ist unser Kuchen besser. Wir müssen sie nur darauf hinweisen.»

«Und die Nachbarn kommen bestimmt auch», sagte Ulla. «Sie stehen doch sowieso schon immer um die Bank herum, tratschen, essen Gebäck und trinken etwas. Ich habe letztens erst mitbekommen, wie Großvater seinen Freunden Kaffee ausgeschenkt hat. Großmutter hat ihn erwischt und mit ihm geschimpft. Kaffee ist teuer, und du verschenkst ihn, hat sie gemeckert. Da hat sie doch recht, meint ihr nicht? Wenn wir einen Kaffeegarten hätten, könnten sie dafür bezahlen.»

Das stimmte, daran hatte Ingrid noch gar nicht gedacht. Jeden Tag standen wenigstens zwei bis drei Nachbarn vor der Bäckerei. Dann hörten sie gemeinsam mit dem Großvater Radio, oder sie diskutierten. Ein Kribbeln erfasste sie. Vielleicht war es doch keine Schnapsidee, sondern es war tatsächlich etwas dran. «Wisst ihr, was, wenn sie morgen Nachmittag wieder kommen, packe ich das Gebäck nicht in eine Tüte, sondern lege es auf einen Teller und biete dazu einen Kaffee an.»

«Das können wir machen», bot Ulla sich an. «Nach der Schule. Wir haben doch gesagt, dass wir jetzt etwas mehr helfen.»

«Das ist eine sehr gute Idee.» Ingrid klatschte vor Freude in die Hände. «Matilda, was zahlt man im Hotel für eine Tasse Kaffee?»

«Eine Krone und zwanzig Öre», erklärte Matilda. «Aber wir sprechen über das Grand Hotel. So viel können wir hier nicht nehmen, das zahlen die Nachbarn nie im Leben.»

«Dann nehmen wir achtzig – für eine Tasse», schlug Ingrid vor. «Oder wir nehmen auch eine Krone zwanzig, aber man bekommt noch eine zweite Tasse nachgeschenkt, wenn man mag.»

«Da werden Opas Freunde aber nicht begeistert sein, wenn sie plötzlich für den Kaffee bezahlen müssen», warf Hannah ein. «Und Großvater bestimmt auch nicht. Ihm war Gastfreundschaft schon immer wichtig, uns allen ist sie wichtig, auch Mutter. Meint ihr, das ist wirklich so eine gute Idee?»

«Das stimmt ja auch, Hannah», sagte Ingrid. «Die Gastfreundschaft *wird* bei uns großgeschrieben. Das soll auch so bleiben. Aber ich finde, wir sollten es wenigstens versuchen. Wenn wir seinen Freunden erklären, was wir vorhaben, spielen sie bestimmt mit. Wir müssen Sie nur von Anfang an mit ins Boot nehmen, und natürlich auch Großvater.»

«Das finde ich gut, so könnte es funktionieren», sagte Hannah. «Dann sind sie nicht überrascht, und außerdem haben sie das Gefühl, uns zu helfen. Das ist eine kluge Taktik.»

«Eben!» Ingrid gefiel, wie die Idee immer konkreter wurde. Tief im Inneren spürte sie, dass es genau das war, was sie wollte. Hannah hatte ihren Karl und wollte nach Stockholm gehen. Matilda hatte auch ihre Pläne. Und Ingrid hatte nun auch einen. Sie wollte es wenigstens versuchen, sie musste es versuchen! «Ich rede mit Mutter und Großmutter und natürlich auch mit Großvater. Und wenn alle einverstanden sind, werden wir es gleich morgen so machen. Aus dem Hof wird ein kleines Café!»

Ebba stand auf und ging zum Schreibtisch. «Was kostet eine Packung Kaffee, und wie viele Tassen können wir aus einer Packung kochen? Ich kann ausrechnen, wie viel wir dann nehmen müssten, damit wir auch etwas daran verdienen.»

«In einer Packung sind fünfhundert Gramm Pulver, das Kaffeelot ist für eine kleine Tasse», erklärte Ingrid. «Aber frag mich nicht, wie viel Messlöffel man aus der ganzen Packung bekommt.»

«Frag Großmutter», schlug Matilda vor. «Wenn du ihr sagst, dass du den Kaffee verkaufen willst, den Großvater großzügig verschenkt, wird sie begeistert sein. Für ein Pfund zahlen wir etwa zwei Kronen fünfzig. Ich bin mir sicher, sie kann dir auf die Öre genau ausrechnen, was eine Tasse kostet. Wir könnten aber auch einfach zwanzig nehmen, so viel bezahlt man im Kaffestugan auch.»

«Wir?», fragte Ingrid. «Du findest die Idee gut? Bist du auch dabei?» Bisher hatte sich Matilda sehr zurückgehalten. Dabei hatte sie die meiste Erfahrung von ihnen, immerhin arbeitete sie als Servierkraft in einem der besten Hotels. Deswegen war es Ingrid wichtig, was Matilda von der Sache hielt.

«Hm», machte Matilda, und kratze sich am Kopf. «Schlecht ist die Idee wirklich nicht. Ich denke, da könnte man tatsächlich ein paar Kronen dazu verdienen. Aber Großmutter erlaubt dir nie, die Gäste in den Garten zu setzen. Im Schuppen ist noch die alte Bank, die könnte man raus in den Hof stellen, zu der anderen.»

«Da sind auch noch einige Stühle und ein Tisch», sagte Ulla. «Sie sind nicht mehr schön, aber mit ein paar Kissen und Decken könnte man es recht gemütlich machen.»

«Tassen und Teller haben wir auch», überlegte Ulla laut, «die, die wir immer nehmen, wenn Geburtstage oder Feiertage sind und viel Besuch da ist.»

«So machen wir das.» Ingrid fühlte sich wie beschwingt und würde am liebsten sofort nach unten zur Mutter gehen, um ihr von der Idee zu erzählen. «Ich bin so was von aufgeregt!», sagte sie. «Aber ich sage euch was, Systrar! Ich weiß nicht, warum, aber ich habe es im Gefühl. Das wird großartig!»

Ebba saß immer noch am Schreibtisch. Nun stand sie auf, ging zu Ingrid und reichte ihr ein Blatt Papier. Gerechnet hatte sie nichts, aber sie hatte etwas geschrieben, wie Ingrid nun feststellte.

Ab sofort: Kaffee und Kuchen in Lindholms Kaffeegarten

Kaffee: 80 Öre

Hausgemachte Limonade: 50 Öre

Kuchen: Nach Preis in der Auslage

«Die Limonade können Ulla und ich zusammenrühren», erklärte sie. «Dafür müssen wir nicht viel ausgeben, das Wasser kommt aus dem Hahn, das Obst aus dem Garten. Wir brauchen nur etwas Zucker und Essig, das kostet nicht viel. Und wenn es schön heiß ist und die Urlauber mit den Fahrrädern kommen, haben sie bestimmt Durst und freuen sich über eine Erfrischung.»

«Das ist eine sehr gute Idee, Ebba», sagte Hannah anerkennend.

Die jüngere Schwester nickte glücklich und legte sich wieder zu Matilda ins Bett.

«Ich bin gespannt, was Großmutter davon halten wird», sagte Ulla. «Also, ich finde, das ist fast die beste Idee des Tages, nur Mutters war besser, als sie Vater davon überzeugt hat, dass wir nur in den Ferien nach Kiruna fahren.»

«Es ist auf jeden Fall die beste Idee des Tages!», stellte Ebba klar. «Wir haben nach Mitternacht, Mutters Idee war also gestern, Ingrids ist von heute.»

«Ist doch egal, auf jeden Fall ist sie sehr gut», erwiderte Ulla. «Wobei ich finde, dass wir den Kuchen ruhig etwas teurer machen können, wenn man ihn serviert bekommt. Immerhin haben wir ja auch Arbeit damit. Oder, Matilda? Dich muss das Hotel doch auch bezahlen, wenn du den Leuten das Essen zum Tisch bringst.»

«Da hast du absolut recht», antwortete Matilda. «Aber für den Anfang lass es uns erst mal so versuchen, sonst rennen uns am Ende die Freunde und Nachbarn wirklich noch davon. Und außerdem ...» Sie lächelte breit. «Und außerdem geben die netten Gäste auch ein Trinkgeld, wenn sie zufrieden sind. Und das ist für die eigene Tasche bestimmt, das darf man behalten.»

«Wir geben es ab!», bestimmte Ebba. «Mutter freut sich, wenn ein paar Kronen mehr in ihre Haushaltskasse kommen.»

Ulla rollte mit den Augen und seufzte. Sie war anscheinend nicht zufrieden mit dem, was Ebba da gerade entschieden hatte, hielt aber ihre Meinung zurück.

Ingrid wollte etwas dazu sagen, da kam Matilda ihr zuvor.

«Jeder, der arbeitet, sollte auch etwas davon haben», erklärte sie. «Ihr müsst ja nicht alles abgeben, einen Teil könntet ihr für

euch behalten. Ich mache das auch so.» Sie zog die Decke bis
über ihre Schultern. «Aber dafür müsst ihr erst mal was verkaufen, das wird nicht so einfach.»

«Das schaffen wir», sagte Ebba und fing plötzlich an zu kichern. «Die Schwestern Fürchterlich schaffen einfach alles.»

Nun giggelte auch Ulla los. «Der Kaffeegarten der Schwestern
Fürchterlich.»

Ingrid schmunzelte in sich hinein. An die Zwillinge hatte sie
nicht gedacht, als ihr die Sache mit dem Kaffeehaus eingefallen
war. Aber nun waren die beiden mit im Boot und ganz begeistert
von der Idee. Da hatte sie was angerichtet. Aus der spontanen
Idee war ein echter Plan geworden. Aber was würden die Großmutter und die Mutter davon halten?

«Liederlich», bemerkte Hannah, und die Zwillinge kicherten
weiter.

«Na gut, ihr fürchterlich liederlichen Schwestern», erklärte
Ingrid. «Jetzt wird aber geschlafen. Am besten bleibt ihr bei
uns oben. Das wird zwar etwas eng, aber für eine Nacht wird
es schon gehen. Und ihr versprecht mir, dass ihr morgen nicht
gleich zu Großmutter oder Mutter rennt, um davon zu erzählen.
Das möchte ich machen, ganz in Ruhe, verstanden?»

«Zu Befehl!», sagte Ulla, und Ebba schickte ein «Abgemacht!»
hinterher.

In ihrem Bett gähnte Hannah demonstrativ. «Gute Nacht!»

Auch Matilda gähnte laut. «Du hast mich angesteckt. Schlaft
gut, Schwestern.»

«Ja, gute Nacht, schlaft gut», sagte Ingrid.

«Gute Nacht», wünschten auch die Zwillinge, gleichzeitig,
sodass ihre Stimmen fast wie eine klangen.

Ingrid war schon fast eingeschlafen, da hörte sie, wie Matilda leise sagte: «Ebba, ich habe dich gewarnt, wenn du mir

noch einmal die Decke wegziehst, schmeiße ich dich aus dem Bett!»

Ein warmes Gefühl durchströmte Ingrid. Es war schön, dass sie ihre Schwestern hatte. Jede von ihnen war anders und auf ihre Art speziell. Manchmal stritten sie miteinander. Aber wenn es darauf ankam, hielten sie zusammen, und das war viel wert. Anderen hingegen ging es nicht gut. Ihre letzten Gedanken vor dem Einschlafen galten Gunnar und Wilma. Sie hatten heute einen geliebten Menschen verloren, um den sie trauerten. Und auch Ingrid war bedrückt deswegen. Sie hatte Erik zwar nicht so gut gekannt wie Hannah, aber sie hatte ihn gemocht. Es tat ihr in der Seele weh, dass er nun nicht mehr da war. Auch dass Hannah sich von Gunnar trennen wollte, stimmte sie sehr traurig. Insgeheim wünschte sie sich, Hannah hätte Karl nie kennengelernt, auch wenn sie ihrer Schwester das Glück gönnte. Am liebsten wäre ihr jedoch, wenn alles so blieb, wie es war, und Hannah nicht nach Stockholm gehen würde. Aber immerhin hatte Ingrid nun ihren eigenen Plan. Sie würde ein Café eröffnen und in Arild bleiben, hier wegzugehen kam für sie nicht in Frage.

Am nächsten Morgen wurde Ingrid durch den Duft von frisch Gebackenem und Vanille geweckt. Sie blinzelte, öffnete die Augen und sah Hannah, die bei ihr stand und ihr einen Teller vor die Nase hielt.

«Ich wusste, dass ich dich damit wachbekomme», flüsterte Hannah. «Frisch gebacken, sie sind noch lauwarm.»

Ingrid setzte sich auf. «Herzen! Oh, die sind ja hübsch.»

«Vaniljhjärtan, die Idee zu dem Rezept ist mir heute Morgen gleich nach dem Aufwachen gekommen», erklärte Hannah. «Koste!»

Ingrid biss vorsichtig ein Stück des Mürbeteigherzens ab. «Mmh, gefüllt mit einer Vanillecreme, köstlich.» Für einen kurzen Augenblick schloss sie die Augen wieder und ließ das zarte Gebäck auf der Zunge zergehen. «Ich fühle mich wie im Himmel», stellte sie schließlich fest. «Wie in einem süßen Himmel!»

«Könnt ihr bitte leise sein. Ich habe heute frei», maulte da Matilda im Nachbarbett.

«Entschuldigung», nuschelte Ingrid und aß flink das Vanilleherz auf, während Hannah die Zwillinge weckte.

Kurz darauf verließen sie vier alle gemeinsam das Zimmer, und Ingrid schloss leise die Tür hinter ihnen. «Schaut mal.» Sie hielt den Zwillingen den Teller hin.

«Wie schön, Herzen!» Ebba griff zu, und auch Ulla nahm sich eins. «So darfst du uns gern jeden Tag wecken.»

Hannah lachte leise. «Das fehlt mir noch. Ich habe sie heute zum ersten Mal gebacken. Ich bin aufgewacht und hatte die Idee dazu im Kopf. Dann haben wir heute zur Feier des Tages etwas Neues, womit wir unsere Gäste überraschen können. Erzählt habe ich Großmutter und Mutter noch nichts von dem Gartencafé, das solltest du machen, Ingrid. Ich wollte dir aber noch kurz sagen, dass ich beim Backen die ganze Zeit darüber nachgedacht habe. Und ich finde, es ist nicht nur eine gute Idee, ich denke, dass wir das wirklich schaffen können, wenn wir alle gemeinsam daran glauben. Und wenn uns die Kunden so schnell diese Herzen wegessen wie ihr jetzt gerade, dann ist die Sache ohnehin geritzt.»

Hannahs Worte bedeuteten Ingrid sehr viel. Sie gaben ihr die nötige Zuversicht, die sie nun brauchte, um mit der Mutter und der Großmutter zu sprechen. Sie hatte etwas Angst davor, dass die beiden dagegen sein könnten. Daher kam die Aufmunterung ihrer Schwester gerade richtig.

«Wenn ihr das nächste Mal oben bei euren Schwestern schlaft, sagt ihr mir vorher Bescheid, Ebba, Ulla!», drang die Stimme der Mutter da zu ihnen. Sie stand im Flur, die Arme vor der Brust gekreuzt, und schaute zu ihnen hinauf. «Ich habe das ganze Haus nach euch abgesucht.»

«Es war wichtig, Mor», erklärte Ebba mit ernster Stimme.

«Genau, es war wichtig», stimmte Ingrid zu und bemühte sich, ihrer Stimme einen ähnlich ernsten Klang zu geben. «Wir haben Ebba und Ulla oben bei uns gebraucht.»

«Na, wenn das so ist, kann ich das natürlich verstehen.» Die Mutter lächelte über das ganze Gesicht. «Schön, dass ihr euch alle so gut versteht. Aber vielleicht kommt ihr jetzt trotzdem runter, und wir frühstücken etwas. Die Schule ruft – und die Bäckerei.»

Am Tisch saß die Großmutter. «Da seid ihr ja alle», sagte sie. «Guten Morgen.» Sie seufzte. «Ich bin auch nicht mehr die Jüngste, der Abend gestern ging eindeutig zu lang. Aber immerhin, die letzte Fuhre Brötchen ist gerade im Ofen. In fünfzehn Minuten müssten sie gut sein, Hannah, so lang genehmigen wir uns eine Pause.»

Die Mutter nahm die Kanne vom Herd. «Trink noch einen Kaffee, Ida, das hilft.»

«Wie viele Tassen bekommt man aus einer Packung?», fragte Ingrid. Sie hatte zwar ursprünglich vorgehabt, in Ruhe mit der Großmutter und der Mutter zu sprechen, entschied sich nun aber spontan um. Sie war einfach zu ungeduldig und wollte jetzt sofort wissen, was sie von der Idee halten würden.

«Das hängt von der Größe der Tassen ab», erklärte die Mutter.

«Und davon, wer ihn kocht», fügte die Großmutter hinzu. «Für euren Großvater kann er nicht stark genug sein, ich mag ihn etwas milder. Aber man kann im Schnitt mit achtzig kleinen

Tassen rechnen – oder mit fünfzig, wenn ihr die etwas größeren Pötte nehmt.» Sie sah Ingrid direkt in die Augen, und Ingrid wusste, dass die Großmutter gespürt hatte, dass hinter ihrer Frage noch mehr steckte: «Warum willst du das wissen?»

«Erkläre ich dir sofort.» Ingrid setzte sich auf den Platz gegenüber der Großmutter und die Schwestern auf die anderen Stühle, vor denen jeweils schon der Frühstücksteller und eine Tasse standen. «Kommst du auch, Mor? Das betrifft auch dich – uns alle.»

«Oh, das klingt aber spannend», sagte die Mutter und setzte sich dazu.

«Ich höre!», sagte die Großmutter.

Ingrid beschloss, gar nicht erst um den heißen Brei herumzureden, die Großmutter war immer für klare Worte. «Erinnert ihr euch, wie Onkel Nisse gestern über Kaffee und Kuchen in Kiruna geredet hat? Wir haben überlegt, ob wir das hier bei uns auch machen könnten. Den Kuchen nicht nur zum Mitnehmen wie bisher, sondern zum direkten Verzehr anbieten, und den Kaffee dazu», erklärte sie. «Vor der Bäckerei stehen doch sowieso immer alle herum und trinken Kaffee auf unsere Kosten. Da können wir doch gleich ein kleines Café eröffnen, also im Freien. Deshalb wollten wir wissen, wie viele Tassen wir aus einer Packung bekommen, damit wir ausrechnen können, wie viel Öre wir für einen Kaffee nehmen können.»

Die Großmutter sah zur Mutter und sagte: «Ich wusste gar nicht, dass du so geschäftstüchtige Töchter hast.»

«Das ist mir auch neu.» Die Mutter lächelte wissend. «Deswegen also der geheime Kriegsrat gestern Nacht.»

«Ganz genau», bestätigte Ulla. «Wir haben nämlich … Autsch!» Anscheinend hatte Ebba sie unter dem Tisch getreten, um sie daran zu erinnern, dass sie den Mund halten sollte. Aber nun war die Katze ja schon aus dem Sack, und die Großmutter wirkte, ihrer Reaktion nach zu urteilen, nicht abgeneigt.

«Ebba und Ulla wollen nach der Schule helfen», erklärte Ingrid. «Beim Servieren, und sie haben auch noch eine andere schöne Idee.» Sie sah zu Ulla und nickte ihr aufmunternd zu. «Erzähl du.»

Es schien Ingrid, als würde Ulla auf ihrem Stuhl ein paar Zentimeter in die Höhe wachsen vor Stolz, als sie sagte: «Wir machen Limonade und verkaufen sie für fünfzig Öre das Glas! Und dann ...»

Abwechselnd berichteten die Zwillinge von den Plänen, und sie ließen auch die Idee mit dem Kaffeegarten hinter dem Haus nicht aus.

«Warum nicht?», sagte die Großmutter schließlich. «Aber eine Krone pro Tasse solltet ihr schon nehmen.» Sie stand auf. «Die Brötchen rufen, kommt ihr dann auch, Hannah, Ingrid?»

So einfach war das gewesen? Damit hatte Ingrid nicht gerechnet. Sie war so überwältigt, dass sie erst einmal sitzen blieb. Sie würden tatsächlich ein Café eröffnen. Vorfreude erfasste sie. Jetzt musste sie nur noch dem Großvater begreiflich machen, dass seine Freunde heute für den Kaffee bezahlen mussten. Aber das war das geringste Problem. Wie sagte Hannah? Wir können es wirklich schaffen, wenn wir alle daran glauben. Und das tat Ingrid.

Hannah ging der Großmutter nach. Im Türrahmen blieb sie noch einmal stehen und drehte sich zu den Schwestern. «Dann backe ich mal eine Fuhre Herzen. Wir sollten sie unbedingt auf die Karte setzen, dann fühlen sich die Gäste wie im süßen Himmel – so wie du heute Morgen, Ingrid.»

«Ja, unbedingt», stimmte Ingrid zu. «Unsere Kunden werden sie lieben, auch in der Bäckerei, da bin ich mir sicher.» Sie sah

ihrer Schwester nach, die mit langen Schritten den Flur entlang nach draußen ging. «Süßer Himmel», das wäre ein schöner Name für einen Kaffeegarten, dachte Ingrid, etwas ungewöhnlich zwar, aber er würde auffallen und sich abheben von
den anderen Cafés, die meistens nur nach dem Familiennamen
benannt wurden.

10

Hannah

Mit sechzehn Jahren war es Hannahs geheimster Wunsch gewesen, auf Jenny Åkerströms Hausfrauenschule in Stockholm zu gehen. Aber natürlich wusste sie, dass es immer ein Traum bleiben würde. Immerhin gehörten die Prinzessinnen Margaretha, Märtha und Astrid einst zu Åkerströms Schülerinnen. Den Prinzessinnen hatte die Lehrerin ein Kochbuch gewidmet. Hannah hatte damals durch Zufall in der Zeitung einen Bericht über das Buch gelesen und die Eltern angebettelt, es ihr zu kaufen. Aber zu der Zeit hatte die große Weltwirtschaftskrise auch Schweden erreicht, der Vater bangte um seine Anstellung, und sie hatten schlicht kein Geld dafür übrig, wie ihr die Mutter damals bedauernd erklärte. Umso mehr hatte Hannah sich gefreut, als der Vater plötzlich doch freudestrahlend vor ihr stand und ihr ein anderes Buch überreichte. Er hatte Hemmets Kokbok zufällig bei einem seiner Freunde in Kiruna auf dem Küchentisch liegen sehen und sich daran erinnert, wie sehr Hannah sich damals ein Kochbuch gewünscht hatte. Also hatte er keine Ruhe gegeben, bis der Kollege ihm das Buch verkauft hatte, wie der Vater stolz erzählte. Das Buch hatte Eselsohren, und auf manchen Seiten hatte es ölige Flecken, weil die Vorbesitzerin nicht pfleglich damit umgegangen war, aber Hannah hütete es wie ihren Augapfel. Sie hatte schon etliche Rezepte daraus nachgekocht und nachgebacken. Sie mochte das Buch sehr, vor allem die detaillierten Anleitungen gefielen ihr.

Bisher mochte sie den Kronans Kaka am liebsten. Er war sehr schnell gebacken, bestand aus einfachen Zutaten und hatte es auf Platz eins ihrer Lieblingsrezepte geschafft. Aber das hatte sich heute geändert. Die butterzarten Herzen mit der Cremefüllung schmeckten ihr noch besser! Der Kronenkuchen war somit auf den zweiten Platz gerutscht.

Nachdem sie heute mit den täglichen Arbeiten in der Bäckerei fertig gewesen war, hatte Hannah ihr Versprechen wahrgemacht und gleich vier ganze Bleche Vaniljhjärtan gebacken. Dabei waren ihre Gedanken immer wieder bei Gunnar. Sie war sich sicher, dass auch er die Herzen lieben würde. Zu gern hätte sie sich sofort auf das Fahrrad gesetzt, um ihm welche vorbeizubringen, als kleinen Trost für den Verlust, den er erlitten hatte. Gestern war so viel passiert, dass Eriks Tod etwas in den Hintergrund geraten war. Karl hatte sie gefragt, ob sie mit ihm nach Stockholm gehen würde. Dann waren auf einmal der Vater und Nisse zu Besuch da, eine Liebschaft wurde vermutet, und kaum hatte sich das geklärt, stand die nächste Aufregung an. Der Vater wollte die Mutter und die Zwillinge nach Kiruna holen. Und als ob das noch nicht genug war, hatten sie in all dem Chaos beschlossen, ein Café zu eröffnen. Neben den Vanilleherzen würde Hannah gern noch mehr Rezepte erfinden, mit denen sie die Gäste erfreuen könnte. In Gedanken hatte sie den Mürbeteig mit Apfelkompott, Pflaumen, Heidelbeeren und schließlich mit einer Mischung aus Vanillecreme mit einer Prise Zimt gefüllt. Das Backhandwerk hatte sie von der Großmutter und der Mutter gelernt. Sie hatten sie gut vorbereitet auf ihren Beruf, aber sich dabei stets an die genaue Anleitung in den Rezepten gehalten. Hannah jedoch probierte auch gern mal Neues aus und veränderte die Rezepturen, misstrauisch von der Großmutter beäugt. Beim Backen konnte Hannah alles um sich herum vergessen.

Sie liebte es, in der Backstube zu stehen, und war immer wieder begeistert davon, wie aus den gleichen Zutaten die unterschiedlichsten Backwerke entstehen konnten. Aus Mehl, Butter, Zucker, Eiern, Milch oder Sahne, dazu ein Backtriebmittel, ließen sich knusprig-feste Kekse, aber auch locker-leichte Torten oder Kuchen ohne Sahne backen, je nachdem, wie man die Zutaten untereinander kombinierte und verarbeitete.

Dafür nahm sie das frühe Aufstehen gern in Kauf. Ihre Arbeitszeit fing jeden Morgen um vier Uhr an und endete zehn Stunden später. Aber meistens wurde es nach drei, bis sie die Backstube verlassen konnte. Heute hatte die Großmutter sie allerdings vorher entlassen, wofür Hannah ihr sehr dankbar war.

Es war noch keine zwei Uhr, und Hannah war mit dem Fahrrad auf dem Weg zu Gunnar und seiner Mutter. Sie war schnell unterwegs, der Hinweg war ihr am liebsten, denn er ging fast nur bergab, und Hannah konnte das Rad die meiste Zeit einfach rollen lassen. Sie hatte ein wenig Angst vor dem, was sie nun erwartete. Es könnte passieren, dass Wilma sie wegschicken würde. Aber am schlimmsten war der Gedanke, dass Gunnar jetzt sehr traurig sein würde und dass sie nicht viel tun konnte, um ihm den Schmerz zu nehmen. Und das wollte sie im Grunde genommen auch gar nicht, er hatte das Recht darauf zu trauern. Es war ihr nur wichtig, dass er damit nicht allein war. Sie würde ihm beistehen, das war sie ihm, und auch Erik, schuldig.

Nachdem sie angekommen war, lehnte sie ihr Fahrrad an den Gartenzaun, den sie erst vor ein paar Wochen gemeinsam mit Gunnar in dem gleichen dunklen Blauton wie die Tür gestrichen hatte. Sie mochte das kleine weiße Fischerhaus mit dem Reetdach, in dem Gunnar mit seinen Eltern wohnte. Es stand in zweiter Reihe am Fuße einer kleinen Anhöhe in Arild, weit genug weg, um nicht zerstört zu werden, wenn der Sturm das

Wasser gegen die Küste peitschte. Aber immer noch nah genug, um das Meer zu sehen, zu hören und das Salz zu schmecken, das in der Luft lag.

Wenn es warm war, schlief Gunnar jedoch in der Hütte, die er extra dafür in den Garten gebaut hatte. Sie war nicht sehr groß, es standen nur ein Bett darin, ein kleiner Tisch, zwei Stühle, eine Kommode, eine Waschschüssel und eine Öllampe. Aber Gunnar hatte eine Leiter an die Hütte gelehnt, mit der man auf das stabile flache Dach gelangen konnte. Dort saß er gern, sah auf das Meer und beobachte das Treiben im Hafen. Das Dach war auch Hannahs Lieblingsplatz hier, und sie leistete Gunnar gern darauf Gesellschaft, wenn sie beide die Zeit dazu fanden.

Auf der Hütte saß Gunnar heute jedoch nicht, wie ein schneller Blick durch den Garten Hannah zeigte. Aber das hatte sie sich auch nicht anders gedacht, bestimmt war er im Haus bei der Familie. Gunnar hatte zwar keine Geschwister mehr, aber viele Tanten, Onkels, Cousins und Cousinen. Sie war sich sicher, dass niemand von ihnen Wilma in ihrer Trauer allein ließ und sie nun bei ihr waren.

Hannah nahm den Korb mit den Backwaren, den die Großmutter für Gunnars Mutter gepackt hatte, und atmete tief durch. Sie wusste nicht so recht, wie sie sich nun verhalten sollte. Die Worte hatte Hannah sich schon zurechtgelegt, aber sie merkte, wie verunsichert sie war, so nah mit dem Tod konfrontiert zu sein, obwohl es nicht ganz neu für sie war. Die Großmutter hatte eben noch zu ihr gesagt, der Tod gehörte zum Leben dazu, es wäre der Lauf der Dinge, dass Menschen sterben. Aber Erik musste viel zu früh gehen, das war so ungerecht. Außerdem hatte sie fast schon Angst davor, auch nur daran zu denken, dass ihre Großeltern schon recht alt waren und sie sich irgendwann für immer von ihnen würde verabschieden müssen. Ihre

Großeltern väterlicherseits hatte sie nie kennengelernt, und die Urgroßeltern waren beide gestorben, als sie noch sehr klein gewesen war, an sie konnte Hannah sich nicht erinnern. Das erste Mal persönlich mit dem Tod hatte sie zu tun, als Gunnars Bruder Lars mit dem Boot in einen Sturm gekommen und gekentert war. Tagelang hatten sie beisammengesessen, gebetet und gehofft, dass Lars plötzlich quicklebendig vor der Tür steht. Aber das war nicht geschehen. Er war für immer verschwunden, das Meer hatte ihn sich geholt.

«Das Meer gibt, das Meer nimmt, Hannah.» Sie hatte die Worte von Erik im Ohr, als sie nun die Schultern straffte und das Gartentor aufstieß. Überrascht blieb sie stehen. Es quietschte nicht mehr!

Wilma hatte oft deswegen mit Erik geschimpft, er sollte es endlich schmieren, doch der hatte sich geweigert. So könnte man schließlich hören, wenn jemand zu Besuch kommt, und außerdem würde es böse Kobolde und Trolle fernhalten, hatte er augenzwinkernd behauptet. Gunnar war dabei in den Konflikt hereingezogen worden, nachdem Wilma schließlich ihn aufgefordert hatte, das Schloss zu schmieren, es Erik aber verboten hatte. Hannah lächelte bei dem Gedanken daran, als sie mit Gunnar auf dem Dach gesessen und darüber diskutiert hatten, wie er sich nun verhalten sollte. Sie hatte Gunnar vorgeschlagen, er sollte es ölen, aber später behaupten, er hätte in der Nacht einen Troll gesehen, der sich am Tor zu schaffen gemacht hatte. Sie war sich sicher, dass Erik sich darüber amüsieren würde, doch Gunnar wollte das gute Verhältnis zwischen ihm und seinem Vater nicht aufs Spiel setzen, und außerdem war er der Meinung, Männer müssten zusammenhalten.

Vor einer Woche war ich das letzte Mal hier, dachte sie, als sie das Tor hinter sich schloss, da hat es noch fürchterlich gequietscht. Hatte Wilma es nun gleich geölt, jetzt, wo Erik nicht mehr bei uns ist? Nein, der Gedanke war ungeheuerlich. Könnte es Erik selbst getan haben? Vielleicht hatte er in seinem Unterbewusstsein geahnt, dass ihm nicht mehr viel Zeit bleiben würde, und er wollte Wilma noch eine Freude machen. Hannah hatte schon oft davon gehört, dass es so etwas geben sollte.

«Es ist niemand da.»

Die laute Stimme hinter ihr ließ Hannah zusammenzucken. Sie drehte sich um und sah in Pers helle graue Augen. Sie war so versunken in ihre Gedanken gewesen, dass sie sein Kommen gar nicht mitbekommen hatte.

«Ach so.» Hannah brauchte einen Moment, um sich zu sammeln. Per war Gunnars Onkel und auch Eriks Bruder ... «Mein herzliches Beileid», sagte sie und schluckte den Kloß im Hals hinunter, den sie nun spürte. Sie hob den Korb an. «Ich habe hier Gebäck, das ich abgeben wollte.»

«Das kann ich ins Haus stellen. Sie sind alle unten am Hafen. Sie haben sich bei Eriks Boot versammelt. Und falls du Gunnar suchst, da habt ihr euch wohl knapp verpasst, er hat sich vom Hafen aus auf den Weg zu dir gemacht.» Er öffnete das Tor, schloss es, öffnete es wieder und nickte dabei ein paarmal, wie um sich selbst zu bestätigen. «Jetzt läuft es wieder rund. Das hat mich schon die ganze Zeit gestört. Ich habe nie verstanden, wieso Erik ...» Er brach den Satz ab und zuckte mit den Schultern. «Lassen wir das jetzt.»

Aber Hannah verstand. Per war der Troll, er hatte das Tor geschmiert, und das stimmte sie noch trauriger, als sie sowieso schon war. Ihr wäre es lieber gewesen, wenn Erik das zu Lebzeiten selbst repariert hätte. Kaum war er nicht mehr da, handelten sie über seinen Kopf hinweg.

Per streckte die Hand aus. «Magst du mir den Korb geben?»

«Ja.» Sie reichte ihm das Gebäck, und er stiefelte an ihr vorbei zum Haus.

«Ich würde mich an deiner Stelle beeilen, sonst verpasst ihr euch womöglich wieder, Gunnar und du», sagte er.

Hannah verabschiedete sich, ging zum Fahrrad und radelte los.

Völlig aus der Puste kam sie am Haus an – und staunte nicht schlecht. Vor der Bäckerei hatten sich etliche Leute versammelt, neun, wie sie zählte, und alle waren Männer. Vier davon saßen nebeneinander auf zwei Bänken vor der Häuserwand, vier saßen auf Stühlen, einer stand, und das war der Großvater. Einige von ihnen hatten Teller mit Gebäck auf ihren Knien stehen. Auf einem Tisch standen eine Kanne Kaffee, eine Zuckerdose und ein Milchkännchen, dazu mehrere Tassen.

«Das gibt es ja nicht», sagte Hannah laut zu sich selbst. Da kam Ebba mit einem Teller aus dem Haus und rief fröhlich: «Eine Kanelbulle für den lieben Nils.»

Eine Zimtschnecke? Das hatte die Großmutter also mit dem Hefeteig vorgehabt, der gerade in der Schüssel aufgegangen war, als Hannah sich vorhin verabschiedet hatte, um zu Gunnar zu fahren. Der Zimtpreis war zwar in den letzten Jahren gefallen, aber das wohlduftende Pulver war immer noch teuer. Da die Großmutter normalerweise mit dem Gewürz geizte, musste sie wirklich angetan sein von der Idee der Schwestern.

«Gut machst du das, Mädchen», bollerte Nils in seiner lauten Art los. «Das ist jetzt schon meine dritte Bestellung. Wenn ich nach Hause komme, gibt es bestimmt Ärger von meiner Frau, weil ich unser ganzes Geld für die süßen Leckereien ausgebe.»

«Dann schenkst du ihr am besten ein paar Vaniljhjärtan», konterte Ulla. «Das wird sie besänftigen», woraufhin alle Männer laut lachten.

Nils rieb sich das Kinn. «Das ist eine sehr gute Idee», sagte er schließlich gutgelaunt. «Die Dinger sind wirklich lecker. Ich nehme am besten gleich zwei, sonst ist meine Schwiegermutter beleidigt.» Er drehte sich zu Rune, der eine Pfeife paffend neben ihm saß. «Nichts gegen deine Frau, aber du weißt ja, wie schnell sie eingeschnappt ist. Wir bringen ihr also besser auch eins mit.»

In dem Augenblick betrat Ebba die Bildfläche. «Möchte noch jemand ein Glas Limonade? Heute im Sonderangebot, für fünfzehn Öre das Glas», verkündete sie. Stolz balancierte sie das Tablett mit dem Krug und den gefüllten Gläsern in der Hand. Die Flüssigkeit darin war leuchtend rot. Die beiden hatten also Himbeerlimonade aus dem Sirup angerührt, den sie im letzten Jahr hergestellt hatten. Eine schöne Idee! Die sollten sie beibehalten, wenn das mit dem Café wirklich etwas werden sollte. Der Sirup war lange haltbar, sie konnten ihn in den unterschiedlichsten Sorten herstellen.

Fast vergaß Hannah, weswegen sie sich so beeilt hatte, doch dann fiel ihr Gunnar wieder ein. Sie sah sich im Hof um und entdeckte sein Fahrrad, das er an den Schuppen gelehnt hatte.

Er wird im Haus bei Mutter sein, dachte Hannah. Ihr Magen zog sich zusammen. Das mit Erik tat ihr so unbeschreiblich leid. Sie überlegte gerade, wie sie unbemerkt an der fröhlichen Gesellschaft vorbeikommen konnte, da hatte Ulla sie entdeckt und kam zu ihr gerannt.

«Gunnar sitzt bei Ingrid in der Küche», sagte sie. «Matilda liest irgendein Buch, und wir bedienen hier im Söta Himlen.» Ihre Augen leuchteten. «So haben wir das Café genannt.»

«Süßer Himmel.» Hannah ließ die beiden Wörter ein wenig nachklingen. «Das ist ein sehr schöner Name. Aber weiß man dann, was damit gemeint ist? Wieso nennen wir es nicht Systrarna Lindholms Café oder Konditori? Dann weiß man gleich, dass es das Café von uns Schwestern ist.»

«Ingrid ist auf die Idee gekommen, aber du bist ja auch daran beteiligt», erklärte Ulla. «Weil sie sich nämlich wie im Himmel fühlt, wenn sie deine Vaniljhjärtan isst. Die Herzen kommen überhaupt sehr gut an, alle lieben sie!»

«Das freut mich», sagte Hannah. «Aber ich wäre trotzdem dafür, es nach uns Schwestern zu benennen.» Sie überlegte einen Moment. «Vielleicht können wir beides verbinden? Söta Himlen – Systrarna Lindholms Café.»

«Das wäre auch eine gute Idee», stimmte Ulla zu.

Hannah deutete mit dem Kopf zu der illustren Kaffeegesellschaft aus Menschen aus der Nachbarschaft und Großvaters Freunden. «Ihr macht das sehr gut, ihr beiden, sie sehen alle sehr zufrieden aus. Aber ich gehe jetzt mal lieber rein, Gunnar wartet bestimmt schon.» Jetzt, wo sie wusste, dass sie ihn tatsächlich jeden Moment sehen würde, wurde ihr doch etwas mulmig zumute, zumal Ingrid mit dabei war. Ihre Schwester wusste von Karl, das verstärkte das schlechte Gewissen, das Hannah sowieso schon hatte, was Gunnar betraf. Sie hatte ihn hintergangen, genau in der Zeit, in der er sie am nötigsten brauchte.

Ulla machte ein ernstes Gesicht. «Er ist sehr traurig, er freut sich bestimmt, wenn er dich sieht.»

«Das denke ich auch.» Ein kleiner Stich fuhr durch Hannahs Herz. Es tat ihr sehr leid, dass sie Gunnars Gefühle nicht erwidern konnte und ihm deswegen bald noch mehr weh tun würde.

Sie ging gemeinsam mit Ulla bis zu den Gästen und blieb kurz dort stehen, um sie zu begrüßen. «Das sieht aber sehr gemütlich aus.»

«Setz dich zu uns, Hannah», sagte Nils. «Ich gebe dir einen Kaffee aus.»

Rune nickte. «Ja, leiste uns Gesellschaft.»

«Seid mir nicht böse, aber drinnen wartet Besuch auf mich», erklärte Hannah.

«Geh du ruhig, Hannah.» Der Großvater sah in die Runde. «Gunnar ist hier, ihr habt doch mitbekommen, dass er gekommen ist.»

«Daran habe ich gar nicht mehr gedacht.» Nils sah betreten zum Boden. «Und wir sitzen hier und haben Spaß.»

«Das hätte Erik ganz sicher so gewollt!», sagte der Großvater. Und Hannah dachte im Stillen, dass er damit recht hatte.

11

Hannah

Gunnar saß mit Ingrid am Küchentisch. Sie hatte ihre Hand auf seinen Arm gelegt und redete beruhigend mit ihm. Hannah war froh, dass ihre Schwester sich Gunnars angenommen hatte. Ingrid war schon immer die Sensibelste von ihnen gewesen. Sie war eine gute Zuhörerin und fand leicht die richtigen Worte, besonders wenn es jemandem schlecht ging. Die beiden wirkten sehr vertraut miteinander und waren so vertieft in das Gespräch, dass sie Hannah noch nicht bemerkt hatten, die in der Tür stehengeblieben war. Es roch nach Blaubeersuppe, Gunnars Leibspeise. Egal ob Sommer oder Winter, er konnte sie immer essen, entweder kalt oder warm.

«Da bist du ja», sagte plötzlich die Mutter, die aus dem oberen Stockwerk die Treppe nach unten kam und ins Wohnzimmer ging, das sich neben der Küche befand.

Das hatten auch Gunnar und Ingrid mitbekommen. Sie blickten auf und sahen zu Hannah. Dabei überkam Hannah plötzlich das eigenartige Gefühl, die beiden gestört zu haben.

Ingrid zog ihre Hand von Gunnars Arm weg. «Wir haben hier auf dich gewartet, Hannah», erklärte sie.

Hannah war verblüfft, als sie Ingrids Reaktion bemerkte. Hatte sie die beiden tatsächlich gestört? Plötzlich fühlte sie sich überflüssig. Aber schon im selben Moment ärgerte sie sich über sich. Immerhin kannten die beiden sich auch schon Ewigkeiten. Und es war nicht Ingrids Schuld, es lag einzig und allein an ihr selbst, dass sie sich gerade so unwohl fühlte – weil sie unehrlich zu Gunnar war!

«Anscheinend haben wir uns knapp verpasst.» Sie ging zu Gunnar, beugte sich zu ihm runter und umarmte ihn zur Begrüßung. «Hej.»

Er blickte kurz zu ihr hoch. «Hej.»

An Gunnars linkem Mundwinkel entdeckte Hannah etwas Blaubeersuppe. Aber es erschien ihr unpassend, sie einfach mit dem Finger wegzuwischen, wie sie es sonst gemacht hätte.

«Ich war bei dir zu Hause, da habe ich deinen Onkel getroffen, er hat mir gesagt, dass du hier bist.» Sie setzte sich neben ihn.

«Per.» Gunnars Blick verdüsterte sich.

Hannah kannte Per nicht gut, er wohnte in Viken, südlich von Höganäs. Sie hatte ihn schon ein paarmal gesehen, wenn er zu Besuch bei Gunnars Eltern war. Viel gesprochen hatte sie bisher nicht mit ihm. Und in Gunnars Erzählungen hatte er auch keine große Rolle gespielt. Nun hätte sie gern gewusst, warum Gunnar so auf seinen Onkel reagiert hatte, behielt die Frage aber für sich. Das würde sie unter vier Augen klären.

Als hätte Ingrid das gespürt, sagte sie: «Dann geh ich mal wieder rüber in die Bäckerei, Großmutter helfen.» Sie legte noch einmal ihre Hand auf Gunnars Arm. «Dir viel Kraft, Gunnar, für die kommende Zeit. Ich fühle mit dir.»

«Danke, Ingrid», sagte Hannah.

«Wofür?», fragte Ingrid.

Kurz darauf war Hannah mit Gunnar allein.

Die Mutter steckte den Kopf zur Küche rein: «Ich bin auch in der Bäckerei, wenn ihr mich sucht, Großmutter hat Kanelbullar gebacken, davon möchte ich gern ein paar ergattern, bevor alle weggegessen sind. Im Topf ist Blaubeersuppe, Hannah, vielleicht bietest du Gunnar etwas an.»

«Ich glaube, er hatte schon welche», erklärte Hannah. «Aber wenn du noch eine Schale möchtest, Gunnar, kann ich dir gern einen Nachschlag bringen.»

«Nein, danke, deine Schwester hat mich eben schon gezwungen, eine große Portion zu essen.»

Hannah griff nach Gunnars Hand. «Sag mir, was ich für dich tun und wie ich dir helfen kann.»

«Das ist lieb, aber da kann wohl nur die Zeit helfen.» Er strich sich durch das Haar. «Momentan ist es alles etwas viel, aber das wird wieder. Es muss ...»

«Und deine Mutter?», fragte Hannah.

«Es geht, sie ist natürlich sehr traurig, aber sie lässt sich so schnell nicht unterkriegen, du kennst sie ja. Vorhin hat sie sich mit Per gestritten. Der hat heute sein wahres Gesicht gezeigt, und glaub mir, das ist kein schönes.»

«Das ist aber nicht gut, deine Mutter sollte trauern dürfen, da kann sie Streit nicht gebrauchen», erwiderte Hannah.

«Das hat ihn nicht interessiert», erklärte Gunnar mit matter Stimme. «Er hat meiner Mutter gesagt, dass sie das Boot verkaufen muss.»

«Was, das gibt es doch nicht!», rief Hannah aus. «Es gehört doch nun dir.»

Doch Gunnar schüttelte den Kopf. «Nein, leider nicht. Mein Vater hatte sich Geld von Per geliehen. Und Per hat meiner Mutter gleich heute den Vertrag unter die Nase gehalten. Sie wusste bisher nichts davon und ich auch nicht. Deswegen haben sie sich unten am Hafen gestritten. Ich schätze mal, dass jetzt jeder aus Arild darüber Bescheid weiß.» Er lächelte gequält. «Ich bin keine gute Partie mehr – als Fischer ohne Boot.»

«Ach, sag doch so was nicht», sagte Hannah. «Da findet sich doch bestimmt eine Lösung, was das Boot angeht. Außerdem würde dich jeder, der einen Fischer braucht, ohne zu zögern einstellen. Alle wissen, wie gut du bist!»

«Darum geht es nicht. Es ist das Boot meines Vaters», sagte Gunnar. «Auch wenn offiziell ein Teil davon Per gehört.»

Es war schlimm, Gunnar so verzweifelt zu sehen. «Dann musst du darum kämpfen, Gunnar», sagte sie energisch. «Sprich mit Per, schlag ihm vor, das Geld in Raten zurückzuzahlen.»

«Das habe ich doch schon.» Gunnar fuhr sich durch das Haar. «Per sagt, er braucht das Geld jetzt und es stünde ihm zu.» Er seufzte resigniert. «Ich habe schon überlegt, ob ich einen Kredit bei der Bank beantrage. Dafür müssten wir jedoch das Haus als Sicherheit eintragen lassen, sagt Mutter. Aber ich denke, wir werden wohl keine andere Wahl haben. Ich wünschte nur, mein Vater hätte mir davon erzählt. Wenn ich es gewusst hätte, wäre ich vorbereitet gewesen und hätte mich nicht so dermaßen gedemütigt gefühlt, als Per uns den Wisch unter die Nase gehalten hat.»

«Bei Geld hört die Freundschaft auf», erklärte Hannah.

«Genau das hat Ingrid eben auch gesagt. Man merkt, dass ihr Schwestern seid.»

«Das ist einer von Großmutters Lieblingssprüchen.» Hannah schmunzelte. «Großvater sieht das allerdings anders. Er sagt, dass die Freundschaft beim Kartenspiel und in der Weltpolitik aufhört – und beim Fußball.»

Gunnar lächelte, etwas schief, aber Hannah freute sich darüber, dass es ihr gelungen war, ihn ein wenig aufzumuntern.

«Übrigens war ich sehr erstaunt, als ich die vielen Leute da vor der Bäckerei sitzen sah, aber ich finde, es ist eine sehr gute Idee, dass ihr ein Café hier eröffnen wollt», sagte er. «Dein Kuchen ist der beste, den ich je gegessen habe. Das Angebot wird bestimmt angenommen. Ich habe Ingrid angeboten, die Plakate, die ihr machen wollt, im Hafen aufzuhängen, damit die Leute davon erfahren. Und beim Zettelverteilen helfe ich auch gern.»

«Das ist sehr nett von dir, Gunnar. Aber du hast doch erst mal andere Dinge, um die du dich kümmern musst», sagte Hannah, aber ließ sich nicht anmerken, dass sie überrascht darüber war, wie fortgeschritten die Pläne der Schwestern schon waren.

«Das passt schon», erklärte Gunnar. «Ich bin dankbar für alles, was mich ablenkt»

«Dann freuen wir uns natürlich über deine Hilfe.»

«Das mach ich gern, das weißt du doch.» Gunnar straffte die Schultern. «Ich werde dann jetzt mal wieder nach Hause fahren. Der Pfarrer kommt heute am frühen Abend, um über die Beisetzung zu sprechen.»

«Soll ich dich begleiten?», fragte Hannah.

«Besser nicht», antwortete Gunnar. «Die Stimmung zu Hause ist sowieso schon sehr angespannt. Du weißt ja, wie meine Mutter dir gegenüber ist. Ich hoffe nur, dass Per mittlerweile das Weite gesucht hat. Wenn nicht, gerate ich noch in Versuchung und schmeiße ihn hochkant raus. Am Haus hat er glücklicherweise keine Rechte, das gehört ganz allein uns.»

«Das ist gut, dass es euch gehört», erklärte Hannah. «Dann begleite ich dich noch bis zu deinem Fahrrad.»

Draußen war es etwas ruhiger geworden. Auf der Bank saßen immer noch Nils und Rune, der Großvater hatte mittlerweile auf einem Stuhl Platz genommen. Von Ebba und Ulla war nichts mehr zu sehen. Die Mutter und die Großmutter standen vor der Eingangstür der Bäckerei und unterhielten sich.

«Systrarna Lindholms Café», sagte Gunnar, und Hannah fand, das hörte sich gut an.

«Der Name würde mir besser gefallen. Die Schwestern wollen es allerdings Süßer Himmel nennen», erklärte sie.

Gunnar nickte. «Das passt. So heißt sonst kein Café.»

«Genau!», sagte Hannah. War sie die einzige, die den Namen zu ungewöhnlich fand?

«Nimm noch ein paar Zimtschnecken mit, Gunnar», rief die Mutter da plötzlich. «Frisch schmecken sie am besten.»

«Ich hol dir welche», bot Hannah sich an.

«Das ist nett, aber ich bin in Trauer, nicht fußkrank», entgegnete Gunnar und machte sich auf den Weg über den Hof.

Da sah Hannah aus den Augenwinkeln Matilda aus dem Haus und zu ihrem Fahrrad gehen, das gleich neben Gunnars stand. Matilda winkte Hannah fröhlich zu, bis sie plötzlich stehenblieb und mit dem Kopf zur Straße deutete, wo gerade ein schwarzes Automobil am Straßenrand hielt.

Das Taxi, dachte Hannah, und da erst wurde ihr bewusst, dass sie Nisse und den Vater heute noch gar nicht gesehen hatte. Ob sie sich vielleicht bis nach Mölle zum Baden hatten chauffieren lassen und nun wieder zurückkamen?

Doch sie hatte sich getäuscht, wie sie nur kurz darauf feststellte. Es war Karl, der aus dem Automobil stieg! In der Hand hielt er einen großen Strauß weißer Rosen, ähnlich dem, den der Vater der Mutter mitgebracht hatte.

Hannah hatte das Gefühl, der Boden würde ihr unter den Füßen wegbrechen. Ihr Herz fing an zu rasen, und sie war unfähig, sich zu bewegen.

Da packte sie jemand am Arm.

«Wo ist Gunnar?», hörte Hannah wie durch Watte ihre Schwester Matilda fragen.

«In der Bäckerei», antwortete Hannah und erwachte aus der Schockstarre. «Was mach ich denn jetzt?»

«Geh zu Karl, sag ihm, dass jetzt nicht der richtige Zeitpunkt ist.»

«Komm bitte mit.» Hannah zog Matilda hinter sich her.

Sie kamen gerade rechtzeitig und konnten Karl abfangen, bevor er den Hof betreten hatte.

Er sah schick aus mit seiner feinen dunkelblauen Hose, dem schneeweißen Hemd und der akkurat gebundenen Krawatte.

«Guten Tag, die Damen», sagte er, verneigte sich vor ihnen, während er so tat, als ob er die Blumen hinter seinem Rücken verstecken würde.

«Karl, was machst du denn hier?», fragte Hannah und sah sich schnell um. Gunnar war zwar noch immer in der Bäckerei, aber natürlich hatten der Großvater und seine Freunde Karl längst entdeckt und schauten neugierig zu ihnen rüber. Nicht nur das Automobil, auch Karl fiel auf in seiner feinen Kleidung.

«Ich habe mir gedacht, dass ich deiner Mutter heute meine Aufwartung mache und ihr kundtue, dass ich dich im nächsten Jahr im Mai nach Stockholm holen werde», erklärte er. «Es ist abgemacht, stell dir vor! Ich habe heute den Vertrag mit meinem Onkel ausgehandelt, morgen reise ich nach Berlin. In der Firma meines Vaters ist zwar noch einiges zu regeln. Aber mein Onkel sucht in der Zeit schon nach einem Haus für mich, für uns, in Stockholm, und dann ...» Er setzte einen geheimnisvollen Gesichtsausdruck auf. «Erst einmal möchte ich mit deiner Mutter sprechen.»

«Das ist gerade ganz schlecht, Karl», erklärte Hannah, «weil, weißt du ...» Plötzlich fehlten ihr die Worte. Sie wollte Karl nicht verletzen, aber auch nicht Gunnar, dessen Welt gerade erschüttert war. Verzweifelt sah sie zu Matilda.

«Wir haben einen Todesfall in der Familie, Karl», sagte ihre Schwester sehr ruhig. «Jetzt ist wirklich kein guter Zeitpunkt.»

«Oh ...» Betreten sah Karl zu Hannah. «Mein herzliches Beileid, das tut mir natürlich sehr leid. Wer ist denn ... Um wen trauert ihr denn?»

«Um Erik», antwortete Hannah ehrlich, dankbar für die kleine Notlüge, die Matilda sich einfallen lassen hatte. Trotzdem fühlte sie sich sehr schlecht deswegen. Sie atmete tief durch. «Gunnars Vater.»

Sie hatte Karl von Gunnar erzählt, zumindest hatte sie mal erwähnt, dass sie befreundet waren, und Gunnar etwas für sie schwärmte. Sie hatte auch gesagt, dass sie Gunnars Gefühle nicht erwidern würde. Nur hatte sie leider dabei verschwiegen, dass Gunnar davon nichts wusste.

«Hannah!» Karl sah ihr direkt in die Augen, und das Blut, das Hannah eben vor Schreck aus allen Gliedern gewichen zu sein schien, kehrte wieder zurück – sie merkte, wie die Hitze in ihr hochkroch und sie rot wurde.

«Es tut mir leid», flüsterte Hannah. «Ich wollte ihm von uns beiden erzählen, aber sein Vater ist wirklich gestorben.»

«Ich verstehe nicht, was das mit uns zu tun hat.» Karl sah an Hannah vorbei. «Ist das der Kerl, der gerade aus der Bäckerei kommt?»

Hannah musste sich nicht umdrehen, um sich zu vergewissern, dass es Gunnar war. Sie schluckte schwer. «Ja. Aber Karl, bitte versteh doch ... es ist nicht so, wie du denkst, es ist nur so, dass es Gunnar gerade wirklich sehr schlecht geht. Da kann ich doch nicht so herzlos sein, ihm zu sagen, dass ich seine Gefühle nicht erwidere. Das wäre gefühllos.»

«Und was ist mit meinen Gefühlen, Hannah?», fragte Karl.

Sein verletzter Blick ließ Hannahs Herz bluten. «Das habe ich nicht gewollt, Karl, es tut mir unendlich leid», sagte sie.

Karl sah zu Gunnar, der immer näher kam. «Er bedeutet dir anscheinend sehr viel, Hannah. Wenn er nicht trauern würde,

würde ich ihm eine reinhauen. Aber ich weiß, wie es sich anfühlt, wenn jemand gestorben ist. Also ...» Er hielt Matilda die Blumen hin. «Ein kleines Dankeschön dafür, dass du mich so gut während meines Aufenthalts im Grand Hotel bedient hast. Auf das Trinkgeld, das ich dir geben wollte, musst du dafür leider verzichten.»

Matilda nahm die Blumen entgegen. «Eifersucht ist im Angesicht des Todes nicht angebracht», erklärte sie.

«Hier geht es um Ehrlichkeit, Matilda», entgegnete Karl mit schneidender Stimme. Er sah Hannah noch einmal an, mit einem traurigen Blick, der ihr das Herz zerriss, bevor er sich umdrehte und davonging.

Hannah bekam kein Wort über die Lippen und konnte keinen einzigen klaren Gedanken mehr fassen. Erst als sie Karl ins Auto steigen sah, kam wieder Leben in sie, und sie wollte ihm nachlaufen.

Doch Matilda hielt sie zurück. «Gunnar kommt, das kannst du später klären, reiß dich zusammen.»

«Wer war das denn?», fragte Gunnar nur ein paar Sekunden später.

«Ein Verehrer», antwortete Matilda keck und steckte demonstrativ ihre Nase in die Rosen.

«Schickes Automobil», stellte Gunnar fest und nickte anerkennend, als Karl davonbrauste. Er sah zu Matilda. «Ein Badegast?»

Matilda nickte.

«Dann pass gut auf dich auf. Du weißt ja ...» Gunnar sprach den Satz nicht zu Ende. «Es steht mir nicht zu, über jemanden zu urteilen, den ich nicht kenne. Die Blumen sind auf jeden Fall sehr schön.» Er sah zu Hannah. «Ich komme morgen irgendwann vorbei, dann weiß ich auch, wann die Beisetzung stattfinden wird.»

In Hannah tobten die Gefühle. Karl hatte recht, sie hatte nicht die Wahrheit gesagt, und das, obwohl sie Unehrlichkeit selbst verabscheute. Was war sie für ein schlechter Mensch! Es brauchte dieses Zusammentreffen der beiden, um zu verstehen, dass sie nicht nur Gunnar, sondern auch Karl belogen hatte.

«Ich bin bis zum Nachmittag in der Backstube, du weißt ja, wo du mich findest», sagte sie, bemüht darum, ihrer Stimme einen normalen Klang zu geben.

Zum Glück merkte Gunnar nichts von Hannahs widersprüchlichen Gefühlen. «Dann also bis morgen.» Er ging zum Fahrrad. «Ein Automobil müsste man haben.»

«Du hast ein Boot, das ist mindestens genauso gut», erwiderte Matilda.

Hat er nicht, schoss es Hannah durch den Kopf, und dass Gunnar es nicht verdient hatte, dass er jetzt auch noch Geldsorgen hatte.

Gunnar ging nicht weiter auf Matildas Bemerkung ein. «Ich habe zwei gesunde Beine, das ist am wichtigsten», erklärte er, schwang sich auf den Sattel und fuhr los. Auf der Straße betätigte er noch einmal die Klingel und winkte den beiden zu.

«Das war knapp», stellte Matilda fest.

«Danke!» Hannah atmete tief durch.

«Dafür sind Schwestern da, wir halten zusammen», sagte Matilda und schnupperte an den Blumen. «Sie sehen schön aus, duften jedoch kaum. Ein Trinkgeld wäre mir lieber gewesen. Aber was soll's, sie machen sich bestimmt gut neben der Vase mit Mutters Blumen.»

«Tut mir leid, ich fühle mich ganz fürchterlich deswegen», erklärte Hannah.

«Würde ich mich an deiner Stelle auch», erwiderte Matilda trocken.

«Wie konnte ich nur so unehrlich sein!» Hannah fuhr sich verzweifelt durch das Haar. «Gunnar wäre sowieso viel zu gut für mich.» Aber was noch viel schlimmer war: Sie hatte Karl verloren. Das wurde ihr nun schlagartig bewusst. Er war weg. Sie war sich sicher, dass er nie wiederkommen würde, so wie sie ihn behandelt hatte. Karl war hier mit einem Strauß Blumen aufgetaucht, aber sie hatte ihn auflaufen lassen und sich dafür entschieden, Gunnar zu schützen anstatt Karl und ihre Liebe zu ihm. Und Karl war auch noch so anständig gewesen, Gunnar nichts von ihnen zu erzählen. Er hatte sogar Verständnis gezeigt für Gunnars Situation. «Das werde ich mir nie verzeihen!», sagte sie verzweifelt.

Matilda seufzte auf. «Jetzt mach aber mal einen Punkt, Hannah. Du wolltest es mit Gunnar klären, du hattest dich sogar schon mit ihm deswegen verabredet. Es wäre herzlos gewesen, es ihm zu sagen, nachdem er kurz zuvor erfahren hat, dass sein Vater gestorben ist.»

«Aber ich hätte es Karl sagen müssen», stellte Hannah fest und ärgerte sich über sich selbst, dass sie nicht längst mit ihm darüber gesprochen hatte. Sie wusste nun, was sie zu tun hatte. Denn trotz des schlechten Gewissens und der Sorge, Gunnar zu verletzen, gab es ein Gefühl, das noch viel größer war: Sie durfte Karl nicht verlieren. «Ich liebe ihn!» Sie sah auf ihre Armbanduhr. «Fünf Uhr, ich fahre jetzt sofort los, ich muss mit Karl sprechen, bevor er morgen abreist. Weißt du, welche Zimmernummer er hat?»

«Mensch, Hannah ...», sagte Matilda. «Überleg dir das gut, Karl ist immer noch Deutscher. Auch wenn er nächstes Jahr nach Stockholm geht, was machst du, wenn er dann zurück nach Berlin muss? Das hat doch gar keine Zukunft, vielleicht ist es besser, dass es heute hier endet.»

Die Sorge stand ihrer Schwester ins Gesicht geschrieben.

Aber das war Hannah egal, sie musste einfach mit Karl sprechen. Wenn sie nicht wenigstens versuchen würde, es ihm zu erklären, würde sie sich das nie verzeihen.

«Wenn du es mir nicht sagst, Syster, frage ich an der Rezeption nach.»

«Es liegt im ersten Stock, zur Meerseite», erklärte Matilda. «Von dort aus hat Karl mir mal zugewinkt. Es müsste das zweite oder dritte Zimmer sein, wenn du die Haupttreppe hochgehst, den Gang links entlang. Aber ganz genau weiß ich es nicht, ich bin ja kein Zimmermädchen.»

«Gut!» Hannah atmete durch. «Ich fahre sofort los.» Sie umarmte ihre Schwester. «Wünsch mir Glück!»

Gerade als Hannah ihr Fahrrad vom Hof schob, sah sie ihren Vater und Nisse die Straße entlang auf das Haus zugehen. Weit entfernt waren sie nicht mehr. Auch das noch, dachte Hannah. Die beiden hatten sie leider schon entdeckt und winkten ihr. Jetzt konnte sie nicht einfach in die andere Richtung davonfahren, sie musste warten und wenigstens kurz mit ihnen sprechen.

«Na, Fabror, hast du deinen Bauch heute lang genug in die Sonne gehalten?», fragte sie.

Onkel Nisse. «Ich habe auf dich gehört, Hannah, und aufgepasst, ich habe nur heute Morgen ein bisschen am Strand gelegen.»

«Wir kommen gerade vom Hafen», erklärte der Vater. «Erik wurde auf seinem Boot aufgebahrt, ich habe mich verabschiedet.» Er atmete tief durch. «Wie plötzlich es doch passieren kann ...»

«Ja, damit hat wirklich niemand gerechnet, nicht bei Erik», sagte Hannah. «Es ist wirklich schlimm.»

«Das ist es.» Der Vater deutete mit dem Kopf auf ihr Fahrrad. «Bist du auf dem Weg zu Gunnar?»

Hannah meinte, einen eigenartigen Unterton aus der Frage herausgehört zu haben. «Ich muss etwas klären», antwortete sie ausweichend.

Der Vater sah sie durchdringend an. «Etwa mit dem Deutschen?»

Sie fühlte sich ertappt und so überrumpelt, dass sie nicht wusste, was sie darauf antworten sollte. Wie konnte der Vater von Karl wissen? Das war unmöglich! Also schwieg sie mit zusammengepressten Lippen.

«Hannah!»

«Er heißt Karl», erklärte sie schließlich. «Und ich fahre zu ihm, um etwas mit ihm zu besprechen, bevor er morgen zurück nach Berlin fährt.»

Sie rechnete mit einer Standpauke und wappnete sich, indem sie die Griffe des Lenkrads mit ihren Händen umklammerte. Von niemandem würde sie sich reinreden lassen. Hier ging es um ihr Glück, und notfalls würde sie sich sogar dem Vater widersetzen, falls der Vater es ihr verbieten sollte.

Doch überraschenderweise reagierte der Vater anders, als Hannah gedacht hatte. Er wirkte eher verwundert als entsetzt.

«Ich hatte mit Matilda gerechnet», sagte er und sah zu Nisse. «Aber doch nicht mit Hannah.»

«Sie ist dreiundzwanzig», stellte der Onkel fest.

«Das stimmt wohl.» Der Vater seufzte und legte zärtlich eine Hand auf ihre. «Ich hoffe nur, dass du es am Ende nicht bereust. Ich weiß, wovon ich da rede. Überleg dir das gut, Hannah.»

«Wir haben uns gestritten, und ich möchte nicht, dass wir so auseinandergehen», erklärte sie. «Er reist morgen ab.»

Der Vater nahm seine Hand von ihrer, und dann sagte er besorgt: «Tu, was du für richtig hältst. Aber pass um Himmels willen auf, dass du am Ende nicht mit einem unehelichen Kind dasitzt, dazu noch von einem Deutschen. Das würde deiner Mutter das Herz brechen.»

Was dachte der Vater sich da? Doch Hannah nickte nur mit glühenden Wangen. «Das wird ganz sicher nicht passieren!»

«Gut.» Er seufzte. «Wenn du schlau bist, behältst du die ganze Sache für dich.» Er zog seine Uhr aus der Westentasche, plötzlich streng. «Jetzt ist es zehn nach fünf. Um acht Uhr bist du wieder zu Hause!»

«Ja.» Sie beugte sich nach vorne und drückte ihm einen Kuss auf die Wange. Das war viel mehr Verständnis, als sie vom Vater erwartet hatte. «Danke. Und du musst dir keine Sorgen machen, Far, so einer ist Karl nicht – und ich bin es auch nicht.»

Sie fuhr los. Woher nur wusste der Vater von Karl? Das Auto konnte es nicht gewesen sein, das ihm auf der Straße begegnet war, das hatte kein deutsches Kennzeichen. Hatte irgendjemand dem Vater von Karl erzählt? Nur Matilda oder Ingrid konnten es gewesen sein. Aber war das möglich? Als sie genauer darüber nachdachte, war die Antwort kein klares Nein mehr. Ingrid war immer diejenige gewesen, die sich offen auf Gunnars Seite gestellt hatte. Hatte ihre Schwester tatsächlich Hannahs Geheimnis verraten? War es ihr aus Versehen herausgerutscht, so wie dem Großvater die Sache mit dem Vater und der anderen Frau in Kiruna. Warum nur musste auf einmal alles so kompliziert sein? Sie musste das mit Ingrid klären, aber nun brauchte sie ihre ganze Kraft für Karl. Es blieb ihr nicht viel Zeit, ihn davon zu überzeugen, dass sie es ernst mit ihm meinte.

12

Hannah

Hannah entschied sich für den direkten Weg nach Mölle, bis nach Brunnby, und von dort fuhr sie die Straße entlang an Feldern und Äckern vorbei, für die sie heute keinen Blick übrighatte. Sie hätte auch die Strecke an der Küste entlang wählen können, die sie sonst immer fuhr. Aber dann wäre sie ein paar Minuten länger unterwegs, und sie durfte nun keine Zeit mehr verlieren.

Unterwegs wurde sie von mehreren Automobilen überholt, die teilweise sehr dicht an ihr vorbeibrausten. Einmal hatten ein paar Männer, die gemeinsam in einem Wagen saßen, gehupt und ihr Komplimente zugerufen. Aber das alles interessierte Hannah nicht. Sie radelte so schnell, dass sie gerade mal zwanzig Minuten brauchte, bis sie in Mölle ankam. Hier musste sie etwas langsamer fahren, und sie fluchte innerlich. Aber sie konnte verstehen, dass Karl sich das Hotel für seinen Aufenthalt ausgesucht hatte. Es war einfach perfekt! Das Hotel lag wunderbar – oberhalb von Mölle, fast majestätisch thronte es weiß getüncht auf dem Hügel, sodass man es schon aus der Ferne sehen konnte. Die Aussicht auf das Meer war einmalig. Am Abend konnte man hier die Sonne beim Untergehen beobachten. Man hatte auch einen herrlichen Blick über den Ort und zur anderen Seite bis weit über den Kullaberg mit seinen wilden, steilen Felsklippen. Kein Wunder, dass Mölle bei den Badegästen so beliebt war. Sie hoffte nur, dass Karl auch zurück ins

Hotel gefahren war und sie die Möglichkeit bekam, mit ihm zu reden.

Völlig aus der Puste kam sie am Grand Hotel an und atmete erleichtert auf. Das Automobil stand auf dem Parkplatz vor dem Haus. Sie lehnte das Fahrrad an die Wand und ging flink die breite Treppe nach oben, die in das Hotel führte. Hier blieb sie einen Moment stehen, strich sich das Haar glatt und fuhr mit den Händen über den zerknitterten Rock, wohl wissend, dass das nichts an ihrem erbärmlichen Äußeren ändern würde. Hannah war nassgeschwitzt und ihr Gesicht von der Anstrengung gerötet.

Daran wird es nun auch nicht mehr scheitern, dachte sie trotzig und betrat entschlossen das Hotel.

Hinter der Rezeption stand Oskar.

Das ist gut, dachte Hannah, aber als sie bei ihm war, verließ sie doch der Mut.

«Willst du zu Matilda?», fragte er, nachdem sie sich begrüßt hatten. «Sie hat heute nämlich ihren freien Tag.»

«Nein, also …» Sie räusperte sich. «Ich müsste dringend mit Karl, also Herrn Bauer sprechen, kannst du mir vielleicht sagen, welche Zimmernummer er hat?»

«Natürlich.» Hannah rechnete es Oskar hoch an, dass er keine Miene verzog, als er sofort in einer Liste nachsah. Sie war sich sicher, dass er sich seinen Teil dachte, aber zu höflich war, um sich das anmerken zu lassen. «Zimmer 103, soll ich dich vielleicht bis nach oben begleiten?»

«Danke, Oskar, das ist nicht nötig», sagte sie.

«Es geht mich zwar nichts an, Hannah, und ich sage das auch nur, weil du Matildas Schwester bist und wir uns kennen …» Oskar zögerte. Hannah machte sich auf einen gut gemeinten Ratschlag gefasst, auf den sie gut verzichten konnte. Der folgte auch prompt, aber anders, als sie erwartet hatte. «Vielleicht solltest du dich vorher waschen.» Er grinste. «Du bist, nun ja, grau, wenn ich das mal so sagen darf. Ich nehme an, es ist Staub, der sich auf dein verschwitztes Gesicht gelegt hat.»

«Wirklich?» Hannah holte ein Stofftaschentuch aus ihrer Handtasche, wischte damit über ihre Wange und sah es sich an. «Oh mein Gott, du hast recht!»

«Neben dem Restaurant ist das stille Örtchen, dort ist auch ein Waschbecken», erklärte Oskar.

«Danke! Das ist sehr nett von dir», erwiderte Hannah.

Sein Grinsen wurde noch etwas breiter, bis es eine Spur verlegen wurde. «Legst du bitte ein gutes Wort bei Matilda für mich ein?»

«Das mach ich, versprochen.»

Hannah hatte sich nicht nur das Gesicht gewaschen, sondern auch ihre Frisur gerichtet, und sie fand, sie sah wieder einigermaßen vernünftig aus, als sie mit pochendem Herzen an Karls Zimmertür klopfte.

«Ja bitte?», ertönte Karls Stimme. Sie hatte nicht den gleichen tiefen Klang wie Gunnars, aber sie war doch recht schneidig, und Hannah mochte den deutschen Akzent sehr.

«Ich bin es, Hannah», sagte sie mutig. «Darf ich reinkommen?»

Es dauerte einen Augenblick, der Hannah wie eine Ewigkeit vorkam, bis Karl die Tür öffnete. Die Krawatte hatte er abgenommen, ein paar der Hemdsknöpfe waren geöffnet, sein Haar war zerzaust. Er sah mitgenommen aus. So gern würde sie ihm jetzt einfach um den Hals fallen und ihm sagen, wie leid ihr das alles tat. Aber sein kühler Blick hielt sie davon ab.

«Bitte schick mich nicht weg», sagte sie schnell. «Ich wollte mich bei dir entschuldigen, weil ich nicht ganz aufrichtig gewesen bin.» Sie stellte sich etwas gerader hin und drückte den Rücken durch. Ihr Herz klopfte fest gegen ihre Brust. «Aber das ändert nichts an meinen Gefühlen für dich. Ich liebe dich, und ich kann mir nichts Schöneres vorstellen, als mit dir zusammen zu sein. Ich möchte, dass du das weißt.»

Da wurde plötzlich gegenüber im Gang eine Tür geöffnet, Karl trat einen Schritt zur Seite. «Komm rein, das sollten wir nicht im Hotelflur besprechen.»

Erleichtert atmete Hannah auf. Immerhin hatte er sie nicht gleich weggeschickt, er gab ihr die Möglichkeit, mit ihm zu reden.

«Danke.» Sie ging hinter Karl in das Zimmer.

Karl stellte sich mit gekreuzten Armen vor der Brust an das Fenster und sah nach draußen. Er hatte ihr den Rücken zugedreht! Verlegen trat Hannah von einem Bein auf das andere. Sie fühlte sich hilflos, wusste nicht genau, wie sie anfangen sollte.

«Ich höre», sagte Karl und klang dabei wie einer ihrer strengen Lehrer aus der Schulzeit, wenn er sie und ihre Freundinnen zur Rede stellte, weil sie etwas ausgefressen hatten.

«Es ist alles meine Schuld», sagte Hannah. «Gunnar und ich, wir kennen uns schon sehr lang. Davon hatte ich dir ja erzählt. Ich weiß auch nicht, warum ich dir nicht erzählt habe, dass Gunnar mehr für mich empfindet. Vielleicht aus Angst, dich zu verlieren. Das war falsch, und es tut mir wirklich sehr leid. Ich hätte es dir sagen müssen.»

«Da hast du allerdings recht.» Endlich drehte er sich zu ihr um. «Ich hätte mehr von dir erwartet, Hannah», sagte er. «Ich bin schwer enttäuscht.»

Ein dumpfes Gefühl breitete sich in Hannahs Magengegend aus. Sie hatte sich jetzt mehrmals bei Karl entschuldigt und ihm außerdem ihre Liebe versichert, aber er behandelte sie wie eine Verbrecherin.

Trotz regte sich in ihr. Sie hatte keinerlei Zärtlichkeiten mehr mit Gunnar ausgetauscht, seitdem sie Karl kennengelernt hatte, von den Umarmungen gestern und heute mal abgesehen. Aber das war schlicht Mitgefühl gewesen.

«Ich habe dir eben schon gesagt, was ich denke und fühle», erklärte sie. «Ich habe mich entschuldigt, und ich liebe dich. Es tut mir auch leid, dass ich dich heute in diese unschöne Situation gebracht habe. Aber es ist nun mal so, dass Gunnars Vater gestern gestorben ist, und da konnte ich ihm einfach nicht sagen, dass ich einen anderen liebe. Das musst du doch verstehen.»

Karl sah Hannah mit kühlem Blick an – und schwieg.

Hannah überlegte fieberhaft, was sie noch sagen konnte, um ihn zu überzeugen, da fragte er: «Hast du mit Gunnar geschlafen?»

«Nein, natürlich nicht!» Kurz schoss ihr Matilda durch den Kopf, die das Gleiche wegen Karl gefragt hatte. Und vorhin hatte der Vater eine Bemerkung in diese Richtung gemacht. Was dachten sie nur alle von ihr? «Es war nicht so wie mit uns, Karl. Gunnar und ich, wir waren mehr wie Freunde. Es stimmt, wir haben uns auch mal geküsst, aber das hat sich bei weitem nicht so angefühlt wie mit dir, Karl.»

«Nur geküsst, Hannah. Und da bist du dir ganz sicher?», fragte er.

«Natürlich!», antwortete sie. «Es tut mir leid, dass ich nicht ganz ehrlich war, aber ich verspreche dir, dass ich es fortan sein werde. Du kannst mich alles fragen, ich werde immer aufrichtig antworten!»

«Nun gut ...» Karl musterte Hannah von oben bis unten. «Hattet ihr anderen Spaß miteinander?»

«Was meinst du, ich verstehe die Frage nicht ...» Langsam wurde Hannah das Gespräch wirklich unangenehm, sie fühlte sich wie in einem Verhör, aber sie wusste nicht, worauf Karl hinauswollte.

Da stellte sich Karl plötzlich ganz dicht vor sie. Und bevor sie sich's versah, hatte Karl ihren Rock hochgeschoben und glitt mit seiner Hand ihren Oberschenkel entlang nach oben.

«Hat Gunnar dich hier berührt, Hannah?»

Sie schnappte nach Luft, überwältigt von dem prickelnden Gefühl, das sekundenschnell in ihren Unterleib geschossen war. «Nein», hauchte sie.

Seine Finger glitten höher. «Hier?»

«Nein.»

«Und hier?», fragte Karl mit rauer Stimme. Seine Hand hatte er dabei auf Hannahs Scham gelegt.

Hannah atmete schwer ein und wieder aus. Dort, wo Karl sie berührte, fühlte sich alles plötzlich heiß an. Ihre Beine fingen an zu zittern, und sie war unfähig zu antworten.

Als er einen leichten Druck ausübte, stöhnte sie unwillkürlich auf und erschrak über das Geräusch, das ihrer Kehle entglitt. Begierig wartete sie darauf, dass Karl noch einmal etwas fester gegen ihre Scham drücken würde, doch genau das Gegenteil geschah, Karl ließ plötzlich von ihr ab.

Er ging einen Schritt zurück, und erst da bemerkte Hannah, dass er ebenso schwer atmete wie sie.

«Es tut mir leid.» Er strich sich mit beiden Händen durch das Haar. «Wirklich, ich weiß nicht, was auf einmal in mich gefahren ist.»

Hannah hatte das Gefühl, ihr Herz würde aus ihrer Brust springen, so stark klopfte es. Es verwirrte sie, was da gerade geschehen war. Sie hatte noch immer das Gefühl, Karls Hand zwischen ihren Beinen zu spüren – und sie war enttäuscht, dass er sie so plötzlich von sich geschoben hatte.

«Habe ich etwas falsch gemacht?», fragte sie mit zittriger Stimme und blinzelte die Tränen weg, die sich wie aus dem Nichts in ihren Augen sammelten.

«Oh Gott, Hannah, nein.» Er griff nach ihrer Hand. «Komm, wir setzen uns.»

Sie ließ sich von Karl zum Bett ziehen, wo sich beide nebeneinander auf die Kante setzten.

«Es tut mir leid, Hannah», wiederholte Karl noch einmal.

«Aber warum …» Sie sah ihm direkt in die Augen und beschloss, ehrlich zu sein. «Ich fand es sehr schön, was du da gerade mit mir gemacht hast.»

Ein kleines Lächeln erhellte sein Gesicht. «Das ist gut.» Er drückte ihre Hand, die er immer noch festhielt. Und dann fragte er: «Bist du wirklich noch Jungfrau, Hannah?»

«Ja», antwortete sie schlicht. «Und bisher hat mich noch niemand so berührt, wie du das eben getan hast.»

«Und es hat dir gefallen?», fragte er.

«Sehr sogar.» Sie nahm all ihren Mut zusammen. «Ich fand es nur schade, dass du aufgehört hast.»

«Oh, Hannah, sag doch so etwas nicht.» Er sah ihr in die Augen. «Wenn du es wirklich möchtest, kann ich genau da weitermachen, wo wir eben aufgehört haben. Aber vorher möchte ich, dass du weißt, dass auch ich dich liebe. Ich war blind vor Eifersucht, und es tut mir sehr leid, dass ich dir nicht vertraut habe. Als ich Gunnar gesehen habe, sind die Pferde mit mir durchgegangen.»

«Ich war ja auch nicht ganz ehrlich, Karl», gab sie zu. «Ich hätte dir sagen müssen, dass Gunnar noch nichts von uns weiß.»

«Und ich hätte dir vertrauen müssen.»

«Das kannst du immer, Karl, so wie ich dir vertraue», sagte Hannah glücklich.

«Das ist gut, dass du mir vertraust.» Karls Stimme hatte wieder einen rauen Klang bekommen. «Dann möchte ich dir jetzt zeigen, wie wir Spaß miteinander haben können – ohne dass wir miteinander schlafen. Möchtest du das?»

Das süße verheißungsvolle Gefühl breitete sich sofort wieder in Hannahs Unterleib aus. «Ja, das möchte ich.»

«Das war sehr schön.» Hannah seufzte wohlig auf.

Karl strich mit den Fingerspitzen sanft um Hannahs Bauchnabel herum. «Ja, das war es, so wie du, du bist wunderschön.»

«Findest du?»

Karl fing an zu lachen. «Ja, sonst hätte ich das eben doch nicht gesagt. Ihr Frauen seid wirklich alle gleich. Wenn es um Komplimente geht, könnt ihr nicht genug davon bekommen.»

«Du kennst dich wohl aus», sagte Hannah. Dabei wurde ihr bewusst, dass er bisher nicht viel von sich erzählt hatte, was Frauen anging. Er war immerhin schon siebenundzwanzig und wesentlich erfahrener als sie. «Du bist aber nicht etwa verlobt oder anderweitig versprochen in Deutschland?», neckte sie ihn.

«Ich war verlobt», erklärte er. «Aber mach dir keine Gedanken, die Verbindung wurde bereits vor einem halben Jahr gelöst. Ich bin frei.»

«Gut für mich.» Hannah schmiegte sich etwas näher an Karl. «Warum wurde die Verbindung gelöst? Habt ihr euch nicht mehr geliebt?»

«Das hatte andere Gründe, über die ich aber jetzt ungern sprechen möchte. Jetzt geht es nur um dich und mich.»

Hannah spürte, dass es da etwas gab, was Karl ihr nicht

sagen wollte, und dass es dabei nicht nur um diesen Moment ging. Sie war hin und her gerissen. Einerseits wollte sie die gute Stimmung nicht zerstören, andererseits war Karl eben sehr ungehalten gewesen, was die Sache mit Gunnar anging. Und hatte Hannah nicht auch ein Recht darauf zu erfahren, was das mit der Verlobung auf sich hatte?

«Ist gut, Karl, das respektiere ich, aber ich will es wissen, und irgendwann erzählst du es mir, ja?»

«Na gut, dann sprechen wir jetzt darüber», erklärte Karl. «Und danach nie wieder. Judiths Vater ist Jude, deswegen wurde unsere Verbindung gelöst.»

Hannah hatte schon davon gehört, dass viele Juden Deutschland verließen, weil sie dort nicht mehr geduldet wurden. Warum das so war, verstand sie nicht, und sie bat Karl, dass sie später doch noch einmal darüber reden mussten, auch wenn es ihm nahegehen musste, wo er das Thema so kategorisch ablehnte. Karl schwieg. Und um die Stille zu unterbrechen, stellte sie die Frage, die ihr auf den Lippen brannte. «Und was passiert, wenn du irgendwann eine Schwedin mit nach Hause bringst?»

«Sie würden dich genauso lieben wie ich dich», erklärte Karl ohne Zögern. «Und meine Freunde werden mich alle um dich beneiden.» Er lächelte sie an. «Wir Deutschen mögen schöne blonde Frauen mit blauen Augen und langen wohlgeformten Beinen.»

«Dann ist ja gut», sagte Hannah.

Er gab ihr einen Kuss. «Ich werde jeden Tag an dich denken, bis wir uns endlich wiedersehen.»

«So wie ich an dich. Aber ich muss mich jetzt auf den Weg machen, damit ich um acht Uhr wieder zu Hause bin. Ich habe es meinem Vater versprochen.» Sie stutzte. «Ich habe dir ja noch gar nicht erzählt, dass er überraschend aus Kiruna zu Besuch gekommen ist. Und außerdem weiß er von dir. Ich vermute, dass eine meine Schwestern sich verplappert hat, sicher bin ich aber nicht.»

«Ist er groß, blond, stark gebaut?», fragte Karl. «Ich war noch in Arild, bevor ich zu dir gefahren bin. Dort wollte ich noch einmal den schönen Hafen bewundern, damit ich die Bilder im Kopf mit nach Hause nehmen kann. Auf dem Rückweg bin ich an zwei Männern vorbeigefahren, die zu Fuß unterwegs waren. Ich habe sie spontan gefragt, wo sie hinwollen und ob ich sie mitnehmen kann. Sie haben gesagt, dass es nicht nötig ist, und mir eine gute Fahrt gewünscht. In meinem Übermut habe ich ihnen erzählt, dass ich den haben werde, weil ich auf dem Weg zu einer wunderschönen Frau wäre. Vielleicht haben sie meinen Wagen vor dem Haus stehen sehen. Als ich wieder in das Auto gestiegen bin, habe ich sie noch mal gesehen. Und sie mich bestimmt auch.»

«Das könnte natürlich sein. Bestimmt war es so.» Und es erklärte auch, warum der Vater von Matilda gesprochen hatte. Ihr hätte er einen deutschen Freund zugetraut, sicher, weil sie in Mölle arbeitete. Auf Hannah war er nicht gekommen, erst als er sie getroffen hatte. Er hatte schon früher immer ein Talent dafür gehabt, sofort zu wissen, wer von ihnen die Schuldige war, wenn es darum ging, dass irgendjemand etwas ausgefressen hatte. Er könnte es ihnen an der Nasenspitze ansehen, hatte er immer behauptet. Hannah war erleichtert, denn das bedeutete, dass Ingrid sie nicht verpetzt hatte. Dann aber biss sie sich sogleich auf die Lippe. Schon zum zweiten Mal hatte sie ihrer Schwester heute insgeheim unerfreuliche Dinge unterstellt, die einfach nicht zutrafen. Das musste sie sich unbedingt schnell wieder abgewöhnen, das war kein netter Zug von ihr.

«Dein Vater sieht nett aus», sagte Karl und riss sie aus ihren

Gedanken. Er rieb sich über das Kinn. «Wobei ich gar nicht weiß, welcher von beiden es war. Der Größere?»

Hannah lachte. «Das war Nisse, mein Onkel. Beide sind in Kiruna aufgewachsen, Nisse lebt dort immer noch, mein Vater hat sich in eine Frau aus Skåne verliebt, meine Mutter. Für sie hat er das Lappland verlassen. Er ist nur zur Arbeit in Kiruna.»

«Im Erzbergwerk», sagte Karl. «Das ist sicher nicht einfach. Die Arbeit an sich, und auch, die Familie dafür zurückzulassen.» Er strich ihr eine Haarsträhne aus dem Gesicht. «Zum Glück ist es bei uns weniger als ein Jahr, bis ich dich nach Stockholm hole. Und dann bleiben wir für immer zusammen.»

«Ja.» Sie küsste ihn leidenschaftlich, so wie sie es mit ihm gelernt hatte, und verkündete verheißungsvoll: «Und dann werden wir nur noch Spaß haben, am liebsten jeden Tag.»

Er stupste mit dem Zeigefinger gegen ihre Nasenspitze.

«Am liebsten würde ich dich direkt morgen mit nach Berlin nehmen.» Er sah sie lange an, und dann klang er plötzlich sehr ernst. «Aber das geht nicht. Ich fahre morgen schon sehr früh los. Ich verspreche dir aber, Hannah, dass ich wiederkomme.» Er stand auf. «Warte kurz, ich habe etwas für dich.»

Er ging zu dem kleinen runden Tisch, der mit zwei Stühlen vor dem Fenster stand. Dass er dabei splitterfasernackt war, schien ihn überhaupt nicht zu stören. Und Hannah beschloss, dass es sie auch nicht stören sollte. Sie genoss das Gefühl von Verwegenheit, als sie sich, so wie der liebe Gott sie erschaffen hatte, im Bett aufsetzte.

«Ein Geschenk?», fragte sie und schaute neugierig zu, wie er in seine lederne Reisetasche griff.

«Ich hoffe, dass er dir passt ...», erwiderte Karl und setzte sich neben sie.

Er klappte ein kleines dunkelblaues Samtkästchen auf. Darin

lag ein schmaler Ring, golden, mit einem kleinen eingefassten, funkelnden weißen Stein. Das musste ein Diamant sein. Hannah hatte bisher noch nie einen echten gesehen, aber er funkelte so schön, dass sie sich sicher war. Sie war so überrascht, dass ihr die Worte fehlten. Noch nie hatte jemand ihr ein Schmuckstück geschenkt, und schon gar keinen Ring. Das konnte nur bedeuten …

Karl räusperte sich. «Eigentlich hatte ich vor, erst deinen Eltern die Aufwartung zu machen, und dir danach diesen Ring zu schenken; aber das ging ja aus bekannten Gründen heute nicht. Deswegen schenke ich ihn dir so, Hannah, als Zeichen meiner Liebe.»

Hannah sah auf den wunderschönen Ring, der auf Karls ausgestreckter Hand lag. «Träume ich gerade?», fragte sie leise. Denn genau so fühlte es sich an, wie ein wunderschöner Traum, aus dem sie nie wieder aufwachen wollte.

Karl griff nach ihrer Hand. «Lass uns mal schauen, ob er die richtige Größe hat.»

Der Ring war etwas zu klein, aber Karl schaffte es dennoch, ihn über Hannahs Finger zu schieben. «Ich liebe dich, Hannah», sagte er. «Willst du mich heiraten, wenn ich im nächsten Jahr nach Schweden komme?»

Da musste Hannah nicht erst lang nachdenken. «Ja!», sagte sie. «Ja, Karl, das will ich!» Dabei liefen ihr Tränen über das Gesicht. Sie war sich sicher, dass dies der glücklichste Tag ihres bisherigen Lebens war.

«Ich fahre dich nach Hause», sagte Karl. «Das Fahrrad passt schon irgendwie in das Automobil hinein.»

«Das musst du doch nicht, es ist noch hell, und ich bin den Weg schon sehr oft gefahren», erklärte Hannah.

Doch Karl ließ nicht mit sich diskutieren. «Du bist meine Verlobte, es gehört sich so, dass ich dich nach Hause bringe.»

Es gefiel ihr, wie Karl sich um sie sorgte, und auch, dass sie nun seine Verlobte war. «Dann darfst du mich natürlich gern fahren», entschied sie.

«Und meinst du nicht, dass ich mich wenigstens kurz deinen Eltern vorstellen sollte, jetzt, wo es offiziell ist mit uns. Gunnar hin oder her, es tut mir wirklich leid, dass sein Vater gestorben ist. Aber ich finde, es gehört sich so, dass deine Eltern mich kennenlernen. Und wir sollten da jetzt auch an uns denken, Hannah.»

Das dumpfe Gefühl in der Magengegend kündigte sich wieder an. Ihre Eltern würden nicht begeistert sein und der Großvater schon gar nicht. Aber Karl hatte recht ...

«Dann bring mich nach Hause, und wir reden mit meinen Eltern», sagte sie.

Karl griff nach ihrer Hand und drückte sie. «Keine Angst, das wird schon gutgehen. Du wirst sehen, sie werden nichts dagegen haben. Ich bin eine gute Partie, und außerdem werde ich nach Stockholm ziehen. Du gehst nicht ins ferne Deutschland.» Er küsste sie sanft auf den Mund. «Gunnar kannst du es dann ja später erzählen, wenn es ihm etwas besser geht. Mir geht es nur darum, es deinen Eltern zu sagen.»

Hannah nickte, froh darüber, dass Karl so verständnisvoll war, was Gunnar anging. «So machen wir das. Dann lass uns jetzt fahren.»

Der Vater saß mit Nisse auf der Bank vor dem Haus. Hannah hielt Karls Hand demonstrativ fest, bis sie bei den beiden angekommen waren. Sie fühlte sich gar nicht wohl in ihrer Haut, versuchte aber, sich das nicht anmerken zu lassen.

«Far, das ist Karl», sagte sie mit fester Stimme.

Karl ließ ihre Hand los und hielt sie dem Vater hin. «Karl Bauer, guten Abend, Herr Lindholm.»

«Ich hatte befürchtet, dass das passiert.» Der Vater ignorierte Karls Hand und wandte sich an seinen Bruder. «Nisse, wärst du so gut und würdest uns einen Augenblick allein lassen.» Er sah zu Hannah. «Und du auch, geh ins Haus und warte dort.»

Sie sah unschlüssig zu Karl. Erst als er sie anlächelte und «Tu, was dein Vater sagt» sagte, ging sie hinter Nisse her.

«Das wird schon», sagte Nisse leise, als sie durch den Flur gingen.

«Das hoffe ich.»

In der Küche war alles wie immer, dabei war doch alles anders. Die Mutter stand am Herd. Die Großmutter saß mit Hannahs Kochbuch der Prinzessinnen am Tisch und las darin. Der Großvater rauchte und trank dabei genüsslich ein Glas Heidelbeerwein. Hannah überkam ein merkwürdiges Gefühl: Fast bekam sie schon jetzt Heimweh nach Haus, dabei war sie noch da.

«Da bist du ja, Hannah», sagte die Mutter fröhlich. «Möchtest du noch etwas essen, es ist noch Suppe da.» Die Mutter musterte sie. «Was ist los, ist irgendwas passiert?»

«Nein, ja, aber nichts Schlimmes.» Sie sah hilfesuchend zu Nisse, aber der zuckte nur mit den Schultern und setzte sich mit einem Schmunzeln an den Tisch. Ihm schien die ganze Sache Spaß zu machen. «Ehrlich gesagt, weiß ich gar nicht, wo ich anfangen soll.»

Da strahlte die Mutter plötzlich und zeigte auf Hannahs Hand. «Hannah, sag mal, heißt es das, was ich denke?» Die Mutter war überrascht. «Seid ihr etwa verlobt, der Gunnar und du?» Sie strahlte nun über das ganze Gesicht.

Hannah sah auf ihren Finger, an dem der Ring mit dem hübschen kleinen Stein glitzerte. Sie nahm all ihren Mut zusammen und verkündete: «Ja, Mor, das bin ich. Also, ja, ich bin verlobt. Aber nicht mit Gunnar. Er heißt Karl, und er sitzt gerade mit Vater draußen auf der Bank.»

«Was?» Die Mutter sah sie ungläubig an. «Aber ...»

«Das Leben wird nie langweilig», sagte der Großvater da. «Besonders nicht, wenn man fünf Enkeltöchter hat.» Er stand auf. «Ich geh mal den Brännvin holen.»

Die Mutter legte den Kochlöffel auf den kleinen Teller, der immer neben dem Kochtopf stand, und wischte sich die Hände an der Schürze ab.

«Ich liebe ihn», sagte Hannah und setze sich an den Tisch.

Die Mutter nahm neben Hannah Platz. Hannah konnte ihr ansehen, dass sie um ihre Fassung rang. Aber so war eben ihre Mutter, sie ließ es sich nicht anmerken.

Hannah zitterte, als sie ihre Hand in die der Mutter legte.

«Der Ring ist sehr schön», stellte die Mutter fest. Und dann fragte sie: «Aber wer ist Karl?»

«Genau, wo hast du ihn gefunden, deinen Karl?», fragte die Großmutter. «Aus Arild ist er auf jeden Fall nicht. Da gibt es keinen Karl.»

«Das stimmt», antwortete Hannah. «Wir haben uns in Mölle kennengelernt.»

Da kam der Großvater zurück, stellte das Tablett mit dem Schnaps und den Gläsern auf den Tisch. «Er kommt aus Mölle, habe ich da richtig gehört?»

«Dort haben wir uns kennengelernt. Karl kommt aus Berlin», erklärte Hannah, fügte aber schnell hinzu: «Aber keine Sorge, er zieht im nächsten Jahr nach Stockholm, um dort in der Firma seines Onkels zu arbeiten.»

«Ach herrje!» Die Augen der Mutter weiteten sich. «Ein Deutscher?», rief sie.

172

«Du holst uns einen Nazi ins Haus?», brüllte der Großvater.

Die Großmutter sagte gar nichts, aber sie schüttelte den Kopf und hörte gar nicht mehr damit auf.

Da kamen plötzlich der Vater und Karl durch die Tür.

«Darf ich vorstellen, der junge Mann heißt Karl», erklärte der Vater, und Hannah schien es, als wäre der Vater durchaus gutgelaunt und nicht entsetzt wie alle anderen hier. «Er hat eben um Hannahs Hand angehalten. Die beiden werden im nächsten Jahr heiraten. Wir haben also einen Grund zu feiern.»

«Aber nicht mit mir.» Der Großvater stand auf und verließ wortlos die Küche. Ein Stich fuhr in Hannahs Herz. Der Großvater war zwar nicht gut auf die Deutschen zu sprechen, aber er konnte doch nicht alle über einen Kamm scheren!

Wieder einmal war es die Mutter, die die Wogen glättete. «Er wird sich schon daran gewöhnen, dass seine Enkeltochter ab jetzt ihre eigenen Wege geht», erklärte sie, stand auf und reichte Karl die Hand. «Willkommen in unserer Familie. Ich bin Helene Lindholm, Hannahs Mutter.»

13

Juni 1938

Ingrid

*I*ngrid bestäubte das große Holzbrett mit reichlich Mehl,
bevor sie den Hefeteig flink zu einem ordentlichen Rechteck ausrollte. Mittlerweile hatte sie so viel Übung, dass sie die
Arbeitsschritte im Schlaf kannte. Sie pinselte Butter darauf und
streute zwei Esslöffel der schon bereitstehenden Zucker-Zimt-
Mischung darüber. Schließlich wickelte sie den Teig von der
Längsseite her auf und teilte ihn mit dem Messer in zwölf etwa
gleich große Schnecken. Die setzte sie mit der Schnittfläche nach
unten auf das eingefettete Backblech, bestrich sie mit verquirl-
tem Ei, gab Hagelzuckerkörner darauf und schob das Blech in
den Ofen. Die Schnecken mussten sehr heiß, aber durften nicht
zu lang gebacken werden, damit sie nicht trocken wurden. In nur
etwa acht Minuten konnte sie sie schon aus dem Ofen ziehen.

Die Zeit nutzte Ingrid, um sich einen Moment auszuruhen.
Sie goss sich eine Tasse Kaffee ein und griff nach einem der
Vanilleherzen, die ihr vorhin kaputtgegangen waren. Sie hatte
nicht aufgepasst und das heiße Blech auf den Tisch fallen lassen. Die Hälfte der Herzen hatte sie retten können, sie waren
ganz geblieben, die anderen hatte sie auf einen großen Teller
gelegt, von dem sich jeder bedienen konnte. Das mürbe Gebäck
war ihr von all den Köstlichkeiten, die sie mittlerweile anboten,
immer noch das liebste. Das lag auch daran, dass es sie jedes
Mal wieder in die Zeit von vor zwei Jahren zurückversetzte, als

ihre Schwester Hannah sie morgens mit den wohlduftenden lauwarmen Herzen geweckt hatte. Damals hatte alles angefangen, die Idee zu ihrem Café war geboren worden. Heute, nur zwei Jahre später, war das Söta Himlen jeden Tag gut besucht. Sie hatten nun fünfzehn Tische, die sie bedienen mussten. Das kleine Café vor dem Haus gab es nicht mehr. Die Bank und ein paar Stühle standen noch dort, da saß der Großvater weiterhin mit seinen engsten Freunden. Aber nachdem das Angebot so gut von den Nachbarn angenommen worden war und auch die ersten Gäste von außerhalb das Café besuchten, hatten sie noch im selben Jahr entschieden zu erweitern. Hannah hatte sich darum gekümmert, dass sie die Genehmigung dafür erhielten. Das hatte sich drei Monate hingezogen, erst im September hatten sie die Zusage erhalten. Im Jahr darauf, am 15. 3. 1937, war es so weit. Sie hatten ihren Süßen Himmel eröffnet. Bis dahin war es ein ganzes Stück Arbeit gewesen. Sie hatten tatsächlich den Garten zu einem Kaffeegarten umfunktioniert. Dafür hatten sie eine Hintertür in die Backstube eingebaut, damit sie nicht immer um das Haus herumlaufen mussten, um die Bestellungen der Gäste abzuholen. Es waren einfache Holztische und Stühle, an denen die Gäste Platz nehmen konnten. Sie hatten sie nicht in Reih und Glied aufgestellt, wie das in anderen Cafés üblich war. Sie hatten sie so platziert, wie es eben passte, zwischen den Beeten, vor den Sträuchern, unter der Kastanie. Dazwischen hatten sie große Kübel mit blühenden Stauden gepflanzt. Das Grundstück war groß genug. Da die Tische weit auseinander standen, hatten die Gäste jeweils einen eigenen kleinen Bereich. Sie konnten unter sich bleiben, sich ungestört unterhalten und die Ruhe genießen. Ein paar Tische hatten sie so platziert, dass man sie flugs aneinanderstellen konnte, wenn mehr als vier Gäste zusammensitzen wollten. Ingrid gefiel diese bewusst gewählte Unordnung. Die Tische wurden jeden Tag mit rot-weiß karierten Tüchern eingedeckt. Auf jedem stand eine Vase mit frischen Blumen aus dem Garten. Die Gäste fühlten sich im Söta Himlen wie zu Hause – oder eben wie bei guten Freunden. Das und natürlich auch die gute Qualität des Gebäcks waren das Geheimnis des Erfolges. Sie hatten tatsächlich einen süßen Himmel erschaffen.

Einen Teil des Gartens im hinteren Bereich, da, wo die Moltebeeren wuchsen, hatten sie abgetrennt. Dort hatte Ingrid Obst gepflanzt: Erdbeeren, Himbeeren, Johannisbeeren und Stachelbeeren. Sie hatten auch schon darüber nachgedacht, ein paar Bäume zu pflanzen. Einen großen Apfelbaum hatten sie schon, aber ein Kirschbaum und auch einen Pflaumenbaum wären auf Dauer nicht schlecht. So konnten sie sich, zumindest was das Obst anging, weitestgehend selbst versorgen. Was ihnen fehlte, bekamen sie von Nachbarn, die sich darüber freuten, sich ein paar Öre dazuzuverdienen. Es war alles eine große Kraftanstrengung gewesen, aber gemeinsam hatten sie es geschafft. Jeder hatte geholfen, und auch die Nachbarn hatten mit angepackt. Doch die Arbeit hörte nicht auf. Manchmal wusste Ingrid nicht, wo ihr der Kopf steht. Es packten alle in der Familie mit an, aber an den Abenden fiel Ingrid meistens todmüde ins Bett, lag jedoch noch lange wach, weil sie in Gedanken noch einmal die Aufgaben durchging, die sie am nächsten Tag oder dem danach zu erledigen hatte.

Ingrid stellte sich mit der Tasse in der Hand an das Fenster und beobachtete das Treiben im Kaffeegarten. An den Wochenenden und in den Ferien halfen Ebba und Ulla regelmäßig beim Bedienen der Gäste. Hübsch sahen die beiden aus in ihren schneeweißen Blusen, den roten Röcken und den gestärkten cremefarbenen Schürzen darüber. Mit ihren sechzehn Jahren waren sie längst keine Kinder mehr. Hin und wieder hörte Ingrid sie über Jungs tuscheln, die sie in Helsingborg kennenlernten, wo sie die höhere Mädchenschule besuchten. Hannah hatte sich dafür eingesetzt und die beiden davon überzeugt, ihre Reifeprüfung abzulegen, damit sie später studieren konnten.

«Machst du Pause? Eine gute Idee.» Die Mutter war in die Backstube gekommen. Sie holte sich ebenfalls eine Tasse Kaffee und stellte sich neben Ingrid und schnupperte. «Wie lange brauchen die Herzen noch?»

«Zwei bis drei Minuten», antwortete Ingrid.

«Das ist gut. Einer der Gäste hat gerade zehn Stück bestellt, zum Mitnehmen.» Sie trank einen Schluck Kaffee. «Ah, das habe ich gebraucht. Wenn das so weitergeht, müssen wir jemanden einstellen, zumindest für die Wochenenden. Wir stehen von morgens bis abends in der Backstube, Matilda läuft sich die Hacken wund. Und die Zwillinge sollten besser für die Schule lernen, anstatt zu arbeiten. Auf Dauer geht das nicht gut.»

Die Mutter hatte recht. Die Großmutter, deren Hände vom Rheuma schmerzten, konnte nicht mehr in der Backstube helfen. Ausruhen wollte sie sich auf ihre alten Tage aber trotzdem nicht, wie sie immer wieder betonte. Deswegen hatte sie das Ruder im Geschäft übernommen. Dort verkaufte sie weiterhin Brot und Brötchen und bot Gebäckspezialitäten zum Mitnehmen an. Auf die Belieferung von Hotels, die mittlerweile wieder anfragten, verzichteten sie, dafür fehlte ihnen schlicht die Zeit. Nur Johannes, der ihnen stets treu geblieben war, versorgten sie weiterhin. Die Aufgabe hatte der Großvater übernommen. Jeden Morgen packte er den Handwagen voll mit der bestellten Ware und ging nach Arild zu Johannes und seinem Hotel. So hatte er das Gefühl, dass er auch etwas beitrug. Hin und wieder, aber nur im äußersten Notfall, half er auch im Kaffeegarten aus.

«Ich finde, wir sollten es in diesem Jahr erst noch einmal ohne weitere Hilfe versuchen», sagte Ingrid schweren Herzens. Sie hätte gern etwas mehr Unterstützung, aber die Gründung des Cafés hatte viel Geld gekostet. Sie hatten sich eine größere Summe von der Bank geliehen, die in Raten zurückgezahlt werden musste. «Wir schauen, wie viel von den Einnahmen für uns übrigbleibt. Dann wissen wir, ob wir uns im nächsten Jahr eine Hilfe leisten können.»

«Und wenn wir Großvater doch ein wenig mehr in die Pflicht nehmen?», schlug die Mutter vor.

«Das halte ich für keine gute Idee, Mor.» Ingrid liebte ihren Großvater, er hatte viele positive Seiten: Er war immer hilfsbereit, hatte ein offenes Ohr für seine Enkeltöchter, und wenn es etwas zu reparieren gab, war er mit seinem Werkzeug an Ort und Stelle. Doch wenn es irgendwie ging, vermieden sie, ihn darum zu bitten, im Kaffeegarten auszuhelfen. Denn leider gelang es dem Großvater nicht, immer freundlich zu bleiben. Zu häufig und zu gern ließ er sich mit wildfremden Gästen auf leidenschaftliche, aber auch mit einer gewissen Schärfe geführte Diskussionen ein. Besonders in diesen Tagen gab es viele Themen in der unruhigen Welt, über die man sich streiten konnte. Längst gehörten nicht mehr nur die Nachbarn und Anwohner aus Arild zu ihren Gästen. Die meisten ihrer Besucher kamen aus Mölle oder aus anderen Teilen Schwedens. Auch von den Dänen wurde Mölle weiterhin gut besucht, wohingegen Deutsche nur noch selten kamen. Hin und wieder gingen Ebba und Ulla mit ihren Bauchläden durch Mölle, verkauften Kanelbullar und verteilten die Reklamezettel, die die Gäste zum Süßen Himmel führen sollten. Auch hingen weiterhin einige Plakate aus, die Matilda angefertigt hatte. Ihre Schwester hatte schon immer die besten Ideen von allen, wenn es um solche Dinge ging. Sie hatte mit wenigen Strichen ein paar Mazariner und Vanilleherzen auf bauschige Wolken gezeichnet. Darunter hatte sie in verschnörkelter Handschrift geschrieben:

Der Süße Himmel – das Café
der Schwestern Lindholm

Lass dich in unserem Kaffeegarten mit unseren
Gebäckspezialitäten und einer guten Tasse Kaffee
verwöhnen. Lausche dabei dem Rauschen des
Meeres – und fühl dich wie im Himmel.
Du findest uns bei Arild, folge einfach den
Schildern, die wir dort für dich aufgestellt haben.

Wir freuen uns auf deinen Besuch.
Die Schwestern Lindholm

Die Wegweiser zum Söta Himlen hatte der Großvater aus Holz angefertigt und angebracht. Egal aus welcher Richtung man kam, ein Schild wies immer auf den Kaffeegarten hin. Die Schilder hatte Ingrid mit ihren Schwestern weiß gestrichen. Dann hatten sie, mit Pinseln und roter Farbe bewaffnet, «Söta Himlen, Systrarna Lindholms Café» daraufgeschrieben. Hannah war froh, dass ihre Schwestern sich sofort damit einverstanden erklärt hatten, den Namen des Cafés etwas zu erweitern. Sie waren die Schwestern Lindholm! Und Hannah war sehr stolz darauf, eine von ihnen zu sein. Ebba hatte auf eines der Schilder ein rotes Herzchen mit hübschen weißen Verzierungen gemalt, da schließlich Hannahs Vaniljhjärtan für den Namen des Cafés verantwortlich waren. Das hatte allen so gut gefallen, dass sie beschlossen, dass das gemalte Vanilleherz von da an das Erkennungszeichen für das Café sein sollte. Und die Schilder fielen tatsächlich auf. So bekamen sie auch häufig Gäste, die bei einem Ausflug auf ihren Rädern nur durch sie auf den Kaffeegarten aufmerksam wurden und spontan vorbeikamen.

Bei gutem Wetter waren alle Tische fast durchgehend belegt. Aber auch bei kühleren Temperaturen und nassen Tagen hatten Ingrid und ihre Familie einiges zu tun. Da kauften die Gäste vornehmlich Gebäck zum Mitnehmen. Dann half Ingrid im Geschäft, während die Mutter meistens die Zeit nutzte, um Einkäufe zu erledigen, Tischdecken zu flicken, zu putzen ... Langeweile kannte Ingrid nicht, es gab immer etwas zu tun. Aber solange sie es ohne fremde Hilfe schafften, sollten sie es zumindest versuchen. Sie hatten auch darüber nachgedacht anzubauen, damit die Gäste auch bei schlechtem Wetter mit einem Dach über dem Kopf ihren Kuchen genießen konnten. Aber da sie nicht noch mehr Schulden machen wollten, hatten sie sich vorerst dagegen entschieden. Und nun mussten sie eben in der warmen Zeit alle gemeinsam möglichst viel Umsatz machen. Es lief zurzeit sehr gut, die Großmutter hatte jeden Abend Spaß daran, die Einnahmen zu zählen.

«Nach dem Sommer wird es ruhiger, Mor», erklärte Ingrid. «Und im Winter bleibt das Café geschlossen, da können wir uns etwas ausruhen. Um Ebba und Ulla musst du dir keine Sorgen machen. Denen macht das Arbeiten im Café Spaß. Lernen würden sie sowieso nicht. Wenn sie nicht mehr helfen müssten, würden sie den ganzen Tag stattdessen faul in der Sonne liegen. Davon mal ganz abgesehen, freuen sie sich, dass sie durch das

Trinkgeld ihr Taschengeld aufbessern können.» Sie sah ihre Mutter von der Seite an. «Was ist mit dir, Mor? Denk doch auch mal an dich. Hast du mit Vater gesprochen? Fährst du nach Kiruna, oder kommt er nach Hause?»

Ihre Mutter lächelte seltsam gerührt, was nur selten vorkam. «Es fühlt sich eigenartig an, wenn man feststellt, dass sich die Tochter Sorgen um einen macht, wo es doch eigentlich andersherum sein sollte.»

«Wir sorgen uns alle immer gegenseitig umeinander», stellte Ingrid fest. «Und das ist auch gut so. Nur dass es manchmal schwierig ist, wenn so viel los ist. Also, was ist jetzt? Kommt Vater nach Hause?» Er hatte sie schon im Dezember nicht besucht. Das Wetter war sehr schlecht gewesen, wochenlang hatte es in Kiruna geschneit. Im Jahr davor hatte es ähnlich ausgesehen, aber das hatte den Vater nicht abgehalten, trotzdem zu reisen, und nun war es ihm auf einmal zu beschwerlich geworden. Die Mutter hatte ihn bisher auch nur ein einziges Mal besucht, gemeinsam mit Ebba und Ulla, seit er das Haus geerbt hatte, aber das war nun auch schon ein ganzes Jahr her.

«Ich werde auf keinen Fall nach Kiruna fahren, ich werde hier gebraucht», antwortete die Mutter tonlos. «Und ob euer Vater kommt, kann ich nicht sagen, das steht noch in den Sternen. Warten wir ab …» Sie sah zum Backofen. «Sie fangen an zu duften, sie müssten fertig sein.»

Ingrid fragte nicht weiter nach. Sie war sich sicher, dass da etwas nicht stimmte zwischen ihrem Vater und der Mutter. Das würde sich wahrscheinlich auch nicht ändern, solange er weiter in Kiruna arbeitete, dachte sie. Und dass es sowieso keinen Sinn machte, da weiter nachzuhaken. Die Mutter hielt sich immer sehr bedeckt, wenn es um den Vater ging.

Ingrid ging zum Ofen und zog schnell das Backblech heraus,

diesmal passte sie jedoch auf, dass alle Herzen heil blieben. Gerade hatte sie sie auf dem Tisch abgestellt, da stürmte Ebba in die Backstube.

«Hannah kommt», rief sie. «Morgen schon. Hannah hat bei Johannes im Hotel angerufen und ihn gebeten, es uns auszurichten. Er war gerade hier. Sie kommt allein, ohne Karl, sollte er uns sagen. Und dass sie sich freut, mit Ingrid und Matilda im alten Zimmer zu schlafen.»

Das Gesicht der Mutter war plötzlich ein einziges Strahlen. «Ach, das ist ja schön! Hat er auch erwähnt, wie lang Hannah bleiben wird?»

«Weiß ich nicht, davon hat Johannes nichts gesagt», antwortete Ebba.

«Auch nicht, um wie viel Uhr sie ankommt?» Die Mutter stockte kurz, bevor sie sich erschrocken die Hand vor den Mund hielt. «Sie wird doch nicht etwa mit dem Automobil fahren, so ganz allein, die weite Strecke von Stockholm.»

«Zuzutrauen wäre es ihr», überlegte Ingrid laut. «Sie hat letztens erst geschrieben, dass Karl sie für eine sehr gute Fahrerin hält.» Ihr gefiel der Gedanke, dass die große Schwester mit dem Automobil bis vor die Tür gefahren kommen würde. Sie freute sich für Hannah, dass es ihr in Stockholm und mit Karl so gut ging. Wie es aussah, hatte Hannah ihr Glück gefunden.

«Dann werde ich wohl später mal runter zu Johannes gehen und Hannah anrufen», sagte die Mutter. «Wir müssen ja wissen, wann sie kommt.»

«Es wird Zeit, dass wir ein Fernsprechgerät bekommen», stellte Ebba fest. «Aber selbst wenn wir eins hätten, würde das nicht reichen. Überall werden Masten gebaut, nur hier nicht. Hannah sagt, in Stockholm gibt es einen riesigen Gitterturm, an dem schon mehr als tausend Kabel zusammenlaufen. Und über den Dächern werden auch immer mehr Masten angebracht.»

«Wir wohnen zu weit außerhalb», erklärte die Mutter. «Mit der Elektrifizierung war es auch so, es dauerte einfach nur etwas länger, aber mittlerweile sind wir voll elektrifiziert. Der Mast kommt auch irgendwann.»

«Erst einmal kommt Hannah morgen! Ich bin gespannt, was sie Neues zu erzählen hat.» Ebba lief zum Teller mit den zerbrochenen Vanilleherzen und stibitze sich ein Stück. «Mmh, lecker. Es sind übrigens gerade noch mal Gäste gekommen, gleich sechs auf einmal, sie sitzen an Tisch vier. Alle sind sehr fein angezogen, aber sie benehmen sich überhaupt nicht so. Zwei davon sind wohl Deutsche, sie sprechen zwar Schwedisch, aber der Akzent erinnert an den von Karl. Sie streiten ziemlich laut, wegen der Weltmeisterschaft.»

«Die Deutschen sind ausgeschieden, sie haben vier zu zwei gegen die Schweizer verloren», erklärte Ingrid und konnte sich das Grinsen nicht verkneifen. «Der Schiedsrichter war ein Schwede, Ivan Eklind aus Stockholm.»

«Aus Stockholm? Vielleicht kennt Hannah ihn, wo sie doch jetzt auch zu den feineren Leuten gehört.»

«Sag so etwas nicht, Ebba!», schimpfte die Mutter sofort.

Doch Ebba zuckte nur mit den Schultern. «Wieso, das war doch gar nicht böse gemeint. Wenn du mich fragst, Mor, hätte ich auch nichts dagegen, wenn es mir später mal so gut geht. Hannah muss noch nicht mal arbeiten, sie hat sich nur um den Haushalt zu kümmern.»

«Du träumst davon, einen Haushalt zu führen? Ich dachte, du willst Ärztin werden», neckte Ingrid ihre kleine Schwester.

«Lehrerin», antwortete Ebba. «Dann habe ich immer lange Ferien.»

«Oh mein Gott, die armen Kinder», rief Ingrid und lachte.

Da steckte Matilda den Kopf zur Tür rein. «Ebba. Wo bleibst du denn?», schimpfte sie. «Nimm eine Kanne, und schenk Kaffee aus, Tisch drei hat um Nachschub gebeten.» Mittlerweile verkauften sie den Kaffee nicht mehr tassenweise. Es hatte sich gezeigt, dass es eine gute Idee gewesen war, einen etwas höheren Preis zu verlangen, dafür aber nachzufüllen, wenn die Gäste danach verlangten. Auch bei der Größe der Kuchenstücke und Gebäckteilchen knauserten sie nicht. Die Gäste bekamen ordentliche Portionen. Dafür kamen sie gern wieder und empfahlen das Söta Himlen weiter.

«Ich habe Mutter und Ingrid nur eben Bescheid gesagt, dass Hannah morgen kommt», erklärte Ebba und tat dabei ganz wichtig. «Allein, ohne Karl.»

«Wie schön. Das trifft sich gut! Ich hoffe, sie bleibt ein paar Tage, wir können sie im Café gut gebrauchen», erwiderte Matilda trocken. «Und jetzt kusch dich, die Leute wollen nicht warten, bis der Kaffee kalt ist.»

Ebba war kaum mit der großen Kupferkanne zur Tür raus, da grinste Matilda. «Hannah kommt wirklich allein? Dann haben wir sie ganz für uns.» Unvermittelt stutzte sie. «Sie hat doch nicht etwa Streit mit Karl? Ist irgendwas passiert, Mor?»

«Das hoffe ich doch nicht! In ihrem letzten Brief klang Hannah noch gewohnt glücklich.» Die Mutter griff nach dem Blech mit den ungebackenen Vanilleherzen. «So, und jetzt wird gearbeitet.»

Matilda runzelte die Stirn. «Ihr steht hier die ganze Zeit und unterhaltet euch gemütlich, aber wenn ich dazukomme, müssen auf einmal alle wieder arbeiten.»

«Du kannst morgen mit deinen Schwestern die ganze Nacht durchtratschen», erklärte die Mutter.

Matilda grinste frech. «Dann sind wir allerdings am nächsten Tag so müde, dass wir nicht arbeiten können.»

«Übermorgen ist Montag, Matilda.» Die Mutter lächelte schelmisch. «Da haben wir geschlossen, wenn ich mich nicht irre.»

Matilda drückte der Mutter einen Kuss auf die Wange. «Du hast gewonnen, ich gebe mich geschlagen.» Sie sah auf die Uhr. «Ist ja auch nicht mehr lang, zwei Stunden noch, dann haben wir es geschafft.»

Ingrid ließ ihren Blick durch die Backstube schweifen. Sie bezweifelte, dass sie in zwei Stunden fertig sein würde, immerhin musste sie noch aufräumen und putzen, und sie wollte auch noch einige Tortenböden zubereiten. Morgen war Sonntag, da war erfahrungsgemäß am meisten Betrieb. Deshalb musste sie heute schon vorarbeiten. Die Mutter schob das nächste Blech in das Rohr. «Stellst du den Kurzzeitwecker, Ingrid? Oder achtest du mit darauf, dass die Herzen nicht verbrennen?»

«Ich passe auf», erklärte Ingrid.

Matilda blieb noch einmal kurz in der Tür stehen. «Noch mal zu diesen zwei Deutschen an Tisch vier, die lauthals über Fußball diskutieren, und über Politik. Also, wenigstens einer der beiden ist ein Nazi, er hat schon ein paarmal den Hitlergruß gemacht und lauthals Witze über Juden erzählt. So schlimme, dass ich die gar nicht wiederholen möchte. Daraufhin sind Gäste vom Tisch nebenan aufgestanden und gegangen.» Sie setzte einen grimmigen Gesichtsausdruck auf. «Ich weiß ja, dass wir immer zu allen Gästen gleich nett sein sollen, aber das geht doch nicht, oder? Ich sage euch, irgendwann passiert es mir doch, dass ich aus Versehen eine Tasse Kaffee verschütte.»

«Daran darfst du noch nicht mal denken, Matilda», erwiderte die Mutter streng. «Das haben wir schon oft besprochen. Wenn wir damit anfangen, irgendwelche Gäste zu bevorzugen oder zu vergraulen, wo ziehen wir dann die Linie? Und ich sage euch, das würde darüber hinaus bestimmt nach hinten losgehen und uns langfristig unseren guten Namen kosten. Da können wir noch so guten Kuchen backen.»

Ingrid bewunderte ihre Mutter für ihre besonnene Art, aber manchmal übertrieb sie es einfach damit, immer allen alles recht machen zu wollen. «Aber es stimmt, was Matilda sagt, Mutter.» Ingrid warf einen Blick durch das Fenster in den Kaffeegarten. Von hier aus konnte sie den Tisch gut sehen, der in der Nähe der Kastanie stand. Die Männer gestikulierten und lachten laut. «Wir sind immerhin in Schweden, nicht in Deutschland. Du sagst immer, dass uns jeder willkommen ist, Mor. Aber ich finde, wenn man irgendwo Gast ist, dann muss man sich auch benehmen. Widerliche Witze über Menschen, egal welcher Herkunft, haben in unserem Kaffeegarten nichts zu suchen. Und wenn die Gäste das nicht einsehen, dann müssen sie ihren Kuchen eben woanders essen.»

«Danke, Ingrid, das sehe ich ganz genau so!» Matilda sah zur Mutter. «Keine Angst, der Kaffee wäre viel zu schade, den verschütte ich bestimmt nicht.» Sie grinste wieder frech, bevor sie nach draußen ging und sagte: «Allerdings habe ich Großvater eben über den Hof gehen sehen, und wenn der jetzt eine Runde durch den Kaffeegarten macht ...»

Die Mutter seufzte. «Ich gehe besser mal raus und übernehme den Tisch.» Sie füllte frisch gebrühten Kaffee in eine Kanne. «Denkst du bitte an die Herzen, Ingrid?»

«Mach ich.»

Hin und her gerissen blieb Ingrid am Backtisch vor dem Fenster stehen. Während sie einen Mürbeteig knetete, beobachtete sie die Mutter, die nun lächelnd am Tisch der sechs Gäste stand.

Jetzt macht sie auch noch schönes Wetter, dachte Ingrid. Sie wünschte sich, ihre Mutter würde endlich mal ordentlich auf den Tisch hauen, wenn ihr etwas nicht passte.

Aber zum Glück waren nicht alle Deutschen so. Ingrid war froh, dass Karl anders war. Noch nie hatte er mit nationalsozialistischen Parolen um sich geworfen, wenn er mit Hannah zu Besuch in Arild war. Im Gegenteil, Karl hielt sich immer sehr zurück. Auch wenn der Großvater gern versuchte, ihn in eine hitzige politische Diskussion zu verwickeln, blieb Karl stets sachlich, auch wenn er durchaus seine Position vertrat. Und die war, sofern Ingrid das einschätzen konnte, konservativ. Sozialistische oder sozialdemokratische Vorstellungen von dem, wie die Gesellschaft zu einer besseren würde, waren ihm im Gegenteil zum Großvater fern. Und auch wenn Karl keine Hitler-Parolen schwang, so war er doch davon überzeugt, dass Deutschland eine herausgehobene Stellung in der Welt übernehmen sollte.

Ingrid selbst hielt sich aus diesen Gesprächen lieber raus, was nicht hieß, dass sie keine eigene Meinung hatte: Das, was sich da gerade in Deutschland abspielte, gefiel ihr gar nicht. Wäre Karl nicht Teil der Familie, würde sie, wie sie zugeben musste, einen Bogen um ihn machen, wenn sie ihn über sein Deutschland reden hörte. Letztens erst hatte eine Freundin ihr von einer deutschen Familie erzählt, die nun in Mölle lebte, weil der Vater als Reporter für eine Zeitung in Deutschland gearbeitet hatte und wohl zu kritisch gewesen war. Aus Sorge davor, inhaftiert zu werden, war der Mann Hals über Kopf mit seiner Frau und den beiden Kindern geflüchtet. Und das war nicht die erste Geschichte dieser Art, die sich erzählt wurde. Auch Politiker und Intellektuelle flüchteten aus dem Land. Die Leute schienen schlichtweg Angst zu haben. Ingrid machte sich vor allem Gedanken um Hannah. Sosehr sie sich auch für ihre Schwester freute: Was, wenn Hannah doch irgendwann mit Karl nach Berlin gehen würde?

Gut, dass Hannah morgen kam, dachte Ingrid und stellte den Mürbeteig in den Kühlschrank. Wie jedes Mal war sie fasziniert von diesem Gerät, das sie erst vor zwei Monaten angeschafft hatten. Es war so viel praktischer! Sie musste nicht immer bis in den Kellerraum gehen, den sie bisher zum Kühlen von schnell verderblichen Lebensmitteln wie Milch und Butter genutzt hatten. Sie konnte einfach die Tür des Gerätes öffnen und sich nehmen, was sie brauchte. Sie holte einen bereits gut durchgekühlten Teigklumpen heraus.

Was Hannah wohl über die veränderte Rezeptur der Creme sagen wird?, überlegte Ingrid, während sie den Teig ausrollte und in die vorbereiteten Förmchen gab. Erst vor ein paar Wochen hatte Ingrid den Anteil der Sahne in der Vanillecreme erhöht und gab auch noch einen Teelöffel Butter hinzu. Die Creme war ihr einfach noch zu leicht gewesen. Die Sahne machte sie vollmundiger, und die Butter rundete den Geschmack ab. Sie war sich sicher, dass Hannah das mit ihrer feinen Zunge sofort herausschmecken würde.

Hannah hatte ihr im letzten Jahr sehr genaue Anweisungen zu den Zutaten und der Zubereitung der Vanilleherzen gegeben, bevor sie nach Stockholm abgereist war. Ingrid hatte unter Hannahs kritischem Blick alle Rezepte fein säuberlich in einem großen Rezeptbuch notiert. Mittlerweile hatte auch Ingrid ihre eigenen Rezepte dazugeschrieben. Und hin und wieder hatte sie eins von Hannahs auch verändert.

Gerade als sie die Teigdeckel vorsichtig auf die gefüllten Herzen legte und etwas andrückte, kam die Mutter zurück.

«Sie geben jetzt Ruhe», erklärte sie, und in ihrer Stimme klang ein Hauch Stolz durch.

«Was hast du gemacht? Ihnen damit gedroht, dass sie keinen Kuchen bekommen?», scherzte Ingrid. «So wie bei uns früher, wenn wir uns mal nicht benommen haben.»

«Ja», antwortete die Mutter schlicht.

«Nicht im Ernst!», sagte Ingrid. «Jetzt nimmst du mich auf den Arm, Mor!»

«Ich habe Ihnen gesagt, wenn sie sich nicht benehmen würden, dann würde ich ihnen den Kuchen gern zum Mitnehmen einpacken», erklärte die Mutter jedoch.

Ingrid riss die Augen auf. «Das glaub ich dir nicht! Du?»

«Es stimmt aber», erwiderte die Mutter. «Ich habe sie höflich gebeten, leiser zu diskutieren, weil das Söta Himlen ein Kaffeegarten und keine Hafenkneipe ist! Zwei der Schweden haben sich sofort entschuldigt, und die anderen haben sich wohl nicht getraut zu widersprechen.»

Ingrid musste lachen. «Weil du so furchteinflößend bist, Mor?»

«Ich doch nicht, wie kommst du denn darauf?» Die Augen der Mutter funkelten vor Schalk. «Die beiden Schweden hatten wohl das Sagen da am Tisch. Ich vermute, es sind irgendwelche Geschäftsleute. Bestellt haben sie übrigens auch. Zweimal Äppelpaj, zweimal Blåbärspaj, zweimal Kronans Kaka und für jeden einmal Josefiner, Hallongrotter, Sotarmurrar, Vaniljhjärtan und Mazarinaer. Am besten legen wir gleich ein paar Papiertüten zum Einpacken dazu, das werden sie ganz sicher nicht alles aufessen können.»

Ingrid sah durch das Fenster in den Garten. Tisch vier mit den sechs Gästen stand nah bei der Kastanie. «Wer von ihnen hat denn Kronans Kaka bestellt, die Deutschen?»

Die Mutter überlegte einen Augenblick. «Einer der Schweden und ein Deutscher. Wieso fragst du?»

«Wir haben keinen mehr», erklärte Ingrid und seufzte. «Die Kartoffeln habe ich zwar schon gekocht, aber dann ...» Der Kuchen aus Kartoffeln und Mandeln war schnell gebacken, aber manchmal wusste Ingrid nicht mehr, wo ihr der Kopf stand. Sie atmete tief ein und aus. «Ich habe es vergessen, Mor.»

«Dann müssen sie sich eben für etwas anderes entscheiden», erklärte die Mutter pragmatisch.

Da steckte auch schon Matilda den Kopf zur Tür rein. «Ist die Bestellung für Tisch vier fertig?»

«Wir sind gerade dabei», antwortete Ingrid. «Aber der Kronenkuchen ist aus.»

Matilda rümpfte die Nase. «Ich verstehe nicht, warum alle so wild darauf sind. Für mich gehört in einen guten Kuchen Mehl, aber doch keine Kartoffeln.»

«Wie oft soll ich es dir noch erklären: Die Kartoffeln halten den Kuchen saftig», erklärte Ingrid. «Und mit dem Klecks Blaubeersoße, so wie wir ihn anbieten, ist er ein Gedicht.»

«Ich mag ihn auch gern», erklärte die Mutter. «Eure Großmutter hat ihn früher oft gebacken. Wenn vom Abendessen Kartoffeln übrig waren, wurden sie aufbewahrt und weiterverarbeitet. In schweren Zeiten haben die Menschen sich etwas einfallen lassen müssen, um trotzdem einen guten Kuchen backen zu können. Heute sind die Leute wohl zunächst einfach nur gespannt, wie ein Kuchen mit Kartoffeln schmeckt. Und wenn sie ihn einmal gekostet haben, dann sind sie überzeugt.»

Die Mutter platzierte jeweils zwei große Stücke Apfelkuchen auf Tellern, danach den Blaubeerkuchen. «Ich bring die schon mal raus und frage, was wir statt des Kronenkuchens bringen dürfen. Stellt ihr beide doch bitte in der Zeit das Kleingebäck zusammen.»

Kaum war die Mutter aus der Tür verschwunden, sagte Matilda zu Ingrid: «Mutter ist die Beste! Ich hätte nicht gedacht, dass sie sich tatsächlich mit den Deutschen anlegt.»

«Sie hat dabei gelächelt», sagte Ingrid. «Mutter ist und bleibt ein Mysterium!»

14

Ingrid

Ingrid legte ihre Handflächen auf ihren unteren Rücken und streckte sich. Es war kurz vor halb sieben am Abend, sie hatte eben die Tür zur Backstube hinter sich zugezogen. Ebba und Ulla hatten ihr beim Putzen geholfen, deswegen war sie heute etwas früher fertig geworden. Matilda hatte sich um den Kaffeegarten gekümmert, die Tischdecken abgezogen, alles abgewischt und den Müll aufgesammelt, den die Gäste manchmal achtlos auf den Boden warfen. In der Zeit hatte die Mutter das Abendbrot vorbereitet.

«Harter Tag», ertönte da eine dunkle, etwas kratzige Männerstimme. Es war der Großvater. Er saß auf der Bank, in der einen Hand hielt er ein Glas Bier, in der anderen eine Zigarette. «Setz dich einen Moment zu mir.»

Da Ingrid froh war, heute ausnahmsweise mal früher aus dem Geschäft zu kommen, hatte sie auf ein langes Gespräch keine Lust. Sie war für den Abend mit ihrer Freundin Agnetha verabredet, musste vorher noch etwas essen, und frisch machen wollte sie sich auch. Aber da sie nicht unhöflich sein wollte, setzte sie sich für einen kurzen Moment, wie sie dachte.

Der Großvater drückte die Zigarette, die er schon fast aufgeraucht hatte, auf dem Fußboden neben der Bank aus und ließ den Stummel achtlos dort liegen.

Die Frauen in der Familie schufteten sich den Rücken krumm, und der Großvater gab das hart verdiente Geld für teure Zigaretten und Alkohol aus. Da ihr das nicht zustand, hatte Ingrid noch nie etwas gesagt. Aber die Achtlosigkeit störte sie plötzlich gewaltig.

«Matilda hat heute viel Zeit damit verbracht, den Müll der Leute einzusammeln, Morfar», sagte sie verärgert.

«Du wirst deiner Großmutter immer ähnlicher.» Der Großvater sah stirnrunzelnd zu ihr. «Du bist zwar bildhübsch, aber viel zu ernst für dein Alter. Du solltest häufiger lachen.»

«Das habe ich heute Abend vor, ich treffe mich mit Agnetha», erklärte Ingrid. «Wir wollen tanzen gehen.»

«Das ist gut.» Der Großvater nahm einen großen Schluck Bier. «Sind auch ein paar nette Männer dabei?»

Ingrid schielte zu ihm hinüber. Was war denn mit dem Großvater heute los? Das war ein Thema, über das sie mit ihren Freundinnen sprach oder mit Hannah, Matilda, aber doch nicht mit ihm.

«Ich denke, schon, genau weiß man das aber nie», antwortete sie ausweichend. Der Großvater musste ja nicht wissen, dass Stig und Ove wahrscheinlich auf Agnetha und sie warteten. Sie hatten sich beim letzten Tanzabend kennengelernt und sich lose für heute verabredet. «Schauen wir mal, ob wir am Samstag wieder da sind. Aber ob wir nicht schon in Begleitung kommen, das weiß ich heute noch nicht», hatte Agnetha neckisch gesagt, nachdem die beiden Männer sie gefragt hatten, ob sie sich wiedersehen würden.

«Ich war am Nachmittag unten in Arild», sagte der Großvater da. «Gunnar ist zurück. Das Schiff ist heute Morgen in Helsingborg eingelaufen.» Er genehmigte sich noch einen Schluck Bier. «Ich dachte, das würde dich vielleicht interessieren.»

Die letzten Monate hatte Ingrid täglich dagegen angekämpft, nicht mehr an Gunnar zu denken. Jetzt war es ihr gerade seit letztem Wochenende gelungen, und da tauchte er wieder auf. Ihr Herzschlag beschleunigte sich, und sie konnte Gunnar vor sich sehen: sein dunkelblondes, leicht verstrubbeltes Haar, die strahlend blauen Augen und das Grübchen im Kinn.

«Danke, dass du mir das gesagt hast, Morfar.» Ingrid rechnete es ihrem Großvater hoch an, dass er ihr kleines Geheimnis aus dem letzten Jahr für sich behalten hatte. Gunnar hatte sie geküsst, nachdem er sich von ihr verabschiedet hatte. In der Backstube. Aber nur ein einziges Mal, und ausgerechnet in dem Moment war der Großvater zur Tür hereingekommen, um Butter für die Großmutter zu holen. Sie muss sehr ungehalten gewesen sein, nachdem er mit leeren Händen wieder in die Küche zurückgekommen war. Er war so überrascht gewesen, als er Ingrid und Gunnar zusammen gesehen hatte, dass er sich wortlos umgedreht hatte und wieder gegangen war. Als die Großmutter selbst kurz darauf hineingekommen war, um die Butter zu holen, war Gunnar schon gegangen. Und bei Ingrid war die kurzzeitige Freude über den Kuss der Traurigkeit gewichen. Denn Gunnar hatte ihr, kurz bevor er sie in den Arm nahm, erzählt, dass er auf einem Handelsschiff angeheuert hatte. Gunnar hielt nichts mehr hier in Arild. Sein Boot musste er nur wenige Wochen nach dem Tod seines Vaters verkaufen, um den Onkel auszuzahlen. Eine Zeitlang arbeitete Gunnar dann als Fischer für einen guten Freund seines Vaters. Der Freund des Vaters zahlte jedoch nicht nur schlecht, er war Witwer und heiratete nur ein Jahr später ausgerechnet Gunnars Mutter. Da entschloss Gunnar sich dazu, Arild zu verlassen.

Der erste Kuss war also gleichzeitig der letzte gewesen. Der Abschiedskuss. Hätte Gunnar sie überhaupt jemals geküsst, wenn es sich nicht um einen Abschied gehandelt hätte?

Und nun war er wieder da …

«Gunnar ist ein guter Mann», sagte der Großvater. «Und es wird Zeit, dass du unter die Haube kommst.»

«Er wollte Hannah», warf Ingrid ein.

«Und dann hat er dich geküsst.»

«Bestimmt nur zum Dank, da ich ihm all die Monate geholfen habe und immer eine gute Freundin gewesen bin», erklärte Ingrid und war selbst überrascht, wie offen sie mit ihrem Großvater darüber sprach.

«Wenn ich mich bei jeder Frau, die mir mal geholfen hat, in dieser Art bedankt hätte, hätte deine Großmutter mich hochkant aus dem Haus geworfen.» Er grinste breit. Mit seinen beiden großen Zahnlücken im Unterkiefer wirkte er dabei immer sehr ulkig. «Und ihre fünf Enkeltöchter hätten ihr mit Sicherheit auch noch dabei geholfen.»

Ingrid musste lachen. «Gut, dass du keine Freundinnen hast, Morfar.»

«Die Zeiten sind vorbei», erwiderte der Großvater schelmisch. «Aber früher ...»

«He!» Ingrid knuffte ihn liebevoll in die Seite.

«Was? Ich war auch mal ein heißer Feger – natürlich zu der Zeit, bevor ich Ida kennengelernt habe.»

«Agnetha und ich, wir treffen heute Abend Stig und Ove», erzählte Ingrid freimütig. «Die beiden kommen aus Höganäs.»

«Dann ist es ja gut. Ich wollte nur, dass du das von Gunnar weißt.»

«Das ist lieb von dir, Großvater. Auch dass du niemandem erzählt hast, dass du uns damals gesehen hast.»

Seine Augen funkelten belustigt. «Wieso bist du dir so sicher, dass ich es für mich behalten habe?»

«Na, weil mich, wem immer du es erzählt hättest, darauf angesprochen hätte. Da bin ich mir sicher.»

Der Großvater nickte. «So seid ihr, ihr Lindholm-Frauen.» Er rieb sich das Kinn. «Ich hoffe nur, dass es mir nicht irgendwann mal aus Versehen herausgerutscht ist.»

«Das glaube ich nicht.» Ingrid griff nach der Hand des Großvaters, die mit vielen Altersflecken überzogen war, so wie sein Gesicht. Da meldete sich plötzlich ihr Magen mit einem leichten Knurren. «Gehen wir essen?», fragte sie.

«Geh du schon mal vor, ich komme sofort nach», erklärte der Großvater. «Ich möchte noch mein Bier austrinken – in Ruhe, bevor euer Frauengeschnatter am Tisch losgeht.»

Gunnar war also zurück. Ingrid wusste gar nicht, wohin mit den Gefühlen, die diese Nachricht in ihr ausgelöst hatte. Freude, Sehnsucht, aber auch Enttäuschung und das schlechte Gewissen meldeten sich wieder. Immerhin hatte sie den ehemaligen Freund ihrer Schwester geküsst. Hannah hatte Gunnar zwar verlassen, aber trotzdem gehörte sich das nicht. Und doch hatte Ingrid dieser eine Kuss so viel bedeutet. Zum ersten Mal hatte sie das Gefühl gehabt, aus Hannahs Schatten herausgetreten zu sein. Er hatte sie, Ingrid, gesehen und nicht nur die jüngere Schwester, die zufällig für ihn da war, nachdem Hannah ihn verlassen hatte. Seine Augen hatten nicht gelogen, da war Ingrid sich sicher. So hatte er sie vorher noch nie angesehen. Aber nur Sekunden später war der glückliche Moment zerstört gewesen. Noch immer hatte sie jedes Wort, das Gunnar danach zu ihr gesagt hatte, in den Ohren. Sogar an den Klang seiner Stimme konnte Ingrid sich erinnern: dunkel, rau – und verlegen. «Ich wollte mich bei dir verabschieden, Ingrid. Ich gehe, heute noch. Das Schiff legt morgen ab.»

Dann hatte er sich bei ihr dafür bedankt, dass sie ihm so eine gute Freundin gewesen war. Ob er noch mal zurückkommen würde, stand in den Sternen, das wusste Gunnar nicht. Ingrid hatte ihn darum gebeten, ihr wenigstens hin und wieder zu schreiben. Aber darauf hatte Gunnar nicht mehr reagiert. Er war gegangen und hatte Ingrid sehr aufgewühlt zurückgelassen. Sie hatte sich nicht getraut, ihn zu fragen, ob der Kuss ihm denn gar nichts bedeutet hatte. Das war ihr erst viel später eingefallen, so wie die vielen anderen Fragen, die sie ihm nicht mehr stellen konnte. Sie war Gunnar einfach nicht genug gewesen, das wusste sie jetzt. Wenn doch, dann hätte er ihr wenigstens geschrieben. Es war aber auch wie verhext. Jetzt war Gunnar wieder da, und prompt würde Hannah morgen auch nach Arild kommen. Ob das Zufall war? Vielleicht hatte er Hannah davon geschrieben? Nein, das konnte nicht sein, woher hätte er ihre Adresse in Stockholm haben sollen? Außerdem wäre Karl damit nicht einverstanden. Hannah liebte Karl, da war Ingrid sich sicher. Doch ein kleiner Stachel hatte sich in Ingrids Herz festgesetzt. Immer war es Hannah, um die sich alles drehte. Hannah war die bessere Bäckerin, alle fragten Hannah um Rat, wenn es Probleme gab, und wenn ein Mann die Wahl hatte, dann entschied er sich eben auch für Hannah.

Ingrid öffnete die Tür zum Wohnhaus, und der Duft von gebratenen Fleischbällchen stieg ihr in die Nase. Das ist jetzt genau richtig, dachte sie und freute sich auf die herzhafte Mahlzeit.

«Da bist du ja.» Die Mutter sah vom Herd zu ihr hinüber. «Das war heute wieder ein anstrengender Tag. Komm, setz dich. Das Essen ist jeden Moment fertig.»

Ingrid nahm neben der Großmutter Platz, die schon am Tisch saß, während Ebba und Ulla ihn eindeckten.

«Möchtest du Blaubeersaft, Ingrid?», fragte Ebba.

«Wasser», antwortete Ingrid und ärgerte sich, dass Gunnar

ihr immer noch durch den Kopf schoss. Denn er liebte Blaubeeren, in Kuchen, als Saft verarbeitet, als Suppe.

«Heute war wieder ein guter Tag», erklärte da die Großmutter zufrieden. «Deine Mutter hat gesagt, dass wir demnächst einen zweiten Ofen anschaffen sollten. Ich halte das für eine gute Idee. Und wir sollten doch ein Dach über den Garten bauen, so können wir auch bei schlechtem Wetter öffnen. Vielleicht wären auch noch ein paar Tische sinnvoll, für drei hätten wir auf jeden Fall Platz.»

Das würde noch mehr Arbeit bedeuten, die sowieso schon kaum zu bewältigen war. «Vielleicht planen wir das alles für das nächste Jahr ein», erwiderte Ingrid und nahm sich vor, zuerst mit Matilda und Hannah darüber zu sprechen. Den Kaffeegarten hatte sie gemeinsam mit ihren Schwestern eröffnet, aber insbesondere die Großmutter tat immer so, als hätte sie das Sagen. «Jetzt müssen wir erst einmal sehen, wie wir diesen Sommer den normalen Betrieb geschafft kriegen.»

«Eventuell müssen wir jemanden einstellen, der uns hilft», warf die Mutter ein.

«Bedenke doch, was das für Kosten sind!», entgegnete die Großmutter. Aber ein Dach über dem Garten würde auch nicht billig werden. Außerdem wäre spätestens dann eine Hilfe bitter nötig.

«Hier, bitte.» Ulla stellte Ingrid ein Glas Wasser hin.

«Danke.» Sie nahm einen großen Schluck. Über den Kaffeegarten wollte sie im Moment nicht nachdenken, sie war froh, dass sie Feierabend hatte. Und sie konnte nicht aufhören, an Gunnar zu denken. Sein Kuss kitzelte wieder auf ihren Lippen.

Da kam Matilda zu Tür herein. «Hast du schon gehört, Ingrid?», sagte sie fröhlich. «Gunnar ist wieder da.» Sie setzte sich an den Tisch. «Das hat Pia vorhin Großmutter erzählt. Stell dir vor, sie war im Laden und hat tatsächlich ein Brot von uns gekauft.»

«Doch nur, weil sie tratschen wollte», erklärte Ulla. «Ich konnte sie noch nie leiden.»

Gut, dass der Großvater sie auf Gunnar vorbereitet hatte, so war sie jetzt nicht allzu überrascht. Das mit Pia hörte sie allerdings nicht gern. Ingrid musste zugeben, dass sie Gunnars ehemalige Freundin auch nicht besonders mochte. Aber sie tat ihr auch etwas leid. Gunnar hatte sie für Hannah sitzenlassen, das musste ihr damals sehr weh getan haben.

«Übermorgen ist Eriks zweiter Todestag», erklärte die Mutter und stellte die Pfanne mit den Fleischklößchen auf den Tisch. «Ich denke also nicht, dass sein Besuch ein Zufall ist, denn Gunnar wird das Grab seines Vaters aufsuchen wollen. Und Hannah lasst mal schön aus dem Spiel. Sie hat bestimmt ihre eigenen Gründe, uns zu besuchen.»

«Hast du schon mit ihr gesprochen?», fragte Ingrid verwundert und dachte im selben Augenblick, dass das unmöglich war, dazu hätte die Zeit nicht gereicht.

«Großvater war bei Johannes», erklärte die Mutter prompt. «Ich habe ihn vorhin runtergeschickt und ihn gebeten, Hannah anzurufen. Sie sagt, dass es ihr gutgeht und wir uns keine Gedanken machen sollen.»

Die Großmutter sah stirnrunzelnd zur Tür. «Wo bleibt denn euer Großvater? Und was Hannah angeht ... Da habe ich eine eigene Theorie, warum sie hierherkommt.»

«So, was denn?», fragte Ulla neugierig.

«Das werde ich dir nicht verraten», antwortet die Großmutter. «Aber ich sag dir morgen, ob ich recht hatte.»

Sie denkt, dass Hannah schwanger ist, schoss es Ingrid durch den Kopf.

Matilda ging es anscheinend ähnlich. «Das würde passen», sagte sie. «Die beiden sind jetzt ein Jahr verheiratet.»

«Ich weiß, was ihr meint», meldete sich da Ebba zu Wort.

«Morgen wissen wir alle mehr», erklärte die Mutter. «So lange stellen wir keine wilden Vermutungen an.» Aber Ingrid sah, dass sie sich ein besonders strahlendes Schmunzeln nicht verkneifen konnte. Also hielt die Mutter die Theorie der Großmutter nicht für abwegig.

«Ach sooo!» Ulla grinste wie ein Honigkuchenpferd. «Das könnte natürlich sein.»

«Sie kommt auf jeden Fall um vier am Bahnhof in Höganäs an», erklärte die Mutter.

«Oh, das ist ja schade», sagte Ingrid. «Dann können wir sie gar nicht abholen.»

Da betrat der Großvater die Küche. «Das riecht aber gut.»

«Ich hoffe, es schmeckt auch so», erwiderte die Mutter erstaunlich gut gelaunt. In Gedanken strickte sie vielleicht gerade schon Säuglingskleidung.

Ingrid aß eine große Portion. Sie mochte die herzhaften Klößchen in Kombination mit den süßen Preiselbeeren. Und auch die schlichten Dillkartoffeln gehörten zu ihren Leibspeisen.

«Das war sehr lecker.» Ingrid legte die Hand auf ihren Bauch. Vielleicht hätte ich besser nicht so viel gegessen, dachte sie, nicht, dass mir beim Tanzen schlecht wird. «Habt ihr etwas dagegen, wenn ihr ohne mich den Tisch abräumt? Ich möchte gleich mit Agnetha nach Höganäs.»

«Das machen wir schon», sagte die Mutter.

«Geht ihr zum Tanzen?», fragte Matilda.

Ingrid nickte. «Möchtest du mitkommen?», fragte sie und ärgerte sich im nächsten Moment über sich selbst. Warum musste sie auch immer so freundlich sein? Eigentlich hatte sie sich darauf gefreut, allein mit Agnetha zu fahren. Matilda hatte sie den ganzen Tag und auch in der Nacht um sich. Außerdem schaffte Matilda es immer wieder, die Aufmerksamkeit auf sich zu ziehen, besonders wenn es um Männer ging.

Doch Matilda schüttelte den Kopf. «Ich bin auch mit einer Freundin verabredet», erklärte sie.

«Ach so», sagte Ingrid, und ihr schwante, was Matilda vorhatte.

«Bring sie doch mal mit, deine Freundin», schlug die Mutter da vor. «Wie hieß sie noch gleich?»

Gespannt wartete Ingrid auf Matildas Antwort.

«Kristiane», erklärte Matilda. «Und ich sollte mich beeilen. Wir treffen uns um acht, und ich muss mich vorher noch frisch machen.»

Wie macht sie das nur?, dachte Ingrid. Mir hätte jeder sofort an der Nasenspitze angesehen, dass ich lüge. Aber Matilda zuckte noch nicht einmal mit der Wimper. Allerdings hatte ihre Schwester es nun plötzlich doch verdächtig eilig, aus der Küche wegzukommen.

«Verschwindet schon, alle beide», entschied die Großmutter. «Ihr habt euch die Abwechslung verdient.»

Ingrid wartete, bis sie an der Treppe waren und sie sich sicher war, dass niemand sie hörte, bevor sie Matilda fragte: «Wo trefft ihr euch, ‹Kristiane› und du?»

«Bei ihm», erklärte Matilda.

«In seinem Sommerhaus etwa?», hakte Ingrid nach.

«Ja», antwortete Matilda.

Es machte überhaupt keinen Sinn, ihre Schwester davon abhalten zu wollen. Ingrid hatte es versucht, aber Matilda war felsenfest davon überzeugt, dass der Mann, in den sie sich Hals über Kopf verliebt hatte, ihretwegen seine Frau verlassen würde. Nicht nur, dass er verheiratet war, Kristian war schon Mitte dreißig. Er war Schauspieler im Theater in Kristianstad und hatte Matilda versprochen, ihr eine Statistenrolle zu besorgen. Wenn nicht sogar einen richtigen Part mit Text. Ingrid konnte nicht fassen, dass ihre sonst so kluge Schwester auf so einen Unsinn hereingefallen war. Seitdem sie ihn kennengelernt hatte, war sie wie verändert.

«Pass auf dich auf, Matilda», sagte Ingrid.

«Immer», entgegnete Matilda. «Du kennst mich doch.»

Oben im Zimmer ließ Matilda sich rücklings auf ihr Bett fallen. Gutgelaunt streckte sie ein Bein in die Höhe und wackelte mit dem Fuß. «Die Deutschen von Tisch vier haben mir heute fünf Kronen Trinkgeld gegeben.»

«Was, so viel?», fragte Ingrid.

«Die Hälfte ist für dich», antwortete Matilda. «Einer der Männer hat gesagt, ich soll mit der hübschen begnadeten Bäckerin teilen.»

«Dann meinte er Mutter», erwiderte Ingrid. «Sie hat doch am Tisch bedient.»

«Du sagst es, wir beide haben bedient. Aber der Gast hat ausdrücklich darauf bestanden, dass es die Bäckerin bekommt. Er hat dich gesehen, als du vor die Tür gekommen bist, um mir das Gebäck zu geben, das sie bestellt haben. Er hat gesagt, dass du hübsch bist.» Ingrid reagierte nicht. Matilda stupste sie an. «Freust du dich gar nicht? Ich kaufe mir davon einen schönen roten Nagellack und dazu einen passenden Lippenstift, von Revlon. Damit liebäugele ich schon lange.»

«Doch, ich freue mich.» Ingrid setzte sich auf die Bettkante. «Ich bin nur gerade etwas müde, ich muss mich fünf Minuten ausruhen.» Sie legte sich auf das Bett und schloss die Augen. Sie musste zugeben, sich zu ärgern, dass besonders Matilda immer reichlich mit Trinkgeld bedacht wurde. Sie gab Ingrid zwar etwas ab, aber Ingrid war sich sicher, dass Matilda immer etwas mehr behielt. Dabei war der Kaffeegarten Ingrids Idee gewesen, und sie hatte die meiste Arbeit damit. Aber am Ende des Monats war Matildas Geldbörse dicker als die ihre, obwohl der Lohn der beiden Schwestern gleich war. Auf der anderen Seite hatte Matilda ihre besser bezahlte Stelle in Mölle aufgegeben, um im Söta Himlen zu arbeiten. Und im Grand Hotel hatte sie das Trinkgeld auch für sich behalten dürfen. Ich darf nicht so missgünstig sein, dachte Ingrid, und sollte mich stattdessen freuen, dass es mir so gut geht. Sie war sparsamer als Matilda, jeden Monat legte sie den Großteil ihres Lohnes zur Seite. Wenn sie genügend Geld zusammenhatte, wollte sie einen Führerschein machen und irgendwann ein eigenes Automobil besitzen. Davon träumte sie schon, seitdem sie damals zugesehen hatte, wie Uno Ranch in seinem Bugatti auf einer Rennstrecke in Mölle mit über sechzig Kilometer in der Stunde den Geschwindigkeitsrekord gebrochen hatte. Hannah hatte Ingrid damals ausgelacht, als sie ihr davon erzählt hatte. Das sei Männersache, hatte sie gesagt, und nun saß Hannah selbst hinter dem Steuer!

«Nicht einschlafen, Ingrid», sagte Matilda.

Ingrid hielt die Augen geschlossen. Sie hörte, wie Matilda aufstand und zu ihr herüberkam, und schon setzte sich die Schwester zu ihr auf das Bett.

«Du hast den schönsten Mund von uns allen», sagte Matilda. «Du solltest dir auch einen Lippenstift kaufen, um deine vollen Lippen zu betonen.» Sie legte mit einem Klimpern ein paar Öre-Münzen auf das kleine Nachttischchen. «Du kannst natürlich auch sehr gern meinen benutzen.»

«Danke», sagte Ingrid und öffnete die Augen.

«Was ist los?», fragte Matilda. «Macht dir die Sache mit Gunnar zu schaffen?»

«Nein, wieso sollte es?», erwiderte Ingrid.

Matilda zog gleich beide Augenbrauen hoch. «Ich bin deine Schwester, Ingrid. Natürlich habe ich mitbekommen, dass du ihn sehr magst. Das war schon immer so, auch als Gunnar noch mit Hannah liiert war. Nachdem Hannah dann Karl hatte, habe ich eigentlich erwartet, dass aus Gunnar und dir irgendwann ein Paar werden würde. Natürlich nicht gleich. Aber nachdem Hannah dann nach Stockholm gegangen war und du dich weiter so um Gunnar gesorgt und gekümmert hast, dachte ich, dass es nur noch eine Frage der Zeit sein würde. Dann ist er auf einmal von einem auf den anderen Tag verschwunden, und ich habe gesehen, dass du unglücklich deswegen warst. Ich habe nur nichts gesagt, weil ich dachte, dass es dir vielleicht unangenehm ist.»

War es wirklich so offensichtlich gewesen, wie sehr sie ihn mochte? Ingrid war peinlich berührt und wollte es im ersten Moment leugnen, aber Matilda würde es ohnehin nicht glauben, wenn sie ihr nun widersprach – zu Recht. «Das stimmt», gab Ingrid also zu. «Ich mochte Gunnar sehr. Er mich jedoch nicht, zumindest nicht genug. Aber das ist jetzt auch egal, das ist vorbei.»

Matilda musterte Ingrid skeptisch. «Setz dich bitte mal hin!»

Ingrid zögerte kurz, folgte aber schließlich Matildas Anweisung. «Und jetzt?»

Matilda griff nach Ingrids Zopf und nahm das Haarband ab.

«He!», protestierte Ingrid.

«Du siehst viel hübscher aus, wenn du dein Haar offen trägst», sagte Matilda und nickte, wie um sich selbst zu bestätigen.

«Das ist sehr unpraktisch bei der Arbeit», erklärte Ingrid.

Matilda warf ihr einen strengen Blick zu. «Aber heute Abend gehst du zum Tanzen, nicht zum Backen.»

Ingrid seufzte, ließ aber zu, dass ihre Schwester den Zopf löste.

Matilda griff in Ingrids Haar, das ihr bis über die Schultern fiel, und hob es etwas an. «Lass es etwas abschneiden, dann könnte man dich glatt mit Esther Ralston verwechseln.»

«Und wer bitte soll das sein?», fragte Ingrid.

«Eine amerikanische Schauspielerin. Warte ...» Sie stand auf, ging zu ihrem Bett, kramte in der Schublade ihres Nachttischchens und kam mit einem bunten Bildchen zurück.

«Wo hast du das her?», fragte Ingrid.

«Das ist ein Sammelbild aus einer Zigarettenschachtel. Ein Gast hat die leere Packung mal im Hotelzimmer liegen lassen, da habe ich es mitgenommen», erklärte Matilda. «Und, wie gefällt sie dir?»

Ingrid betrachtete das Bild genauer. «Sie ist sehr hübsch, aber die Frisur ist mir, ehrlich gesagt, etwas zu kurz, das Haar geht ja nur knapp bis über das Ohr.»

«Das ist, weil sie es zu kleinen Locken aufgedreht hat, und sie trägt es zu einem Seitenscheitel frisiert», erklärte Matilda. «Ich finde, das sieht phantastisch aus, und genau das könntest du auch machen. Dann könnte man euch glatt für Schwestern halten.»

«Meinst du?» Noch einmal betrachtete Ingrid das Foto. Der Gedanke, dass sie der Schauspielerin ähnlichsah, gefiel ihr.

«Behalte es, ich schenke es dir!», sagte Matilda und hielt Ingrid die Hand hin. «Und jetzt komm, wir machen uns fein.» Sie zog Ingrid hoch. Als sie nebeneinanderstanden, schnupperte sie an Ingrids Haar. «Das riecht ganz schön stark.»

«Vom Backen», erklärte Ingrid.

Matilda schüttelte grinsend den Kopf. «Nein. Nach Fleischklößchen, wir riechen beide nach Fleischklößchen. Los, lass uns runter ins Badezimmer gehen und schauen, ob wir das mit etwas Haarpuder retten können.»

«Ich glaube, ich brauche mehr als das, ich muss mich komplett waschen», erklärte Ingrid, nachdem sie sich eine Strähne ihres Haars vor die Nase gehalten hatte. «Und ich muss auch noch raussuchen, was ich gleich anziehe.»

«Dann geh ich schon mal vor», sagte Matilda.

Nachdem Matilda das Zimmer verlassen hatte, betrachtete Ingrid noch einmal das Bild der Schauspielerin. Matilda lag falsch: Die Frau sah Hannah ähnlich, nicht ihr. Ingrid blieb Ingrid, was immer sie sich auch erträumen mochte.

15

Ingrid

Im Badezimmer schlüpfte Ingrid aus dem roten Rock und der Bluse, ihrer Arbeitskleidung, die sie immer noch trug. Sie wusch sich gründlich mit dem Stück Rosenseife, das Hannah ihr aus Stockholm mitgebracht hatte. Sie wollte auf keinen Fall nach Fleischklößen riechen, wenn sie auf Stig traf. Zum Glück hatten sie und Agnetha einen komplett anderen Geschmack. Ihrer Freundin gefiel der dunkelhaarige Ove besser. Ingrid mochte blondes Haar – so wie auch das von Gunnar. Dass er wieder in Arild war, beschäftigte Ingrid mehr, als sie sich selbst gegenüber zugeben wollte. Nachdem der Großvater sie darauf angesprochen hatte, war es ihr noch halbwegs geglückt, sich einzureden, dass sie sich auf den Tanzabend mit den beiden Männern freute. Aber wenn sie ehrlich war, würde sie jetzt am liebsten alles stehen und liegen lassen, um zu Gunnar zu fahren. Bestimmt übernachtete er in seiner Gartenhütte, es war ja warm genug. Dass er im Haus bei Wilma und ihrem neuen Mann Keno schlief, konnte sie sich nicht vorstellen. Andererseits war es jetzt noch viel zu früh, er war sicher unten im Hafen, wo er seine alten Freunde traf. Ob Gunnar überhaupt jemals an sie gedacht hatte? Vermutlich schon, aber ob er sie nach dem Kuss damals überhaupt wieder treffen wollte? Er hatte sich seit seinem Anheuern auf dem Schiff nicht mehr bei ihr gemeldet. War das nicht Antwort genug?

Ingrid warf sich selbst im Spiegel einen tadelnden Blick zu.

Hör auf damit, schalt sie sich in ihren Gedanken. Du hattest ihn gerade vergessen, er hat sich sowieso nie richtig für dich interessiert, du warst die zweite Wahl. Er war vermutlich einfach froh, dass er jemanden hatte, mit dem er reden konnte. Und überhaupt, vielleicht hat er ja längst eine Frau kennengelernt, die nach Hannah gut genug für ihn war. Sie gab etwas Puder auf das Haar und flocht es kurz entschlossen wieder zu einem Zopf, den sie mit geschickten Griffen zu einer Schnecke hochsteckte.

Schließlich zog sie das hellblaue Sommerkleid mit den Rüschenärmeln über. Sie fand, das stand ihr besonders gut. Es war am Oberkörper eng geschnitten und hatte einen schönen, etwas tieferen Ausschnitt, der ihren Busen gerade eben so bedeckte, aber dennoch nicht zu verwegen wirkte. Es umspielte vorteilhaft ihre Hüften und fiel ihr bis zu den Waden. Der breite Rocksaum war aus einem dunkelblauen glänzenden Stoff genäht und mit weißen Margeriten bestickt.

Schade, dass es keine Seife mit Margeritenduft gibt, dachte Ingrid und war sehr zufrieden, als sie sich im Spiegel betrachtete. Sie mochte ihr Haar genau so, wie es war. Damit es seinen schönen goldenen Glanz behielt, gönnte Ingrid ihm jeden Abend einhundert Bürstenstriche, fünfzig kopfüber gegen und die restlichen mit der Wuchsrichtung. Matilda hatte recht, sie hatte wirklich einen schönen Mund. Die vollen Lippen hatte sie von der Mutter geerbt. Sie brauchte keinen farbigen Lippenstift, sie würde gleich etwas Öl mit einem kleinen Klecks Honig verrühren und darauftupfen, dann glänzten die Lippen schön.

Um punkt acht Uhr war Ingrid fertig. Sie war gerade auf dem Weg in die Küche, um sich von der Mutter zu verabschieden, als sie auch schon Agnethas Fahrradklingel vom Hof her hörte.

«Ich bin weg, Mor», rief sie, während sie kurz den Kopf zur Tür hineinsteckte. «Bis später.»

«Viel Spaß, ihr beiden.» Die Mutter sah auf die Uhr. «Es ist schon acht Uhr, wann bist du wieder da?»

«Die Veranstaltung geht bis um zehn», antwortete Ingrid. Bis nach Höganäs waren es zehn Kilometer, da waren sie eine halbe Stunde auf den Rädern unterwegs. «So gegen elf sind wir spätestens zurück.»

«Allerspätestens!», sagte die Mutter.

«Ja, Mor.» Ingrid rollte mit den Augen. Sie war immerhin schon dreiundzwanzig, also schon seit zwei Jahren volljährig. Aber trotzdem behandelte die Mutter sie manchmal noch wie ein kleines Kind. Wie immer übertrieb sie mit ihrer Sorge.

«Ich passe auf Ingrid auf, Helene», rief Agnetha frech.

«Ich weiß nicht, ob mich das beruhigen soll, Agnetha, vielleicht komme ich besser mit und habe ein Auge auf euch beide», konterte die Mutter, aber man konnte das Lächeln in ihrer Stimme hören. «Hübsch seht ihr beiden übrigens aus! Viel Spaß also.»

«Hej!» Ingrid drückte ihre beste Freundin. «Schnell weg hier, bevor sie wirklich noch auf die Idee kommt, uns zu begleiten.»

«Deine Mutter beim Tanzabend, das wäre bestimmt lustig», sagte Agnetha.

«Für dich vielleicht.» Ingrid stieg auf ihr Rad. «Ich würde das aber genauso sehen, wenn deine uns begleiten würde.»

«Bloß nicht, dann hätten wir beide keinen Spaß, dann würde jeder, der mit uns tanzen will, erst genauestens verhört werden. Und du weißt, was für unangenehme Fragen sie stellen kann.»

«Stimmt!»

Sie fuhren beide gleichzeitig los.

«Wir sehen aus wie Schwestern», stellte Agnetha fröhlich fest. «Frag mich nicht, warum, aber ich habe geahnt, dass du heute das blaue Kleid anziehst, und deswegen habe mich extra noch mal umgezogen, weil ich schon das grüne anhatte. Du weißt schon, das mit dem roten Band um die Taille. Die grüne Farbe passt ja eigentlich besser zu meinen Augen. Aber heute ist so ein schöner Tag, da gefallen mir unsere Kleider in der Farbe des Himmels gut.»

Agnethas Kleid war etwas dunkler als Ingrids und mit kleinen leuchtend gelben Blümchen bestickt. Um ihre Schultern hatte sie ein feines gelbes Wolltuch gebunden.

«Das Kleid sieht aber auch wirklich hübsch aus an dir», lobte Ingrid. «Damit fällst du bestimmt sofort auf.»

«Wir fallen beide auf!»

Auch ihre Freundin hatte das blonde Haar geflochten und hochgesteckt. Allerdings war Agnetha kleiner und um einiges zierlicher als Ingrid, weswegen sie meistens für drei bis vier Jahre jünger gehalten wurde, obwohl es nur eins war.

«Was meinst du, ob Stig und Ove schon auf uns warten?», fragte Ingrid gutgelaunt. Jetzt, wo sie auf dem Rad saß, freute sie sich doch auf den Tanzabend. Sie hatte sich fest vorgenommen, nicht mehr an Gunnar zu denken. Er hatte seine Gründe gehabt, von Arild fortzugehen, das verstand sie. Aber wenn ihm etwas an ihr gelegen hätte, hätte er wenigstens einen Brief schicken können, wenn es auch nur ein paar Zeilen gewesen wären. Dass er noch nicht einmal das gemacht hatte, ließ ihr keine Ruhe.

«Natürlich warten sie!», sagte Agnetha und klang dabei sehr überzeugt. «Stig hätte dich doch beinahe mit seinen Augen aufgegessen, so hat er dich die ganze Zeit angesehen. Wenn du ihm gesagt hättest, wo du wohnst, hätte er bestimmt schon bei dir an die Tür geklopft.» Sie kicherte. «Gut, dass wir es ihnen nicht verraten haben, ich finde, das macht uns etwas geheimnisvoller. Vielleicht glauben sie sogar, dass wir Badegäste sind.»

«Das denke ich nicht. Stig hat zu mir gesagt, dass er mich

schon mal irgendwo gesehen hat. Er hat sich die ganze Zeit den Kopf darüber zerbrochen, wo das war.»

«Ach, das hat er bestimmt einfach so gesagt. Das war Taktik.» Agnetha verstellte ihre Stimme. «Entschuldigung, ich möchte nicht unhöflich sein, aber ich habe das Gefühl, ich kenne dich von irgendwoher. Wir sind uns doch sicher schon einmal begegnet. Nein? Das ist merkwürdig, du kommst mir nämlich sehr vertraut vor, so als würden wir uns schon sehr lange kennen.»

«Dein Freund kann sich glücklich schätzen, dich als Freundin zu haben», ahmte Ingrid mit ebenso tiefer Stimme nach. Sie war froh, Agnetha zur Freundin zu haben. Mit ihr konnte sie herrlich albern sein. Agnetha war fast immer fröhlich, obwohl sie es bisher wahrlich nicht leicht im Leben gehabt hatte mit ihrer Familie, die nach der Wirtschaftskrise zerrissen worden ist, so wie es auch Ingrids Familie geschehen war.

Agnetha schaute zu ihr rüber. «War das ein Spaß, oder hat Stig das wirklich zu dir gesagt?», fragte sie.

«Genau so hat er es gesagt, er wollte wohl rausfinden, ob ich schon vergeben bin», antwortete Ingrid. «Aber jetzt schau nach vorne, sonst landest du gleich im Feld.»

Agnetha richtete den Blick wieder auf den Weg. «Dann würden die beiden umsonst auf uns warten, und das wollen wir ja nicht.»

Typisch! Ingrid hatte bei ihrer Warnung natürlich an Agnetha selbst gedacht, und dass sie sich verletzen würde, wenn sie in einem hohen Bogen im Weizenfeld landen würde. Ihre Freundin hingegen hatte zuerst die beiden Männer im Kopf. Agnetha wollte unbedingt möglichst bald heiraten, sie brannte darauf, endlich von zu Hause auszuziehen, wollte Kinder bekommen und ihren eigenen Haushalt führen. Ingrid war einer Heirat auch nicht abgeneigt, aber sie brannte nicht so sehr darauf wie Agnetha. Es musste schon der Richtige kommen, damit sie ihm das Jawort geben würde. Und das war gar nicht so einfach. Eins stand für Ingrid fest: Sie wollte, anders als ihre Schwester, ihre Heimat nicht verlassen.

«Hannah kommt übrigens morgen aus Stockholm», sagte sie.

«Ach was! Das ist ja ein Ding», rief Agnetha aus. «Gunnar ist nämlich seit heute auch wieder da. Das wollte ich dir schon die ganze Zeit erzählen, habe es dann vergessen.»

Agnetha wusste, dass Ingrid und Gunnar gut befreundet waren, aber Ingrid hatte ihr nicht erzählt, was da in der Backstube zwischen Gunnar und ihr passiert war. Und sie hatte auch nie mit ihrer Freundin darüber gesprochen, wie sie gefühlsmäßig zu Gunnar stand. Das hatte sie immer mit sich allein ausgemacht. Irgendetwas hatte sie zurückgehalten, obwohl sie eigentlich alles, was sie jeweils bewegte, miteinander teilten. Und das war Ingrid in diesem Moment auch ganz recht so, da sie nun ohne Mühe betont unbekümmert antworten konnte: «Habe ich schon gehört. Mein Großvater hat ihn gesehen. Und außerdem war Pia da und hat es meiner Großmutter unter die Nase gerieben.»

«Sie war bei euch oben? Pff! So eine Angeberin. Sie war vorhin bei Gunnar. Sie saß mit ihm und Wilma im Garten am Tisch. Das sah ganz nach einer gemütliche Fika aus. Als Pia gesehen hat, dass ich die Straße am Haus vorbeigegangen bin, hat sie laut meinen Namen gerufen und mir fröhlich zugewinkt. Dabei grüßt sie mich doch sonst nie! Das hat sie nur gemacht, weil sie weiß, dass wir beide befreundet sind und du Hannahs Schwester bist. Damit ich dir erzähle, dass Pia sich mit Gunnar trifft und du es dann Hannah sagst.»

«Das könnte gut sein», stimmte Ingrid hinzu. «Aber ich denke, dass das Hannah überhaupt nicht interessieren wird.» Im Gegensatz zu mir, wie sie mit Erschrecken feststellte. Ein brennendes Gefühl durchfuhr sie. In ihrem Kopf nistete sich sofort das Bild von Pia und Gunnar ein, innig verbunden am Tisch, und auch von Wilma, die sich Pia immer als Schwiegertochter gewünscht hatte, wie Hannah ihr erzählt hatte. Deswegen hatte Gunnar also keine Zeit gehabt, wenigstens mal kurz vorbeizukommen und guten Tag zu sagen! Weil er sich mit Pia getroffen hatte. Das tat weh. Ingrid hatte Mühe, die Tränen zurückzuhalten, die sich wie aus dem Nichts in ihren Augen sammelten.

Da sagte Agnetha: «An Pias Stelle wäre ich nicht so stolz darauf, dass sie Gunnar am Ende doch noch abbekommen hat. Es weiß doch jeder, dass er Hannah wollte und dass sie immer nur die zweite Wahl bleibt.»

Damit hatte Agnetha genau das ausgesprochen, was Ingrid die ganze Zeit über gespürt hatte, seit Gunnar aufs Schiff gegangen war. Und warum sie Agnetha nie von dem Kuss erzählt hatte. Niemand kam an Hannah ran. Auch wenn sie nach Hannahs Weggang aus Arild die Hoffnung gehabt hatte, dass Gunnar und sie doch etwas ganz Eigenes verband. Eine gewisse Ruhe, eine Verbundenheit mit dem Dorf und der Natur, ein ähnlicher Blick auf das Leben. Sie wischte sich verstohlen die Tränen weg. Es war ihr lieber, wenn Pia sich damit zufriedengab, die zweite Wahl zu sein. Sie hatte einen Mann verdient, für den sie die erste Wahl war!

«Ist alles gut, Ingrid?», fragte Agnetha. «Dein Auge tränt. Ist dir was reingeflogen?»

Ingrid wischte sich mit dem Handrücken darüber. «Bestimmt eine kleine Fliege», log sie.

«Halt mal an!», bestimmte Agnetha. «Lass mich mal nachschauen.»

«Das geht schon», erklärte Ingrid und blinzelte ein paarmal. «Da ist nichts mehr drin. Lass uns weiterfahren, ich freu mich aufs Tanzen!»

Agnetha war ihre beste Freundin. Sie wussten alles voneinander. Nur nicht, dass sie sich ausgerechnet in den Freund ihrer Schwester verliebt hatte. War es nicht Zeit, Agnetha dasselbe Vertrauen zu zeigen, das sie Ingrid zeigte? Aber vielleicht müsste Ingrid das nach dem heutigen Abend gar nicht mehr, wenn Stig ihr weiter so gut gefiel?

Ein paar Minuten später hielten sie vor dem Gemeindehaus neben der Kirche. Der Großvater hatte Ingrid ein Schloss geschenkt, das man mit einer Zahlenkombination öffnen konnte. Ingrid kettete beide Räder am Zaun fest. Als sie damit fertig war, sah sie, dass Agnetha die ersten beiden Knöpfe ihres Kleides geöffnet hatte. Nun war ihre Freundin dabei, mit Daumen und Zeigefinger in ihre Wangen zu zwicken, um ihnen etwas Farbe zu geben. Sich Puder oder Rouge zu kaufen, war für Agnetha ausgeschlossen. Eigentlich wollten sie ja fröhlich tanzen gehen und nicht an unangenehme Dinge denken, aber nun ärgerte sich Ingrid darüber, dass das Leben manchmal so ungerecht war. Agnetha war sehr fleißig, hatte kaum Zeit für sich, aber am Ende des Tages blieb so gut wie nichts für sie selbst übrig. Als Küchenhilfe im Restaurant bekam Agnetha nicht sehr viel Lohn. Und davon musste sie auch noch den größten Teil abgeben. Ihrer Familie ging es nicht gut. Auch ihr Vater hatte während der Wirtschaftskrise seine Arbeit verloren. Aber anstatt nach Kiruna zu gehen, hatte er damals – wie später auch Gunnar – auf einem Handelsschiff angeheuert. Allerdings war das jetzt schon sieben Jahr her, und Agnethas Vater war bis heute nicht zurückgekommen. Niemand wusste, ob er ins Meer gestürzt und ertrunken war oder ob er sich einfach irgendwo anders ein neues Leben aufgebaut hatte, ohne die vielen Kinder daheim, für die er zu sorgen hatte. Agnetha war die älteste von fünf Geschwistern. Ihre vier Jahre jüngere Schwester Selma war an Typhus gestorben, kurz nachdem der Vater zur See gegangen war. Um die anderen drei, alles Jungs, musste sich Agnetha kümmern, da ihre Mutter seitdem viel weinte und nicht mehr in der Lage war, für die Familie da zu sein. Nun waren ihre Brüder vierzehn, fünfzehn und siebzehn Jahre alt, und Agnetha kümmerte sich immer noch. Vielleicht war es genau deswegen, dass die Freundin auch so versessen darauf war, endlich einen Mann zu finden. Der Gedanke war ihr noch gar nicht gekommen. Für das Kleid, das Agnetha heute trug, hatte sie sehr lange gespart. Das grüne, von dem sie vorhin gesprochen hatte, gehörte eigentlich ihrer Mutter. Wenn sie ihrer Freundin das Leben etwas erleichtern könnte, würde sie das gern tun.

Plötzlich kam Ingrid eine Idee: Wenn wir tatsächlich doch jemanden für den Süßen Himmel einstellen sollten, dann könnte es Agnetha sein! Dafür würde sie sich einsetzen! Gleich morgen würde sie mit ihrer Mutter darüber sprechen. Aber nun sollten sie sich endlich amüsieren und sich etwas gönnen.

«Ich habe heute zwei Kronen und fünfzig Öre Trinkgeld bekommen, Agnetha. Weißt du, was? Dafür kaufen wir uns nächste Woche einen Lippenstift und den passenden Nagellack dazu», entschied Ingrid spontan.

Agnetha strahlte. «Ehrlich? Und das würdest du tun?»

Ingrid nickte. «Am besten wählen wir zwei verschiedene Farben, dann können wir auch mal tauschen.» Sie hakte sich bei Agnetha unter. «Und jetzt lass uns Spaß haben.»

Aus der offenen Tür erklang Akkordeonmusik und Gelächter.

«Da ist ja schon ganz schön was los», sagte Agnetha.

Es waren bestimmt dreißig Personen im Raum, der schön geschmückt war. Von den Decken hingen Girlanden, auf den Tischen, die an den Wänden platziert waren, lagen farblich dazu passende bunte Papierblumen. In der Mitte des Raumes befand sich die Tanzfläche. Dahinter war eine kleine Theke aufgebaut, an der Getränke angeboten wurden. Zwei Männer und eine Frau standen auf einer kleinen Bühne. Einer der Musikanten spielte Akkordeon, einer Gitarre. Die Frau sang, etwas schief, aber mit angenehmer Stimme, «Från opp ill tå», ein Lied von Zarah Leander, das Ingrid sehr gern mochte.

Agnetha fing sofort an mitzusingen. «Ich bin von Kopf bis Fuß auf Liebe eingestellt. Denn das ist meine Welt und sonst gar nichts ...» Sie seufzte. «Das passt ja!»

Auf der Tanzfläche tanzten nur drei Paare. Ingrid sah suchend durch den Raum. Da schubste sie Agnetha auch schon in die Seite und sagte: «Sie stehen an der Theke, wo man die Getränke kaufen kann.»

Wie auf Kommando drehte sich Stig um und sah zu ihnen hinüber. Ingrid fixierte Stig mit ihrem Blick, diesmal schaute sie nicht weg. Beim letzten Mal war sie noch etwas verlegen gewesen, aber das hatte sich geändert. Sie wollte Spaß haben – und Gunnar vergessen!

Stig hielt sein Glas Punsch etwas höher und sah Ingrid fragend an. Sie nickte und signalisierte mit den Fingern eine zwei. «Die werden uns doch hoffentlich einladen», sagte Agnetha neben ihr.

«Wenn nicht, können sie direkt wieder gehen», erwiderte Ingrid. Sie hatte sich zwar vorgenommen, nie wieder Punsch zu trinken, nachdem es ihr letztes Mal danach sehr schlecht gegangen war, aber heute würde sie eine Ausnahme machen. Außerdem war sie sich sicher, dass er nicht allzu stark sein würde, denn immerhin wurde der Tanzabend für die jungen Leute von der Gemeinde veranstaltet.

Es dauerte nicht lang, da standen Stig und Ove vor ihnen und hielten ihnen die Becher hin.

«Hej, da seid ihr ja», sagte Stig.

«Hej.» Ingrid griff nach dem Punsch. «Ich musste noch arbeiten, früher haben wir es nicht geschafft», erklärte sie.

Stig lächelte schelmisch. «Im Süßen Himmel.»

«Du hast es also rausgefunden», sagte Ingrid. «Kluges Köpfchen.»

«So schwer war das nicht», mischte sich nun Ove ein. «Wir mussten nur ein paar Leute fragen, die letzten Samstag auch da waren. Gleich ein paar haben gesagt, dass ihr zwei der Schwestern Lindholm sein müsst.»

«Das ist so nicht ganz richtig ...», wollte Ingrid erklären, kam aber nicht dazu, da Agnetha sie unauffällig in die Seite stupste. Sie wollte anscheinend nicht, dass die beiden Männer erfuhren, wer sie wirklich war.

«Wart ihr denn schon mal im Kaffeegarten?», fragte ihre Freundin.

Stig sah zu Ingrid. «Ich, ja, ich habe doch gleich gesagt, dass du mir bekannt vorkommst, Ingrid. Im letzten Jahr war ich sogar zweimal da. Und einmal hast du mir den Kuchen an den Tisch gebracht, da bin ich mir sicher. Er war übrigens sehr gut, ich hatte beide Male den Apfelkuchen. Dafür könnte ich sterben.»

«Das freut mich, Stig, ehrlich», erklärte Ingrid. «Aber das war ganz sicher nicht ich, denn ich bediene keine Gäste. Ich bin die, die in der Backstube steht.»

Stigs Augen leuchteten auf. «Noch besser! Du machst diese Wunderkuchen.»

«Und du, Agnetha?», fragte Ove.

«Ich stehe auch in der Küche», antwortete Agnetha. «Und jetzt habe ich Lust zu tanzen!»

«Dann bringen wir die Becher zu den Tischen», schlug Ove vor. «Ihr könnt hier warten.»

Gelogen hatte Agnetha auf jeden Fall nicht. Aber auf Dauer würde das nicht gutgehen, dachte Ingrid.

«Warum machst du das?», fragte sie leise, als die beiden Männer davongingen.

«Ich weiß auch nicht.» Agnetha seufzte wehleidig. «Es ist einfach so passiert. Vielleicht, weil ich wirklich gern eine Lindholm wäre.»

«Du musst es ihm sagen!», erklärte Ingrid. «Sonst ist er am Ende vielleicht verärgert.»

«Ich weiß, du hast recht, das mache ich», gab Agnetha kleinlaut zu.

Und sie setzte ihren Vorsatz auch sofort um, als die beiden mit den Getränken zurückkamen. «Übrigens, bevor es hier zu Missverständnissen kommt: Alle denken immer, dass wir Schwestern sind. Wir sehen uns ja auch heute wieder ähnlich, oder?» Die beiden Männer nickten. «Manchmal machen wir uns einen Spaß daraus. Ich arbeite zwar auch in der Gastronomie, jedoch nicht in einer Backstube, sondern in einer Restaurantküche, aber ich bin keine der Lindholm-Schwestern, sondern nur eine Freundin.»

«Nur ist gut.» Ingrid legte ihren Arm um Agnetha. «Sie ist die beste Freundin der Welt! Und außerdem …» Sie legte eine kleine bedeutungsvolle Pause sein. «Und außerdem kann es sein, dass in unserem Kaffeegarten bald eine zweite Bäckerin gebraucht wird. Und dann ist Agnetha natürlich die allererste Wahl.»

«Wirklich?» Agnetha sah Ingrid mit großen Augen an.

Jetzt war es Ingrid also doch herausgerutscht. Aber das war ihr egal. Sie hatte Agnetha eine Freude machen wollen, und das war ihr geglückt. Sie hoffte nur, dass es auch wirklich dazu kommen würde. «Es steht noch nicht fest, aber wenn es so weitergeht, dann kannst du im nächsten Jahr bei uns anfangen», erklärte sie. Die Mutter hatte bestimmt nichts dagegen, sie kannte

Agnetha und wusste um die ärmlichen Verhältnisse Bescheid. Ob die Großmutter damit einverstanden sein würde, wusste Ingrid nicht. Aber das war auch egal. Immerhin war es der Süße Himmel der Schwestern Lindholm, und ihre Schwestern würden ganz sicher auf ihrer Seite sein.

«Das wäre sooo schön!», sagte Agnetha.

«Ob Köchin oder Bäckerin, beides ist gut!», stellte Ove fest, und Ingrid freute sich, wie Agnetha strahlte. Dass diese in der Küche nur aushalf, behielt Agnetha noch für sich.

Das würde Agnetha später bestimmt noch klären, wenn das mit Ove und ihr etwas werden sollte, dachte Ingrid. Denn jetzt waren erst einmal die Männer dran, etwas über sich zu erzählen.

«Was macht ihr eigentlich?», fragte Ingrid.

«Ich bin Kaufmann bei Höganäsbolaget.» Stig sah zu seinem Freund. «Ove auch, wir sind Kollegen.» Er hielt Ingrid die Hand hin. «Und jetzt habe ich Lust zu tanzen, darf ich bitten?»

Sie hatten schon über eine Stunde auf der Tanzfläche verbracht, wobei sie auch mal die Partner gewechselt hatten. Aber es blieb dabei, Stig gefiel Ingrid viel besser als Ove. Er hatte allen einen zweiten Punsch ausgegeben. Zwischendurch hatten sie immer mal für ein Lied eine Pause eingelegt, so wie jetzt auch gerade. Stig hatte Ingrid eine erfrischende Zitronenlimonade bestellt, von der sie nun durstig trank.

«Es ist sehr heiß hier im Raum», sagte Stig da und räusperte sich. «Wollen wir vielleicht gleich ein wenig vor die Tür gehen, Ingrid.»

«Ja, warum nicht?», antwortete Ingrid und sah sich nach Agnetha um, die eben noch mit Ove ausgelassen getanzt hatte.

«Allein», sagte Stig da, und seine Stimme klang einen Ton dunkler als sonst.

«Oh!» Ingrid hatte insgeheim damit gerechnet, war nun aber doch überrascht, dass Stig so forsch war. Aber warum nicht? Stig war nett, sie war immerhin längst volljährig, und der einzige Mann, der sie bisher geküsst hatte, war Gunnar gewesen.

«Nur wenn du nichts dagegen hast», erklärte Stig. «Ich dachte nur ...»

Ingrid lächelte ihn an. «Nein, nein, lass uns an die frische Luft gehen.»

Er nahm ihre Hand und ließ sie nicht los, bis sie vor der Tür angelangt waren. Ingrid war unsicher, aber spürte auch etwas, das sie so bisher nicht kannte: Sie fühlte sich als etwas Besonderes. Wie auserwählt.

«Und jetzt?», fragte Ingrid.

Stig sah sich um. «Wir könnten uns auf die Bank neben der Kirche setzen», schlug er vor.

«Mit Gott im Rücken», scherzte Ingrid. «Er passt bestimmt gut auf.»

«Das muss er nicht», erklärte Stig ernst. «Ich habe nur ehrenhafte Absichten.»

Sie gingen schweigend zur Bank und setzten sich.

Es war Ingrid, die das Schweigen brach. «Du arbeitest bei Höganäsbolaget», begann sie das Gespräch. «Das ist bestimmt interessant.»

«Ja, schon. Wir arbeiten dort nach dem Eisenschwammverfahren, wenn dir das was sagt. Wir verringern den Verbrauch von Eisenerz mit Hilfe von Koks, Kalk und Ton», erklärte Stig. «Ich bin für den Verkauf zuständig.»

«Das hört sich spannend an», sagte Ingrid. «Auch wenn ich mich natürlich nicht damit auskenne. Aber mein Vater arbeitet im Erzbergwerk in Kiruna, jetzt schon seit fünf Jahren. Er ist damals dorthin gegangen, als viele hier ihre Arbeit verloren.»

«Warum kommt er nicht zurück?», fragte Stig. «Jetzt gibt es doch wieder viele Möglichkeiten. Also wenn du möchtest, dann höre ich mich gern mal bei uns um. Gute Leute werden immer gesucht.»

«Das würdest du für mich tun?», fragte Ingrid.

«Ja.» Stig drückte Ingrids Hand. «Weil ich dich mag, Ingrid. Auch wenn wir uns noch nicht so gut kennen.»

Er klang ein wenig aufgeregt, und seine Hand fühlte sich etwas feucht an. Ingrid wusste nicht so recht, was sie darauf erwidern sollte, sagte aber schließlich: «Ich mag dich auch, Stig.» Das war nicht gelogen, sie mochte ihn, nicht so, wie sie Gunnar mochte. Aber das konnte sich vielleicht noch entwickeln. Vielmehr: Sie wollte, dass es sich entwickelte.

«Das freut mich sehr, Ingrid.» Stig legte den Arm um ihre Schultern und zog Ingrid näher zu sich heran.

Ingrid ließ es zu. Sie fühlte sich wohl in seiner Nähe und genoss den Moment, auch wenn ihr das süße Gefühl fehlte, das sie immer in Gunnars Nähe empfand. Sie ließ ihren Kopf auf Stigs Brust sinken und lauschte seinem Herzschlag, der schnell und kräftig war. Stig war zweifelsohne nervöser als sie. Er schien sie wirklich sehr gern zu haben. Einen Augenblick ließ sie ihren Kopf noch auf Stigs Brust liegen, bevor sie sich aufrichtete und ihn ansah. «Und jetzt?», fragte sie forsch. Sie wollte es einfordern, das Glück, und zugleich wollte sie die zarten Anfänge ihrer Verbindung prüfen.

Stig hatte verstanden. Er näherte sich mit seinen Lippen den ihren und küsste sie sanft auf den Mund. Allzu sanft, wie sie fand.

Ingrid wünschte sich, es wäre anders, aber sie kam nicht gegen das Gefühl der Enttäuschung an, das sich schlagartig in ihr breitmachte. Ihr erster Kuss mit Gunnar war umso vieles besser gewesen! Gunnar hatte sie in der Backstube unvermittelt an sich gezogen und sie fest an sich gedrückt, bevor er sie wieder etwas von sich weggeschoben hatte, um ihr tief in die Augen sehen zu können. Dann hatte er seine Hände auf ihre Wangen gelegt und seine Lippen auf die ihren gelegt, erst vorsichtig, doch dann hatte er sie sehr leidenschaftlich geküsst.

«Ich bin sehr froh darüber, dass wir uns kennengelernt haben», sagte Stig und küsste sie ein weiteres Mal, diesmal etwas forscher.

Unangenehm war es Ingrid nicht, obschon der Kuss etwas feucht war. Als Stig die Umarmung löste und sich mit einem zufriedenen Lächeln im Gesicht zurücklehnte, wandte Ingrid sich schnell ab, um sich unbemerkt mit dem Handrücken über die Lippen zu wischen. In dem Moment sah sie aus den Augenwinkeln einen großen blonden Mann auf einem Fahrrad die Straße entlangfahren. Sie kniff die Augen zusammen und schaute ihm nach. Sie konnte nur seine Rückenansicht sehen, und er war schon zu weit weg, aber sie hätte schwören können, dass es Gunnar gewesen war.

Unmöglich, schoss es ihr durch den Kopf, was sollte er hier verloren haben? Gunnar ging nie tanzen, und auch zu Höganäs hatte er keinen besonderen Bezug, soweit Ingrid wusste. Jetzt sah sie sogar schon Gespenster!

Sie wünschte sich, Gunnar hätte sie nie geküsst, denn dann hätte sie keinen Vergleich, und Stigs Küsse würden ihr wahrscheinlich viel besser gefallen.

16

Matilda

In der Küche brannte noch Licht. Matilda hatte fast damit gerechnet, dass die Mutter auf sie wartete. Bevor Matilda das Tor zum Hof aufdrückte, ging sie noch einmal die Ausrede durch, die sie sich zurechtgelegt hatte. Wichtig war gar nicht so sehr, was sie sagte, sondern wie überzeugend sie es vorbrachte. Die Mutter stand der Großmutter in nichts nach, beide hatten ein untrügliches Gespür für Lügen.

Sie ordnete mit den Fingern das Haar, zupfte den Rock zurecht, atmete tief durch und ging ins Haus. Sie war nicht nur nervös, weil sie zu lang weggewesen war, sondern auch wegen dem, was mit Kristian passiert war. Sie hätte es besser wissen müssen, so weit mit ihm zu gehen war unvernünftig gewesen. Hoffentlich war es noch einmal gut gegangen. Kurz überlegte sie, ob sie das Licht einfach ignorieren sollte, aber dann wäre die Mutter erst recht verärgert. Also biss Matilda lieber gleich in den sauren Apfel, straffte die Schultern und ging durch den Flur in die Küche.

In der Tür blieb sie überrascht stehen. Sie hatte mit einer Standpauke gerechnet, aber nun bot sich ihr ein gänzlich anderes Bild. Die Mutter saß am Tisch, den Kopf hatte sie auf ihre Arme gelegt, sodass Matilda das Gesicht nicht sehen konnte, aber das leichte Zucken der Schultern verriet ihr, dass die Mutter weinte.

Sofort bekam Matilda ein schlechtes Gewissen. Bestimmt hatte die Mutter sich Sorgen gemacht. Es war immerhin schon nach halb eins, mitten in der Nacht.

«Mor», sagte sie leise, und ging zu ihr. «Ich bin wieder da.»

Die Mutter blickte auf und wischte sich mit dem Ärmel über das Gesicht. «Ach, Matilda, du bist es. Dich habe ich ja ganz vergessen.» Sie sah auf die Uhr. «Kommst du jetzt erst zurück?»

«Es tut mir leid, wir haben die Zeit vergessen, und dann war plötzlich Kristianes Fahrrad verschwunden», log Matilda, und schon während sie die Worte aussprach, wurde ihr klar, dass die Mutter keinesfalls wegen ihr weinte, wo sie so überrascht schien, Matilda zu sehen. Das schlechte Gewissen wandelte sich in Sorge. «Was ist denn los, ist irgendwas passiert?» Sie streichelte der Mutter über den Rücken. Dabei fühlte sie sich etwas hilflos und wünschte sich, dass eine ihrer beiden älteren Schwestern hier wären, die ein innigeres Verhältnis zur Mutter hatten. Hannah und Ingrid waren der Mutter ähnlicher, sie hatten gleiche Interessen, hatten Spaß am Kochen, an der Gartenarbeit, außerdem verbrachten sie durch das Backen mehr Zeit miteinander. Das hatte sich zwar seit dem letzten Jahr etwas geändert, da Hannah weg war und Matilda nun im Söta Himlen arbeitete, aber dennoch fühlte sich Matilda der Mutter etwas fern. Das lag vielleicht auch daran, dass Matilda ihrer Mutter nicht nacheiferte, wie es ihrer Meinung nach die Schwestern taten. Matilda wollte die Welt sehen, während für die Mutter, Hannah und Ingrid die Familie die Welt war, auch wenn Hannah nun Karl hatte.

Da die Mutter nicht antwortete, bekam es Matilda mit der Angst zu tun. Ihr Magen zog sich zusammen. «Ist etwas mit den Großeltern?», fragte sie. Daran, dass vielleicht Hannah, Ingrid oder gar den Zwillingen etwas passiert sein konnte, wollte Matilda gar nicht denken. Sie streichelte ihrer Mutter über den Rücken. «Sag mir, was los ist, Mor. Ist es etwas Schlimmes?»

«Nein. Alle sind gesund.» Die Mutter stand wortlos auf, ging zu der Waschschüssel, tauchte ein Tuch hinein, wrang es aus und hielt es sich kurz auf das Gesicht. «Gib mir einen Augenblick.»

Matilda blieb sitzen und wartete. Alle waren wohlauf, das beruhigte sie. Aber es musste trotzdem etwas Wichtiges passiert sein, da war sie sich sicher. Die Augen und auch die Nase der Mutter waren rot. Sie hatte nicht einfach nur ein paar Tränen vergossen, sie hatte bitterlich geweint. Alle waren gesund, der Kaffeegarten lief auch gut, das konnte nur bedeuten ... «Vater!», sagte Matilda. «Bist du wegen Vater traurig?»

Die Mutter nickte und atmete tief durch. «Ich wollte es euch eigentlich erst morgen Abend erzählen, wenn alle vereint sind, aber ich schätze, du wirst sowieso keine Ruhe geben. Und außerdem sollst du dir bis dahin keine Sorgen machen. Wir können ohnehin nichts ändern.»

Matilda stand auf, füllte zwei Gläser mit Wasser und reichte eins davon ihrer Mutter. «Hier, trink, das wird dir guttun.»

Die Mutter trank das halbe Glas leer. «Danke.»

Matilda blieb vor der Mutter stehen und wartete. Diese schaute ihr nun in die Augen, als wenn ihr das half, all ihren Mut zusammenzunehmen.

«Also», sagte die Mutter schließlich, «euer Vater wird dieses Jahr nicht mehr nach Hause kommen. Und es ist auch nicht sicher, ob er im nächsten Jahr kommt.» Sie stellte das Glas hinter sich auf der Arbeitsplatte ab. «Er ist vor zwei Monaten noch einmal Vater geworden. Jorunn war vorhin hier und hat es mir gesagt. Euer Vater hat eine andere Frau. Sie meinte, dass ich es wissen sollte.»

Tausende Gedanken auf einmal stürzten auf Matilda ein. Sie hätte der Mutter so gern etwas Nettes gesagt, aber von einem Moment auf den anderen fühlte sie sich selbst so schlecht, dass ihr die Worte fehlten.

Die Mutter legte ihre Hand auf Matildas Arm. «Ich stand im ersten Augenblick auch unter Schock.»

«Das tut mir so leid, Mor», kam es Matilda nun doch über die Lippen.

«Mir auch, Matilda.» Die Mutter zuckte mit den Schultern. «Nun, es ist, wie es ist, wir müssen das Beste daraus machen.» Sie seufzte. «Ich bin mir nur nicht sicher, ob Ulla und Ebba es schon erfahren sollten. Ihr Großen, ihr könnt damit umgehen. Die Frage ist nur: Was sagen wir den Kleinen, wenn euer Vater jetzt nicht mehr kommt?»

«So klein sind sie nicht mehr, Mor», sagte Matilda. «Sie sind schon sechzehn, und wenn du mich fragst, wesentlich reifer, als wir es in dem Alter waren.»

«Ja, da hast du wohl recht.» Wieder atmete die Mutter tief ein und wieder aus. «Ich habe immer befürchtet, dass es mal ernster wird mit einer der Frauen. Euer Vater ist nicht geschaffen für die Einsamkeit. Aber ein Kind! Heutzutage gibt es doch Mittel, um so etwas zu verhindern.»

Matilda wusste nur zu gut, dass es die gab, man musste sie nur richtig nutzen... Dass sie selbst genau deswegen gerade beunruhigt war, konnte die Mutter allerdings nicht ahnen. «Weiß Großmutter es schon?», fragte sie.

«Ja.» Sie runzelte die Stirn. «Sie macht sich in erster Linie Sorgen um das Finanzielle, jetzt, da euer Vater noch eine Frau und ein Kind versorgen muss.»

«Dafür brauchen wir Vater aber zum Glück nicht!», sagte Matilda. «Überleg doch mal, was wir in den letzten zwei Jahren alles hinbekommen haben.» Sie hielt den Arm hoch und ließ ihre Muskeln spielen und schaffte es tatsächlich, die Mutter zum Lächeln zu bringen. Vielleicht ließ sich das noch weiter ausbauen. Sie hielt den zweiten Arm hoch und spannte den Oberarm an.

«Nur wir Lindholm-Frauen. Ganz ohne Männer – na ja, abgesehen von Großvater, aber der zählt nicht.»

Die Mutter strich Matilda liebevoll eine Haarsträhne hinter das Ohr. «Ja, wir haben gemeinsam viel geschafft. Ich bin wirklich stolz auf euch, auf alle meine Töchter. Ihr alle seid sehr fleißig – und vor allem aber klug.»

«Und weißt du, von wem wir das haben? Von unserer Mutter!», erklärte Matilda, froh darüber, dass die Stimmung nun etwas besser war. Da vernahm sie ein leises Knarzen aus Richtung des Flures. Gerade als sie sich umdrehte, sagte die Mutter: «Da ist noch wer wach.»

Es war Ingrid. Sie kam im weißen Nachthemd und mit Schlafhaube auf dem Kopf durch den Flur in die Küche. Wie vorhin Matilda blieb sie in der Tür stehen.

«Da bist du ja, Matilda», sagte Ingrid. «Ich habe mir schon Sorgen gemacht.»

«Mit mir ist alles in Ordnung», flunkerte Matilda. Dass das nicht stimmte, würde sie Ingrid gleich in Ruhe erzählen, unter vier Augen. Sie sah kurz zur Mutter, dann wieder zu Ingrid, die gerade gähnte, und entschied sich dazu, es direkt auszusprechen. Mit einem fragenden Blick schaute Matilda zu ihrer Mutter, die verstand, was sie vorhatte, und unmerklich nickte. «Mutter hat heute erfahren, dass Vater noch ein Kind gezeugt hat. Er hat eine andere Frau in Kiruna.»

Ingrid riss die Augen auf. «Was? So ein Mistkerl!» Sie kam in die Küche gestampft, stütze die Arme auf ihre Hüften und sagte: «Der kann was erleben, wenn er nach Hause kommt!» Sie sah zu Matilda. «Weißt du noch, was Hannah damals gemeint hat, nachdem Großvater sich verplappert hatte? ‹Dann bekommt Vater es mit seinen Töchtern zu tun›, hat sie gesagt.»

Ingrid sah in ihrer Wut mit dem Nachthemdchen, der Schlafmütze auf dem Kopf und den vor Aufregung geröteten Wangen so niedlich aus, dass Matilda nicht dagegen ankam und lachen musste.

Auch die Mutter konnte nicht anders. Ein Lächeln umspielte ihre Lippen, als sie sagte: «Habe ich euch schon mal gesagt, dass ich froh darüber bin, keine Jungs, sondern nur starke Mädchen auf die Welt gebracht zu haben? Was würde ich nur ohne euch machen?»

Sie blieben beisammen in der Küche am Tisch sitzen und beratschlagten miteinander. Am Ende hatte die Mutter entschieden, dass sie es Ebba und Ulla jetzt noch nicht sagen wollte, sie würde damit so lange warten, bis sie selbst mit ihrem Mann gesprochen hatte. Denn bisher, sagte sie, wüsste sie es nur von Jorunn, und sie wollte, dass er sich ihr gegenüber selbst äußerte. So lange würde auch sie es aushalten können.

«Nach dem Sommer, wenn es hier im Kaffeegarten etwas ruhiger wird, werde ich nach Kiruna fahren. Es sind ja nur noch vier Monate», sagte die Mutter. «So lang bleibt das Gespräch hier unter uns. Hannah könnt ihr es natürlich erzählen.»

«Wir könnten alle gemeinsam nach Kiruna fahren, Mor», schlug Ingrid vor. «Du, Matilda, Hannah, Ebba, Ulla, ich – und Großmutter nehmen wir auch mit. Was meinst du, was Vater für Augen machen wird, wenn wir alle gemeinsam dort auftauchen.»

«Ja, da würde er wohl Augen machen, das stimmt», sagte die Mutter. «Doch das ist eine Sache zwischen ihm und mir.»

«Aber vielleicht fährt dann wenigstens eine von uns mit, Matilda oder ich», schlug Ingrid vor. «Du kannst ja allein mit ihm sprechen, hast aber für danach Unterstützung dabei, was ja auch nicht schlecht wäre.»

Matilda sah zu ihrer Schwester und dachte, dass Ingrid die beste Seele von all ihren Schwestern hatte, sie selbst eingeschlossen. Ingrid war diejenige, die immer erst an andere dachte, während Matilda, wie sie sich eingestehen musste, in der Regel zuerst auf ihren Vorteil bedacht war. Hannah lag irgendwo dazwischen. Sie dachte zwar auch an die anderen, entschied aber im Zweifelsfall dann doch so, wie es für sie selbst am besten war. Immerhin saß sie jetzt fünfhundert Kilometer weit weg in Stockholm. Für Karl hatte sie Gunnar und auch den Kaffeegarten aufgegeben. Wie sich die Zwillinge weiterentwickeln würden, würde sich mit der Zeit zeigen. Aber Matilda war sich fast sicher, dass die beiden am egoistischsten von allen waren. Sie waren am meisten verhätschelt worden. Und nun hatte Hannah auch noch dafür gesorgt, dass sie als einzige von allen Schwestern ihre Reifeprüfungen ablegen konnten. Matilda hatte den Eindruck, dass das den beiden ein wenig zu Kopf gestiegen war, dass sie sich besser vorkamen als die anderen, die nicht die Möglichkeit dazu gehabt hatten.

«Vielleicht schreibst du Vater einen Brief und bittest ihn, nach Hause zu kommen, Mor, statt selbst hinzufahren. Dann könnt ihr hier reden. Schließlich muss er ja was erklären, nicht du», schlug sie vor.

«Das ist auch eine Möglichkeit. Ich werde mir das überlegen.» Die Mutter sah auf die Uhr. «Es ist gleich schon halb zwei. Was hältst du davon, wenn wir morgen etwas später beginnen, Ingrid, so gegen acht Uhr. Eine Mütze Schlaf wird uns guttun.»

«Ja, das ist eine gute Idee. Ich habe gestern schon viel vorbereitet. Das bekommen wir hin.» Ingrid streckte sich und gähnte. «Gehen wir schlafen, Matilda?»

«Ich muss noch eben ins Badezimmer, ich beeile mich», antwortete Matilda.

Als Matilda kurze später hoch in das Zimmer kam, lag ihre Schwester schon im Bett.

«Arme Mutter!», sagte sie. «Wie konnte Vater ihr das nur antun? Und uns ja irgendwie auch.»

«Er ist weit weg – und einsam», antwortete Matilda.

«Verteidigst du ihn etwa?», fragte Ingrid empört. «Ach so, stimmt ja …»

Die kleine Stichelei ihrer Schwester tat weh. Aber sie hatte ja recht, dachte Matilda und legte sich ins Bett. «Sprich es ruhig aus, du denkst, dass ich auch nicht besser bin als Vater.»

«So habe ich das gar nicht gesagt», erwiderte Ingrid. «Ich weiß sehr wohl, dass das mit den Gefühlen keine einfache Sache ist. Aber ich finde eben, dass man so etwas nicht machen darf, wenn man verheiratet ist. An dir liegt es also meiner Meinung nach nicht. Denn Kristian ist derjenige, der verheiratet ist, die Verantwortung liegt bei ihm.»

«Nein», erwiderte Matilda mit fester Stimme. «Sie liegt auch bei mir, denn ich mache da ja mit, und wegen mir betrügt er seine Frau. Aber nur, dass du es weißt, wir haben heute Schluss gemacht. Deswegen bin ich auch so spät gekommen. Kristian war wütend und hat mich nicht nach Hause gefahren. Also bin ich zu Fuß gegangen. Und dann komme ich nach Hause und höre das von Vater.»

«Zu Fuß? Den ganzen Weg von Mölle?», fragte Ingrid. «Das tut mir leid!»

Matilda lächelte in sich hinein. Da war sie wieder, die gute Seele. «Die Strecke sind wir doch schon oft gegangen. Außerdem hatte ich Zeit, noch etwas zu mir zu kommen.»

«Kristian hat überhaupt kein Recht dazu, verärgert zu sein», erklärte Ingrid. «Gut, dass du es beendet hast.»

«So sehe ich das auch», erwiderte Matilda. So ganz richtig war das allerdings nicht. Im Grunde genommen hatte Kristian es beendet. Matilda hatte ihn vor die Wahl gestellt. Entweder sie oder seine Frau. Nachdem sie vorhin festgestellt hatte, dass das Kondom in ihr steckengeblieben war, hatte sie es mit der Angst zu tun bekommen und Kristian gefragt, ob er seine Frau verlassen würde, wenn Matilda schwanger wäre. Bei dem Gedanken kochte kurz die Wut wieder in ihr hoch. Kristian hatte ihr daraufhin tatsächlich unterstellt, sie hätte das mit Absicht gemacht. Wie konnte man nur so dumm sein? Er war doch derjenige, dem der Mantel von der erschlafften Männlichkeit heruntergerutscht war. Er hatte nicht aufgepasst! Aber davon hatte er nichts hören wollen. Er hatte ihr klipp und klar gesagt, dass er nie – niemals – seine Frau verlassen würde, schon gar nicht für sie.

«Ach, Matilda, das muss sehr weh getan haben. Lass dich nicht von ihm verletzen. Er ist es nicht wert. Du findest ganz sicher einen Mann, der es ernst mit dir meint», sagte Ingrid und strich ihr über den Arm. «Aber lass uns morgen weiterreden. Dann ist auch Hannah dabei. Ich bin gespannt, was sie zu dem ganzen Schlamassel sagen wird.»

«Sie wird nicht begeistert sein, was sonst? Kaum ist sie weg, geht hier alles den Bach runter», sagte Matilda.

«Was? Das stimmt doch gar nicht», entgegnete Ingrid entrüstet. «An Vaters Liebschaft hätte auch Hannah nichts ändern können. Ansonsten läuft doch alles sehr gut, wir haben so viel gemeinsam geschafft, und zwar ohne Hannah!»

«Ja, du hast ja recht, hör nicht auf mich», sagte Matilda. «Ich bin einfach frustriert. Erstens, weil ich so blöd war, mich in einen verheirateten Mann zu verlieben, und zweitens, weil ich mich darauf eingelassen habe, mit ihm bis zum Äußersten zu gehen. Sei nicht böse, ich muss jetzt schlafen, ich will daran jetzt nicht mehr denken.»

«Gute Nacht, Matilda, schlaf gut.»

«Du auch, Ingrid.»

Es dauerte keine Minute, da meldete sich Ingrid noch einmal zu Wort. «Sag mal, hat Mutter dir eigentlich gesagt, ob Vaters Kind ein Junge oder ein Mädchen ist? Ich habe mich nicht getraut zu fragen. Aber stell dir vor, das Ganze heißt auch, dass wir ein Halbgeschwister bekommen haben.»

«Das hat sie mir nicht gesagt», antwortete Matilda. «Aber du hast recht. Wenn Vater wirklich noch ein Kind gezeugt hat, sind wir mit ihm verwandt.»

«Hm», machte Ingrid. Danach blieb sie still.

Einschlafen konnte Matilda nicht. Sie blieb auf dem Rücken liegen, die Arme hinter dem Kopf gekreuzt. Hannah kommt genau richtig. Wenn mir jemand mit Erfahrung zur Seite stehen kann, dann sie. Wie hatte ich nur so dämlich sein können, allen Ernstes zu glauben, Kristian hätte wirkliches Interesse an mir? Er wollte wohl nur seinen Spaß, und den hat er bekommen. Sie hoffte inständig, dass der kleine Unfall heute ohne Folgen blieb. Dass Kristian sich seiner Verantwortung nicht stellen würde, hatte er unmissverständlich klargemacht.

Am nächsten Morgen fühlte Matilda sich fürchterlich. Sie hatte sehr schlecht und viel zu kurz geschlafen. Außerdem war sie besorgt. Gestern hatte die Wut über Kristians unmögliches Verhalten noch alles überschattet, und dann war sie auf die Mutter getroffen und durch deren Kummer abgelenkt. Aber nun wurde ihr die ganze Tragweite ihres Handelns bewusst. Es könnte tatsächlich sein, dass sie ein Kind von Kristian bekommt. Der Gedanke machte ihr Angst.

Ihre nächste Blutung müsste sie in einer Woche bekommen. Was, wenn sie ausblieb?

Ingrid war schon aufgestanden. Matilda wünschte sich, sie könnte so sein wie sie. Denn Ingrid würde so etwas mit Sicherheit nicht passieren. Sie war mit sich und ihrer Arbeit im Süßen Himmel zufrieden. Irgendwann würde sie den Richtigen finden, und derjenige, der ihre Schwester heiratete, durfte sich glücklich schätzen, sie zur Frau zu bekommen. Matilda hingegen musste immer das große Abenteuer haben, träumte von der großen weiten Welt, von richtigen Männern und nicht von den Dorfjungs. Gestandenen Männern wie Kristian. Und das hatte sie nun davon. Aber Rumjammern half jetzt auch nicht. Es wird schon nichts passiert sein, sagte Matilda leise zu sich und stand entschlossen auf.

Die anderen waren schon bei der Arbeit. Ingrid und die Mutter standen in der Backstube, die Zwillinge deckten die Tische ein, die Großmutter kontrollierte, ob alles richtig gemacht wurde. Der Großvater hatte die Ware zu Johannes gebracht, und nun saß er vermutlich mit seinen Freunden am Hafen und trank. Die Gäste zu bedienen, würde sie ablenken.

Entschlossen band sich Matilda ihre Schürze um und ging in die Backstube, um der Mutter und Ingrid zu helfen. Niemand von ihnen verlor ein Wort über das, was sie gestern wegen des Vaters besprochen hatten. Alles schien wie immer. Die Arbeit musste erledigt werden, um Punkt elf würden die ersten Kunden an den Tischen sitzen.

«Heute müssen wir zusehen, dass wir pünktlich schließen», sagte die Mutter da. «Unsere Mannschaft spielt um fünf gegen Kuba. Außerdem kommt Hannah. Ich fände es schön, wenn wir alle beisammensitzen würden, das Fußballspiel im Radio hören und danach gemeinsam essen. Was haltet ihr davon?»

«Hört sich gut an», antwortete Ingrid.

«Ich bin gespannt, wie das Spiel ausgeht», sagte Matilda. Normalerweise interessierte sie sich nicht für Sportwettbewerbe, aber bei dieser Weltmeisterschaft war es anders. Immerhin hatten die Schweden schon das Viertelfinale erreicht. Matilda hatte sich anstecken lassen von der Euphorie, die deswegen im Land herrschte.

«Ach, gegen Kuba gewinnen wir doch auf jeden Fall!», erklärte Ingrid. Auch sie war im Fußballfieber. «Selbst wenn die nachts spielen würden, würden wir gebannt am Radioapparat sitzen.»

«Wie war eigentlich dein Tanzabend gestern, Ingrid?» In der ganzen Aufregung hatte Matilda ihre Schwester noch gar nicht danach gefragt.

«Sehr schön!», antwortete Ingrid. «Das werden wir auf jeden Fall wiederholen.» Sie griff zu einem Zettel, der auf dem Backtisch lag. «Was steht denn auf der Liste für heute? Ach, wir müssen auf jeden Fall den Kronans Kaka noch backen, bevor wir es wieder vergessen.»

Da stimmte etwas nicht. Ingrid hatte schon als Kind die Angewohnheit, nach unten oder zur Seite zu schauen, wenn ihr etwas unangenehm war. Matilda nahm sich vor, unbedingt nachzufragen. Vielleicht war dieser Stig ja doch nicht so ein netter Kerl, wie Ingrid gedacht hatte. Wie man sich da täuschen kann, wusste Matilda ja nun nur zu gut!

Die Mutter hatte davon nichts bemerkt. «Das ist richtig, den sollten wir am besten gleich backen, die Kartoffeln sind ja schon fertig. Übernimmst du das, dann verarbeite ich das Wienerbröd!» Die Mutter nahm eine große Kugel Teig aus einer Schüssel und legte sie auf den Arbeitstisch. «Wo du gerade von vergessen sprichst, Ingrid. Gunnar war gestern noch hier und hat nach dir gefragt. Ich sollte dir Grüße ausrichten. Oder ist er doch noch nach Höganäs gekommen? Er war sich nicht sicher, hatte aber darüber nachgedacht, ob er auch zum Tanzen geht.»

«Gunnar und Tanzen», sagte Matilda. «Nie im Leben!» Sie lachte. «Oder, Ingrid?»

«Das kann ich mir auch nur schwer vorstellen. Beim Tanzabend war er auf jeden Fall nicht.» Ingrid senkte wieder den
Kopf und studierte erneut die Liste, obwohl sie eben schon alles
gelesen hatte. Dann hob sie den Kopf und fragte: «Sollen wir
wetten, wie das Spiel heute Abend ausgeht?»

Sie mag Gunnar sehr, dachte Matilda, und will unbedingt das
Thema wechseln. Matilda wollte sie nicht quälen und ließ sich
darauf ein «Das ist eine gute Idee, wir haben schon lange nicht
mehr gewettet.»

«Oh, da mache ich diesmal aber auch mit. Was ist der Spiel-
einsatz?», fragte die Mutter.

«Da lassen wir uns diesmal was richtig Schönes einfallen»,
antwortete Matilda. «Vielleicht machen die anderen auch mit,
sozusagen als Familienwette.»

«Fein!» Die Mutter sah auf die Uhr und dann aus dem Fenster.
«Fünf vor elf. Es ist so weit, die ersten Gäste sind da. Ebba und
Ulla sehe ich nicht, Matilda, gehst du raus und nimmst die Be-
stellungen auf?»

«Das mache ich.» Matilda steckte die Geldbörse mit dem
Wechselgeld in die Schürzentasche, nahm einen Block und
einen Bleistift und ging in den Garten. Obwohl sie gerade erst
geöffnet hatten, waren sechs Tische bereits besetzt, an einem
weiterem nahm gerade eine sehr vornehm gekleidete Frau Platz.
Matilda konnte nicht umhin, sie genauer zu betrachten, so auf-
fällig war die Dame. Auf ihrem Kopf saß ein großer elegant aus-
sehender runder Hut mit einer breiten Krempe. Sie trug eine
taillierte beigefarbene Bluse mit halblangen Ärmeln und dazu
einen engen knöchellangen schwarzen Rock. Sie nahm den Hut
ab, legte ihn auf den Tisch und sah sich um.

Da kamen Ulla und Ebba in ihrer Arbeitstracht in den Garten,
ebenfalls bewaffnet mit ihren Blöcken und Stiften. Wie gut,

dass es klappte mit der Ablenkung von Kristian, dachte Matilda. Sie setzte ein strahlendes Lächeln auf und nahm die erste Bestellung auf.

Sie war auf dem Weg in die Backstube, als die elegante Frau am Tisch sie zu sich winkte. Die war gerade von Ulla bedient worden, wie Matilda mitbekommen hatte. Ob sie etwas vergessen hatte?

«Hej», sagte Matilda. «Was kann ich für Sie tun?»

«Guten Tag.» Die Frau musterte sie von oben bis unten. «Du bist Matilda, nehme ich an?»

Matilda spürte, dass die Frau es nicht gut mit ihr meinte. Noch nie war sie von einer Person mit einer solch herablassenden Miene begutachtet worden. Sie richtete sich etwas auf. «Sie haben recht, mein Name ist Matilda», sagte sie, «Matilda Lindholm. Und mit wem habe ich das Vergnügen?»

Die Frau wischte mit der Hand durch die Luft. «Das tut jetzt nichts zu Sache. Sagen wir mal, ich bin eine gute Freundin eines Mannes, den du kennst.» Sie griff nach einer Papiertüte, die neben ihrem Hut lag, und hielt sie Matilda hin. «Das hier ist für dich. Es ist ein Tee, drei Löffel in eine Tasse, mit kochendem Wasser aufgießen, zehn Minuten ziehen lassen. Du solltest ihn ein paarmal am Tag trinken.»

«Ich versteh nicht ganz», sagte Matilda, nahm die Tüte aber entgegen.

«Er hilft, wenn kleine Unfälle passiert sind», erklärt sie. «Aber du solltest nicht sehr lang damit warten, je früher du ihn zu dir nimmst, umso besser wirkt er.»

Matilda wich alle Farbe aus dem Gesicht. Fieberhaft überlegte sie, was sie darauf antworten sollte, aber ihr fiel nichts Passendes ein.

«Schau mich nicht an, als wäre ich ein Geist. Ich will nur helfen», sagte die Frau mit nun schmeichelnder Stimme und dem Anflug eines Lächelns. «Es kann schließlich jedem passieren, mal in einer misslichen Lage zu landen.» Sie sah Matilda direkt in die Augen. «Oder legst du es etwa darauf an, die unverheiratete Mutter eines schreienden Balgs zu sein?»

Noch nie hatte sich Matilda so dermaßen gedemütigt gefühlt. Was nahm diese Frau sich nur heraus! «Ich denke, dass die ‹gute Freundin› von einem gewissen Kristian geschickt wurde.» Matilda setzte ihr bestes falsches Lächeln auf, das mindestens ebenso gut sein musste wie das der Frau, um ihr das Wasser zu reichen. «Richte ihm also bitte viele Grüße von mir aus. Danke für den Tee. Ich hoffe, dass die ‹gute Freundin› nicht noch mehr dieser Päckchen verteilen muss, so ungeschickt, wie er sich angestellt hat.»

Die Frau sah Matilda einen kurzen Augenblick sprachlos an, bevor sie schallend loslachte. «Jetzt kann ich verstehen, warum er nicht die Finger von dir lassen konnte. Du bist nicht nur schön, du bist auch klug und gewitzt noch dazu.» Sie deutete mit dem Kopf auf den Tee, den Matilda immer noch in der Hand hielt. Diesmal wirkte ihr Gesichtsausdruck echt, als sie erklärte: «Du wirst schon wissen, was du damit anstellst. Es steckt nichts Schlimmes drin. Nieswurz, Berberitze, Kuhschelle und ein paar andere Kräuter. Sie regen eine vorzeitige Blutung an. Ich an deiner Stelle würde ihn trinken. Tu es für dich, nicht für ihn.»

Matilda steckte die Tüte in ihre Schürzentasche. «Danke.»

In dem Augenblick kam Ulla mit der Kupferkanne und einem Kuchenteller auf den Tisch zu. «Hier habe ich die Bestellung schon aufgenommen», sagte sie fröhlich. «Einmal Kladdkaka und Kaffee.»

«Das sieht sehr gut aus, vielen Dank, Liebes.» Sie sah noch einmal zu Matilda. «Alles Gute für dich.»

Matilda nickte der Frau zu und ging mit erhobenem Kopf zur Backstube. Erst jetzt merkte sie, wie schnell ihr Herz schlug. Außerdem zitterten ihre Beine. Sie gab ihre bereits aufgegeben Bestellungen der Gäste an Ingrid weiter, dann lief sie nach draußen, diesmal allerdings auf die Hofseite. Dort setzte sich Matilda auf die Bank, die Hand auf die Schürzentasche gelegt, und wartete, bis der Herzschlag sich wieder etwas beruhigt hatte.

17

Hannah

Es tat so gut, endlich wieder in Skåne zu sein. Der Zug hatte fast eine ganze Stunde Verspätung gehabt, aber nun hatte sie es geschafft. Hannah saß im Taxi auf dem Weg von Mölle nach Arild. Sie hatte vorgehabt, viel regelmäßiger ihre Familie zu besuchen. Aber dann hatte Anfang des Jahres Karls Sekretärin von einem Tag auf den anderen gekündigt. Hannah hatte schon immer ein Händchen für Zahlen gehabt, und mit der Rechtschreibung kannte sie sich auch sehr gut aus. Also war sie kurzerhand eingesprungen. Es sollte vorübergehend sein, aber daraus waren nun fünf Monate geworden. Sie war unentbehrlich für Karl und die Firma, wie er immer wieder betonte. Deswegen war Hannah seit dem letzten Winter nicht zu Hause gewesen. Jetzt war sie auf dem Weg zu ihnen, es war nicht mehr weit, die Vorfreude wuchs mit jedem Kilometer, den sie Arild näher kamen.

Hannah sah aus dem Fenster. Wie schön ihre Heimat doch im Frühsommer war. Sie fuhren an gelben Raps- und rosa blühenden Kartoffelfeldern vorbei. Auf den sattgrünen Wiesen leuchteten zwischen den Apfelbäumen unzählige Gänseblümchen und auch einige Margeriten. Daraus hatten sie sich um diese Jahreszeit früher immer hübsche Kränze für das Haar geflochten. Im Spätsommer hatten sie die Äpfel aufgesammelt, die von den Bäumen gefallen waren. Im Kieferwäldchen, der gerade an ihnen vorbeizog, hatten sie körbeweise Steinpilze und Maronen gesammelt. Der Großvater kannte die besten Stellen. Jedes Jahr hatten sie daraufhin gefiebert, wann es endlich so weit war, und wenn es dann geregnet hatte, die Erde feucht genug war, waren sie auf Pilzsuche gegangen. Ausgerechnet Matilda, die sich sonst nie sonderlich für die Natur interessiert hatte, war ein echtes Naturtalent. Sie fand immer die größten Exemplare, um die sie alle beneideten. In den kalten Monaten hatten sie Tannenzweige und Zapfen gesammelt, die sie in den Kamin gelegt hatten. Der Duft der verglühenden Tannennadeln war auch im vergangenen Winter durch das Haus gezogen. Daran konnte Hannah sich noch ganz genau erinnern, denn es war das letzte Mal gewesen, dass sie ihre Familie besucht hatte. Sie war am 12. Dezember angereist. Wie es zum Luciafest Tradition war, hatte sie als älteste Tochter der Familie am nächsten Tag alle geweckt und das Frühstück serviert. Was hatte sie für einen Spaß gehabt! Schon als Kind hatte sie es geliebt, im weißen Gewand und dem Kranz mit den Kerzen auf dem Kopf in die Rolle der Luciabraut zu schlüpfen. Bis Weihnachten hatte sie dann jeden Tag frische Lussekatter gebacken. Dafür hatte sie extra guten Safran aus Stockholm mitgebracht, um dem leckeren Hefegebäck eine besonders schöne gelbe Farbe zu verleihen. Es hatte ihr viel Spaß bereitet, wieder in der Backstube zu stehen, in der sie früher so viel Zeit verbracht hatte. In ihrem Leben hatte sich so viel verändert, aber dort war alles gleich geblieben. Es duftete noch immer nach Gebäck und Gewürzen, die Backutensilien hingen über dem großen Holzarbeitstisch in genau der gleichen Reihenfolge an der Stange. Erst die Schüsseln, dann die Messbecher, die Rührbesen, die großen Löffel.

Karl hatte zum Luciafest noch in der Firma zu tun gehabt, war aber zehn Tage später pünktlich zu Heiligabend auch in Arild erschienen. Erst nach Weihnachten waren sie gemeinsam wieder nach Stockholm zurückgefahren, um dort mit dem Onkel und seiner Frau sowie ein paar Freunden ins neue Jahr zu feiern. In der Neujahrsnacht hatte Hannah sich, immer noch mit dem Duft der Backstube in der Nase, den Vorsatz genommen, sich eine Arbeit als Konditorin zu suchen, so wie sie es ursprünglich vor dem Umzug nach Stockholm vorgehabt hatte. Sie brauchte einfach eine sinnvolle Beschäftigung, nur für Karl und sie selbst und hin und wieder für Gäste zu kochen und zu backen genügte ihr nicht. Aber das war, bevor die Sekretärin gekündigt hatte. Und nun saß sie im Taxi, und alles war anders. Bei dem Gedanken wurde ihr schwer ums Herz. Sie freute sich so sehr, endlich wieder ihre Lieben in die Arme schließen zu dürfen. Sie wollte ihnen die wundervolle Nachricht überbringen, dass sie ein Kind unter ihrem Herzen trug. Aber sie wusste auch, dass es ein Abschied für längere Zeit werden würde. Freud und Leid lagen manchmal so nah beieinander. Nun war sie aber erst einmal mit Vorfreude auf das Söta Himlen gespannt, was sich seit Jahresanfang alles geändert hatte. Ingrid hatte ihr geschrieben, dass sie hübsche Kupferkannen für den Kaffee angeschafft hatten, und alle waren stolz auf den Kühlschrank, der die Arbeit erleichterte. Auch ein Radio stand nun in der Backstube. Hannah konnte kaum glauben, dass die Großmutter sang, wenn sie sich unbeobachtet fühlte.

Es war halb sechs, als das Automobil vor dem Haus hielt.

«Da wären wir», sagte der Taxifahrer und nannte ihr den Betrag, den sie zu zahlen hatte.

Hannah hatte den Mann sofort erkannt, obwohl es schon zwei Jahre her war und sie ihn nur kurz gesehen hatte. An die große Nase, die buschigen dunklen Augenbrauen und auch an die etwas laute Art konnte sie sich noch gut erinnern. Es war der Taxifahrer, der damals den Vater und Nisse vom Bahnhof bis nach Hause gebracht hatte. Heute fuhr er sie.

Hannah sah durch das Seitenfenster auf das rote Holzhaus mit dem dunklen Schieferdach. Sie konnte gar nicht glauben, wie sehr sie sich freute, endlich wieder zu Hause zu sein. Am liebsten würde sie sofort aussteigen und über den Hof rennen, zu ihrer Mutter, ihren Schwestern, den Großeltern, die sie so lang nicht mehr gesehen hatte.

«Hier war ich doch schon mal.» Der Taxifahrer sah sich um zu Hannah. «Jetzt erinnere ich mich, du bist eine der hübschen Töchter von ... wie hieß er noch mal?»

«Anders», antwortete Hannah. «Anders Lindholm.»

«Ja, stimmt genau. Anders, der aus Kiruna kam, um seine Familie zu besuchen.» Er musterte sie anerkennend. «Gemacht hast du dich. Du bist noch schöner als damals.»

«Danke!» Sie reichte ihm das Fahrtgeld, das sie etwas aufgerundet hatte. «Das stimmt so.»

«Ich habe zu danken», sagte er. «Wie lange ist es jetzt her?»

«Fast genau zwei Jahre», antwortete Hannah.

«Wie die Zeit vergeht.» Er stieg aus und öffnete ihr die Tür.

Hannah hatte sich noch nicht daran gewöhnt, bevorzugt behandelt zu werden. Sie war immer noch sie selbst, doch sie trug nun modische Kleidung und ging regelmäßig zu einer guten Friseurin. Das Haar trug Hannah mittlerweile knapp schulterlang zu einem Seitenscheitel und mit einem Innenschwung frisiert. Aber nun freute sie sich darauf, sich Zöpfe zu flechten und wieder in ihre alte Rolle schlüpfen zu können. Sie hatte zwei ihrer alten Kleider im Gepäck. Die Zeit in Arild wollte sie wieder die Hannah von früher sein.

Der Taxifahrer öffnete den Kofferraum und hob das schwere Reisegepäck heraus. «Das bringe ich noch bis zum Haus.»

«Das ist sehr nett, vielen Dank.»

Es sah alles aus wie immer. An der Birke lehnten die Fahrräder ihrer Schwestern, die Bank stand noch an derselben Stelle unter dem Fenster. Und neben der Haustür war der große Zauberschnee im Tontopf erblüht. Jedes Jahr erfreuten sie sich an den unzähligen kleinen weißen Blüten.

Was Hannah allerdings wunderte, war die Ruhe. Sie rechnete damit, dass jeden Moment eine ihrer Schwestern oder auch die Mutter zur Tür herausgestürmt kam, um sie zu begrüßen. Sie wussten doch, wann sie ankam und dass es manchmal zu Verspätungen kommen konnte. Insgeheim war sie sogar davon ausgegangen, dass sie vom Bahnhof abgeholt wurde. Aber noch nicht einmal der Großvater saß auf der Bank und wartete auf sie.

Kaum hatte sie daran gedacht, da hörte sie plötzlich lauten Jubel aus Richtung des Gartens.

«Sehr gut!», sagte der Taxifahrer. «Wir haben ein Tor geschossen.»

Die Weltmeisterschaft, jetzt fiel es Hannah wie Schuppen von den Augen. Ihre Familie hatte sich für das Fußballspiel im Garten versammelt. Und dabei hatten sie anscheinend glatt ihre Ankunft vergessen. Das durfte doch nicht wahr sein!

Sie waren mittlerweile an der Haustür angekommen. «Danke noch mal», sagte Hannah.

«Keine Ursache. Sehr idyllisches Plätzchen hier oben. An das Café kann ich mich nicht erinnern. Vor zwei Jahren war es noch nicht da, oder?»

«Es wurde im letzten März offiziell eröffnet», erklärte Hannah stolz. «Hinter dem Haus gibt es fünfzehn Tische für jeweils zwei bis vier Personen. Man kann das Meer rauschen hören und dabei ein Stück himmlisch leckeren Kuchen genießen.»

«Das hört sich sehr gut an, da komm ich doch gern mal vorbei.»

«Das würde uns sehr freuen.»

Er tippte gegen seine Schirmmütze. «Schöne Grüße an Anders.»

«Werde ich ausrichten.» Falls sie ihn irgendwann mal wieder zu Gesicht bekam. Der Vater ließ sich hier gar nicht mehr blicken, wie ihr die Schwestern sorgenvoll geschrieben hatten. Da gab es einiges zu klären. Aber auch Hannah selbst hatte nie etwas von ihm gehört, musste aber, wie es ihr erst jetzt richtig auffiel, zugeben, dass auch sie selbst ihm nie geschrieben hatte.

Aber erst einmal musste sie sich um ihre ignorante Familie hier kümmern. Sie war enttäuscht. Ein Fußballspiel war wichtiger als ihre Ankunft.

«Na wartet!»

Vor dem Weg, der in den Garten führte, hatte Hannah gemeinsam mit ihren Schwestern im letzten Frühjahr einen Rankenbogen gesetzt, kurz bevor sie nach Stockholm gezogen war. Ingrid hatte daran zartgelbe Rosen hochgezogen, die nun schon sehr dicht wuchsen und intensiv dufteten. Direkt daneben war an einem gusseisernen Ständer das große weiße Emaille-Schild befestigt. Darauf stand in roten geschwungenen Buchstaben Söta Himlen, Kaffeegarten. Darunter war das hübsche rote Herz mit weißen Ornamenten gemalt, das Ebba erfunden hatte. Karl hatte das Schild extra von einem Künstler anfertigen lassen und es ihnen zu Weihnachten geschenkt. Es war wunderschön, obwohl Hannah das alte Holzschild auch immer sehr gemocht hatte. Das hatten sie und ihre Schwestern gemeinsam mit dem Großvater gebastelt. Sie hatte sich sehr über Karls Geschenk gefreut und war ganz gerührt, weil er sich so ins Zeug gelegt hatte für sie und ihre Schwestern. Aber manchmal fehlte ihr einfach der Trubel, das Lachen, der Zusammenhalt der Familie, und wenn es nur darum ging, gemeinsam ein Schild zu bemalen.

Sie ging unter dem Rosenbogen hindurch, gespannt darauf, wie ihre Familie reagieren würde, wenn sie sie gleich entdeckten. Hauptsache, sie begrüßten Hannah halbwegs anständig, auch wenn gerade zweiundzwanzig Männer auf einem Fußballfeld einem Ball hinterherjagten.

Vor dem Garten blieb sie stehen. Sie hatten sie nicht vergessen, im Gegenteil! In der Kastanie hing ein selbstbemaltes großes Stoffbanner, auf dem in großen Buchstaben «Willkommen zu Hause, liebste Hannah» stand. Von den Zweigen hingen dazu noch viele bunte Bänder, die sich leicht im Wind bewegten. Es war wunderschön. Hannah musste schlucken vor Rührung.

Noch besser aber war der Anblick, der sich unter dem Blattwerk der Kastanie bot. Um den großen Holztisch herum saß die ganze Familie, und alle starrten gebannt auf das Radio. Der Apparat hing an einer Verlängerungsschnur, die ihn mit Strom aus der Backstube versorgte.

«Ja, Gustav Wetterström!», rief der Großvater und klatschte in die Hände. «Bravo.»

«Tooor, Tooor, Tooor!», schrie der Radiosprecher.

Im nächsten Moment sprangen sie alle gleichzeitig auf und jubelten, sogar die Großmutter. «Tooor!», riefen sie und umarmten sich dabei.

Die Szene war herzallerliebst. Hannah machte sich einen Spaß daraus, sich noch nicht bemerkbar zu machen. Sie setzte sich an den Tisch, der gleich neben ihr stand, lehnte sich etwas im Stuhl zurück, schlug die Beine übereinander und wartete, wie lange es dauern würde, bis sie sie entdecken würden, nachdem sie nun gebannt wieder der Radioübertragung lauschten. Dabei sah sie sich im Kaffeegarten um. Ihre Schwestern hatten ganze Arbeit geleistet. Die Tische waren so schön in den Garten eingefügt, dass man tatsächlich nicht das Gefühl hatte, in einem Café zu sitzen. Man fühlte sich wie zu Hause. Überall blühten Sträucher, Blumen und Kräuter, Vögel zwitscherten in den Bäumen, so laut, dass man sie sogar trotz des Radios hören konnte.

Als das Jubeln erneut losging, wandte sich Hannah schnell wieder ihrer Familie zu. Aber diesmal war kein Tor gefallen, nein, sie schauten alle freudestrahlend auf Hannah. Sie hatten sie also entdeckt.

Ulla war die Erste, die bei ihr war. Lachend fiel sie Hannah um den Hals, sodass Hannah fast mit dem Stuhl nach hinten kippte.

«Warte, nicht so stürmisch», rief Hannah. «Lass mich lieber aufstehen.»

Nur Sekunden später wurde sie auch von Ebba umarmt. Und danach kamen die anderen: Ingrid, Matilda, die Mutter, der Großvater, die Großmutter, alle drückten und herzten sie. Nachdem alle drangewesen waren, unkte Hannah: «Ihr verpasst noch den Rest des Spiels.»

«Ist doch Halbzeit!», erklärte der Großvater. «Vier zu null für uns, die Kubaner haben keine Chance mehr.»

«Dann ist es ja gut», sagte Hannah. «Ich habe mich schon gewundert, dass kein Empfangskomitee im Hof auf mich wartet.»

«Aber du hast hoffentlich nicht gedacht, dass wir dich vergessen haben! Bis fünf Uhr war ja der Kaffeegarten geöffnet, Hannah», erklärte Ulla in ernstem Tonfall. «Obwohl es Matilda heute nicht so gut geht, haben wir es trotzdem hinbekommen, alle Gäste zu bedienen, schnell aufzuräumen und rechtzeitig das Willkommensbanner für dich aufzuhängen.»

Hannah schaute zu Matilda hinüber. Ihre Schwester sah tatsächlich blass aus. Musste sie sich Sorgen machen? «Was ist los, Matilda, was hast du?»

«Mir ist ein wenig schwindelig, mehr nicht», antwortete Matilda. «Aber das liegt nur daran, dass ich sehr wenig Schlaf hatte.»

«Matilda war wieder zu lang aus», erklärte Ebba.

«Ach so. Dann ist ja alles gut.» Hannah dachte an den Abend vor zwei Jahren, an dem Ingrid zu viel Punsch getrunken hatte. Am nächsten Morgen war es ihr auch sehr schlecht gegangen, aber sie hatte trotzdem den Dienst für Hannah übernommen, damit sie sich mit Karl treffen konnte. Hannah sah zu Ulla. Dabei fiel ihr auf, wie sehr sie sich verändert hatte, wie auch Ebba. Sie waren keine Kinder mehr, sie sahen erwachsen aus. Die Gesichter hatten kantigere Züge bekommen, vor allem aber hatten sie einen Schuss nach oben gemacht. «Gut seht ihr beide aus, sehr gut sogar! Und der Willkommensgruß ist großartig, der fällt ja sofort auf, wenn man um die Ecke biegt, Ulla», erklärte Hannah. «Darüber habe ich mich sehr gefreut. Danke!»

«Wir machen das Radio jetzt aus», entschied die Mutter. «Hannah ist da, und sie hat bestimmt viel zu erzählen.»

Oh ja, das hatte Hannah, und es graute ihr jetzt schon davor. Vor allem, wenn sie das vor Freude strahlende Gesicht der Mutter sah, die die Unterhaltung still verfolgt hatte, so wie es schon immer ihre Art war. Ihre Mutter wirkte zwar müde und geschafft, aber sie hatte etwas zugenommen, wie Hannah beruhigt feststellte. Überhaupt sahen alle auf den ersten Blick sehr zufrieden aus. Nur der Großvater nicht, dem stand die Empörung ins Gesicht geschrieben. Hannah konnte ihm ansehen, dass er noch mit sich kämpfte, sie war sich aber sicher, dass er gleich widersprechen würde. Immerhin spielte da gerade die schwedische Nationalmannschaft.

«Lass doch, Mor. Zum Reden haben wir noch genug Zeit. Ich würde vorschlagen, ihr hört euch in Ruhe das spannende Spiel an, und ich nutze die Zeit, um mich ein wenig umzuschauen und anzukommen.» Sie wollte unbedingt in die Backstube, die sie so sehr vermisst hatte. Sie musste einfach wissen, was sich dort verändert hatte, wie sie jetzt aussah und ob sie immer noch so duftete wie eh und je.

«Fein!» Ulla klatschte in die Hände. «Ich habe fünf zu null für Schweden getippt. Wenn noch ein Tor fällt, habe ich drei Kronen gewonnen, fünfzig Öre von jedem.»

«Ihr habt um Geld gewettet? Alle?», fragte Hannah ungläubig, und Ulla nickte gutgelaunt, wie auch die Großmutter. Wie wunderbar, dass die Stimmung so ausgelassen war. Wenn sogar die Großmutter um Geld spielte, das hieß was!

Hannah atmete tief ein und wieder aus. «Hach, die Luft hier ist herrlich! Es ist so schön, endlich wieder zu Hause zu sein! Ich freue mich auf die nächsten zwei Wochen mit euch.»

«Wir haben auch sehnsüchtig auf dich gewartet, Hannah», sagte Ingrid. «Nicht wahr, Matilda?»

«Und wie!» Sie lächelte, etwas verhalten, wie Hannah fand. Aber das lag vielleicht nur daran, dass sie sich nicht wohl fühlte.

Die Mutter zeigte auf den leeren Stuhl neben sich. «Ich halte dir einen Platz frei. Wir freuen uns alle sehr darüber, dass du da bist, Hannah.»

Hannah strich liebevoll mit der Hand über den neuen Dampfbackofen, auf den Ingrid so stolz war. Sie begutachtete die vielen Kupferkannen, die in Reih und Glied auf einem neu angebrachten Regal standen, und schnupperte an den Dosen mit den Gewürzen. Der Duft der Backstube hatte ihr noch mehr gefehlt als der des Meeres. Auch in Stockholm gab es schöne

Plätze am Wasser, und die Schäreninseln waren wundervoll. Eine Backstube jedoch, in der das Mehl wie ein feiner Schleier in der Luft hing, in der es nach Vanille, Zimt und frisch gebackenen Brötchen roch, gab es dort nicht für sie. Ein wenig beneidete sie ihre Schwestern um den Kaffeegarten. Aber sie freute sich auch darüber, dass ein Teil davon ihr gehörte. Sie hatten das Söta Himlen gemeinsam eröffnet, Ingrid, Matilda und sie. Die beiden Schwestern hatten darauf bestanden, obwohl sie zu dem Zeitpunkt schon gewusst hatten, dass Hannah bald nach Stockholm gehen würde.

«Dann hast du immer etwas, worauf du zurückgreifen kannst», hatte Ingrid zu ihr gesagt. «Egal, was passiert, es ist unser Café, Matildas, meins und auch deins, es ist unser Süßer Himmel.»

Es war ein beruhigendes Gefühl zu wissen, dass es einen Ort gab, an dem Hannah immer willkommen war. Erst letztens hatte sie wieder eine Diskussion zwischen Karl und einem seiner Geschäftspartner mitbekommen. Es ging nicht zum ersten Mal darum, dass Deutschland auf einen Krieg zusteuerte. Karl war Deutscher, das Kind in ihrem Leib hatte einen deutschen Vater. Sie wünschte sich, dass Karl recht hatte und es keinen Krieg geben würde. Denn weshalb sie sich scheute, den anderen davon zu erzählen, was es Neues bei ihr gab, war, dass Karl und sie für einige Zeit nach Berlin gehen würden. Schon bald. Schon in drei Wochen. Karl war überzeugt davon, dass der Aufenthalt in Deutschland nicht von Dauer sein würde. Hannah wäre es jedoch lieber, sie würden gar nicht erst fahren. Aber Karls Vater hatte vor zwei Wochen einen Unfall mit seinem Automobil gehabt. Dabei hatte er sich das Bein gebrochen. Die Verletzungen waren natürlich nicht lebensgefährlich, aber der Bruch war kompliziert, es würde eine Zeit brauchen, bis der Vater wieder voll einsatzfähig war. Deswegen hatte er Karl gebeten, zurückzukommen und ihn während seiner Genesung in der Firma zu vertreten. Da konnte Karl nicht nein sagen und sie auch nicht. Sie verstand nur nicht, warum die beiden Männer gleich ein ganzes Jahr für die Unterstützung eingeplant hatten. Immerhin war Karls Bruder Joachim auch noch da. Es war zudem bereits abgemachte Sache, dass Joachim später einmal die Firma übernehmen würde. Deswegen hatte Karl ja auch bei seinem Onkel in Stockholm gearbeitet, der kinderlos war. Karl sollte zu gegebener Zeit der Nachfolger in Schweden werden. Sie hatte sich fast mit Karl deswegen gestritten, weil er, im Gegensatz zu ihr, die Bitte seines Vaters nicht hinterfragte. Ein Leben in Deutschland war nicht abgemacht gewesen, nicht mit ihr. Auf Stockholm hatte sie sich Karl zuliebe eingelassen, von Berlin war jedoch nie die Rede gewesen. Sie hatte Karl nach dem Anruf seines Vaters schon so weit gehabt, dass er ihretwegen in Stockholm bleiben wollte, als sich plötzlich der Onkel eingeschaltet hatte. Er könnte es nicht mit seinem Gewissen vereinbaren, dass Karl in seiner Stockholmer Firma arbeitete, wo doch Karls Hilfe in Deutschland benötigt wurde. Karl könnte nach dem Jahr zurückkommen, das Angebot, die Nachfolge in Stockholm anzutreten, bestand nach wie vor – aber nur, wenn Karl nun seiner Pflicht nachkäme, die Familie zu unterstützen. Das hatte Karl keine andere Wahl gelassen. Und Hannah auch nicht. Sie liebte ihren Mann von ganzem Herzen, sie wollte bei ihm sein, besonders jetzt, wo sie sein Kind erwartete. Sie freute sich unendlich darauf, dass sie bald zu dritt sein würden, eine kleine glückliche Familie! Nun musste sie nur noch ihrer Familie hier beibringen, dass sie schwanger war, aber bald in Deutschland wohnen würde. Heute Abend würde sie zuerst mit Ingrid und Matilda sprechen, ganz in Ruhe, so wie früher immer, wenn sie alle drei nebeneinander in ihren Betten lagen und über Probleme redeten oder Pläne machten. Und gleich morgen würde sie es der Mutter und auch den anderen sagen. Heute wollte sie die Wiedersehensfreude nicht trüben.

«Fehlt dir der Mehlstaub in der Nase?», fragte die Großmutter plötzlich von hinten und riss Hannah aus ihren Gedanken. Hannah hatte sie nicht kommen hören. Die Großmutter konnte sich leise wie ein Geist bewegen. Wie sie das machte, hatte Hannah als Kind schon immer bewundert.

«Ja, sehr», antwortete Hannah.

Die Großmutter betrachtete sie forschend von oben bis unten. «Wie weit bist du?»

Hannah überraschte die Frage nicht. Die Großmutter hatte einen Blick für solche Dinge. Hannah legte die Hand auf ihren Bauch. «Du siehst es mir an, Mormor. Das hätte ich mir eigentlich denken können.» Sie lächelte glücklich. «Ja, du wirst Gammelmormor.»

«Deine Mutter war viermal schwanger. Jedes Mal hatte sie den gleichen weichen Blick, wenn es wieder so weit war», erklärte die Großmutter. «Außerdem bist du seit mehr als einem Jahr verheiratet, es war also nur eine Frage der Zeit.» Sie sah auf Hannahs Bauch. «Noch am Anfang. Der dritte Monat oder schon im vierten?»

Hannah nickte glücklich. «Ende des dritten.»

«Das ist gut. Dann bleibt es.» Die Großmutter musterte sie. «Verspürst du in der letzten Zeit Appetit auf Herzhaftes?»

«Braten, Fleischbällchen, Schinken ...» Hannah seufzte genussvoll. «Dafür lasse ich alles andere stehen, sogar einen Kronenkuchen.»

«Das war bei deiner Mutter auch so. Und bei mir war es auch nicht anders. Es wird also ein Mädchen.»

«Oh! Das wäre schön.»

Die Großmutter legte ihre Hand an Hannahs Wange. «Das ist eine wundervolle Nachricht. Es freut mich für dich, meine Liebe.»

Hannah legte ihre Hand auf die der Großmutter. «Danke, Mormor.» Sie hatte die Großmutter immer als etwas kühl empfunden. Mit Zärtlichkeiten ging sie spärlich um. Diese kleine Geste bedeutete Hannah deswegen umso mehr.

«Schön, dass du da bist.» Die Großmutter zog ihre Hand zurück. «Wie sieht es aus mit morgendlicher Übelkeit? Oder anderen Beschwerden.»

«Mir geht es gut. Am Anfang hatte ich manchmal Kopfschmerzen, aber das ist nun vorbei. Bis auf den Appetit merke ich kaum noch, dass ich schwanger bin.» Hannah legte die Hand wieder auf ihren Bauch. «Und sehen tut man auch noch nichts. Du bist die Ausnahme.»

«Na, dann warte mal, das kommt noch früh genug. Nach dem vierten Monat verschwindet deine Taille, ab dem siebten hast du einen schönen festen Ballon. Sei froh, dass dein Kind im Frühjahr kommt, eine Geburt im Sommer ist sehr beschwerlich, da macht einem die Hitze zu schaffen.»

«Das kann ich mir vorstellen.» Hannah lächelte selig. Sie glaubte an die Voraussage der Großmutter, die selbst ein Mädchen zur Welt gebracht hatte, und das dann gleich fünfmal. Hannah wünschte sich auch eins oder noch besser zwei gleichzeitig, so wie Ebba und Ulla.

«Jungs sind pflegeleichter. Um Mädchen macht man sich mehr Sorgen», sagte die Großmutter. «Auch wenn sie so vernünftig sind wie ihr Lindholm-Mädchen.»

«Das ist aber ein schönes Kompliment, Mormor.»

Die Großmutter nickte. «Helene kann stolz auf euch sein. Und?» Die Großmutter schaute auf die Emaille-Schüsseln, in denen der Teig zubereitet wurde. «Es juckt dir doch bestimmt in den Fingern. Wirst du die nächsten Tage in der Backstube helfen?»

«Da fragst du noch? Auf jeden Fall!» Hannah sah sich noch einmal um. Seitdem sie weg war, hatte sich einiges geändert. Etliche Backutensilien waren dazugekommen. Die große Holzarbeitsplatte war neu und natürlich der Kühlschrank, auf den alle so stolz waren. Aber es gab auch Dinge, die geblieben waren, so ihr altes Nudelholz mit den hübschen Verzierungen an den Griffen, das direkt vor ihr auf dem Tisch lag. Ihre Mutter hatte es ihr zum Beginn der Ausbildung geschenkt. Hannah griff danach und fuhr mit der flachen Hand über die Rolle, sie lief immer noch wie am Schnürchen, obwohl sie jetzt schon fast zehn Jahre alt war. Warum hatte sie es nicht mitgenommen, als sie ausgezogen war? «Auch wenn ich gerade eher Heißhunger auf Salziges habe. Ich habe auch ein paar sehr schöne Rezepte und Ideen im Gepäck, die ich mit euch besprechen möchte. In Stockholm gehe ich gern ein Stück Kuchen in Sundbergs Konditori essen. Sie machen eine sehr gute Gebäckrolle, die mit einer Creme gefüllt ist. Die würde sich im Söta Himlen auch gut machen.» Hannah merkte, wie allein schon beim Erzählen die Finger anfingen zu kribbeln. Am liebsten würde sie sofort zur Rührschüssel greifen. Wenn es nicht schon so spät wäre, würde sie das glatt tun! «Ich habe sie schon ein paarmal gebacken, aber ich finde, das Rezept ist noch verbesserungswürdig. Vielleicht hast du eine Idee, wenn wir sie gemeinsam backen.»

«Das besprich mal lieber mit Ingrid», erwiderte die Großmutter. «Sie hat das Zepter in der Backstube in der Hand. Ich muss gestehen, dass ich ihr das anfangs nicht zugetraut habe, aber nun bin ich doch positiv überrascht. Ingrid hat es zwar nicht so mit der Genauigkeit, das hatte sie noch nie, aber sie ist sehr einfallsreich. Das Buch, in das sie deine Rezepte notiert hat, wird Woche für Woche dicker. Das liegt nicht nur daran, dass es so viele Rezepte sind. Ständig ändert deine Schwester etwas, fügt ein Gewürz hinzu, tauscht Zutaten aus, bis sie endlich zufrieden ist. Die Ergebnisse sind immer sehr lecker. Versuch mal ein Vanilleherz, wenn sie übermorgen frisch gebacken aus dem Ofen kommen. Du wirst begeistert sein.»

«Sie hat die Rezeptur verändert?» Hannah konnte es nicht fassen. Sie schrieb sich regelmäßig mit Ingrid, aber das hatte ihre Schwester bisher nicht erwähnt. Dabei hätte sie doch wissen müssen, dass Hannah brennend daran interessiert war. Außerdem war es Hannahs Rezept. Warum hatte Ingrid sie da übergangen?

«Erst kürzlich und nur die Füllung», erklärte die Großmutter. «Die Creme besteht jetzt aus Sahne und einem Klecks Butter. Ingrid hat ein Gespür dafür. Ich komme da auf meine alten Tage nicht mehr mit. Aber ich freue mich, dass ich beim Verkauf helfen kann.» Sie hob ihre Hände. «Dazu taugen sie noch. Aber in der Backstube habe ich nichts mehr zu suchen.»

Hannah spürte einen Moment in sich hinein. Es hatte ihr einen kleinen Stich versetzt, die Großmutter so hingebungsvoll über Ingrid sprechen zu hören. Auch dass Ingrid sie bei den Rezepten ausgeschlossen hatte, gefiel ihr nicht. Hannah war tatsächlich ein wenig neidisch. Sie gönnte ihrer Schwester den Erfolg und freute sich darüber, zumal die ganze Familie davon profitierte. Es war nur so, dass Hannah liebend gern dabei sein würde bei allem, was den Süßen Himmel betraf, insbesondere aber bei den Rezepten.

«Man kann nicht alles haben im Leben», sagte die Großmutter prompt.

Hannah fühlte sich ertappt. Es war ihre Entscheidung gewesen, nach Stockholm zu gehen, und sie war mit Karl glücklich. «Du hast recht», gab sie zu. «Aber schade ist es schon, dass man nicht alles im Leben haben kann, oder?»

Die Großmutter sah sie streng an. «Du hast nie Hunger leiden müssen. Dir geht es zu gut. Sei zufrieden mit dem, was du hast. Das ist mehr, als viele andere haben.» Sie zeigte auf Hannahs Bauch. «Es ist der richtige Zeitpunkt für dich, um Mutter zu werden. Die Verantwortung wird dir guttun. Du wirst in Zukunft immer zuerst an deine Tochter denken, bevor du an dich denkst. Dein Blick auf die Welt ändert sich.»

Die kleine Standpauke traf Hannah, zugleich wusste sie, dass die Großmutter es nur gut meinte. «Ich wollte nicht den Anschein erwecken, dass ich nicht zufrieden bin mit dem, was ich habe», erklärte sie. «Ich bin sehr glücklich mit Karl, und ich weiß es sehr zu schätzen, wie gut es uns geht. Es ist nur so, dass ich euch alle fürchterlich vermisse.»

Der Blick der Großmutter wurde etwas sanfter. «Das verstehe ich gut. Aber du wirst bald deine eigene kleine Familie haben. Deine Tochter wird dich auf Trab halten, sie wird dich auf andere Gedanken bringen.»

«Ich freue mich auch sehr darauf», sagte Hannah. Auch wenn Karl ein Sohn lieber wäre, das wusste sie. Sein Bruder Joachim war vor drei Monaten Vater eines Jungen geworden. Alle waren sehr angetan von dem kleinen Stammhalter, wie Karls Mutter am Fernsprechapparat erzählt hatte. Und nun musste Karl nachlegen. Direkt sagte er das so zwar nicht, aber er dachte es. Hannah hatte ein feines Gespür für die Zwischentöne. Joachim hatte seinen Sohn auf den Namen Friedrich getauft. So hieß der Urgroßvater väterlicherseits. Als Karl seiner Mutter von Hannahs Schwangerschaft erzählte, hatte sie sofort vorgeschlagen, dem Kleinen den Namen des Urgroßvaters mütterlicherseits zu geben, Siegfried. An einen Mädchennamen hatte sie anscheinend nicht gedacht. Hannah hatte sich Karl zuliebe darauf eingelassen, ihren Sohn Siegfried zu taufen – wenn sie dafür den Namen bestimmen dürfte, falls es ein Mädchen wird. Die Hauptsache war aber, dass das Kind gesund auf die Welt kam. Und dass sie es beide sehr lieben würden, Karl und sie, so wie sie sich auch liebten.

18

Hannah

Im Garten ging es immer noch hoch her, als Hannah mit der Großmutter zurück zum Familientisch unter der Kastanie ging.

«Wie steht es?», fragte Hannah.

«Fünf zu null», verkündete Ulla. «Noch zehn Minuten, hoffentlich schießen sie kein Tor mehr, dann habe ich gewonnen.»

Kaum hatte Ulla es ausgesprochen, fiel wieder eins.

«Sechs zu Null», rief der Großvater aus.

Hannah setzte sich neben ihre Mutter, die sie glücklich anlächelte. Hannah würde sie vermissen, sie alle. Aber jetzt wollte sie nur noch an schöne Dinge denken. Sie ließ sich anstecken und jubelte mit, wenn die schwedische Mannschaft ein Tor schoss. Und es kamen tatsächlich noch Tore dazu.

Sie siegten schließlich acht zu null gegen Kuba, begleitet vom Jubel der Familie Lindholm und wahrscheinlich auch von dem von ganz Schweden. Ulla war besonders glücklich. Sie hatte zwar nicht das richtige Ergebnis getippt, war aber am nächsten dran. Dem Großvater ging es mit dem Spielausgang auch sehr gut, weil sie ins Viertelfinale eingezogen waren.

«Passt mal auf, am Ende werden wir noch Weltmeister», verkündete der Großvater. «Wie sieht es aus, Hannah, wird Karl sich dann ein wenig mit uns mitfreuen? Oder leckt er noch die Wunden, weil die ach so perfekten Deutschen wegen ihrer schlechten Leistung schon die Heimreise antreten mussten?»

«Beides», antwortete Hannah. «Natürlich ist er nicht sehr begeistert darüber, dass die Deutschen ausgeschieden sind. Aber Karl lebt in Schweden, seine Freunde sind Schweden, und seine Frau ist eine Schwedin. Er freut sich, Morfar. Und er hat heute ganz sicher ebenso laut gejubelt wie du.»

Hannah nahm es ihrem Großvater nicht mehr übel, wenn er versuchte, sie wegen Karl zu sticheln. Anfangs hatte es ihr weh getan, wie er über ihn gesprochen hatte. Aber mittlerweile wusste sie, dass der Großvater Karl als Menschen schätzte, das hatte er ihr gesagt, nachdem sie ihn während des letzten Besuches auf ein ernstes Wort zur Seite genommen hatte. Sie wusste aber, und das hatte sie Karl auch immer wieder erzählt, dass es einfach in der Natur des Großvaters lag, hin und wieder Streit zu suchen. Und mehr noch: Er hatte Spaß daran.

Für seine kleine Stänkerei bekam er allerdings sofort die Quittung von seiner Frau.

«Karl weiß, was sich gehört», sagte die Großmutter. «Im Gegensatz zu dir, du alter verbohrter Miesepeter. Freu dich, dass deine Enkeltochter da ist, sei nett zu ihr.»

Der Großvater setzte einen gespielt zerknirschten Blick auf. Er legte seine Hand auf Hannahs. «Meine Enkeltochter weiß sehr gut, wie ich das meine.»

Hannah ließ ihren Kopf gegen die Schultern des Großvaters sinken. Sie war glücklich im Kreis ihrer Lieben. Dass sie sich insgeheim diebisch darüber gefreut hatte, dass die Deutschen ausgeschieden waren, erzählte sie nicht. Sie liebte Karl, aber von Hitler hielt sie nicht viel. Hochmut kam vor dem Fall, auch wenn es sich hierbei nur um ein Fußballspiel gehandelt hatte. Sie hatte mitbekommen, wie Karl und sein Onkel darüber diskutiert hatten, warum die Mannschaft so schlecht gespielt hatte. Hitler war in Österreich einmarschiert. Das Land hatte sich dem Deutschen Reich angeschlossen. Und plötzlich hatten sie aus zwei Mannschaften eine machen müssen. Dafür hatten sie aus jedem der beiden Länder die jeweils besten Spieler ausgesucht. Aber es war gewaltig schiefgelaufen. Die neue Mannschaft hatte nicht zueinandergefunden. Bei ihrer Freude darüber ging es ihr nicht um das Fußballspiel. Das war ihr egal. Aber man konnte doch nicht einfach so in das Nachbarland einmarschieren und es sich einverleiben! Das war ja so, als würden die Finnen oder die Norweger plötzlich nach Schweden kommen, um sie ihrer Nationalität zu berauben. Karl sah das etwas anders. Er hatte ihr erklärt, die Österreicher hätten sich freiwillig dem Deutschen Reich angeschlossen, die Bevölkerung wollte das so, fast alle hatten dafür gestimmt. Und genau das machte Hannah noch mehr Angst. Sie war eben doch die Enkeltochter ihres Großvaters. Er hatte von Anfang an gesagt, dass Hitler gefährlich wäre – und dass man aufpassen musste. Deswegen war Hannah auch gar nicht glücklich darüber, dass sie mit Karl nach Berlin zog. Und was würde ihre Mutter dazu sagen? Die würde sich sicher um sie sorgen! Deswegen wollte sie es ihr nicht gleich heute erzählen, sie wollte die Wiedersehensfreude nicht trüben.

«Was haltet ihr von Abendessen?», fragte die Mutter. «Es ist schon vorbereitet.» Sie lächelte verschmitzt. «Rate, was es gibt, Hannah»

«Fleischklößchen», antwortete Hannah. Die mochten alle gern, auch ihre Schwestern. Bei dem Gedanken daran lief Hannah das Wasser im Mund zusammen.

«Muscheln», platzte es da aus Ebba heraus. «Es gibt Muscheln.»

Ein warmes Gefühl breitete sich in Hannah aus. «Ihr habt

Muscheln für mich gesammelt?» So wie sie das früher gemacht hatten, wenn der Vater zu Besuch kam. Beim letzten Mal hatte Matilda sogar einen Hummer gefunden.

«Großvater hat sie gesammelt», erklärte Ingrid. «Zwei große Eimer voll.»

«Das ist aber sehr lieb von dir, Morfar.» Hannah war so ergriffen, dass sich Tränen in ihren Augen sammelten. Sie war seit einigen Wochen sehr nah am Wasser gebaut, das merkte sie nun wieder deutlich.

Auch der Großvater schien gerührt zu sein. Er brummte etwas vor sich hin und sagte: «Ich brauche jetzt einen Brännvin. Wir haben noch gar nicht darauf angestoßen, dass wir gewonnen haben.»

«Muscheln.» Hannah seufzte. «Ich war noch gar nicht am Meer. Ist noch Zeit, dass ich wenigstens von hier oben einen Blick darauf werfe?»

«Mach nur», sagte die Mutter.

Hannah zögerte, doch da sagte Ingrid: «Jetzt geh schon, den Tisch decken können wir auch ohne dich. Wir holen dich gleich, wenn wir fertig sind. Ab morgen ist die Schonzeit vorbei, dann musst du wieder mit anpacken.»

Über dem Meer lag der rötliche Schimmer der untergehenden Sonne. Von hier aus konnte man sie nicht sehen, sie versteckte sich hinter dem Kullaberg. Trotzdem färbte sie die Landschaft rotgolden ein. Der Anblick war unbeschreiblich schön. Wie sehr hatte sie all das hier vermisst! Die See war heute sehr ruhig, die Wellen schwappten sanft auf das Ufer zu. Hannah lauschte dem beständigen Rauschen des Meeres. Aus den Augenwinkeln sah sie einen Fuchs durch das Gestrüpp streichen. Früher hatte sie sich oft am Abend mit ihren Schwestern auf die Lauer gelegt.

Wer zuerst einen gesehen hatte, hatte gewonnen. Oft hatten sie auch Kaninchen gefangen, die hier gern herumhoppelten. Matilda war dabei die Geschickteste gewesen, konnte sie aber nie töten, das musste dann immer die Großmutter mit einem beherzten Drehen des Genicks erledigen.

Zum Glücklichsein brauchten sie damals nicht viel. Sie hatten sich als Geschwister, jeden Tag warmes Essen auf dem Tisch – und das Meer gleich hinter dem Haus. Ein paar Minuten sah Hannah einfach auf das Meer hinaus, bis sie Schritte hinter sich hörte.

«Es ist immer wieder schön, oder?» Ingrid stellte sich neben Hannah. «Ich habe überlegt, ob ich eine Bank genau an diesen Platz stelle. Nicht für die Gäste, nur für uns. Dann können wir zwischendurch mal ausruhen und einfach nur den Ausblick genießen.»

«Das ist eine ganz wundervolle Idee», sagte Hannah. «Warum sind wir nicht früher darauf gekommen?» Sie betrachtete ihre Schwester genauer. Ingrid hatte sich kaum verändert im letzten halben Jahr. Nur ihr Haar war etwas länger geworden, es fiel in leichten Wellen bis über die Schulter. Heute trug Ingrid es ausnahmsweise mal offen. Das stand ihr sehr gut zu Gesicht, es ließ sie weicher wirken. «Du solltest dein Haar häufiger offen tragen, es steht dir. Du siehst noch schöner aus damit.»

Ingrid griff in ihr Haar. «Findest du? Matilda meint, ich sollte es kürzer schneiden lassen. So wie irgendeine Schauspielerin, deren Namen ich aber vergessen habe.»

«Bloß nicht, du siehst wunderschön aus so!» Hannah grinste Ingrid an. «Ist Matilda immer noch so versessen darauf, eine berühmte Schauspielerin zu werden?»

«Na klar, was denkst du denn?» Ihre Schwester rümpfte die Nase. «Ich vermute mal, dass sich der Wunsch in den letzten

Wochen noch verstärkt hat. Aber warum das so ist, lass dir mal lieber von ihr erzählen.»

«Wieso das denn?», fragte Hannah neugierig. «Wir erzählen uns doch sonst auch alles voneinander.»

«Das nicht, das muss sie dir selbst sagen», wiegelte Ingrid ab.

Hannah stupste Ingrid in die Seite. «Komm schon, nur ein kleiner Tipp. Ist es was Gutes oder was Schlechtes?»

Ingrid verschränkte die Arme vor der Brust. «Ich hülle mich in Schweigen.»

«Dann muss ich wohl auf heute Abend warten, wir drei in den Betten, wie in alten Zeiten. Ich schätze mal, das wird eine sehr lange Nacht werden.» Sie selbst hatte ja auch einiges zu erzählen, aber es interessierte sie brennend, was es Neues bei ihren Schwestern gab. «Du kannst dir nicht vorstellen, wie sehr ich mich darauf gefreut habe.»

«Und wir uns erst!» Ingrid zog eine Grimasse. «Stell dir vor, Ulla und Ebba haben versucht, Mutter zu überreden, dass sie in den nächsten zwei Wochen, wenn du da bist, bei uns oben im Zimmer schlafen dürfen. Für ein viertes Bett wäre ja theoretisch noch Platz. Du hättest mal Matilda erleben sollen, als sie das mitbekommen hat. Sie war stinkesauer, weil die beiden kleinen Zecken, wie sie die Zwillinge seitdem nennt, es hintenrum über Mutter versucht haben, ohne uns vorher zu fragen.»

«Das kann ich mir gut vorstellen.» Matilda war schon immer die Lebhafteste von ihnen. Hannah lachte. «Weißt du noch, wie sie mal eine Liste mit Schimpfwörtern geschrieben hat, die Mutter dann gefunden hat?»

«Natürlich», sagte Ingrid. «Und wie ich mich daran erinnere! Da war sie vielleicht zwölf, dreizehn Jahre alt. Matilda musste ohne Abendessen ins Bett – und hat die ganze Zeit leise vor sich hin geflucht. Das hätten wir beide uns nie getraut. Ist schon komisch, wie unterschiedlich wir drei sind, obwohl wir doch Schwestern sind und alle gleich erzogen wurden.»

«So verschieden sind wir doch gar ich – zumindest wir beide. Ich finde, wir sind uns sehr ähnlich. Zum Beispiel backen wir lieber den Kuchen, anstatt ihn auf Tellern zu Wildfremden zu tragen, mit denen wir uns dann auch noch unterhalten müssen.»

«Da hast du recht.» Ingrid schüttelte sich. «Das liegt mir gar nicht. Die Arbeit im Laden hat mir Spaß gemacht. Da habe ich unsere Nachbarn bedient, Freunde, hin und wieder mal ein paar Badegäste. Aber mittlerweile sitzen in der Regel nur noch Leute von weiter weg bei uns im Kaffeegarten.»

«Dann sind die Aufgaben ja gut aufgeteilt, Matilda macht das Bedienen Spaß», erklärte Hannah. «Und Großmutter hat mir gerade erzählt, dass du deine Sache sehr gut machst. Sie hat gesagt, dass du Talent hast, besonders, was die Weiterentwicklung von Rezepten angeht.» Sie war gespannt, ob Ingrid von allein auf die Vanilleherzen zu sprechen kam, aber darauf ging ihre Schwester nicht ein.

«Ja, stell dir mal vor, wer hätte das gedacht, dass mir das mal so viel Spaß machen würde?», sagte sie mit strahlenden Augen. «Besonders, weil Großmutter früher immer mit mir rumgemeckert hat, sie war mit nichts zufrieden.»

«Jetzt ist sie es, sehr sogar», wiederholte Hannah noch einmal. «Sie hat gesagt, du hast sogar die Rezeptur für die Füllung der Vanilleherzen verändert, ich bin gespannt, wie sie jetzt schmecken.»

«Immer noch genau so gut, nur etwas vollmundiger. Ich bin letzte Woche auf die Idee gekommen, als ich an einer Creme für einen Kuchen gearbeitet habe.» Sie lächelte glücklich. «Der Kuchen ist phänomenal, wenn du mich fragst. Er besteht aus einer Mürbeteigplatte, auf die kommt ordentlich Vanillecreme und zum Abschluss wieder eine Platte Mürbeteig. Im Prinzip sind es die gleichen Zutaten wie bei den Herzen, nur alle auf einem Blech, sozusagen wie ein riesiges Vanilleherz.»

«Was für eine schöne Idee, das hört sich lecker an, Ingrid!» Ihre Schwester hatte das Rezept also erst vor kurzem verändert. Es hörte sich in der Tat sehr gut an. «Lass es uns doch mal zusammen backen.»

«Unbedingt, ich bin auf dein Urteil gespannt!»

«Das kann ich dir jetzt schon mitteilen, ich werde begeistert sein!» Hannah sah zu Ingrid, die mit leuchtenden Augen neben ihr stand. So begeistert hatte sie sie noch nie erlebt, wenn es ums Backen ging. Ob da vielleicht noch mehr dahintersteckte?

Hannah knuffte Ingrid liebevoll in die Seite. «Und was machen die Männer, Syster? Erzähl, hast du jemanden kennengelernt?»

«Ich strahle natürlich so, weil ich mich wahnsinnig darüber freue, dass du hier bist», erklärte ihre Schwester, dann grinste sie. «Aber du hast recht, ich habe jemanden kennengelernt. Er heißt Stig, ist Kaufmann und kommt aus Höganäs.»

«Oh, das freut mich, Ingrid, wirklich!»

«Es ist noch ganz frisch …» Ingrid hielt einen Moment inne. «Schauen wir mal, was das gibt. Er ist auf jeden Fall sehr nett.»

«Das ist schon mal sehr wichtig», sagte Hannah. «Wie sieht er aus?»

«Etwas größer als ich, dunkelblond, von sportlicher Statur. In seiner Freizeit spielt er Fußball. Er ist verwandt mit Torsten und Lennart Bunke, die haben beide bei der WM 1933 gespielt. Aber erzähl das bloß nicht Großvater. Über Fußball zu diskutieren ist genauso schlimm wie über Politik. Außerdem weiß er noch nichts von Stig, niemand weiß es, bis auf Matilda natürlich.»

«Und ich jetzt auch. Aber ich halte natürlich wie immer dicht. Seit wann kennt ihr euch, Stig und du?»

«Erst seit zwei Wochen», antwortete Ingrid. «Ich sag doch, es ist noch ganz frisch. Aber er hat mir gestern gesagt, dass er mich mag. Wir sind uns zum ersten Mal etwas näher gekommen.»

Die nächste Frage konnte Hannah sich einfach nicht verkneifen. «Küsst er gut?»

«Etwas feucht», antwortete ihre Schwester, ehrlich, wie sie war. «Und für meinen Geschmack auch etwas zu unbeholfen.»

«Ach, das kannst du ihm alles beibringen.» Hannah hakte sich bei Ingrid unter. «Vielleicht braucht er einfach nur ein wenig Übung. Du musst mir später alles über ihn erzählen!» Wie hatte Hannah dieses Zusammensein mit den Schwestern vermisst. Und als wenn Ingrid ihre Gedanken lesen konnte, sagte sie nun: «Nun aber mal zu dir. Hast du in Stockholm denn mittlerweile eine Freundin gefunden?»

Da hatte Ingrid einen wunden Punkt getroffen. Hannah hatte keine Vertraute dort, die auch nur ansatzweise das war, was ihre Schwestern für sie waren. «Nein. Die Frau von Karls Onkel, Esther, sie ist ganz nett. Aber sie ist fast doppelt so alt wie ich. Ab und an treffen Karl und ich uns in geselliger Runde mit Karls Geschäftspartnern. Da sind auch immer Frauen dabei. Aber bisher hat sich da noch nichts ergeben.» Hannah wusste, dass Karl die Treffen absichtlich organisierte, damit Hannah Anschluss fand. Aber sie bekam einfach keinen Draht zu den Frauen, die alle aus besseren Kreisen waren. Ihr war das unangenehm, das zuzugeben, aber mit Ingrid konnte sie immer über alles reden, warum also nicht auch darüber. «Ganz ehrlich? Ich finde die Frau sehr nett, die jeden Tag die Büroräume säubert. Sie hat immer gute Laune, summt beim Putzen, und sie hat sehr fröhliche Augen. Ich glaube, mit ihr könnte ich Spaß haben.» Sie seufzte.

«Aber du hättest Karls Gesicht sehen sollen, als ich ihm gesagt habe, dass ich sie fragen möchte, ob sie mal mit mir einen Kaffee trinken geht.»

«Wieso, mag er sie nicht?», fragte Hannah, aber da blitzte es auch schon in ihren Augen auf. «Sag bloß, er hat da Bedenken, weil sie nur eine Putzfrau ist?»

«So hat er es nicht ausgedrückt, Karl weiß ganz genau, dass ich mir nicht verbieten lasse, mit wem ich mich anfreunde», erklärte Hannah. «Aber wie gesagt, ich habe es ihm am Gesicht angesehen. Er hat einen Moment gebraucht, bis er darauf etwas erwidert hat. Nämlich, dass ich mir genau überlegen soll, mit wem ich mich abgebe.»

«Immerhin hat er es dir nicht verboten», sagte Ingrid. «Und, hast du dich mit ihr getroffen?»

Hannah schüttelte bedauernd den Kopf. «Ich habe sie gefragt, aber sie wollte nicht. Sie sagt, das hätte gar nichts mit mir zu tun, aber ich wäre nun mal die Frau ihres Vorgesetzten.»

«Hm.» Ingrid legte die Stirn in Falten. Schließlich erklärte sie: «Das klingt vernünftig. Stell dir mal vor, ihr freundet euch an, dann gibt es Unstimmigkeiten mit ihr und Karl, und du stehst dazwischen. Oder ihr streitet euch, und sie hat plötzlich Angst, deswegen ihre Arbeit zu verlieren.»

So hatte Hannah das noch gar nicht gesehen. «Du hast absolut recht, Ingrid», erklärte sie. «Ich sag doch, mir fehlen die Gespräche mit dir.»

«Irgendwann wirst du schon eine nette Freundin finden», sagte Ingrid mit warmer Stimme.

«Das hoffe ich.» Aber dafür musste sie fleißig weiter lernen, damit sie sich mit ihr auch verständigen konnte. Seitdem sie mit Karl in Stockholm lebte, hatte er ihr immer wieder etwas Deutsch beigebracht. Jetzt, wo sie wusste, dass sie bald in Berlin wohnen würden, steckte sie jeden Tag die Nase sehr gewissenhaft in das Lehrbuch, das Karl ihr besorgt hatte. Die Wörter zu lernen fiel ihr nicht sehr schwer, zumal es einige gab, die ganz ähnlich klangen, wie zum Beispiel *Socker* und *Zucker* oder *Fönster* und *Fenster*. Aber man musste auch aufpassen. Wenn man in Schweden ein Bier bestellte, bekam man auch eins, in Deutschland bedeutete das gleiche Wort aber Öl. Womit Hannah am meisten zu kämpfen hatte, waren allerdings die Verben. Im Schwedischen gab es nur eine Form: Jag *är* lycklig, du *är* lycklig, han *är* lycklig, vi *är* lyckliga. Es war ganz einfach. Aber beim Deutschen hieß es: Ich *bin* glücklich, du *bist* glücklich, er *ist* glücklich, wir *sind* glücklich. Die Sprache zu lernen war das geringste Problem, das bekam sie hin. Aber wie sollte sie erst in Berlin eine Freundin finden, wenn sie es in Stockholm nicht geschafft hatte? Am liebsten hätte sie Ingrid jetzt schon von ihrem Umzug nach Berlin erzählt. Aber in der Küche warteten die anderen, darüber wollte sie ganz in Ruhe sprechen, und Matilda sollte auch dabei sein.

Wie auf Kommando ertönte plötzlich Ebbas Stimme durch den Garten bis zu ihnen. «Ingrid, Hannah, wo bleibt ihr denn? Essen ist fertig, wir warten alle auf euch!»

«Setz dich, Hannah!», sagte Ebba. «Was darf ich dir zu trinken bringen?»

«Oh, wenn du so fragst, dann eine Limonade, bitte.»

«Kommt sofort!» Ebba stand auf, holte den Krug und schüttete das Glas voll. «Bitte schön.»

Ulla reichte Hannah das Brot. «Hier, bitte.»

«Bringst du mir Hannahs Teller mit, Ulla?», sagte die Mutter. «Dann fülle ich die Muscheln direkt aus dem Topf hinein.»

«Aber seit wann behandelt ihr mich wie einen Gast?», fragte

Hannah. Sie fühlte sich auf einmal wie ein Gast. Und nicht, als wäre sie hier zu Hause.

«Wir wollen dich einfach verwöhnen, weil du so selten da bist.» Ebba legte den Kopf schief und sah Hannah an. «Aber vielleicht liegt es auch an deiner feinen Kleidung?»

Hannah hatte sich für ein schlichtes dunkelblaues Kleid mit einem weißen kleinen Kragen entschieden. Es war nicht ganz so körperbetont geschnitten. Sie hatte zwar noch keinen kugelrunden Bauch, aber durch den ständigen Appetit hatte sie doch schon etwas zugenommen, und das wollte sie noch nicht zeigen.

«Dann ist es ja gut, dass ich zwei alte Kleider mitgebracht habe», erklärte Hannah mit einem Grinsen.

«Das, was du gerade trägst, ist aber sehr hübsch», stellte Matilda fest, die ihr direkt gegenübersaß.

«Vielleicht passt es dir auch», sagte Hannah. «Sollen wir tauschen? Wenn du möchtest, können wir das gleich nach dem Essen ausprobieren.»

«Oder morgen», erwiderte Matilda. «Ich bin ziemlich müde.»

Irgendetwas stimmte nicht mit Matilda, da war Hannah sich sicher. Normalerweise würde sie jetzt begeistert sein über das Angebot. Irrte sie sich, oder hatte ihre Schwester glasige Augen? «Geht es dir wirklich gut, Matilda?», fragte sie.

Matilda schaute Hannah an, dann hinunter auf die Tischplatte. «Ja.»

«Lass mal sehen.» Die Großmutter stellte sich hinter Matilda und legte ihr die Hand auf die Stirn. «Du hast etwas Temperatur. Hast du dich verkühlt?»

«Das kann sein, ich war gestern noch lang zu Fuß unterwegs. Ich hatte kein Schultertuch dabei», erklärte Matilda.

Die Großmutter betrachtete Matilda kritisch. «Hast du Halsschmerzen?»

Matilda schüttelte den Kopf. Die Großmutter beugte sich zu ihr herunter. «Zeig mal deine Zunge!»

Gehorsam streckte Matilda ihre Zunge raus. Hannah beobachtete schmunzelnd das Schauspiel, das sie an ihre Kindheit erinnerte. Sie und ihre Schwestern waren zum Glück nur selten krank gewesen. Das änderte sich, nachdem die Großmutter zum ersten Mal die leckere Medizin aus Zucker und Thymian gekocht hatte. Da kam es gehäuft zu Husten bei den Schwestern. Der Sirup war einfach zu lecker gewesen. Als daraufhin die Großmutter die Rezeptur verändert und beim Kochen bitteren Salbei mit in den Topf gegeben hatte, waren ihre Enkeltöchter nur noch sehr selten von Hustenattacken geplagt.

«Das sieht mir nicht nach einer ernsten Sache aus, Matilda», sagte die Großmutter. «Ein kühler Wickel, viel trinken, ausruhen, das wird wieder.»

Die Mutter war sofort mit einem feuchten Tuch zur Stelle, das sie Matilda an die Stirn legte. «Vielleicht die ganze Aufregung. Gut, dass morgen der Kaffeegarten geschlossen hat. Da kannst du dich schön ausruhen.»

Hannah warf Ingrid einen fragenden Blick zu. Was meinte die Mutter mit der ganzen Aufregung? Hannahs Besuch konnte ja wohl kaum gemeint sein.

Ingrid zuckte mit den Schultern, dann deutete sie mit dem Kopf nach oben. Es gab also tatsächlich einiges zu besprechen, wenn sie gleich auf dem Zimmer waren.

«So schlecht geht es mir gar nicht», sagte Matilda.

«Dann iss zumindest ordentlich!» Die Großmutter stellte ihr einen Teller mit Muscheln vor die Nase. «Vor dem Schlafen trinkst du einen fiebersenkenden Tee. Den mach ich dir fertig.»

Matilda nickte und sah auf die Muscheln. «Hunger habe ich aber keinen.»

«Wenigstens etwas Brot!», bestimmte die Großmutter.

Hannah hingegen langte ordentlich zu. Dabei beantwortete sie die Fragen, die ihr von allen gestellt wurden.

«Wie geht es Karl?» – «Was macht die Firma?» – «Wie gefällt dir die neue Arbeit?» – «Wie sind die Bäckereien in Stockholm?» – «Wie klappt es mit dem Autofahren?»

Hannah genoss den unbeschwerten Abend. Sie erklärte kurz, dass die Arbeit keine schlechte, die in der Backstube aber natürlich viel besser war. Sie ließ sich ausgiebig über die Konditoreien in Stockholm aus, erzählte unter großem Gelächter, dass sie sich vorkam wie eine Spionin, wenn sie sich bei den Spaziergängen und Cafébesuchen Notizen über die Tortenauslage machte, und wie sie versuchte, etwas über die Rezepte zu erfahren. Viel Spaß hatten auch alle dabei, als Hannah berichtete, wie sie allein mit dem Automobil unterwegs gewesen war, einen Hügel hinauffahren musste und sich nicht traute, die Pferdekutsche vor ihr zu überholen. Alle anderen mussten genau wie sie im Schneckentempo fahren. «Aber das ist noch nicht das Beste an der Geschichte», erzählte sie zum Schluss. «Stellt euch vor, der Autofahrer hinter mir, der hat mich überholt und mich dabei ganz frech und kopfschüttelnd angesehen. Sein Beifahrer hat das Fenster runtergekurbelt und «Frau am Steuer, ungeheuer» gerufen.» Sie grinste breit. «Und jetzt kommt's! Die Kutsche vor uns hat angehalten, also mussten wir auch alle bremsen. Dann ist die Kutsche wieder losgeruckelt, und alle sind weitergefahren, nur der Mann vor mir nicht. Der ist mit seinem schicken Automobil zurückgerollt. Ihr müsst nämlich wissen, dass Anfahren am Berg nicht so einfach ist, daran bin ich im Fahrunterricht auch fast verzweifelt. Zum Glück hatte ich genug Abstand gehalten. Es war auf jeden Fall sehr lustig, weil eine Frau am Straßenrand das mitbekommen hat. Und die hat ganz laut gerufen: ‹Große Klappe, aber nichts dahinter. Männer! Pff!›»

«Da wäre ich zu gern dabei gewesen.» Ingrid seufzte sehnsüchtig. «Irgendwann werde ich auch einen Führerschein machen. Das wäre auch gut für den Kaffeegarten. Stellt euch mal vor, was das für eine Erleichterung wäre, wenn wir ein Automobil hätten.»

«Auf jeden Fall!», stimmte Hannah sofort zu. «Du wirst sehen, Ingrid, es ist ganz einfach, man muss sich nur an ein paar Regeln halten, wenn ich das schaffe, schaffst du es erst recht!»

«Ja, das wäre in der Tat eine sehr große Erleichterung», sagte die Mutter und lächelte Ingrid an. «Eine gute Idee, Ingrid, sobald wir uns das leisten können.»

In ihrer Familie hatte sich einiges geändert, Ingrid, ihre Mutter und die anderen konnten sich plötzlich neue, auch moderne Dinge vorstellen, sie hatten Ideen, alle zogen immer noch an einem Strang, stellte Hannah begeistert fest. Das lag mit Sicherheit am Erfolg des Kaffeegartens. «Das läuft doch alles sehr gut, das wird schon klappen, wartet mal ab», sagte sie.

«Da werden die Leute in Arild aber Augen machen!» Ebba kicherte. «Wenn Ingrid mit dem Automobil unten am Hafen entlangfährt. Bisher gibt es nämlich hier im Dorf noch keine einzige Frau, die Auto fährt.»

«Dann wird es Zeit, dass du das ganz bald änderst, Ingrid!», sagte Hannah. «Aber jetzt erzählt mal, in Arild, was gibt es da Neues?»

«Rune hat sich ein Bein gebrochen, er ist von Rad gefallen», berichtete die Großmutter. «Außerdem sind drei neue Häuser gebaut worden, eins davon ist noch nicht fertig, es soll eine Pension werden, unten am Hafen ...»

Alle hatten etwas zu berichten, nur der Großvater nicht. Er saß da, trank sein Bier und hörte zu.

Dabei fiel Hannah plötzlich auf, dass noch niemand ein Wort über den Vater verloren hatte. «Was macht eigentlich Vater? Hat er sich mal gemeldet? Kommt er im Sommer noch für ein paar Tage? Oder will er erst wieder im Winter kommen – falls das Wetter es zulässt?»

«Ich werde wohl im Herbst hinfahren, wenn wir den Kaffeegarten schließen», erklärte die Mutter. Sie hatte sich bemüht, fröhlich dabei zu klingen, aber Hannah hatte es ihr an den Augen angesehen, dass sie es nicht war. Jetzt, wo sie selbst verheiratet war, konnte sie ihre Mutter noch besser verstehen. Karl monatelang nicht zu sehen, wäre für Hannah unvorstellbar.

«Vielleicht finden wir ja bald eine bessere Lösung», sagte Hannah. «Karl kennt jede Menge Leute in Stockholm. Er hat angeboten, sich für Vater umzuhören. Es sieht doch jetzt überall wieder besser aus mit Arbeitsstellen.» In dem Moment, in dem Hannah es ausgesprochen hatte, wusste sie auch schon, dass das nicht das Problem war und wo es stattdessen lag. Es gab ja Arbeit, in Mölle, in Höganäs ... Nein, der Vater wollte in Kiruna bleiben, sonst wäre er schon längst wieder hier. Wieso war ihr das nicht schon vorher klar gewesen. Es war doch offensichtlich!

«Schauen wir mal, was sich da noch so alles ergibt», sagte die Mutter ausweichend.

Hannah hakte nicht weiter nach. Sie ahnte aber, um was bei dem Gespräch mit ihren Schwestern heute Abend auch gehen würde. «Und was gibt es sonst noch Neues?», fragte Hannah.

«Gunnar ist wieder hier, seit gestern», sagte der Großvater. Die ganze Zeit hatte er schweigend zugehört, und nun sprach er die interessanteste Nachricht des Abends aus.

Hannah brauchte einen Augenblick, um zu antworten. Aber nicht, weil es ihr unangenehm war, sondern weil sie überrascht feststellte, dass sie schon lange nicht mehr an Gunnar gedacht hatte. Anfangs hatte ihr das schlechte Gewissen noch sehr zu schaffen gemacht, zumal halb Arild sich gegen sie verschworen hatte, nachdem sie von ihrem deutschen Karl erfahren hatten. Es gab allerdings auch einige, die sich auf ihre Seite gestellt hatten. Aber das war Hannah noch weniger recht, denn es waren diejenigen, die offen mit den Nazis sympathisierten. Es ging dabei also letztendlich gar nicht um Gunnar oder Karl, sondern darum, wer aus dem Dorf für oder gegen Hitler war. Aber seitdem Hannah in Stockholm lebte, hatte sie all das nicht nur verdrängt, sondern regelrecht vergessen. Dass Gunnar auf ein Handelsschiff gegangen war, hatte Ingrid ihr geschrieben. Aber dafür gab Hannah sich nicht die Schuld, die Entscheidung hatte Gunnar des Geldes wegen getroffen, wie ihre Schwester ihr berichtet hatte. Aber es war gut, dass er wieder hier war, denn wenn Hannah eins über Gunnar wusste, dann war es, wie verbunden er seiner Heimat war, Gunnar lebte gern in Arild.

«Das freut mich», sagte Hannah. «Ich hoffe, er hat eine nette Frau mitgebracht!» Das wünschte sie ihm wirklich. Nachdem Karl offiziell bei ihren Eltern um Hannahs Hand angehalten hatte, war Hannah gar nichts anderes übriggeblieben, als Gunnar möglichst schnell reinen Wein einzuschenken. Alle Schwestern hatten gemeinsam, mit Ausnahme von Ulla und Ebba, beratschlagt. Hannah hatte die Beerdigung abgewartet und drei Tage später das Gespräch mit Gunnar gesucht. Bei dem Gedanken daran fühlte sie sich jetzt noch unwohl. Sie hatte ihm sehr weh getan.

«Pia hat sich wieder an ihn rangeschmissen», verkündete Ulla da.

«So, und woher weißt du das so genau?», fragte die Mutter.

«Das weiß doch jeder, nachdem sie mit Wilma und Gunnar

gemeinsam am Gartentisch gesessen hat, sodass sie von allen gesehen werden konnte», erklärte Ebba.

In Stockholm hätte keiner etwas mitbekommen, in Arild wussten die Bewohner oft sogar schon Bescheid, bevor etwas geschah. Das kam Hannah wenigstens so vor.

Als Paar vorstellen konnte Hannah sich Gunnar und Pia nicht mehr, das war schon einmal nicht gutgegangen. Gunnar hatte nie abfällig über Pia gesprochen, dazu war er zu anständig. Aber er hatte auch nie besonders nette Dinge über sie erzählt, auch nicht, als Hannah und er noch kein Paar gewesen waren. Sie selbst hatte Pia immer als etwas zickig empfunden, befreundet waren sie nie gewesen. Hannah hatte sich immer bemüht, das zu ändern, als Gunnar und Pia ein Paar waren. Immerhin waren Hannah und Gunnar seit der Kindheit gute Freunde. Aber Pia hatte alle Versuche ins Leere laufen lassen, und so hatte Hannah es irgendwann aufgegeben. Und als Hannah und Gunnar ein Paar geworden waren, hatte das verständlicherweise nicht gerade dazu geführt, dass Pia sich netter gegenüber Hannah verhalten hatte. Aber Hannah kannte zumindest eine Person, die eine erneute Verbindung zwischen Gunnar und Pia gutheißen würde. «Wilma wird das sehr freuen.»

«Warten wir ab», sagte die Mutter. Sie sah auf die Uhr. «Es ist gleich zehn. Es war für alle ein langer Tag. Ich würde vorschlagen, dass wir jetzt gemeinsam die Küche aufräumen und dann Schluss machen. Wir haben ja noch viel Zeit vor uns.»

«Können wir heute bei euch oben schlafen?», fragte Ulla. «Nur ausnahmsweise, weil Hannah doch wieder da ist. Wir könnten unsere Matratzen hochtragen, dann jede in ihrem eigenen Bett schlafen.»

Das war Hannah gar nicht recht, weil sie einige ernsthafte Themen zu besprechen hatten, bei denen sie die Zwillinge nicht

dabeihaben wollte. Sie waren zwar reifer geworden, aber immerhin noch nicht erwachsen. Sie wollte schon antworten, da
kam die Mutter ihr zuvor.

«Matilda geht es nicht so gut, sie braucht etwas Ruhe», erklärte sie. «Außerdem haben die drei Großen sich bestimmt
Dinge zu erzählen, die noch nicht für eure Ohren bestimmt
sind.»

Ebba seufzte theatralisch. «Genau deswegen wollen wir ja
oben schlafen.»

Hannah musste lachen. «Das machen wir bald, versprochen.»
Sie war erleichtert, die erste Nacht gehörte ihr und den Schwestern.

19

Hannah

Um halb elf lagen Hannah und ihre Schwestern in den Betten. Hannah fühlte sich wunderbar. Ihr Kopfkissen roch nach Lavendel, sie hatte ihr altes Nachthemd an und beobachtete die kleine Spinne, die sich an einem Faden von einem der Dachbalken abseilte. Gut, dass Ingrid sie noch nicht entdeckt hatte. Die sonst so tierliebe Schwester, die jedem Käfer oder Falter in die Freiheit verhalf, wenn er sich im Haus verirrte, hatte vor Spinnen panische Angst. Da sie auch ihnen nichts antun wollte, mussten früher immer Matilda oder Hannah herhalten, um die Tierchen mit den acht Beinen nach draußen zu befördern.

«Vermisst du Karl, Hannah?», fragte Ingrid da.

«Ehrlich gesagt, nein. Aber das liegt nicht daran, dass mit uns etwas nicht stimmt, sondern daran, dass ich mich so sehr freue, wieder einmal hier zu sein», erklärte Hannah. «Aber ich denke, dass er mich gerade vermissen wird. Er liegt nämlich jetzt allein im großen Ehebett, während ich mir mit euch das Zimmer teile.»

«Das kann man aber nicht vergleichen», sagte Matilda, die Stimme immer noch matt.

«Das ist wohl wahr.» Hannah setzte sich auf. «Was macht dein Fieber, Matilda? Was ist nur los?»

Kaum hatte Hannah zu Ende gesprochen, schluchzte Matilda auf und fing bitterlich an zu weinen.

Erschrocken sprang Hannah aus dem Bett und lief zu ihrer Schwester. Und auch Ingrid war innerhalb von Sekunden bei Matilda.

Hannah streichelte Matildas Rücken. «Du bist ja ganz nass geschwitzt, Matilda!»

«Das Fieber ist gestiegen», stellte Ingrid fest. Sie hielt die Hand auf Matildas Stirn. «Wir sollten Mutter holen.»

Matilda schniefte laut, hörte dann aber augenblicklich auf zu weinen. «Nein!»

«Aber warum denn nicht?», fragte Ingrid.

«Weil das meine gerechte Strafe ist», erklärte Matilda mit jämmerlicher Stimme.

«So ein Blödsinn, du bist krank, Matilda», sagte Hannah. «Wir hatten doch alle schon mal Fieber.»

«Wenn ich sterbe, habe ich es nicht anders verdient», erwiderte Matilda – und weinte wieder.

Hannah bekam es mit der Angst zu tun. «Matilda, sag uns, was passiert ist.»

«Sie hat sich gestern von Kristian getrennt, vielleicht ist es Liebeskummer», überlegte Ingrid laut.

«Kristian?», hakte Hannah nach.

Ingrid nickte verlegen. «Er ist verheiratet, deswegen weiß niemand von ihm.»

«Oh, Matilda …» Hannah legte ihre Hand auf die zuckende Schulter ihrer Schwester. Sie hielt gar nichts davon, wenn Frauen sich auf verheiratete Männer einließen, erst recht, seitdem sie selbst verheiratet war. Das wussten auch die beiden Schwestern. Aber trotzdem tat ihr Matilda leid.

«Sie hat es eingesehen und es beendet», verteidigte Ingrid Matilda. «Mach nicht so ein strenges Gesicht, ihr geht es nicht gut.»

«Ich schaue nicht streng, ich überlege angestrengt», entgegnete Hannah. «Es ist jetzt erst einmal unwichtig, ob der Mann verheiratet ist. Von einem Liebeskummerfieber habe ich nämlich noch nie gehört. Das Fieber muss woanders herkommen. Hast du vielleicht Ohrenschmerzen, Matilda? Oder tut es dir weh, wenn du Luft einatmest?»

«Nein, aber ich muss bestimmt trotzdem sterben», sagte Matilda theatralisch. Das wirkte nicht geschauspielert, sie schien wirklich Angst zu haben.

«Ich geh Mutter holen.» Ingrid sah es also auch so. Sie sprang auf und lief zur Tür.

«Warte bitte, Ingrid», rief Matilda kleinlaut.

«Na gut, aber dann musst du uns sagen, was los ist», erwiderte Ingrid in strengem Tonfall. «Wir machen uns nämlich wirklich Sorgen.»

«Hannah wird mich dafür hassen.» Matilda wischte sich die Tränen aus dem Gesicht. «Wo du doch jetzt auch verheiratet bist.»

«Solang du dich nicht in meinen Mann verliebst, sehe ich nicht, wieso ich dich hassen sollte», scherzte Hannah. «Und jetzt raus mit der Sprache. Was ist los?»

«Der Mantel ist abgerutscht, in mir drin» Sie schniefte. «Heute war deswegen eine Frau im Kaffeegarten. Sie hat mir einen Tee überreicht und gesagt, dass ich ihn trinken soll. Dadurch würde meine Blutung angeregt werden.»

Das war es also, was Ingrid ihr vorhin nicht sagen wollte! «Mensch, Matilda!», rief Hannah erschrocken. Hannah wusste nicht, was sie mehr entsetzte. Dass die Möglichkeit bestand, dass Matilda vielleicht schwanger war, oder die Sache mit dem Tee. Jetzt hieß es auf jeden Fall, erst einmal klare Gedanken zu fassen.

«Gut, jetzt noch einmal ganz langsam von vorn», sagte Hannah. «Wann ist das alles passiert?»

«Gestern.» Matilda schniefte ein paarmal.

«Und da hattest du, ihr habt also ...» Hannah beendete den Satz nicht. Es kam ihr auf einmal so unwirklich vor, dass Matilda mit einem Mann intim geworden war, so wie sie mit Karl.

«Sie hat mit ihm geschlafen, Hannah», erklärte Ingrid da klar und deutlich. «Dabei ist das Kondom in ihr stecken geblieben. Das bedeutet, dass sie schwanger geworden sein kann.»

«Ja, genau!» Matilda nickte mit verweinten Augen. «Was mach ich denn jetzt?»

«Wann bekommst du deine nächste Blutung?», fragte Ingrid.

«Nächste Woche.» Matilda schniefte wieder. «Hoffentlich.»

Endlich hatte Hannah wieder all ihre Gedanken zusammen. Ihre Schwester brauchte Hilfe! Dass Matilda schwanger werden konnte war eine Sache, aber das erklärte nicht das Fieber.

«Matilda, hast du den Tee getrunken, den dir die Frau gegeben hat? Und was war das für eine Frau?», fragte sie.

«Ich kenne sie nicht. Sie war heute Morgen im Kaffeegarten, sehr fein gekleidet, mit einem schwarzen Hut. Sie hat gesagt, ein Freund schickt sie, und hat mir den Tee gegeben. Der soll eine vorzeitige Blutung auslösen.»

«Und hast du den Tee getrunken?», hakte Hannah nach.

«Ein paar Tassen», sagte Matilda und zog die Decke über den Kopf.

Hannah sah zu Ingrid. «Und jetzt?»

«Wenn das Fieber nicht zurückgeht, hole ich Mutter», entschied sie. «Oder Großmutter.»

«Nicht Großmutter, die bringt mich um», jammerte Matilda. «Ein weiteres uneheliches Kind in der Familie, das geht gar nicht.»

«Matilda!», sagte Ingrid streng. «Jetzt reg dich erst einmal wieder ab. Du weißt doch gar nicht, ob was passiert ist. Und wenn du dich jetzt aufregst, wird dein Fieber noch schlimmer.»

Es dauerte eine Weile, bis Hannah klar wurde, was Matilda da gerade von sich gegeben hatte. Ihr Magen zog sich zusammen. «Was meinst du mit ‹ein weiteres unehelichen Kind›, Matilda?»

«Oh, Mist!» Matilda sah erschrocken zu Ingrid.

«Lass mal, Matilda, ist schon in Ordnung. Wir wollten es dir eigentlich schonend und ganz in Ruhe erzählen.» Ingrid seufzte und machte eine kurze Pause. «Also, Vater ist noch einmal Vater geworden, vor zwei Monaten. Er hat eine andere Frau in Kiruna.»

«Nein!» Hannah konnte es nicht fassen. «Das ist nicht euer Ernst.»

«Doch.» Matilda hatte Mühe, sich im Bett aufzusetzen, bevor sie ihre Schwestern mit großen sorgenvollen Augen anschaute. «Und wenn ich schwanger bin, dann ist Vaters Kind der Onkel oder die Tante meines Kindes.»

Auch meines Kindes, dachte Hannah. Sie konnte immer noch nicht glauben, was sie da gerade erfahren hatte. Ihr wurde schlecht. «Ich brauche etwas frische Luft.» Sie stand auf, ging zum Fenster und öffnete es.

Seitdem sie schwanger war, war ihr kein einziges Mal übel gewesen, doch jetzt schien es so weit zu sein. Aber das hatte vielleicht auch nur mit der Nachricht zu tun. Sie fächerte sich etwas Luft zu und atmete eine paarmal tief ein und aus. Dabei sah sie zu, wie Ingrid die Hand noch einmal auf Matildas Stirn legte.

«Deine Stirn ist wirklich sehr heiß, Matilda», sagte sie nun. «Weißt du, was es für ein Tee war?»

«Einer mit Kräutern», antwortete Matilda. «Kuhschelle, Berberitze … an den Rest kann ich mich nicht mehr erinnern.»

«Ich gehe ins Badezimmer und hole das Fieberthermometer», entschied Hannah. «Wir müssen wissen, wie hoch deine Temperatur ist, Matilda.»

«Aber das wird Mutter mitbekommen.» Matilda ließ sich auf die Matratze zurücksinken. «Das geht nicht.»

«Wir sagen ihr erst einmal nicht, was dir passiert ist, Matilda, nur, dass das Fieber sehr hoch ist. Aber wenn es nicht besser wird, müssen wir das machen, dann müssen wir Mutter einweihen.» Hannah hatte sich gesammelt. «Über die Sache mit Vater sprechen wir morgen in Ruhe, jetzt müssen wir erst einmal das Fieber in den Griff bekommen. Ingrid bleibt bei dir.»

«Ist gut», stimmte Matilda kleinlaut zu.

Hannah machte sich sofort auf den Weg. Das Schlafzimmer der Mutter befand sich unten neben dem von Ebba und Ulla. Sie bemühte sich, möglichst keinen Krach zu machen, aber natürlich knarzte die Treppe doch. Sie war gerade im Flur angekommen, da öffnete sich die Tür zum Schlafzimmer der Mutter bereits.

«Matilda?»

Hannah nickte. «Das Fieber geht nicht zurück», sagte sie leise.

«Ich mache Essigwickel und komme sofort hoch.»

Hannah blieb unschlüssig im Flur stehen. Was für ein Schlamassel! Der Vater hatte ein uneheliches Kind mit einer anderen Frau, und Matilda war auf dem besten Weg dahin, auch eins zu bekommen.

«Da bin ich schon.» Die Mutter kam einige Minuten später mit einer großen Schüssel ins Schlafzimmer der Schwestern. Der Essig stieg Hannah sofort in die Nase. Sie schüttelte sich innerlich, der Geruch war sehr unangenehm. Normalerweise störte sie sich daran nicht, aber jetzt reagierte sie darauf plötzlich empfindlich. Das lag daran, dass sie schwanger war. Was ihr diesbezüglich wohl noch alles bevorstand in den nächsten Monaten? Aber nun mussten sie sich erst einmal um Matilda kümmern.

«Ich habe das Thermometer mitgebracht», sagte die Mutter und reichte es Hannah. «Misst du die Temperatur, dann können Ingrid und ich solange die Tücher um die Waden wickeln.»

Hannah schüttelte das Quecksilber nach unten. Sie bewunderte ihre Mutter dafür, dass sie in Krisensituationen immer einen kühlen Kopf bewahrte. Genau so wollte sie auch sein, wenn sie Mutter war.

«Mund auf, Matilda.» Hannah legte die Spitze des Thermometers unter Matildas Zunge. «Und zumachen.»

«Wenn wir nur wüssten, woher das Fieber kommt», sagte die Mutter.

Ingrid warf Hannah einen fragenden Blick zu. Hannah war hin und her gerissen. Sie sorgte sich um Matilda, aber sie sollten erst einmal abwarten, ob die Wadenwickel Wirkung zeigten, bevor sie Matildas Geheimnis preisgaben. Das, was Matilda da gemacht hatte, war schlimm. Wenn das Folgen hatte, würde die Mutter es sowieso erfahren, aber solange das nicht sicher war, war es für Matilda besser, wenn es niemand erfuhr. Unmerklich schüttelte sie den Kopf, sodass Ingrid wusste, dass sie lieber, wie vereinbart, noch nichts sagen sollten.

Hannah griff nach Matildas Hand und drückte sie. Ihre Schwester sah erbärmlich aus. Ihr Haar klebte in ihrem verschwitzten Gesicht, die Augen schimmerten ungesund, die Wangen waren gerötet. «Alles wird gut.» Sie zog das Fieberthermometer aus Matildas Mund und sah nach, wie hoch das Quecksilber auf der Skala gestiegen war. «Neununddreißig Komma fünf.» Das war nicht gut!

«Am besten reiben wir Matilda ganz mit dem Essigwasser ab», sagte die Mutter. «Das ist immer noch das beste Mittel, das Fieber zu senken.»

Kaum hatte die Mutter den Satz ausgesprochen, fiel Hannah ein, was Karl zu ihr gesagt hatte, als sie den Koffer gepackt hatte. «Ich habe dir ein Döschen Aspirin in deine Handtasche gepackt, Hannah, falls du doch wieder Kopfschmerzen bekommst.» Warum hatte sie daran noch nicht gedacht? Hier im Haus gab es keins, Hannah war sich noch nicht mal sicher, ob die Mutter die Wirkung kannte. Die Tasche hatte Hannah in den Schrank gelegt, nachdem sie den Koffer ausgeräumt hatte. Sie lief flink rüber, holte die Tasche raus und schüttete den Inhalt auf den Boden. «Ich habe Aspirin dabei, in Tablettenform. Das hilft gegen Fieber.» Sie sah zu ihrer Mutter. «Was meinst du?»

«Das ist gut», sagte die Mutter. «Ich wollte schon immer mal welches besorgen, habe es dann doch wieder vergessen.»

Hannah nahm eine der Pillen aus der Dose. «Setz dich auf, Matilda, dann kannst du besser schlucken.» Sie gab ihrer Schwester eine Tablette und ein Glas Wasser. Dabei musste sie an Karl denken. Er war nicht in der Lage, die Tabletten zu schlucken. Letztens musste sie eine auf einem Löffel zerdrücken, mit Zucker mischen und mit etwas Wasser verrühren, damit er sie runterbekam. Matilda zuckte jedoch nicht mit der Wimper. Sie ließ die Pille im Mund verschwinden, trank einen Schluck Wasser und ließ sich wieder in ihr Kissen sinken.

Eine halbe Stunde später war das Fieber auf achtunddreißig Grad gesunken. Sie atmeten alle erleichtert auf.

«Am besten schläfst du heute bei mir im Bett, Matilda, da bekomme ich am ehesten mit, falls das Fieber wieder steigt», schlug die Mutter vor.

Matilda schüttelte vehement den Kopf. «Mutter, ich bin doch kein Kind mehr!»

Hannah schmunzelte in sich hinein. Ob sie ihre schon erwachsene fiebrige Tochter auch darum bitten würde, bei ihr im Bett zu schlafen?

«Wir sind doch auch noch da, Mor», sagte Ingrid. «Wir könnten unsere Betten zusammenschieben. Matilda schläft in der Mitte. So hat jede genug Platz für sich, und wir können immer mal zwischendurch fühlen, ob die Stirn heiß ist. Und wenn Matilda sich nicht gut fühlt, kann sie uns wecken.»

«Gut!» Die Mutter nickte. «Aber Hannahs Bett rückt ihr nicht ran. Sie braucht Ruhe. Außerdem wissen wir nicht, was Matilda da ausbrütet und ob es was Ansteckendes sein könnte, das ist nicht gut für Hannah in ihrem Zustand.» Die Mutter sah sie ganz ruhig an. Hannah erstarrte unmerklich.

Ingrid riss die Augen auf. «Du bist schwanger, Hannah?»

«Oh», sagte die Mutter schuldbewusst. «Ich dachte, sie hätte es euch sofort erzählt.»

«Das wollte ich noch», erklärte Hannah verlegen. «Jetzt wisst ihr es.» Sie sah zur Mutter. «Hat Großmutter es dir erzählt?»

«Nein, hat sie nicht. Das wusste ich, als ich dich heute zum ersten Mal gesehen habe. Du hast diesen Blick, außerdem legst du sehr oft deine Hand auf deinen Bauch, so als würdest du etwas sehr Wertvolles schützen wollen. Ich habe nur noch nichts gesagt, weil ich wollte, dass du es mir erzählst, wenn du willst.» Hannah war wieder erstaunt, wie weise ihre Mutter doch war, wie sehr sie ihre Kinder machen ließ, sie nie drängte. Sie stand auf und umarmte ihre Mutter.

«Das gibt es ja nicht!» Nun umarmte Ingrid ihre Schwester. «Ich freue mich für dich.»

«Ich mich auch», sagte Matilda mit leiser Stimme.

«Dann lass ich euch mal allein.» Die Mutter ging aus dem Zimmer. «Und wenn irgendwas ist, ruft ihr mich, versprochen?»

«Machen wir!», sagte Hannah.

Fünf Minuten später hatten sie Ingrids Bett an Matildas gerückt und legten sich schlafen.

Hannah kuschelte sich in ihre Decke. Die Angst um Matilda hatte ihr alle Kraft geraubt. Sie war schrecklich müde und wollte einfach nur noch schlafen. Und morgen sahen sie dann weiter. «Gute Nacht.»

«Gute Nacht», erwiderte Ingrid.

«Eigentlich könntest du dich ruhig zu uns legen, weil ich dich nicht anstecken kann, du bist ja schon schwanger, Hannah», feixte Matilda.

«Wenn du Scherze machen kannst, geht es dir ja schon wieder ganz gut», sagte Hannah unendlich erleichtert.

«Galgenhumor», erklärte Matilda. «Frag mich in einer Woche noch mal, wie es mir geht, wenn meine Blutung kommen müsste. Im wievielten Monat bist du, Hannah?»

«Fast im vierten», antwortete sie.

«Dann könnten unsere Kinder später miteinander spielen», überlegte Matilda laut.

Da meldete sich Ingrid zu Wort. «Dann habt ihr beide ein Kind, nur ich nicht.»

«Heirate Gunnar», schlug Matilda vor. «Dann bekommst du bestimmt auch ganz schnell eins.»

Hannah meinte im ersten Moment, sich verhört zu haben. Aber nach Ingrids Reaktion zu urteilen, hatte sie das nicht. Denn die bekam plötzlich kein Wort mehr heraus.

«Matilda, wie meintest du das?», fragte Hannah.

«Sie findet, dass Gunnar und ich das ideale Paar sind», erklärte Ingrid.

Hannah musste lachen, die Vorstellung war absurd. Aber auf der anderen Seite hatte Matilda vielleicht gar nicht so unrecht. «Auf jeden Fall seid ihr beide euch in vielerlei Hinsicht sehr ähnlich. Ihr seid beide sehr ruhig und ausgeglichen. Außerdem seid ihr heimatverbunden, ihr liebt die Natur, könnt stundenlang spazieren gehen», sagte Hannah. «Das wäre aber auf Dauer vielleicht ganz schön langweilig, oder, Ingrid? Aber das ist ja ohnehin ausgeschlossen, du könntest ja keinen Mann heiraten, der mal mit einer deiner Schwestern liiert war. Das wäre ja komisch. Noch mehr, als wenn du Agnethas Freund heiraten würdest.»

«Fändest du das wirklich so schlimm?», fragte Ingrid. Sie klang verletzt.

«Nicht schlimm, aber es wäre sehr merkwürdig, oder?» Langsam kam Hannah die Sache doch merkwürdig vor. Hatte Ingrid etwa tatsächlich Interesse an dem Mann, dem Hannah einen Korb gegeben hatte? Plötzlich erinnerte sie sich an die Szene in der Küche, nachdem Gunnars Vater gestorben war. Wie vertraut die beiden dagesessen hatten. «Aber du hast doch deinen Stig.»

«Ja», sagte Ingrid knapp. «Den habe ich.»

«Dann ist doch alles in Ordnung. Ich bin schon gespannt, ihn mal kennenzulernen.» Aber nun wollte sie nur noch schlafen. Sie hatte sich eben schon genug Sorgen um Matilda gemacht. Das reichte für heute. Und das mit Berlin würde sie den Schwestern morgen erzählen müssen. Sie schloss die Augen. «Gute Nacht, ihr beiden.»

«Tut mir leid, Ingrid», sagte Matilda da.

«Schon gut ...»

Was sollte das denn nun wieder bedeuten? Bestimmt dafür, dass sie Ingrid in Verlegenheit gebracht hatte. Hannah beschloss, sich darüber keine weiteren Gedanken mehr zu machen. Es gab wahrlich andere Sorgen, Matilda, der Vater mit seinem neuen Baby. Sie schickte einen Gruß durch die Nacht an Karl. Ohne ihn hätten sie das Fieber nicht in den Griff bekommen. Dafür war sie ihm sehr dankbar. Und auch für das Kind, das sie unter ihrem Herzen trug.

20

Hannah

In der Nacht wurde Hannah immer wieder wach. Sie machte sich Gedanken darüber, was Matilda alles hätte passieren können – und immer noch konnte. Wer wusste schon, was für einen Tee diese geheimnisvolle Frau ihrer Schwester gegeben hatte? Und hatte sie es gut gemeint oder gar Böses vorgehabt? Es gab schließlich auch Kräuter, deren Wirkung sehr gefährlich war, wenn nicht sogar tödlich. Hannah lauschte den Schlafgeräuschen der Schwestern, um sich zu vergewissern, dass auch wirklich beide atmeten. Der Gedanke, dass Matilda noch etwas Schlimmeres zustoßen konnte, als ein uneheliches Kind zur Welt zu bringen, jagte ihr Angst ein. Erst spät fiel sie in einen unruhigen Schlaf.

In der Morgendämmerung schreckte Hannah plötzlich wieder hoch, stand auf und legte behutsam die Hand auf Matildas Stirn.

«Es ist alles in Ordnung», nuschelte Ingrid. «Leg dich wieder hin.»

Die Temperatur fühlte sich tatsächlich normal an, Hannah war beruhigt. Sie ging wieder ins Bett und schlief noch einmal ein.

Am Morgen fühlte sie sich wie gerädert. Ihre Augen waren schwer. Irgendjemand hatte das Fenster geöffnet, Vögel zwitscherten, und in der Ferne rauschte das Meer. Das bedeutete, dass die See heute bewegt war, dann krachten Wellen auf die

Klippen, und die Gischt sprühte meterhoch empor. So war Hannah das Meer am liebsten, kraftvoll, aber nicht stürmisch.

Da hörte sie ein leises Knarren und danach ein Rascheln. Hannah öffnete die Augen. Ingrids Bett war leer, es war Matilda. Ihre Schwester war anscheinend auch gerade erst wach geworden.

«Guten Morgen», sagte Hannah. «Wie geht es dir, Matilda?»

«Guten Morgen.» Matilda streckte sich. «Das Fieber ist weg, wenn du das meinst. Ansonsten geht es mir sehr bescheiden. Nicht nur wegen des Gedankens, dass ich vielleicht schwanger sein könnte, auch, weil mir klar geworden ist, wie dämlich ich auch gestern war. Erst lasse ich mich auf einen verheirateten Mann ein, dann trinke ich irgendeinen Tee, den mir eine Wildfremde in die Hand drückt.»

«Die Hauptsache ist erst einmal, dass es dir gesundheitlich besser geht», sagte Hannah. Insgeheim gab sie Matilda recht, es war dämlich, sehr sogar. Am liebsten würde sie ihrer Schwester gehörig den Kopf waschen. Und das würde sie auch! Aber erst, wenn feststand, dass Matilda kein Kind erwartete. Denn wenn doch, dann wäre Matilda schon genug bestraft.

«Ich hätte mit Oskar zusammenbleiben sollen», erklärte Matilda. «Warum müssen mich besonders Männer reizen, die Mistkerle sind? Oskar war mir einfach zu ...» Sie suchte nach den richtigen Worten. «Zu fürsorglich. Er war immer darum besorgt, wie es mir geht, ob er alles richtig macht. Wenn ich ihn einmal schräg angesehen habe, hat er sofort gefragt, was los ist. Ehrlich, das klingt vielleicht jetzt komisch, aber ich hatte oft das Gefühl, dass ich der Mann in der Beziehung bin. Ich hatte die Hosen an. Das habe ich jetzt davon! Wenn mir das mit Oskar passiert wäre, hätte er mich sofort geheiratet.»

«Hast du mit ihm auch ...? Oder war Kristian der Erste?»

Die Frage brannte Hannah auf der Seele, sie wollte wissen, ob Matilda eine von den Frauen war, die sie normalerweise für ihr zügelloses Verhalten verurteilte – solange es sich nicht um ihre Schwester handelte...

«Ob wir mir miteinander geschlafen haben?», fragte Matilda. «Ja, ein paarmal. Oskar hat immer sehr aufgepasst. Aber Spaß gemacht hat es nicht. Es war immer schon nach wenigen Minuten vorbei. Ich hatte nichts davon. Mit Kristian schon. Aber der ist dafür eine ... ach, ich sag jetzt lieber nicht, was ich denke. Oder doch, er ist eine fiese Arschkröte!» Sie seufzte. «Aber wie sagt Großmutter immer so schön? Man kann nicht alles haben im Leben!»

Hannah war hin und her gerissen. Sie war beeindruckt von Matildas Offenheit, aber auch erschrocken darüber, wie leichtfertig Matilda war. Über sie urteilen, das wollte Hannah jedoch nicht.

«Den Spruch hat Großmutter gestern auch zu mir gesagt», erklärte Hannah. «Aber da ging es um die Bäckerei. Großmutter hat recht, ich kann nicht gleichzeitig in Stockholm und in Arild sein, ich habe mich für eine Sache entschieden. Aber auf Männer trifft das nicht zu, Matilda.» Ein wenig genierte sich Hannah, darüber zu sprechen. Dabei hatte sie doch keinen Grund, sich zu schämen. Sie war die Ältere, und sie hatte andere, schönere Erfahrungen gemacht, von denen Matilda wissen sollte. «Karl zum Beispiel ist auch sehr fürsorglich und umsorgt mich ständig, aber dennoch habe ich etwas davon, wenn wir uns ganz nah sind.» Sie kicherte ein wenig. «Na ja, meistens zumindest. Manchmal geht es auch bei uns sehr schnell. Aber das kommt nicht oft vor, und Karl tut es so leid, dass er sich beim nächsten Mal noch mehr um mich bemüht. Vielleicht war es gut, dass wir mit dem richtigen, na ja, mit dem Miteinander-Schlafen bis zur

Hochzeit gewartet haben. Da hatten wir genügend Zeit, auch so Spaß miteinander zu haben – nur mit Streicheln.» Jetzt wurde sie doch rot, aber das bekam Matilda in ihrem Bett zum Glück nicht mit. «Streicheln an den richtigen Stellen.»

«Hannah!», sagte Matilda und setzte sich im Bett auf. Sie klang entzückt. «Da ist also doch schon mehr zwischen dir und Karl gelaufen als nur Händchenhalten, wusst ich's doch!»

«Sagen wir mal so … wir haben ein wenig geübt!», erklärte Hannah stolz. Sie und Karl hatten alles richtig gemacht, wie sie fand.

«Das freut mich für dich, Hannah, ehrlich!» Matilda fuhr sich durch das Haar. «Ich hoffe nur, dass ich für meine Dummheit nicht bezahlen muss. Was mache ich denn, wenn ich schwanger bin? Bleiben kann ich hier dann auf keinen Fall, du weißt doch, wie die Leute sind. Eine Frau mit einem unehelichen Kind – in Arild!»

Da hatte Matilda allerdings recht. Die Dorfbewohner würden sich die Mäuler über Matilda zerreißen. Aber es würde auch nicht einfach für das Kind werden. Sie würden es hänseln. So nett die Nachbarn auch waren, so schnell waren sie auch im Verurteilen. Da gab es auch Hannahs Meinung nach nur eine Möglichkeit. Matilda hatte recht: Wenn sie schwanger sein sollte, musste sie Arild verlassen. Aber darüber durfte Matilda sich momentan keine Sorgen machen. «Jetzt wartest du erst einmal ab, und dann schauen wir weiter.»

Matilda sah das anders. Sie machte Pläne. «Vielleicht könnte ich dann doch Oskar heiraten. Oder ich könnte nach Stockholm ziehen, da kennt mich niemand.» Sie nickte, so als würde sie sich selbst bestätigen. «Ja, das wäre die beste Idee, ich komme nach Stockholm. Oder hättest du etwas dagegen?»

«Nein, natürlich nicht», versicherte Hannah. «Es ist nur so …»

Sie atmete tief durch. Nun musste sie mit der Sprache rausrücken, damit Matilda sich keine falschen Hoffnungen machte. «Das geht leider nicht mit Stockholm. Karl und ich müssen für ein Jahr nach Deutschland, Matilda. Karls Vater hatte einen Unfall, er hat sich das Bein gebrochen. Es ist nur vorübergehend. Du könntest jedoch bestimmt nach Berlin mitkommen, ich bin mir sicher, dass Karl uns da nicht im Stich lässt. Natürlich müsste ich das vorher klären. Aber wie gesagt, lass uns erst einmal abwarten.»

Matilda sah Hannah entsetzt an.

Hannah fühlte sich fürchterlich. «Mir gefällt das auch nicht, aber Karl ist nun mal mein Ehemann.»

Jetzt fand Matilda ihre Sprache wieder. «Dann wird dein Kind in Deutschland geboren, Hannah», sagte sie mit vorwurfsvoller Stimme.

«Großmutter sagt, es wird ein Mädchen», erklärte Hannah, in der Hoffnung, Matilda würde sich ebenso darüber freuen wie sie. Über Deutschland wollte sie jetzt nicht diskutieren. Sie wollte selbst nicht daran denken, dass sie dann so weit weg war. Matildas Überraschung schien nun einer gewissen Entschlossenheit gewichen zu sein. Ihre Schwester würde Hannahs geplanten Umzug nicht so einfach hinnehmen.

«Na gut, dann eben deine Tochter. Deine Tochter wird in Deutschland geboren, du weißt schon, was das heißt, oder?», sagte Matilda aufgebracht. «Es wird eine Deutsche, keine Schwedin! Das kannst du nicht ernsthaft wollen, Hannah.»

Darum ging es Matilda also nur? Dieser Gedankengang tat Hannah weh. Sie hatte damit gerechnet, dass Matilda traurig sein würde, weil Hannah dann noch weiter weg von Arild war und sie sich vielleicht noch seltener sehen würden. Oder dass Matilda sich Sorgen machte, weil die Situation in Deutschland sehr angespannt war. Aber das? «Es ist nicht nur meine Tochter, Matilda», erklärte Hannah mit fester Stimme. «Es ist unsere Tochter, Karls und meine. Und er kommt nun mal aus Deutschland. Aber im Gegensatz zu dir ist es ihm egal, welche Staatsangehörigkeit unser Kind erhält. Als ich schwanger wurde, wussten wir noch nicht, dass wir nach Deutschland gehen. Ohne den Unfall wäre unser Kind in Schweden auf die Welt gekommen, und das wäre auch in Ordnung für ihn gewesen.»

«Und das glaubst du?», fragte Matilda. Der ironische Unterton war nicht zu überhören. «Ihr müsst ein Jahr nach Deutschland, weil sein Vater sich das Bein gebrochen hat? Das stinkt doch zum Himmel!»

Jetzt war Hannah wirklich verärgert. «Du willst doch jetzt nicht etwa behaupten, dass Karl lügt, nur damit unser Kind die deutsche Staatsangehörigkeit erhält?»

Matilda schwieg.

«Sag es mir ins Gesicht. Denkst du, dass Karl lügt, Matilda?», fragte Hannah kühl.

«Nein», lenkte Matilda ein. «Aber ich kenne seine Eltern ja nicht. Und ich habe schon viele schlimme Dinge über die Deutschen gehört. Was ist, wenn das alles nur ein Trick ist? Wenn sie versuchen, euch so ins Land zu locken? Sei mir nicht böse, Hannah, aber du bist doch sonst immer so klug. Kommt es dir selbst nicht komisch vor, ein ganzes Jahr wegen eines gebrochenen Beines? Und noch mal: Euer Kind wird in Deutschland geboren. In einem Land, das Fremde nicht dort haben will und Andersdenkende in sogenannte Schutzhaft steckt, das lesen wir jeden Tag in der Zeitung, das hören wir im Radio, das ist kein Geheimnis. Es ist ein sehr ungastliches Land, Hannah, und bei uns zu Hause wurde Gastfreundlichkeit immer sehr großgeschrieben.»

Auch wenn Matilda in manchen Punkten richtig lag, hatte

Hannah auf Verständnis gehofft, nicht aber damit gerechnet, dass ihre eigene Schwester sie so angehen würde. «Die Deutschen haben nichts gegen uns Schweden», sagte sie trotzig.

«Ach, da hast du ja Glück gehabt, stell dir mal vor, du wärst eine schwedische Jüdin. Was wäre dann?», konterte Matilda.

Dann hätte Karl sie niemals geheiratet. Matilda hatte den Nagel auf den Kopf getroffen, aber das konnte sie nicht zugeben. «Bin ich aber nicht, Matilda. Glaubst du wirklich, dass ich so gedankenlos bin wie du? Ich bin nicht so dumm, dass ich nicht ganz genau darüber nachgedacht hätte, Matilda. Ich weiß um die Situation in Deutschland. Das mit dem ganzen Jahr leuchtet auch mir noch nicht wirklich ein. Aber Karl ist nun mal mein Mann. Ich habe die Entscheidung getroffen, nicht allein in Stockholm zu bleiben.» Sie verschwieg, dass das für Karl gar keine Möglichkeit gewesen wäre. «Ich habe mir das gut überlegt, Matilda, ich weiß genau, was ich tue.»

«Im Gegensatz zu mir, deiner dummen Schwester, das hast du sehr treffend festgestellt», erwiderte Matilda verletzt.

Hannah tat es leid, was sie gesagt hatte. Sie wusste auch nicht, was plötzlich mit ihr los war und warum sie sich so angegriffen fühlte. «Matilda, ich wollte doch nur ...», sagte sie, kam aber nicht dazu, sich zu entschuldigen.

Matilda unterbrach sie einfach. «Du hast recht, Hannah. Ich habe unüberlegt und aus dem Bauch heraus gehandelt, das war vielleicht dumm. Du hingegen weißt immer genau, was du tust. Ob das besser ist, sei mal dahingestellt, das musst du für dich selbst entscheiden. Und ich auch.» Sie holte kurz Luft, aber bevor Hannah etwas sagen konnte, sprach sie schon weiter. «Wer allerdings auch etwas für sich entscheiden muss, das ist Ingrid. Aber sie kann es nicht, und sie würde dir gegenüber vermutlich auch nie etwas sagen. Bitte tu ihr den Gefallen, und gib ihr den

Freifahrtschein für Gunnar, bevor du nach Deutschland gehst. Wenn du sowieso bald weg bist, warum sollte es dich dann stören? Ich habe gestern genau gemerkt, dass dir das nicht gefiel, als mir das rausgerutscht war.»

«Was hat Ingrid oder sogar Gunnar denn jetzt damit zu tun?», fragte Hannah. Waren das die Auswirkungen des Fiebers? Warum war Matilda plötzlich so aufgebracht, obwohl Hannah alles dafür getan hatte, um ihr zu helfen?

«Du hast mehr oder weniger gestern zu Ingrid gesagt, dass sie die Finger von Gunnar lassen soll», antwortete Matilda.

«Das stimmt nicht, das habe ich so gar nicht gesagt», verteidigte Hannah sich. «Und außerdem, was soll das alles? Es geht doch nicht um Gunnar. Sie ist doch jetzt mit ihrem Stig zusammen, das hat sie doch erzählt.»

«Du hast recht, du hast dich anders ausgedrückt. Warte, wie war das noch gleich? Ich hatte Fieber, aber das bekomme ich noch irgendwie zusammen ... ‹Würdest du wirklich einen Mann heiraten, der mal mit mir liiert war? Das ist ja noch schlimmer, als wenn du Agnethas Freund heiraten würdest. Das geht gar nicht!›» Matilda atmete tief durch. «So ungefähr hast du es gesagt.»

«Das stimmt schon», gab Hannah zu. Ihr Kopf fuhr Achterbahn. Konnte das sein? Hatte Ingrid tatsächlich Interesse an Gunnar? «Warum hat sie mich dann angelogen und diesen Stig erwähnt?»

«Mensch, Hannah, mach doch mal die Augen auf!», schimpfte Matilda. «Ingrid lügt doch nicht, dafür ist sie viel zu anständig. Sie hat Stig wirklich kennengelernt. Als Gunnar weg war, aber das hat dich ja nicht mehr interessiert, nachdem du glücklich in Stockholm warst. Sie wusste nicht, dass Gunnar wieder zurückkommt. Und sie hat dir nur nicht erzählt, was sie für ihn empfindet, weil sie genau weiß, wie du reagierst. Wahrscheinlich würde sie sogar für immer auf ihn verzichten, nur um dich nicht zu verärgern. Wenn du ihr auch ein wenig Glück gönnst, dann sprich mit ihr darüber, und gib Gunnar frei. Falls du es noch nicht bemerkt hast, Hannah, Ingrid ist die einzige wirklich Anständige von uns älteren Schwestern.»

Das bin ich auch, wollte Hannah entgegnen, aber da fiel ihr ein, wie sie Gunnar hintergangen hatte. Insofern hatte Matilda sogar recht. Aber was das Glück und Ingrid anging, da irrte Matilda sich. «Ingrid hat immerhin den Kaffeegarten, in dem sie aufgeht. Wie kommst du darauf, dass ich ihr das nicht gönne?»

Matilda starrte sie einen Moment verständnislos an, dann wanderten ihre Augenbrauen nach oben. «Ah, jetzt verstehe ich, darum geht es also. Ingrid hat den Kaffeegarten, warum sollte sie dann auch noch in der Liebe Glück haben? Wo du doch auch nur deinen Karl hast und auf die Backstube verzichten musstest. Du bist neidisch!»

«Das ist doch Blödsinn, Matilda!», schimpfte Hannah und merkte, dass sie eine Spur zu laut geworden war. Erschrocken hielt sie inne. Sie stand auf und ging zum Fenster. «Gib mir bitte einen Moment, ich muss das alles erst einmal verstehen.»

«Gute Idee.» Auch Matilda stand auf. «Klug genug bist du ja. Ich muss mich jetzt auch erst einmal etwas abkühlen.» Sie ging aus dem Zimmer und war schon aus der Tür raus, als sie etwas versöhnlicher sagte: «Danke für deine Hilfe gestern Abend.»

Hannah fühlte sich wie vor den Kopf geschlagen. Sie stellte sich näher an das geöffnete Fenster und atmete ein paarmal tief durch. Um was ging es hier gerade, überlegte sie, und warum war das Gespräch so aus dem Ruder gelaufen? Sie war nach Arild gekommen, weil sie ihre Familie noch einmal sehen wollte, bevor sie nach Deutschland fuhr. Jetzt bereute sie es fast. Nicht nur, dass der Vater ein uneheliches Kind hatte, Matilda ihm leichtsinnig nacheiferte, sie sich Vorwürfe wegen ihres deutschen Ehemannes anhören musste, nein, jetzt sollte sie auch noch dafür verantwortlich sein, dass Ingrid unglücklich war. Dabei hatte sie doch nicht gewusst, dass Ingrid mehr als Freundschaft für Gunnar empfand. Aber hatte sie das wirklich nicht? Sie hatte doch selbst gesagt, dass Ingrid und Gunnar das perfekte Paar wären. Sie hatten sich schon immer gut verstanden. Ingrid war für Gunnar da gewesen, als es ihm schlecht ging, sie war die starke Schulter gewesen, die Hannah nicht sein konnte, als Gunnar am nötigsten Unterstützung brauchte. Und es gab durchaus Augenblicke, in denen Hannah die besondere Verbundenheit der beiden gespürt hatte. Der Tag, an dem Gunnars Vater gestorben war zum Beispiel, da waren Ingrid und Gunnar sich sehr nah gewesen, in der Küche. Hannah seufzte und sah hinaus in den Garten. Unter der Kastanie hatten sie gestern alle beisammengesessen und sich über das Wiedersehen gefreut. Und nun war alles so kompliziert. Sie ließ ihren Blick weiter schweifen, bis zum Wasser, das heute so aufgewühlt war wie sie. Sie spürte es ganz deutlich. Hannah wünschte Ingrid alles Glück der Welt. Das würde immer so sein. Und wenn Gunnar der Schlüssel dazu war, würde sie ihn ihr nicht neiden. Im Gegenteil, sie merkte, dass sie sich sogar sehr freuen würde. Weil er ein gutes Herz hatte. Und weil sie auch Gunnar einen so guten Menschen wie Ingrid wünschte. Und Matilda würde immer in ihrem Haus willkommen sein, ganz egal, ob in Deutschland oder Schweden. Falls sie wirklich schwanger wäre, würden sie gemeinsam eine Lösung finden.

Hannah schnaufte durch. Sie hatte ein paar unschöne Dinge zu Matilda gesagt, aber ihre Schwester war auch nicht ohne gewesen. Das lag mit Sicherheit auch daran, dass sie beide Angst vor der ungewissen Zukunft hatten. Dagegen half nur eins: Sie mussten sich gegenseitig unterstützen, alle drei, so wie immer.

Hannah straffte die Schultern. Sie hatte einiges zu klären – mit Matilda, mit Ingrid und auch mit dem Rest der Familie. Sie mussten endlich erfahren, dass ihr Kind zumindest eine gewisse Zeit lang, wie Karl es ausgedrückt hatte, «Berliner Luft» schnuppern würde.

Aus der Küche hörte Hannah Stimmen, die der Mutter und der Großmutter, das war gut, da hatte sie beide zusammen. Sie ging die Treppe nach unten und merkte, wie sie immer aufgeregter wurde. Aber aus der Sorge darüber, wie die Familie ihren Umzug aufnehmen würde, war Entschlossenheit geworden. Es stand nun einmal fest, dass sie Karl begleiten würde. Und außerdem hieß es ja nicht, dass sie für immer und ewig in Deutschland bleiben würde, es war nur ein Jahr! Noch einmal atmete sie tief durch, bevor sie die Küche betrat.

Sie hatte richtig gehört, die Mutter und die Großmutter saßen am Tisch und unterhielten sich. Aber auch Matilda und der Großvater waren da, beide tranken Kaffee. Die Stimmung schien gut zu sein. Matilda aß eine Scheibe Brot mit Butter und einer dicken Schicht Marmelade, wie sie es am liebsten mochte, der Großvater las in einer Zeitung. Matilda hatte den anderen also nichts über Hannahs Pläne erzählt, aber das hatte Hannah auch nicht anders erwartet.

Der Großvater sah von der Zeitung auf und hieß sie mit einem Strahlen im Gesicht willkommen. «Guten Morgen, werdende Mutter.»

«Guten Morgen, baldiger Gammelmorfar», erwiderte Hannah. «Sie haben es dir also gesagt, das ist gut, auch, dass ihr alle hier zusammensitzt, ich würde nämlich gern mit euch reden. Wo ist denn Ingrid, in der Backstube?»

«Sie ist spazieren gegangen, wollte aber in etwa einer Stunde zurück sein», erklärte die Mutter. «Setz dich. Möchtest du einen Kaffee, Frühstück? Die Erdbeermarmelade ist sehr lecker, wir haben sie erst letzte Woche gekocht, es stecken jede Menge kleine Walderdbeeren mit drin, das macht sie sehr aromatisch.»

«Ich trinke erst einmal nur einen Kaffee.» Hannah goss sich eine Tasse ein und setzte sich an den Tisch. Sie war froh, dass sie im Gegensatz zu vielen anderen schwangeren Frauen noch ihren Kaffee genießen konnte. Doch der half ihr nicht wirklich: Jetzt, wo sie alle hier so gemütlich beisammensaßen und die Gelegenheit günstig war, wurde ihr doch wieder etwas mulmig zumute. Mit Ingrid konnte sie später noch sprechen, aber sie musste jetzt sofort loswerden, was ihr auf dem Herzen lag.

Da sagte Matilda plötzlich: «Tut mir leid, Hannah.» Sie grinste frech. «Lag wahrscheinlich am Fieber.»

Ein Lächeln huschte über Hannahs Gesicht. So war es schon immer gewesen, wenn sie und ihre Schwestern untereinander mal Streit hatten, vertrugen sie sich auch schnell wieder. Obwohl es diesmal eine schlimme Auseinandersetzung war, kam Matildas Einlenken genau zum richtigen Zeitpunkt, denn er machte Hannah Mut. «Mir tut es auch leid, Matilda.» Sie holte tief Luft. «Matilda weiß es schon, und mit euch anderen wollte ich nun gern darüber reden, dass ich in drei Wochen mit Karl für ein Jahr nach Berlin ziehen werde. Sein Vater hatte einen Unfall, nichts Schlimmes, aber Karl ist es wichtig, ihn in der Firma zu unterstützen. Ich habe mir das gut überlegt, ich werde ihn begleiten.» Sie schluckte. Nun war es raus. Sie sah in ihre Gesichter. Dort sah sie Überraschung. Und keiner sagte etwas, es hatte ihnen allen die Sprache verschlagen. Hannah konnte sehen, wie ihre Mutter nun nach dem ersten Schreck um Fassung rang, sie war ganz blass geworden. Es tat Hannah in der Seele weh, sie konnte sich in etwa vorstellen, wie die Mutter sich nun fühlte, fand aber nicht die richtigen tröstenden Worte. Sie konnte nur mit den Schultern zucken.

Da bekam sie unerwartet Schützenhilfe von Matilda. «Berlin ist ja nicht am Ende der Welt», sagte ihre Schwester. «Und ein Jahr geht schnell vorbei, außerdem kannst du uns ja zwischendurch mal besuchen kommen, wir haben ja jetzt auch ein halbes Jahr auf deinen Besuch gewartet.»

Hannah sah ihre Schwester dankbar an.

«Das wird nichts werden, Hannah, du bist schwanger. Da wird die lange Reise zu beschwerlich, und für einen Säugling kurz nach der Geburt ist das auch nichts», erklärte die Mutter nun nach einer Pause, in der sie sich etwas gefangen zu haben schien. «Aber ...» Sie lächelte nun sogar aufmunternd, «aber es ist näher als Kiruna, und bis dahin haben wir es auch geschafft. Wenn du nicht zu uns kommen kannst, vielleicht kommen wir dann einfach mal zu dir.»

Ergriffen stand Hannah auf und umarmte die Mutter. «Danke, Mor.»

«Das heißt nicht, dass ich das gut finde», erklärte die Mutter streng. «Ich hätte dich lieber etwas näher bei uns, und schon gar nicht in einem fremden Land, wenn du deine Tochter zur Welt bringst.»

«Das weiß ich, Mor, das geht mir doch auch so. Die Entscheidung ist mir nicht leichtgefallen und Karl auch nicht, aber er sieht momentan keine andere Möglichkeit, und ich will ihn auf jeden Fall begleiten.»

«Was muss, das muss», sagte die Großmutter. «Du bist seine Frau, es ist nicht gut, wenn Eheleute zu lang voneinander getrennt sind.» Sie sah bedeutungsvoll zu Hannahs Mutter hinüber.

Die Großmutter spielte damit natürlich auf den Vater in Kiruna an. Die Großmutter hatte recht, die lange Trennung der Eltern hatte Folgen, der Vater war fremdgegangen und hatte ein Kind gezeugt. Das würde Hannah nicht passieren, sie traf die richtige Entscheidung. Froh darüber, dass sich das Gespräch einfacher gestaltete, als sie vermutet hatte, setzte sich Hannah wieder auf ihren Platz.

«Diese Entscheidung wirst du eines Tages bereuen, Hannah», sagte der Großvater da mit sehr ernster Stimme. «Es ist unverantwortlich, dass du dein Kind in Deutschland auf die Welt bringen willst. Wenn Karl dich wirklich liebt, sollte er allein gehen, wenn er es unbedingt muss.»

Der Großvater schlug also in die gleiche Kerbe wie Matilda vorhin, er wollte einen Urenkel mit schwedischer Staatsbürgerschaft. Das war nicht anders zu erwarten, er hatte ja nie einen Hehl daraus gemacht, was er von den Deutschen hielt.

«Unsere Tochter wird zwar in Deutschland geboren, aber von einer Schwedin erzogen, die Gastfreundlichkeit mit in die Wiege gelegt bekommen hat, Morfar», erklärte Hannah. «Ihr, und vor allem du als Sozialdemokrat, Großvater, habt mich gelehrt, allen Menschen gleich offen gegenüberzutreten. Ihr habt mir Werte vorgelebt, die ich auch meiner Tochter weitergeben werde. Du musst dir also keine Sorgen machen, selbst wenn unsere Tochter die deutsche Staatsangehörigkeit erhalten sollte, wird sie immer auch eine Lindholm sein.»

Der Großvater machte eine wischende Handbewegung durch die Luft. «Papperlapapp, es ist mir doch egal, was da letztendlich in den Papieren steht. Ich traue dir natürlich zu, dein Kind anständig zu erziehen. Aber dieses Land, Hannah, wird demnächst in den Krieg ziehen. Hitler hat nicht nur einmal den Versailler Vertrag gebrochen. Er bereitet sich schon auf ein weiteres Mal vor.» Er sah sie mit eindringlichem Blick an. «Bleib hier, Hannah, deinem Kind zuliebe. Und überzeuge Karl davon, dass auch er in Schweden bleibt. Es spricht für ihn, dass er seinem Vater beistehen möchte, aber seine Verantwortung sollte in erster Linie dir gelten – und eurem Kind.»

Gänsehaut zog sich von Hannahs Beinen bis hoch in ihren Nacken. Weil sie nichts Kluges wusste, was sie darauf erwidern sollte, sagte sie, was sie fühlte. «Morfar, jetzt habe ich Angst.»

«Das solltest du auch», sagte der Großvater. «Mit den Braunhemden ist nicht zu spaßen.»

Da mischte sich die Mutter wieder ins Geschehen ein. «Angst ist kein guter Begleiter, schon gar nicht für eine schwangere Frau», erklärte sie. «Das sind bisher doch alles nur Vermutungen. Du hast gesagt, ihr bleibt für ein Jahr, Hannah. Das ist keine Ewigkeit. Und außerdem bist du klug, komm einfach zurück, wenn du meinst, dass es zu gefährlich wird.»

«Das mach ich, Mor.» Hannah sah zum Großvater. «Ich passe auf mich auf, auf uns.»

Der Großvater griff wieder zur Zeitung. «Du machst einen Fehler», sagte er besorgt. «Mehr habe ich dazu nicht mehr zu sagen.»

Hannah wäre lieber gewesen, wenn der Großvater laut geschimpft hätte, über Deutschland, die Nationalsozialisten und meinetwegen auch über Karl. Die ernste Ansprache des Großvaters ging ihr nah. Doch sie änderte nichts an ihrem Entschluss, Karl zu begleiten.

«Dann erzähl doch mal, Hannah, wie habt ihr euch das alles vorgestellt? Wann geht es los, und wo werdet ihr wohnen? Bei den Eltern?», fragte die Mutter.

Wieder einmal wünschte Hannah sich, später genauso einfühlsam, überlegt, aber auch offen, interessiert und voller Teilnahme zu sein wie ihre Mutter, die ihr immer ein Vorbild sein würde. Auch wenn ihre Mutter im Grunde gegen Hannahs Pläne war, so hatte sie doch Verständnis. «In drei Wochen, wir fahren mit dem Automobil. Karls Eltern haben eine Wohnung gekauft, ganz in der Nähe der Firma, an der Spree, das ist ein Fluss, der durch Berlin fließt.» Da hatte sie zwar kein Meer, war aber immerhin am Wasser. «Sie hatten auch angeboten, dass wir erst einmal bei ihnen wohnen, sie haben genug Platz im Haus. Aber mir war es lieber, dass wir unter uns sind.»

Matilda pfiff leise durch die Zähne. «Sie haben eine Wohnung gekauft, obwohl ihr darin nur ein Jahr wohnen sollt?»

«Sie sehen es als Geldanlage», erklärte Hannah. Sie wusste, worauf ihre Schwester da anspielte, da es tatsächlich auf den ersten Blick nicht nach einem befristeten Aufenthalt aussah. «Wenn wir ausziehen, werden sie die Wohnung vermieten. Karl sagt, sein Vater hätte die Wohnung sehr günstig von einem seiner Geschäftspartner bekommen. Auch wenn wir uns gegen Deutschland entschieden hätten, hätte er sie gekauft.»

Der Großvater nahm seine Zeitung und stand kopfschüttelnd auf. «Viele Menschen verlassen gerade das Land, weil sie dort nicht mehr sicher sind. Kein Wunder, dass der Wohnraum da günstig ist. Sie *müssen* verkaufen, wenn sie nicht sogar dazu *gezwungen* werden», erklärte er eindringlich. Er ging aus der Küche, blieb aber im in der Tür noch einmal kurz stehen: «Genau das hatte ich befürchtet, als du mit Karl hier angetanzt kamst, Hannah. Dass es nicht lange dauert und du gehst weg. In dieses barbarische Land. Warum musste es ausgerechnet ein Deutscher sein?»

21

Ingrid

Ingrid stand am Ufer hinter den beiden Findlingen. Das Wasser war unruhig, es wühlte so stark den Boden auf, dass sich zum Rauschen des Meeres das Klackern der Steine und Muscheln, die an Land gespült wurden, gesellte. Mit viel Glück konnte man sich an solchen Tagen auch über ein besonderes Fundstück freuen. Mal wurde ein alter Schuh angeschwemmt, mal ein Eimer, aber Ingrid hatte, zur großen Freude des Großvaters, auch schon mal ein ganzes Fass Rum gefunden. Sie bückte sich und hob einen besonders hübschen grau-weiß gesprenkelten Kiesel auf, den sie in ihre Rocktasche steckte. Sie hatte letztens das Kräuterbeet im Kaffeegarten mit Kieseln und Muscheln umrandet. Es zeigte die Nähe zum Meer, sah sehr schön aus und kam auch bei den Badegästen gut an. Deswegen wollte Ingrid nun auch die anderen Beete so gestalten. Sie richtete den Blick nach oben. Unzählige kleine Wolken trieben über den Himmel. Nach Regen sah es aber nicht aus. Schade! Der Erde würde etwas Wasser guttun. Sie hatte die frische Luft bitter nötig gehabt. Obwohl sie sehr spät eingeschlafen war und immer wieder zwischendurch nach Matilda gesehen hatte, war sie sehr früh aufgewacht. Sie hatte sich davon überzeugt, dass es ihrer Schwester gutging, und war aufgestanden. Jetzt konnten sie nichts weiter machen, als zu warten. Sie hoffte, dass Matildas Eskapade keine Folgen haben würde. Und wenn doch, war sie sich sicher, dass sie auch dafür eine Lösung finden würden.

Sie war eine gute halbe Stunde unterwegs und schon wieder auf dem Rückweg. Sie liebte die morgendlichen Spaziergänge am Meer, die sie immer dann unternahm, wenn der Kaffeegarten geschlossen hatte. Bei gutem Wetter schwamm sie eine Runde, aber heute war es zu gefährlich.

Der kräftige Wind hatte ihren Kopf freigepustet, sie war in Richtung Kullaberg gegangen, weg vom Hafen, da sie befürchtete, Gunnar dort zu treffen. Nicht, weil sie ihn nicht sehen wollte, im Gegenteil, sie sehnte sich danach, aber dafür brauchte sie klare Gedanken. Sie musste vorbereitet sein und sich ganz genau überlegen, was sie zu ihm sagen würde. Sie wollte ihn gern treffen und erfahren, ob es ihm gutging und wie er sich fühlte, nach so langer Zeit wieder zurück in Arild zu sein. Immerhin waren sie enge Freunde gewesen – bis der Kuss alles verändert hatte. Was Hannah wohl dazu sagen würde, wenn sie davon wüsste? Auch sie hatte Gunnar geküsst, und das nicht nur einmal, die beiden waren immerhin ein gutes Jahr lang ein Paar gewesen. War eine Liebesbeziehung zwischen Gunnar und Ingrid wirklich so abwegig, wie Hannah fand? Aber das war ja eine unwichtige Frage, denn Ingrid wollte keine zweite Wahl sein, und Gunnar hatte sein Interesse an Pia wiederentdeckt.

Ingrid atmete tief die feuchte salzige Luft ein, der Wind ließ ihre Augen tränen und ihr Haar flattern. Zumindest mit einer Sache hatte Hannah recht: Ingrid liebte die Natur, die grünen Wälder Skånes, die sanften Felder, die schönen breiten Sandstrände etwas weiter südlich, aber ganz besonders die schroffe Landschaft um den Kullaberg. Und Gunnar liebte seine Heimat auch. Wenn er hierblieb, musste Ingrid einen Weg finden, mit ihm umzugehen. Sie hoffte, dass Gunnar und sie Freunde bleiben konnten, er war ihr zu wichtig, um ihn ganz zu verlieren.

Sie hob einen weiteren Kiesel auf und ging weiter. Sie hatte

Hannah versprochen, ihr heute die neuen Rezepte zu zeigen, außerdem wollten sie auch noch einmal in Ruhe über das Kind des Vaters sprechen.

Die Tür zur Backstube stand offen, der Duft von Kuchen strömte ihr entgegen. Ingrid hörte klackernde metallische Geräusche, da rührte jemand mit einem Schneebesen schnell in einer Emailleschüssel. Wenn das mal nicht Hannah war.

Sie sah aus wie früher. Ihr Haar hatte sie zu einem Zopf geflochten, sie trug eines ihrer alten Kleider, und sie summte bei der Arbeit. Ihre Schwester hatte Spaß!

«Was wird das, wenn es fertig ist?», fragte Ingrid und schaute auf die Arbeitsplatte, wo sie eine Schüssel Erdbeeren, geschlagene Sahne und einen Becher Quark sah.

Hannah sah überrascht auf. «Da bist du ja! Ich habe schon auf dich gewartet. Das soll eine Kuchenrolle werden aus einem leichten Biskuitteig. Den Boden habe ich schon gebacken. Ich möchte sie mit einer Erdbeercreme füllen. In Stockholm habe ich sie schon öfters gegessen, seitdem tüftele ich an dem Rezept.» Hannah hielt Ingrid die Schüssel hin. «Probier mal.»

«Das hört sich gut an.» Ingrid ging neugierig näher, nahm einen kleinen Löffel und naschte etwas von der Creme. «Lecker, sehr fruchtig!»

Hannah nickte glücklich. «Ich bin gespannt, wie der Kuchen gleich schmeckt, wenn er fertig ist. Ich hoffe, der Teig bricht nicht wieder beim Aufrollen, das ist mir schon ein paarmal passiert. Aber diesmal habe ich ihn nach dem Backen gleich auf ein Tuch gestürzt, da sollte es einfacher gehen.»

«Hast du Zucker auf das Tuch gestreut? Das hilft», erklärte Ingrid. Sie hatte auch ein paarmal eine Biskuitrolle gebacken, war aber nicht ganz so begeistert davon wie ihre Schwester. Ihr war der Kuchen zu leicht, sie mochte ihn lieber etwas kompakter und saftiger. Aber das musste sie Hannah nicht unbedingt auf die Nase binden. Es war schön, mit anzusehen, wie viel Vergnügen ihre Schwester hatte. Sie strahlte. Aber schon im nächsten Moment wurde ihr Gesichtsausdruck ernst.

«Ich wollte auch gern ein paar Dinge mit dir besprechen, Ingrid», sagte Hannah. «Eigentlich hatte ich es schon gestern vor, aber dann kam Matilda dazwischen. Das könnten wir also auch gleich machen.» Hannah sah Ingrid so an, als hätte sie etwas ausgefressen, das sie ihr beichten musste. Hoffentlich war es nichts mit Karl.

«Gern gleich. Die Creme muss ja vermutlich ohnehin erst noch einmal in den Kühlschrank, oder? Sollen wir uns setzen? Ich könnte einen Kaffee kochen», schlug Ingrid vor. Ihr Herzschlag beschleunigte sich. Bitte nicht noch eine schlechte Nachricht nach dem Kind in Kiruna und Matildas Ausrutscher.

«Kaffee hatte ich eben schon, wenn, dann nur für dich», antwortete Hannah. «Und ich würde gern dabei ein wenig arbeiten, wenn es dir recht ist. Dann geht mir das Reden leichter von der Hand. Und ich bin ganz wild auf deinen Vanilleherz-Kuchen, vielleicht könnten wir schon mal den Mürbeteig vorbereiten. Mein Boden muss auch erst abkühlen, bevor die Creme draufkommt.»

«Schöne Idee. Also los.» Ingrid nahm Hannah die Schüssel aus der Hand, stellte sie in den Kühlschrank und brachte Butter mit. «Wie gesagt, das Rezept für den Teig ist genau gleich geblieben, wir brauchen nur etwas mehr.»

Hannah schüttete eine Packung Mehl in einem Haufen auf den Tisch. «Dann mal los.»

Ingrid schnitt die Butter in kleine Stücke. «Erzähl, was wolltest du mit mir besprechen?»

«Als Erstes solltest du wissen, dass ich in drei Wochen mit Karl nach Deutschland gehe ...»

Ingrid hörte still zu. Sie war nicht verwundert, sie hatte damit gerechnet, dass so etwas irgendwann passieren würde. Dass es so schnell kam, gefiel ihr gar nicht, vor allem weil Hannah jetzt schwanger war. Aber sie kannte Hannah, ihre Schwester traf keine leichtfertigen Entscheidungen. Es machte keinen Sinn, da jetzt Zweifel zu äußern oder zu sehr zu betonen, wie sehr sie das bedauerte.

Als Hannah mit ihrem Bericht fertig war, sagte Ingrid ruhig: «Schön finde ich das nicht, aber Deutschland ist nun mal Karls Heimat, und ich kann verstehen, dass er seinem Vater helfen will. Ich hoffe nur, dass ihr nach einem Jahr auch wirklich wieder zurückkommt, Berlin ist nämlich ganz schön weit weg.»

Hannah nickte. «So ist es auf jeden Fall geplant.»

«Karl kann froh sein, dass er dich hat, Hannah. Du unterstützt ihn und stehst hinter ihm. So muss das sein», sagte Ingrid und schüttete die Butterstücke in die Mulde, die Hannah in das Mehl gedrückt hatte. Sie lächelte warmherzig. «Ich freue mich für euch, dass ihr so glücklich miteinander seid.»

«Danke, das ist sehr lieb von dir, Ingrid», sagte Hannah. «Und genau da wären wir auch schon beim nächsten Thema.» Hannah begann, die Butter in das Mehl zu reiben, hielt inne und sah Ingrid direkt in die Augen. «Ich würde gern mit dir über Gunnar sprechen.»

Prompt zog Ingrids Magen sich zusammen. Hätte Matilda sich nur gestern nicht verplappert. Es war Ingrid unangenehm, sich vor Hannah für ihre Freundschaft mit Gunnar rechtfertigen zu müssen. «Du musst dir keine Gedanken machen, Matilda hat da gestern ziemlich übertrieben, das war so nicht gemeint, Gunnar und ich, wir sind nur Freunde.»

«Wirklich, Ingrid? Das wäre schade», sagte Hannah. «Ich weiß, dass das gestern ganz anders klang. Aber wenn ich ehrlich zu mir bin, hatte ich insgeheim gehofft, dass aus euch einmal ein Paar wird. Nachdem ich ihn so überraschend verlassen und euch zusammen in der Küche gesehen hatte. Ihr wart so innig. Ich war zuerst sogar eifersüchtig, aber mir war gleichzeitig klar, dass ihr sehr gut zusammenpasst, viel besser als er und ich.»

Ingrid traute ihren Ohren nicht. Was war denn mit Hannah auf einmal los? «Wie kommst du denn jetzt darauf?», fragte sie.

«Es fällt mir zwar schwer, das zuzugeben, aber Matilda hat mich heute Morgen einen Kopf kürzer gemacht, weil ich gestern sehr dumme Sachen zu dir wegen Gunnar gesagt habe. Aber sie hatte absolut recht. Ich habe da Blödsinn geredet, und ich kann mich nur dafür entschuldigen. Ich möchte, dass du weißt, dass ich mich sehr freuen würde, wenn das mit euch beiden klappt.»

«Matilda.» Ingrid musste etwas grinsen. «Dann ist sie also wieder ganz gesund.»

«Ja, das Fieber ist weg. Ich hoffe nur, dass sie nicht schwanger ist.»

«Und wenn, dann bekommen wir das auch hin», erklärte Ingrid. «Mutter ist da, Großmutter und ich auch.»

«Das wird aber schwer für sie hier in Arild», gab Hannah zu bedenken. «Du weißt doch, wie sie mit Frauen umgehen, die ein uneheliches Kind bekommen.»

«Pah!», machte Ingrid. «Da soll sich mal einer wagen, die sollten alle unter ihren eigenen Teppichen kehren. Außerdem bekommen sie es dann mit Großmutter, Mutter und mir zu tun, das wollen die nicht.»

«Und mit mir auch, wenn ich wieder hier bin!», sagte Hannah. «Du hast recht, Ingrid.» Hannah grinste auch. «Aber jetzt sind wir vom Thema abgekommen. Was ist denn nun mit Gunnar? Empfindest du etwas für ihn? Oder hat Matilda wirklich übertrieben?»

«Danke, dass du so ehrlich zu mir warst, mir fällt es etwas schwer, auch weil das bedeutet, dass ich mir da was eingestehen muss, was mir eigentlich gar nicht recht ist. Also, ich mag ihn, sehr sogar!», erklärte Ingrid. «Für mich ist Gunnar viel mehr als nur ein Freund. Die Gefühle haben sich nach und nach entwickelt, es ist einfach so passiert.» Sie war erleichtert, dass sie nun offen mit Hannah darüber sprechen konnte. «Aber ich denke nicht, dass das auf Gegenseitigkeit beruht. Gunnar hat sich kein einziges Mal bei mir gemeldet. Er hat sich verabschiedet und ist verschwunden. Ich wusste noch nicht mal, ob er wiederkommt. Und ausgerechnet dann, wenn ich einen netten Mann kennenlerne, taucht er wieder auf!»

«Sprich mit ihm, sag ihm, was du für ihn empfindest», schlug Hannah vor.

Ingrid seufzte. «Wenn das so einfach wäre. Ich habe Angst, ihn dadurch als Freund zu verlieren. Außerdem ist da noch Pia.» Der Gedanke gefiel ihr gar nicht, aber für sie war es eine ausgemachte Sache, dass sich da wieder etwas zwischen den beiden angebahnt hatte.

«Eben!», rief Hannah aus. «Genau deswegen solltest du es ihm sagen. Du als gute Freundin willst doch nicht, dass Gunnar in sein Unglück rennt. Er und Pia, das geht gar nicht!»

Ingrid musste grinsen. «Das stimmt allerdings, irgendjemand muss ihn davon abhalten.»

Hannah legte den Arm um Ingrids Schultern. «Hör auf deine ältere, erfahrene Schwester. Sag Gunnar, wie es um dich steht. Tust du es nicht, wirst du es dir ewig vorwerfen. Verlierst du ihn dadurch als Freund, war eure Freundschaft doch nicht so fest, wie du glaubst.»

Ingrid suchte nach einem Haken in dem, was ihre Schwester gesagt hatte. Irgendetwas, das Ingrid davon befreite, wirklich zu Gunnar gehen zu müssen und mit ihm zu reden. Denn davor hatte sie Angst. Aber sie fand nichts: Hannah hatte recht, mit allem! Ingrid sah sie fast erschrocken und gerührt zugleich an. «Danke, Hannah.»

«Warte nicht zu lang.» Hannah deutete mit dem Kopf zur Tür. «Heute hast du frei, morgen musst du wieder arbeiten.» Sie hob ihre teigverklebten Hände. «Das hat Zeit, ich bin ja noch zwei Wochen hier.»

Ingrid atmete tief durch. «Ich fahre nach dem Mittagessen», entschied sie. «Ganz in Ruhe.» Sie lächelte verschmitzt. «Vorher will ich mich noch ein wenig hübsch machen.»

«Wenn du mich fragst, siehst du gerade besonders schön aus: Dein Haar ist vom Wind zerzaust, dein Gesicht von der Sonne leicht gebräunt, und deine Augen glänzen.»

Ein Kribbeln erfasste Ingrid, sie konnte nicht fassen, was da nun vor ihr lag. «Ich muss mich seelisch darauf vorbereiten», erklärte sie und wusste plötzlich gar nicht, was sie zuerst denken oder machen sollte. Dann fiel ihr Blick auf den Teig, den Hannah auf dem Tuch ausgelegt hatte. Sofort wurden ihre Gedanken klarer. «Gunnar wird sich freuen, wenn ich ihm etwas Gebäck mitbringe. Den Vanillekuchen kennt er noch nicht. Oder warte, ich glaube, ich mache ihm lieber etwas anderes. Gunnar mag Kaffee, und er liebt Schokolade …»

«In Stockholm habe ich in einer Konditorei eine Schokokugel gegessen. Sie war wie eine große Praline, nur in Weich. Sie war unheimlich lecker», schwärmte Hannah. «Die Verkäuferin hat mir verraten, dass sie aus Haferflocken, Butter, Kakao und etwas

Alkohol besteht. Und natürlich Zucker. Das Beste daran ist, dass die Bollar nicht gebacken werden müssen. Sie werden nur zusammengerührt und zu Kugeln gerollt. Die genaue Zusammensetzung hat sie mir leider nicht verraten.»

«Oh, das hört sich aber spannend an. Die Zutaten haben wir alle da.» Ingrid lief sofort zum Regal, in der eine große Dose mit Haferflocken stand. «Holst du schon mal die Butter aus dem Kühlschrank, Hannah?»

Nur kurz darauf hatten sie alle Zutaten, Messbecher und mehrere leere Schüsseln vor sich stehen. «Welchen Alkohol benutzen wir?», fragte Hannah. «In der, die ich gegessen habe, war Rum drin, zumindest hat es danach geschmeckt.»

«Das würde ich auf jeden Fall gern ausprobieren, ich weiß aber nicht, ob wir noch welchen haben. Großvater vielleicht? Gunnar trinkt aber lieber Brännvin, vielleicht könnten wir es damit versuchen ...» Sie schüttelte den Kopf. «Oder nein, der schmeckt nicht intensiv genug.» Da fiel ihr ein, was sie gerade über Gunnar gesagt hatte. Sie schlug die Hand vor ihre Stirn. «Ich habe es, wir nehmen einfach Kaffee. Wir kochen ihn recht stark, dann ist er schön aromatisch. Das passt bestimmt genauso gut wie Rum, wenn nicht besser.»

Hannah nickte begeistert. «So machen wir es!»

Eine halbe Stunde später hatten sie die perfekte Mischung gefunden. Durch das ständige Ändern der Zusammensetzung hatten sie am Ende eine große Menge an Masse. Gleich fünfzig Kugeln lagen vor ihnen auf einem großen Holzbrett.

«Sie sind zwar sehr lecker, aber noch nicht sehr ansehnlich», überlegte Ingrid laut.

«In Stockholm waren kleingehackte Haselnüsse darum», sagte Hannah. «Aber wir könnten auch einfach Kakaopulver nehmen.»

Ingrid strahlte über das ganze Gesicht. «Wir haben doch Kokosraspeln!»

«Wirklich? Das müsste passen!»

Ingrid nickte. «Das finde ich auch. Ich habe sie letztens bei einem Händler in Mölle gekauft. Ich konnte einfach nicht widerstehen, auch wenn sie recht teuer waren. Ich habe auch Safran, Kardamom und Zimt mitgebracht.» Sie ging zum Schrank, in dem sie die Gewürze aufbewahrten, und kam mit einer Schüssel voll schneeweißer Raspeln zurück. «Das macht sich farblich auch sehr schön.»

Die Kugeln sahen nun nicht nur sehr gut aus, sie schmeckten auch so!

Ingrid wischte sich zufrieden die Hände an einem Tuch ab. «Ich stelle sie in den Kühlschrank, da können sie noch etwas fester werden. Das Rezeptbuch bringe ich auch gleich mit, da können wir es hineinschreiben. Und du kannst dir dann die anderen Rezepte anschauen, du brennst doch bestimmt vor Neugierde.»

«Auf jeden Fall!», sagte Hannah. «Ich habe schon nach dem Buch gesucht, habe es aber nicht gefunden.»

«Es liegt in der Schublade in der Kommode, da wo die anderen Rezepte liegen», erklärte Ingrid.

Hannah schüttelte den Kopf. «Da ist es nicht, da habe ich schon nachgesehen.»

Ingrid sah durch den Raum. «Sicher? Da geht normalerweise niemand ran, außer Mutter vielleicht, aber die legt es immer sofort zurück.» Die Kommode stand direkt neben dem Kühlschrank. Ingrid verstaute die Bollar und zog die Schublade auf. «Tatsächlich, das ist ja merkwürdig. Wir fragen gleich Mutter, vielleicht hat sie es doch mit reingenommen.» Sie lächelte Hannah glücklich an. «Das hat Spaß gemacht. Wie sieht es aus, sollen wir uns jetzt um deine Erdbeerrolle kümmern?»

Eine Stunde später standen eine schmackhaft aussehende Erdbeerrolle, eine Schüssel voll mit durchgekühlten Chokladbollar und ein etwas verunglückter Vanillekuchen auf dem Tisch. Die Mürbeteigplatte, mit der der Vanillekuchen abgedeckt war, war an einigen Stellen rissig. Dadurch konnte etwas Creme austreten und auf die Kuchenplatte fließen.

«Ich finde, dass der Blechkuchen genau so richtig ist», erklärte Ingrid. «Er sieht sehr appetitlich aus, und weil er nicht so ganz perfekt ist, eben wie hausgemacht.»

«Das stimmt allerdings. Am liebsten würde ich ihn sofort anschneiden», sagte Hannah. «Er sieht wirklich sehr lecker aus.»

Da steckte die Mutter den Kopf zur Tür herein. «Na, ihr fleißigen Bäckerinnen, Mittagessen ist jeden Moment fertig. Kommt ihr gleich?»

«Ja, sofort», sagte Ingrid. «Aber erst musst du unsere Chokladbollar probieren.»

Hannah hielt der Mutter mit erwartungsvollem Gesicht die Schüssel mit den Kugeln hin.

«Mmh!», sagte die Mutter genießerisch. «Sehr gut!»

«Wir wollten sie ins Rezeptbuch schreiben, können es aber nicht finden. Hast du das Rezeptbuch mit ins Haus genommen?»

«Nein.» Die Mutter stutzte. «Seid ihr sicher, dass es nicht da ist? Jorunn hatte mich nämlich nach dem Rezept für die Vanilleherzen gefragt. Ich habe ihr gesagt, dass sie es abschreiben darf.» Sie machte ein schuldbewusstes Gesicht. «Sie ist ja immerhin die Schwester eures Vaters und gehört zur Familie.»

«Hat sie es im Haus abgeschrieben oder hier?», fragte Hannah.

«In der Backstube. Ich war aber nicht dabei, ich habe sie allein gelassen.» Die Mutter riss die Augen auf. «Nein, das glaube ich nicht!»

«Was, Mor?», fragte Ingrid mit einem mulmigen Gefühl im Bauch.

Die Mutter sah zu Hannah. «Weißt du das von Vater schon?»

«Mit dem Kind, ja, Mutter, das tut mir sehr leid», antwortete Hannah mitfühlend.

«Ich wollte in Ruhe darüber mit dir reden, aber dann haben sich die Ereignisse überschlagen.»

Das mulmige Gefühl breitete sich weiter in Ingrids Magen aus. Was hatte das alles zu bedeuten? «Aber was hat das mit dem Buch zu tun? Worauf willst du hinaus, Mor?»

Die Mutter setzte sich auf den Schemel, der vor dem Arbeitstisch stand. Sie sah plötzlich unendlich erschöpft aus. «Jorunn hat mir erzählt, dass die Frau, mit der Vater das Kind gezeugt hat, im letzten Jahr gemeinsam mit ihrer Schwester eine Konditorei in Kiruna eröffnet hat.» Ihre Augenbrauen zogen sich zusammen. «Das war natürlich, nachdem ich Jorunn erlaubt habe, das Rezept abzuschreiben. Sie hat mir das auch nur erzählt, weil ich sie gedrängt habe, mir etwas von Vaters Neuer zu erzählen. Ich wollte unbedingt wissen, was das für eine Frau ist, die sich so herzlos einen Mann angelt, der schon eine Familie hat. Heiraten können die beiden nicht, immerhin hat euer Vater schon eine Ehefrau.»

Während Ingrid die Informationen noch verarbeitete, sagte Hannah: «Du glaubst, das Jorunn das Buch mitgenommen hat, um es diesem liederlichen Weibsstück zu geben?»

Die Mutter zuckte mit den Schultern. «Ich hoffe, nicht. Aber wo sollte das Buch denn sonst sein? Großmutter hat es bestimmt nicht, die hätte dir gesagt, wenn sie es genommen hätte, Ingrid.»

Ingrid konnte nicht glauben, was sie da gerade gehört hatte. «Wenn Jorunn das gemacht hat, spreche ich nie wieder ein Wort mit ihr!», sagte sie grimmig. «Dann kann sie was erleben!»

«Es tut mir sehr leid», sagte die Mutter verzweifelt. «Ich hätte sie nicht damit allein lassen dürfen. Die ganze Arbeit, die du reingesteckt hast!»

Dass die Mutter sich die Schuld für das Verschwinden des Buches gab, ärgerte Ingrid. «Mor, vergiss das Buch, darum geht es doch gar nicht. Die Rezepte kenne ich alle in- und auswendig. Die kann ich alle noch einmal aufschreiben. Aber dass Vaters ...», sie sah zu Hannah. «Wie hast du sie gerade genannt?»

«Liederliches Weibsstück», sagte Hannah trocken.

«Genau, dass dieses liederliche Weibsstück eine Konditorei in Kiruna eröffnet hat, das ist ein starkes Stück. Das hatte Vater doch mit uns vorgehabt! Das geht so was von gar nicht!» Sie schnaufte. «Am besten setzen wir uns jetzt gleich auf die Räder und fahren zu Jorunn, Matilda, Hannah und ich. Unsere Rezepte bekommt sie nicht!»

Auf der Stirn der Mutter bildeten sich sorgenvolle Falten. «Das geht nicht, Schatz. Jorunn ist gestern nach Kiruna gefahren. Und sie ist immerhin die Tante des Kindes.»

«Jorunn ist eine Verräterin!», sagte Ingrid. «Und zwar auch, wenn sie das Buch nicht genommen hat.»

«Euer Vater ist ihr Bruder. Ihr wisst es am besten: Geschwister sollten zusammenhalten, auch wenn sie Fehler machen», erklärte die Mutter.

«Das stimmt», lenkte Ingrid ein. «Aber wenn sie das Buch geklaut hat, ist sie für mich gestorben!»

«Für mich auch!», sagte Hannah. «Aber wir sollten erst einmal alle fragen, ob nicht doch jemand von uns das Buch genommen hat, Großmutter und Matilda und auch die Zwillinge.»

«Das machen wir.» Die Mutter stand auf. «Am besten gleich, es lässt mir sonst keine Ruhe.»

«Unfassbar, eine Konditorei in Kiruna», schimpfte Ingrid.

«Wie konnte Vater uns das nur antun? Außerdem ist er doch viel zu alt für ein Kind, er könnte der Großvater sein! Ich hoffe, er kommt nicht eines Tages auf die Idee, mit dem Kind hier aufzutauchen.»

«Es ist ein Mädchen», sagte die Mutter mit zittriger Stimme. «Sie heißt Greta.»

«Greta? Das wird ja immer schlimmer», rief Ingrid. «Na, wenn das Matilda hört! Vater weiß doch, wie sehr sie auf die Garbo steht. Sie hat auch ihm nicht nur einmal erzählt, dass sie ihr Kind so nennen will, falls es ein Mädchen wird.» Sie sah zu Hannah. «Wie wirst du deine Tochter eigentlich nennen? Habt ihr schon eine Idee?»

«Helena», sagte Hannah und sah lächelnd zu der Mutter. «Weil ich mir wünsche, dass meine Tochter später mal genau so wird wie du, Mor. Ich hatte auch an Helene gedacht, aber die kleine Änderung des Namens gefällt mir gut. Sie soll werden wie du, aber auch ihre Eigenarten haben.»

Die Mutter blinzelte gerührt ein paar Tränen weg. «Das freut mich sehr, Hannah.»

«Mir gefällt der Name auch. Was sagt Karl dazu?», fragte Ingrid.

«Er mag Helena. Entscheiden darf ich das aber ganz allein, wenn es wirklich ein Mädchen wird. Wird es doch ein Junge, was ich nicht hoffe, dann darf Karl den Namen bestimmen. Und so, wie es aussieht, wird es dann ein Fritz.»

«Hat Großmutter gesagt, dass es ein Mädchen wird?», fragte Ingrid.

«Ja, und Mutter auch», antwortete Hannah.

«Dann ist es auch so!» Ingrid nahm den Blechkuchen, und nach dem schönen Moment musste sie wieder an den Vater denken. Sie war nicht nur verärgert, sie war wütend. «Hat Jorunn zufällig auch erzählt, wie sie die Konditorei genannt haben, oder nur, wie das Kind heißt, Mor? Es wird doch wohl nicht etwa einen Süßen Himmel in Kiruna geben!»

«Von der Konditorei weiß ich nichts weiter. Jorunn hat mir nur von dem Kind erzählt. Die Mutter heißt übrigens Frida.» Sie zog die Stirn kraus. «Sie ist erst achtundzwanzig Jahre alt.»

«Und da lässt sie sich auf einen so viel älteren und dazu noch verheirateten Mann ein, unfassbar!», sagte Ingrid abfällig. Da fiel ihr auf einmal Matilda ein. Kristian war auch schon achtunddreißig und somit siebzehn Jahre älter als Matilda, und auch er war verheiratet. Man konnte das ja auch ganz anders betrachten. «Aber es liegt ja eigentlich eher in Vaters Verantwortung. Er ist ja der, der schon eine Familie hat.»

«Das sehe ich nicht so», sagte die Mutter. «Dazu gehören immer zwei. Es sei denn, sie hat nichts davon gewusst.»

«Meinst du, dass Vater so dermaßen abgebrüht sein könnte?», fragte Hannah.

«Dazu sage ich jetzt lieber nichts», antwortete die Mutter. «Ich vermute, er ist da irgendwie reingerutscht. So etwas passiert.»

«Mor!» Ingrid stupste ihre Mutter auffordernd in die Seite. «Ich finde es ja schön, dass du immer alle in Schutz nimmst und für alles Verständnis hast, aber was Vater da gemacht hat, ist echt gemein. Da darf man seinem Ärger auch schon mal Luft machen.»

Die Mutter biss sich auf die Unterlippe, sie kämpfte mit sich, das konnte man sehen. «Ich bin gerade sehr wütend. Wir sprechen hier aber immerhin über euren Vater», erklärte sie schließlich. «Ich will mich zu nichts hinreißen lassen, das ich später bereue.» Sie stand auf. «Lasst uns erst einmal die anderen fragen, ob sie das Buch gesehen haben.»

Ingrid rollte genervt mit den Augen. Es wurmte sie, dass die Mutter das neue Kind des Vaters einfach so hinnahm. Und die Sache mit der Konditorei und dem verschwundenen Rezeptbuch setzten dem Ganzen noch die Krone auf!

Sie waren noch nicht zur Tür raus, da blieb die Mutter jedoch noch einmal stehen und sagte: «Und ja, ich traue es eurem Vater zu, wenn ihr mich so fragt. Verständnis habe ich dafür nicht, es fällt mir jedoch leichter, es zu verarbeiten, wenn ich zumindest versuche, es zu verstehen. Aber du hast recht, Ingrid, was euer Vater uns da mit seiner Ersatzfamilie antut, ist verletzend, unverantwortlich und unverzeihbar. Und wenn ihr nicht meine Töchter, sondern meine Freundinnen wärt, würde ich glatt behaupten, dass er ein … ein Lump ist, ein ganz gemeiner Lump!»

«Schade, wir hätten damals Matildas Schimpfwörterliste aufheben sollen», unkte Hannah. «Fluchen musst du noch üben, Mor.»

Die Mutter zog gekonnt eine Augenbraue hoch. «Das habe ich gar nicht nötig!» Sie stemmte die Hände auf die Hüften und schimpfte: «Ekelpaket, Lügenmaul, Strohkopf, Lastersack, Schwerenöter. So, da habt ihr's! Ich muss euch ja nicht immer gleich auf die Nase binden, was ich denke. Aber glaubt nicht, dass ich mit meinen Freundinnen nicht auch mal ordentlich Luft ablasse, wenn ich verärgert bin. Und das bin ich!»

Ingrid nickte anerkennend. «Gut so, Mor.»

22

Ingrid

Der Großvater saß grimmig dreinblickend auf der Bank, als Ingrid, die Mutter und Hannah die Backstube verließen und über den Hof zum Haus gingen. Neben ihm stand eine Flasche Brännvin, in der Hand hielt er ein volles Glas, dessen Inhalt er nun mit Schwung in seinen Schlund kippte – noch vor dem Mittagessen. Seinen glasigen Augen nach war es bestimmt nicht das erste und auch nicht das letzte für heute.

Auf einmal war Ingrid sich gar nicht mehr so sicher, ob sie Gunnar wirklich sagen wollte, was sie für ihn empfand. Gunnar war ein Mann. Matilda hatte einen gewählt, der nicht zu ihr stand, Hannah würde wegen Karl nach Deutschland ziehen, der Vater hatte ein uneheliches Kind gezeugt, der Großvater war oft schlecht gelaunt, streitsüchtig, und er trank. Wer wusste, was Gunnar noch für Überraschungen parat hielt, falls es je dazu kommen sollte, dass er und Ingrid sich doch noch näherkamen?

«Morfar, hast du zufällig das Buch mit den Rezepten gesehen?», fragte Hannah.

«Wieso sollte ich?», antwortete er bissig. «Mit eurer weibischen Backerei habe ich nichts am Hut.»

So lieb sie den Großvater auch hatte, seine Launenhaftigkeit war kaum zu ertragen. Er konnte der netteste Großvater der Welt sein, aber auch der schroffste. Sie biss sich auf die Zunge, um ihrem Unmut nicht Luft zu machen. Immerhin sorgten die «weibische Backerei» und der Kaffeegarten dafür, dass er sich weiterhin seinen Schnaps kaufen konnte.

«Freundlichkeit ist mehr wert, als sie kostet, Far», sagte die Mutter da. Sie klang resolut, aber nicht unfreundlich. «Und das würde hin und wieder auch dir gut zu Gesicht stehen.»

«Bei mir ist Hopfen und Malz verloren, ich bin zu alt, um noch erzogen zu werden.» Der Großvater deutete mit dem Kopf zu Hannah und Ingrid. «Du hast doch genug Töchter, versuch dein Glück bei ihnen. Und was das Buch angeht, da müsst ihr meine Frau fragen.»

Prompt schaute die Großmutter aus der Tür des Geschäfts nach draußen. «Was ist los?»

«Das Rezeptbuch ist weg.» Die Mutter sah sie hoffnungsvoll an. «Hast du es vielleicht genommen?»

«Warum sollte ich?», fragte die Großmutter, allerdings war ihr Tonfall eher verwundert.

Da erschien auch Matilda auf der Bildfläche. Beschwingt schritt sie über den Hof. Sie trug Hannahs blaues Kleid mit dem kleinen weißen Kragen und sah darin schick aus. Das durfte doch nicht wahr sein. Gestern lag Matilda noch fiebernd im Bett, alle hatten sich große Sorgen gemacht, und jetzt hatte Matilda sich herausgeputzt, als würde sie zum Tanzen gehen. «Sie hat mein Kleid an. Dann haben wir wohl doch getauscht», stellte Hannah überrascht fest. «Ich muss sagen, es steht ihr.»

«Es passt», rief Matilda gut gelaunt und ging zu ihrem Fahrrad. «Du kannst dir eins von meinen dafür nehmen, Hannah, du weißt ja, wo mein Schrank steht.»

«Was hast du vor, Matilda?», fragte die Mutter mit skeptischem Blick. «Du solltest dich ausruhen nach dem Fieber gestern.»

«Mir geht es aber wieder sehr gut.» Matilda schob das Fahrrad bis zu ihnen. «Und bevor ihr fragt. Ich möchte Oskar im Grand Hotel besuchen. Er arbeitet als Rezeptionist dort und ist sehr nett», erklärte sie freudestrahlend. «Du kannst Hannah fragen, Mor, sie kennt ihn.»

Oskar also. Ingrid biss sich auf die Lippe. Sie waren nicht unter sich, jetzt konnte sie nicht sagen, was sie davon hielt – nichts!

Die Mutter schüttelte verständnislos den Kopf. «Gestern Abend ging es dir so schlecht, dass wir uns alle große Sorgen um dich gemacht haben, Matilda. Es freut mich für dich, dass du einen netten Mann kennengelernt hast. Aber meinst du nicht, es wäre besser, wenn du heute zu Hause bleibst? Außerdem wollten wir jetzt zu Mittag essen.»

«Ich habe gut gefrühstückt, ich bleibe nicht so lang, spätestens um acht bin ich wieder da.» Matilda stieg auf ihr Fahrrad und fuhr los.

«Warte mal, Matilda», rief Hannah ihr hinterher. «Hast du das Rezeptbuch genommen?»

«Ich? Nein!» Matilda bog auf die Straße ab. «Bis später!»

«Was ist das für ein Mann, dieser Oskar?», fragte die Mutter interessiert.

«Er ist wirklich sehr nett», erklärte Hannah. «Und wie Matilda schon gesagt hat, arbeitet er im Grand Hotel. Ich glaube, er ist ein paar Jahre älter, aber nicht viel, vielleicht drei bis vier.»

«Gut», sagte die Mutter. Sie klang beruhigt. «Das freut mich für Matilda.»

Wenn sie wüsste, dachte Ingrid fassungslos.

«Und was hat es nun mit dem Rezeptbuch auf sich?», fragte die Großmutter.

«Hör bloß auf!», erklärte die Mutter mit erzürntem Gesicht. «Es ist verschwunden, wir vermuten, dass Jorunn es genommen hat», und ging zur Großmutter ins Geschäft.

Ingrid und Hannah blieben nebeneinander stehen.

«Meinst du, Matilda trifft sich wirklich mit Oskar?», fragte Hannah leise.

«Ich denke, schon», antwortete Ingrid. «Sonst hätte sie jetzt gesagt, dass sie mit Kristiane verabredet ist. Matilda hat eine Frau aus Kristian gemacht. Mutter denkt, sie hat eine neue Freundin.»

«Dann ist Matilda aber ganz schön raffiniert!», sagte Hannah etwas zu laut und hielt erschrocken die Hand vor den Mund.

«Raffiniert ist aber noch milde ausgedrückt», erklärte Ingrid ernst. «Ich würde Matilda sogar zutrauen, dass sie sich mit Oskar trifft, weil sie denkt, dass sie demnächst einen Vater für das Kind benötigt. Unsere Schwester kann ganz schön durchtrieben und berechnend sein.» Wie der Vater. Genau genommen war Matilda auch nicht besser. Matilda hatte sich nicht nur einmal bei Ingrid über Oskar beschwert, als sie sich noch häufiger mit ihm getroffen hatte. Er war Matilda zu langweilig. Und sie hatte schon mit ihm abgeschlossen, bevor sie Kristian kennengelernt hatte. Und nun war plötzlich Matildas Interesse an ihm wieder erweckt. Die Frage war nur, was Matilda genau vorhatte. «Komm, wir gehen schon mal in die Küche.» Der Großvater sollte nicht mitbekommen, was sie beredeten. Er tat zwar gern so, als würde er nicht mehr sehr gut hören, aber wenn es darauf ankam, funktionierten seine Ohren erstaunlich gut.

«Matilda braucht einen Mann, der es mit ihr aufnehmen kann», sagte Ingrid, als sie außer Hörweite waren. «Einen mit einem starken Charakter, aber auch mit Anstand.»

«Anständig ist Oskar, aber ich befürchte, dass er zu weich ist für Matilda. Der Arme, unsere Schwester wird ihm heute ordentlich den Kopf verdrehen», sagte Hannah mitleidig. «Ich hoffe nur, dass Matilda sich mit ihm trifft, weil ihr klar geworden ist, dass er ein netter Kerl ist. Oskar hätte sie niemals in Stich gelassen in solch einer Situation.»

«Ich will den Teufel ja nicht an die Wand malen, aber ich traue Matilda durchaus zu, dass sie Oskar ein Kuckucksei ins Nest legen würde, wenn es sein müsste», erklärte Ingrid. «Ich weiß, das klingt hart, aber wir wissen doch beide, wie sie sein kann.»

«Das ist richtig», stimmte Hannah zu. «Aber heute Morgen hat Matilda sehr positiv über Oskar gesprochen. Dass sie Fieber bekommen hat, könnte auch eine Lehre für sie gewesen sein. Hoffen wir das Beste, vielleicht hat sie sich doch darauf besonnen, dass es auch nette Männer gibt.»

«Dann hoffen wir mal …», sagte Ingrid, aber im Grunde war sie sich sicher, dass das Fieber nichts an Matildas Einstellung gegenüber Männern geändert hatte. Dazu war mehr nötig als eine Nacht mit erhöhter Temperatur, da musste schon ein Dauerfieber her, um nachhaltig etwas bei Matilda zu bewegen. «Ich bin gespannt, was sie später erzählt.»

«Genau, lass uns erst einmal abwarten, dann sehen wir weiter», sagte Hannah entschieden. «Was die netten Männer angeht … Ich habe noch mehr Kleider dabei», erklärte sie augenzwinkernd. «Du könntest eins davon anziehen, wenn du dich später mit Gunnar triffst.»

Das hatte Ingrid für den Moment vergessen. Sie krauste die Stirn. «Ehrlich gesagt, weiß ich gar nicht, ob ich mir das überhaupt antun soll, Männer machen doch nur Ärger.»

Hannah stupste Ingrid in die Seite. «Erzähl nicht so ein Blödsinn, das redest du dir nur ein, weil du nach einem Grund suchst, nicht zu Gunnar zu fahren. Du bist bange, und zwar nicht nur vor dem Gespräch selbst, sondern auch vor dem, was dabei herauskommen wird »

Wie gut ihre Schwester sie doch kannte. «Du hast recht», gab

Ingrid zu. «Immerhin war Gunnar ein halbes Jahr weg, wer weiß, was in der Zeit alles passiert ist.» Aber sie hatte natürlich auch Angst, ihm ihre Gefühle zu zeigen. Zugleich war sie jedoch auch neugierig und freute sich darauf, ihn wiederzusehen. «Aber eins deiner Kleider brauche ich nicht. Wenn, dann möchte ich, dass Gunnar mich so mag, wie ich bin.»

«Das wird er», sagte Hannah.

Sie waren nun in der Küche angekommen, wo die Mutter schon das Essen vorbereitet hatte. Auf dem Ofen siedete ein Topf mit heißem Wasser, am Tisch lag ein großes bemehltes Holzbrett mit fünf Reihen zu jeweils sechs Kartoffelklößen, daneben stand eine Schüssel mit gedörrtem Bauchspeck.

«Kroppkakor, für jeden sechs Stück», stellte Hannah gut gelaunt fest.

«Schaffst du nie!» Ingrid liebte die mit würzigen Pilzen gefüllten Klöße, die nach dem Kochen mit ausgelassenem Speck übergossen wurden. Dazu ein Klecks Preiselbeerkompott, und ihr Glück war perfekt. Aber mehr als vier hatte sie noch nie essen können, nach dem dritten war sie schon immer mehr als satt. Die Großmutter hatte das Rezept aus Småland mitgebracht, wo sie aufgewachsen war.

«Du vergisst, dass ich jetzt für zwei esse», erklärte Hannah. Sie öffnete die obere Brennraumtüre des Ofens und legte ein paar Holzscheite nach. «Jetzt, wo wir hier endlich Strom haben, könnte das alte Schätzchen auch mal gegen einen neuen ausgetauscht werden. In Stockholm haben wir einen elektrischen Herd, der ist sehr praktisch.»

«Da stehen erst einmal ein paar Änderungen für den Kaffeegarten ins Haus», erklärte Ingrid. «Außerdem funktioniert er doch sehr gut.» Sie nahm das Brett mit den Klößen und hielt es neben den Topf.

Hannah griff nach der Schöpfkelle und beförderte einen Kloß nach dem anderen in das Wasser. «Was möchtest du denn ändern?»

«Wir überlegen, ob wir ein Dach über einen Teil des Gartens bauen. Außerdem denken wir über eine Hilfe in der Backstube nach. Aber das steht noch in den Sternen. Erst einmal müssen wir schauen, wie das Jahr läuft.»

«Das hört sich vernünftig an.» Hannah schob die Pfanne auf die Herdplatte.

Ingrid holte den Speck und gab ihn hinein. Sie arbeiteten Hand in Hand, dafür brauchten sie nicht viele Worte. «Ich finde es wirklich immer noch schade, dass du nach Stockholm gegangen bist – und jetzt sogar nach Deutschland ziehst. Stell dir mal vor, was für einen Spaß wir hätten, wenn wir gemeinsam in der Backstube stehen würden, und was wir beide alles erreichen könnten.» Schon als sie es ausgesprochen hatte, bereute sie ihre Worte. Hannah vermisste die Backstube doch ohnehin schon so sehr, da musste Ingrid sie nicht auch noch daran erinnern.

«Wer weiß, ob der Kaffeegarten dann überhaupt so erfolgreich geworden wäre», erklärte Hannah überraschend. «Du warst ja eigentlich immer ganz zufrieden im Verkauf. Aber jetzt in der Backstube bist du sehr glücklich. Du gehst in deiner Arbeit auf, und ich denke, genau das ist das Geheimnis des Erfolges.»

Ingrid freute sich sehr über das Kompliment, aber so konnte sie das nicht stehenlassen. «Du liebst die Backstube auch. Ohne deine Ideen und Rezepte hätten wir es nie so weit geschafft.»

Hannah legte ihre Hand auf ihren Bauch. «Aber Karl liebe ich nun mal mehr.» Sie seufzte. «Was sagst du dazu, wie Großvater auf meine Deutschlandpläne reagiert hat? Den Schnaps trinkt er mit Sicherheit gerade wegen mir.»

«Er greift immer zur Flasche, wenn ihm etwas quer sitzt»,

sagte Ingrid. «Und auch mal zwischendurch, das weißt du doch. Ansonsten halte ich in der Sache viel von Großvaters Meinung, er kennt sich da aus. Aber du hast ja selbst gesagt, dass du zurückkommst, wenn es gefährlich ist. Ich denke aber auch, dass es Großvater besonders trifft, dass ausgerechnet du nach Deutschland gehst. Du bist immerhin seine Lieblingsenkelin.»

Hannah gab Ingrid einen kleinen Klaps auf den Arm. «He, das stimmt nicht.»

«Doch, das ist so», erwiderte Ingrid ernst. «Daran hat noch nicht mal die Sache mit Karl etwas geändert.»

«Du denkst das wirklich?»

Ingrid nickte. «Du bist Großvaters Liebling, ich bin Großmutters Liebling, Matilda ist Vaters Liebling.»

«Und die Zwillinge sind Mutters Lieblinge?», fragte Hannah.

«Mutter hat keine Lieblinge. Sie hat uns alle gleich gern.» Ingrid grinste. «Ebba und Ulla sind jedermanns Lieblinge.»

«Darüber habe ich mir bisher noch gar keine Gedanken gemacht», sagte Hannah. Sie schmunzelte. «Und du bist tatsächlich Großmutters Liebling? Wie hast du das geschafft?»

«Ich bin fleißig, sittsam – und ich habe die Idee mit dem Kaffeegarten gehabt. Jeden Abend zählt Großmutter ganz genau unsere Einnahmen und hat eine große Freude, sie zu verwalten.»

Hannah schüttelte schmunzelnd den Kopf. «Das mit den Einnahmen ist natürlich ein Argument. Ich hoffe aber, du denkst bei dem Gewinn, den der Kaffeegarten macht, auch mal an dich. Du hast schließlich die meiste Arbeit. Und es war deine Idee, das stimmt.»

Hannah hatte recht, Ingrid sollte wirklich mehr an sich denken. «Ich warte noch auf die richtige Gelegenheit, das zum Thema zu machen. Dann werde ich mit den anderen darüber sprechen, dass ich gern etwas mehr Lohn bekommen würde. Es läuft so gut, dass das eigentlich kein Problem sein dürfte.» Sie hatte also einiges zu klären, zuerst mit Gunnar, dann mit ihrer Familie. «Apropos Gelegenheit … Ich bin ein wenig nervös wegen Gunnar», gab sie zu.

Hannah schaute sie aufmunternd an. «Ich kann mir ungefähr vorstellen, wie du dich fühlst. Ein wenig ist vermutlich untertrieben. Ich war ja in einer ähnlichen Situation. Ich bin fast gestorben vor Aufregung, als ich mit dem Fahrrad nach Mölle gefahren bin, um mich mit Karl zu versöhnen. Aber in dem Moment, in dem ich in sein Hotelzimmer bin, wusste ich nicht, ob er mich überhaupt noch will. Das war schrecklich. Aber immerhin war Karl mir damals schon vorher nähergekommen.»

«Ehrlich gesagt … etwas näher gekommen sind Gunnar und ich uns auch schon.» Ingrid merkte, wie sie rot wurde. «Gunnar hat mich geküsst, bevor er aufs Handelsschiff gegangen ist.»

Hannah machte große Augen. «Ah, jetzt verstehe ich. Du hast also immerhin berechtigte Hoffnung, dass er mehr für dich empfindet als nur Freundschaft.» Ingrid sah, dass sie sich ein Grinsen nicht verkneifen konnte. «Ich nehme an, es hat dir gefallen.»

«Sehr sogar, viel besser als mit Stig.» Ingrid seufzte. «Ach herrje, mit dem muss ich dann auch noch reden. Ganz egal, was das heute mit Gunnar gibt, mit Stig hat es sich einfach nicht richtig angefühlt.»

«So wie bei mir damals mit Gunnar», stellte Hannah fest. «Das ist mir klar geworden, nachdem ich den Vergleich mit Karl hatte. Gunnar mochte ich immer sehr, aber Karl, den liebe ich.»

«Ich rieche Speck.» Die Mutter kam durch den Flur. «Gut, ihr habt auch die Klöße schon ins Wasser gegeben. Die habe ich in der Aufregung ganz vergessen.»

Ingrid linste in den Topf. Sie waren fertig, wenn sie im Wasser von allein nach oben kamen. «Das dauert noch einen Moment, fünf Minuten bestimmt», sagte sie.

Die Mutter holte sechs Teller und deckte den Tisch damit ein. «Ich habe mich eben noch mal mit eurer Großmutter über die Sache mit Jorunn und eurem Vater unterhalten. Dabei bin ich zu dem Entschluss gekommen, dass ich im Herbst nicht nach Kiruna fahren werde. Das tu ich mir nicht an. Wenn euer Vater etwas mit mir zu besprechen hat, muss er sich schon nach Arild bewegen. Und Jorunn knöpfen wir uns vor, wenn sie wieder zurück ist», erklärte sie resolut und nahm einen Teller wieder weg. «Wir sind ja heute nur zu fünft.» Sie sah Hannah an. «Gut, dass du Oskar kennst, ich hatte schon befürchtet, dass Matilda sich wieder mit dieser Kristiane trifft. Wie heißt der Mann eigentlich wirklich, Kristian?»

Ingrid hielt erstarrt in ihrer Bewegung inne, und auch Hannah blickte dämlich aus der Wäsche. Beide fühlten sich ertappt, und keine von ihnen sagte etwas, und das mussten sie auch nicht, denn die Mutter ergriff wieder das Wort. «Was schaut ihr so überrascht. Ich bin eure Mutter, ich bekomme mehr mit, als ihr denkt.»

Ob die Mutter das auch mit ihr und Gunnar wusste?

Ingrid packte die Chokladbollar in eine Papiertüte und band eine weiße Schleife darum. Sie überlegte, ob sie auch das rote Lindholm-Herz auf die Tüte stempeln sollte, so wie sie es machten, wenn die Gäste etwas zum Mitnehmen kauften. Aber sie verzichtete darauf. Nicht, dass Gunnar dachte, es sei ein Liebesbeweis, schließlich bekam jeder diese Tüte, das hatte gar nichts zu bedeuten – und doch so viel. Denn es war auch ihr Herz, das sie ihm schenken wollte.

Jetzt hoffte Ingrid nur, dass Gunnar zu Hause war. Sie entschied sich gegen das Fahrrad und ging stattdessen am Meer entlang.

Hannah war froh darüber, dass Karl einen ungefährlichen Beruf hinter dem Schreibtisch hatte, bei Ingrid war es genau andersrum. Sie mochte die Vorstellung, dass Gunnar mit seinem Boot über das Meer schipperte, um zu fischen, auch wenn es riskant war. Gunnar stellte sich den Naturgewalten, Angst um ihn hatte Ingrid nicht, denn das Wasser war Gunnars Element.

Sie hatte dem Meer gerade den Rücken zugewandt und ging die schmale Straße nach oben, die zu Gunnars Elternhaus führte, als sie plötzlich Agnetha nach ihr rufen hörte. Die helle, immer fröhlich klingende Stimme ihrer Freundin erkannte Ingrid sofort. Ingrid drehte sich um und winkte Agnetha zu, die nun schnaufend mit dem Fahrrad den Hügel hinaufgefahren kam.

«Hej.» Sie bremste knapp vor Ingrid ab und pustete sich eine Ponysträhne aus dem Gesicht. «Was machst du denn hier? Ich habe heute Spätschicht, ich muss in zehn Minuten auf der Arbeit sein.»

«Hej. Ich bin auf dem Weg zu Gunnar.» Ingrid zeigte auf ihre Tasche, in der sie die Tüte mit den Chokladbollar hatte. «Ich bring ihm etwas Süßes vorbei.»

«Das ist gut, das wird ihn trösten», sagte Agnetha mitfühlend. «Der Arme, ich habe gehört, dass er mächtig Liebeskummer hat. Schon wieder ist er unglücklich verliebt! Er hat aber auch wirklich kein Glück bei den Frauen.» Sie grinste gehässig. «Pia bekommt ihn auf jeden Fall nicht. Er verlässt Arild nämlich morgen schon wieder. Geschieht der blöden Pute recht.»

Ein Stich fuhr durch Ingrids Herz, sie wusste nicht, was sie schlimmer fand. Dass Gunnar verliebt war oder dass er Arild wieder verlassen würde. Ihr war zum Weinen zumute. Den Besuch bei ihm konnte sie sich sparen.

«Was ist los?», fragte Agnetha besorgt. «Du siehst aus, als hättest du einen Geist gesehen.» Sie sah hinter sich, als ob da tatsächlich jemand stehen würde.

«Ich habe mich etwas erschrocken», antwortete Ingrid. Wenn nicht jetzt, wann dann? Agnetha war schließlich ihre beste Freundin. «Ich hatte mich nämlich ehrlich gesagt sehr darüber gefreut, dass Gunnar wieder da ist. Als er weg war, ist mir das gar nicht so sehr aufgefallen, deswegen habe ich mich auch auf Stig eingelassen. Aber dadurch ist mir nur noch mehr bewusst geworden, wie sehr ich Gunnar mag.»

Agnetha kniff ihre Augen etwas zusammen und legte den Kopf leicht schief. «Du meinst, dass du romantische Gefühle für Gunnar hast?», fragte sie.

«Ja.» Ingrid zuckte hilflos mit den Schultern. «Was mach ich denn jetzt?»

«Weiß Gunnar davon?», fragte Agnetha.

«Nein, also zumindest haben wir noch nicht darüber geredet.» Sie legte eine kleine bedeutungsvolle Pause ein. «Allerdings hat er mich geküsst, an dem Tag, an dem er sich von mir verabschiedet hat.»

«Ingrid, und das hast du mir bis jetzt verschwiegen!», rief Agnetha aus. «Du musst mir unbedingt alles über Gunnars Kuss verraten.»

«Er war so was von gut, viel besser als der von Stig», sagte Ingrid, und ihre Stimme bekam eine weiche Note. «Aber hör mal, es tut mir leid. Ich weiß auch nicht, warum ich es dir bisher nicht erzählt habe.»

«Ach!» Agnetha zuckte mit den Achseln. «Mach dir bloß keine Gedanken deswegen, du hast es mir doch jetzt gesagt.» Sie sah Ingrid plötzlich überraschend ernst an. «Obwohl du meine beste Freundin bist, erzähl ich dir auch nicht immer alles. Weil es mir zum Beispiel peinlich ist oder weil es zu weh tut, darüber zu reden. Aber ich weiß, dass du für mich da bist. Und andersrum ist es auch so.»

Ingrid horchte auf. Was deutete ihre Freundin da an? «Du kannst über alles mit mir sprechen, Agnetha», sagte sie sanft. «Auch wenn es dir peinlich oder unangenehm ist.»

«Weiß ich doch», sagte sie etwas zu schnell. «Was hältst du davon, wenn wir uns kommenden Sonntag treffen, aber diesmal nur wir beide. Wir machen uns einen gemütlichen Abend, trinken Punsch und reden.» Und wieder war da dieser leicht zittrige Unterton.

Was da wohl passiert war? So kannte Ingrid ihre Freundin gar nicht. Agnetha kam ihr fast ein wenig ängstlich vor. Da schien irgendetwas im Argen zu liegen. Aber das musste warten, wenn sie es vorher nicht sagen wollte. Jetzt war auf jeden Fall nicht der richtige Zeitpunkt, denn Agnetha musste ja zur Arbeit.

«Das machen wir, wir treffen uns ganz in Ruhe!» Sie holte die Tüte mit den Süßigkeiten raus. «Schoko-Kaffeekugeln, nach einem ganz neuen Rezept. Möchtest du welche? Den Besuch bei Gunnar kann ich mir doch jetzt sparen.»

Agnetha schüttelte den Kopf. «Ich an deiner Stelle würde sie ihm bringen. Ob an dem Gerede wirklich was dran ist? Du weißt doch, wie schnell die Leute hier tratschen. Ich habe es auch nur über drei Ecken erfahren. Angeblich hat Wilma es rumerzählt. Ich habe es von meiner Mutter, aber ob die stille Post da nicht einiges durcheinandergebracht hat?» Sie verdrehte die Augen. «Ich muss jetzt los, sonst bekomme ich Ärger mit meinem Korinthenkacker-Chef. Der nimmt es immer so genau.»

«Dann beeil dich lieber», sagte Ingrid. «Sonntag steht!

Kommst du zu mir? Wir haben einiges zu bereden, es gibt nämlich noch mehr Neuigkeiten, auch von Hannah.» Von Matilda
würde sie Agnetha nichts erzählen, das war eine Sache unter
den Schwestern.

«Sonntag, sechs Uhr, vorher schaffe ich nicht. Aber bis dahin
sterbe ich vor Neugierde. Ich komme morgen früh auf jeden Fall
kurz in der Backstube vorbei.»

«Kaffee steht für dich bereit!»

Agnetha rollte im Eiltempo die Anhöhe hinab. Ingrid blieb
noch einen Augenblick stehen und sah ihrer Freundin nach.
Auch wenn Ingrid nicht gefiel, was sie da gerade über Gunnar
gehört hatte, war sie doch froh, dass sie ihm nicht ganz ahnungs-
los gegenübertreten würde. Nun war sie wenigstens vorbereitet.

23

Ingrid

Gunnar saß im Schneidersitz auf dem Dach, den Kopf über eine Reuse geneigt, die er öfters dort zu flicken pflegte. Ingrid war selbst überrascht, wie sehr sie sich freute, ihn zu sehen, und dass ihr bei seinem Anblick fast schwindelig wurde. Ihr Herz pochte mindestens doppelt so schnell wie sonst, zumindest fühlte es sich so an.

«Ruhe bewahren», sagte sie leise zu sich selbst. Sie legte mit wackeligen Beinen eine Hand auf den Gartenzaun, atmete tief durch, während sie sich vornahm, unbeschwert zu klingen, wenn sie ihn begrüßte.

«Hast du Zeit für eine kleine Fika, Gunnar?»

Gunnar sah überrascht auf. «Ingrid, hej …»

Er wirkte unentschlossen auf sie. Ihr Magen zog sich zusammen. War es doch ein Fehler gewesen herzukommen? Sie musste es nun zu Ende bringen, Kneifen galt nicht. Und deshalb sollte sie auch forscher sein, als sie sich fühlte. «Das klang ja alles andere als begeistert.» Sie hob die Tüte hoch. «Chokladbollar, sie werden dir schmecken.»

Gunnar strich sich durch das Haar. «Warte, ich komme kurz runter.»

Keine Einladung für sie, in den Garten oder gar nach oben auf das Dach zu kommen. Was war denn mit Gunnar los? Er klang unfreundlich und abweisend. Das tat weh!

Erst als er unten war, bemerkte Ingrid die vielen blonden

Bartstoppeln in seinem von der Sonne gebräunten Gesicht. Gunnar hatte sich früher immer regelmäßig rasiert, sogar wenn er mehrere Tage hintereinander auf dem Boot war. Und er hatte abgenommen, das fiel sofort auf. Die schwarze Hose und auch das helle Leinenhemd, das er bis zu den Ellbogen hochgeschoben hatte, saßen zu locker. Das Hemd hatte er in die Hose gesteckt, es war an der einen Seite etwas herausgerutscht. Barfuß, wie er am liebsten ging, kam er auf sie zu. Sie konnte seinen Gesichtsausdruck zuerst nicht lesen, erst auf den letzten Metern. Warum nur sah er sie so unfreundlich an?

Das Herz wollte Ingrid schier aus der Brust springen, aber nicht aus Freude, wie vorhin auf dem Fahrrad noch, sondern aus Nervosität und, wie sie zugeben musste, aus Angst.

«Hej», sagte er noch einmal kühl, als er bei ihr war – auf der anderen Seite des Zaunes. Er hatte tatsächlich nicht vor, sie hineinzubitten. «Was gibt es?»

Ihre Gedanken überschlugen sich. Sie hatte ihm nichts getan, er hatte keinen Grund, so dermaßen abweisend zu sein. Ingrid drückte den Rücken durch. So eine Behandlung hatte sie nicht verdient, sie war Gunnar immer eine gute Freundin gewesen. «Was es gibt? Das fragst du mich?», fragte sie entschlossen. Ihre Furcht war verschwunden, sie war enttäuscht und verletzt.

«Was meinst du?»

Ihre Augenbrauen wanderten langsam nach oben. «Gunnar! Ich bin es, Ingrid. Du weißt schon, dass du mir nichts vormachen kannst, oder? Dass du dich augenscheinlich nicht freust, mich zu sehen, ist eine Sache, aber dass du tatsächlich jetzt so tust, als wüsstest du nicht ganz genau, was ich meine, das ärgert mich!» Sie sah ihm direkt in die Augen. «Also, was ist los? Habe ich dir irgendetwas getan? Wenn ja, würde ich gern erfahren, was.»

Wieder fuhr Gunnar sich durch das Haar. «Mensch, Ingrid ...» Er klang verzweifelt und ließ sofort Ingrids Herz wieder weich werden.

«Lass uns bitte miteinander reden», sagte sie in sanftem Tonfall. Sie zeigte auf den Zaun. «Ohne dieses Ding zwischen uns, ich dachte, wir sind Freunde.»

«Genau das ist ja das Problem.» Gunnar seufzte. «Aber du hast recht, wir sollten reden, komm rein.» Er wartete, bis sie im Garten war. «Am besten hinter die Hütte, da sind wir ungestört.»

Und sie konnten dort nicht gesehen werden. War sie Gunnar so unangenehm geworden? Und was meinte er mit dem Wort «Problem»? Sie etwa?

Sie setzten sich in einigem Abstand nebeneinander in das Gras, die Rücken an die Hüttenwand gelehnt. Ingrid hatte ihre Beine angewinkelt und ihre Arme darauf abgelegt, Gunnar hatte seine ausgestreckt. Sie sah zu ihm hinüber und konnte nicht anders, als ihn zu bewundern und sich Gedanken zu machen, die gar nicht zu dem Ernst der Lage passten. Der Bart stand ihm gut, er ließ ihn noch männlicher wirken. Zu gern würde Ingrid wissen, wie es sich anfühlte, wenn sie mit den Fingern darüberstrich, ob die Haare stachelig waren oder eher weich. Es gab eine Zeit, da hätte sie ungezwungen dem Impuls nachgegeben und keck gefragt, ob sie mal fühlen dürfe. Aber das war vor dem Kuss ... und vor seiner Ablehnung jetzt.

«Magst du mir sagen, warum du so unfreundlich zu mir bist?», fragte Ingrid und fand sich recht mutig, den Stier bei den Hörnern gepackt zu haben.

«Zum Schutz», antwortete Gunnar, sah sie aber dabei nicht an, sondern blickte hinab ins Gras.

«Zum Schutz?», hakte Ingrid nach. Sie verstand gar nichts

mehr. «Vor wem denn? Etwa vor mir? Aber ich würde dir doch nie etwas antun, das weißt du doch.»

«Zumindest nicht bewusst, das ist mir klar, Ingrid», erwiderte Gunnar ernst. «Man kann sich eben nicht aussuchen, wen man liebt. Die Erfahrung habe ich selbst auch schon gemacht und habe damals Pia verletzt, als ich mich in Hannah verliebte. Dafür hat Hannah sich dann gegen mich und für Karl entschieden.» Er sah Ingrid in die Augen, zum ersten Mal heute. «Ihr Lindholm-Frauen seid einfach Gift für mich.»

Ingrid traute ihren Ohren nicht. «Du stößt mich von dir, weil *Hannah* dich verletzt hat?», fragte sie ernüchtert. Es ging also doch wieder um Hannah. Plötzlich fühlte sie sich müde. Was machte sie noch hier? Sie stand auf, aber bevor sie ging, wollte sie ehrlich sein und alle Karten auf den Tisch legen. «Weißt du, Gunnar, ich war für dich immer eine gute Freundin – du warst für mich aber schon seit längerer Zeit mehr.» Sie war ruhig, es fiel ihr nun erstaunlich leicht auszusprechen, was sie fühlte. «Und dann hast du mich geküsst, da hatte ich zum ersten Mal das Gefühl, dass du ähnlich empfindest.» Bei dem Gedanken daran schüttelte sie unwillkürlich den Kopf, weil sie nicht mehr glauben konnte, dass das wirklich passiert war. «Diesen kurzen Moment, in dem ich gedacht habe, dass wir dasselbe fühlen, war ich sehr glücklich. Aber dann bist du sofort auf das Handelsschiff gegangen, du bist von einem Tag auf den anderen aus meinem Leben verschwunden. Ich habe dich jeden Tag ein wenig mehr vermisst, habe gehofft, dass du zurückkommst oder ich wenigstens ein Lebenszeichen von dir erhalte. Aber du warst einfach weg und bliebst weg. Hieltest es noch nicht einmal für nötig, mir zu schreiben. Und jetzt, wo du wieder da bist, erklärst du mir, dass ich Gift für dich bin.»

Gunnar saß immer noch auf dem Boden. Er massierte mit

Daumen und Zeigefinger seine Stirn und sah sie mit zusammengekniffenen Augen an, fragend. Er dachte nach, das war offensichtlich, so hatte Ingrid ihn schon oft gesehen, wenn er besonders schwierige Situationen zu klären hatte, so wie damals mit seinem Onkel.

Ingrid sah traurig auf ihn hinab. «Ich bin heute zu dir gekommen, um dir zu sagen, was ich für dich empfinde. Das habe ich. Ich wünsche dir von Herzen alles Gute, Gunnar. Aber eine Sache, die möchte ich noch loswerden, die kann ich einfach nicht so stehen lassen», erklärte sie entschieden. «Ich bin kein Gift. Für den Mann, der mich irgendwann zur Frau nimmt, werde ich Balsam sein, Balsam für die Seele, das habe ich mir zumindest vorgenommen. Ich weiß, wie ich bin – und wer ich bin. Schade, dass du es anders siehst.» Sie atmete tief durch. «So, das war alles, was mir auf dem Herzen lag.»

Ingrid drehte sich um, wollte gerade gehen, da sagte Gunnar: «Warte bitte.» Er stand auf und sah Ingrid dabei mit einem intensiven Blick an, der direkt ihr Herz erreichte, Schmerz, aber auch Hoffnung sprachen daraus. «Ich wollte mich bei dir melden.» Er zögerte einen Moment. «Aber es ist so ... es fällt mir schwer, das auszusprechen: Ich kann nicht schreiben. Ein paarmal habe ich darüber nachgedacht, einen Kollegen auf dem Frachter zu fragen, ob er das für mich übernehmen kann. Aber ehrlich gesagt, war es mir unangenehm, ich habe es nie gelernt. Mit Zahlen kann ich gut umgehen, aber die Buchstaben, die vertausche ich», brach es verzweifelt aus ihm heraus. «Ich kann weder lesen noch schreiben, Ingrid.»

«Gunnar, das wusste ich nicht ...» Sie streckte ihre Hand nach ihm aus, wollte ihn trösten, weil er so unglücklich aussah. Doch Gunnar wich einen Schritt vor ihr zurück.

Seine Reaktion traf Ingrid, ein Kloß setzte sich im Hals fest, und da stiegen auch schon die Tränen in ihre Augen. Sie wischte sie mit dem Handrücken weg. Was war nur mit ihm passiert? So abweisend kannte sie ihn nicht.

«Es war ein Fehler, das weiß ich jetzt», erklärte Gunnar. «Ich hätte nicht so stolz sein dürfen und um Hilfe bitten müssen. Dann hättest du gewusst, dass ich dich vermisse und wie sehr ich mich nach dir sehne. Nur aus diesem Grund bin ich nach Arild zurückgekommen, Ingrid. Der Frachter liegt in Helsingborg vor Anker. Ich muss morgen wieder los, für weitere drei Monate. Dann habe ich das fehlende Geld für das Boot zusammen. Ich wollte dich aber unbedingt sehen, um dich zu bitten, auf mich zu warten, bis ich für immer zurück bin. Ich bin zu dir gefahren, deine Mutter hat mir gesagt, dass du mit Agnetha beim Tanzen in Höganäs bist. Also habe ich mich auch auf das Fahrrad gesetzt ...» Gunnar hielt inne, sein Gesicht verdunkelte sich, während er noch nach den richtigen Worten suchte, aber Ingrid wusste schon, was nun kommen würde. Er war es also doch gewesen! Ihre Mutter hatte ihr gesagt, dass Gunnar nach ihr gesucht hatte, aber daran hatte sie in dem Durcheinander mit Hannahs Rückkehr und Pia im Garten nun gar nicht mehr gedacht. Vor Schreck hielt sie sich die Hand vor den Mund.

«Ich habe dich dort auf der Bank in einer innigen Umarmung mit einem Mann gesehen, Ingrid, ihr habt euch geküsst», erklärte Gunnar da auch schon traurig. «Das Bild hat sich in meinem Kopf eingebrannt. Und nun sagst du mir, dass doch alles ganz anders ist. Sag mir bitte, was ich dann von dem anderen Mann halten soll.»

Dass sie es am liebsten ungeschehen machen würde und es ihr unendlich leidtat. Aber im nächsten Moment besann sie sich wieder, Trotz regte sich in ihr. Sie hatte keinen Fehler gemacht!

339

Aber sie sah auch ein, wie dieses Bild auf Gunnar gewirkt haben musste.

«Du hast recht, ich habe einen anderen Mann geküsst.» Ingrid schüttelte unwillkürlich den Kopf. «Ein einziges Mal – und zwar ausgerechnet an dem Tag, an dem du zurückgekommen bist. Das kannst du mir nicht vorwerfen. Ich habe ein halbes Jahr auf dich gewartet, Gunnar, hoffnungsvoll, aber ohne Gewissheit, ob wir uns jemals wiedersehen werden. Dass du nicht schreiben kannst, wusste ich nicht. Ich bin also davon ausgegangen, dass du kein Interesse an mir hast. Stig, so heißt er, ist ein netter Mann. Wir haben uns vor zwei Wochen kennengelernt. Wenn ich ehrlich zu mir bin, dann hatte ich nur gehofft, dass ich dich durch ihn endlich vergesse. Aber das Gegenteil ist passiert. Weil ich bei ihm das Gefühl vermisst habe, das dein Kuss in mir ausgelöst hat. Davon mal ganz abgesehen …» Sie musterte ihn kritisch. Auch das musste sie noch loswerden, dazu sollte er sich noch äußern. «Ist mir von mehreren Seiten erzählt worden, dass da wieder was zwischen dir und Pia läuft. Und da dachte ich …ich dachte …» Ingrid hielt verlegen inne. «Ehrlich gesagt, hat mir das gar nicht gefallen, ich war eifersüchtig, und da wollte ich dich erst recht vergessen.» Sie sah ihm direkt in die Augen. «Es hat nicht funktioniert, ich kann dich und den Kuss nicht vergessen. So, jetzt weißt du's!»

Um Gunnars Augen bildeten sich viele kleine Lachfältchen. «Ich weiß nicht, was mir besser gefällt. Dass du eifersüchtig warst – grundlos im Übrigen. Oder die Gefühle, die mein Kuss bei dir ausgelöst haben.» Er legte den Kopf leicht schief und sah sie spitzbübisch an. «Ich glaube, es ist Letzteres. Darüber würde ich gern noch mehr hören. Wie meintest du das genau?»

Es tat so unbeschreiblich gut, Gunnar lächeln zu sehen. Würde jetzt doch alles gut werden? Tausende Schmetterlinge auf einmal flatterten in Ingrids Bauch. Sie sah den Mann an, der ihr so viel bedeutete, und sie antwortete das, was ihr als Erstes in den Sinn kam: «Damit meine ich, dass ich dir so nah sein möchte wie nur irgendwie möglich, im Geiste, mit dem Herzen und auch sonst.» Ihr echtes Herz pochte kräftig von innen gegen ihre Brust. Sie wollte es ihm unbedingt sagen. «Ich liebe dich, Gunnar.»

Nur wenige Schritte, da war Gunnar bei ihr und schloss sie in seine starken Arme. «Du kannst dir nicht vorstellen, wie glücklich du mich gerade gemacht hast», sagte er dicht an ihrem Ohr, und sie spürte wohlige Gänsehaut am gesamten Körper. Er zog sie nah an sich heran. «Ich liebe dich, Ingrid.»

Eine gefühlte Ewigkeit blieben sie so stehen, bis Gunnar etwas von Ingrid zurücktrat, seine Hände um ihr Gesicht legte und sie leidenschaftlich küsste. Der Kuss schmeckte nach monatelanger unerfüllter Sehnsucht, Verlangen und nach Liebe. Als sie voneinander ließen, fuhr Ingrid mit den Fingerspitzen durch Gunnars Bart. «Das wollte ich vorhin schon machen, aber da habe ich mich nicht getraut», erklärte sie.

«Piekt er beim Küssen?», fragte Gunnar schelmisch.

«Ein bisschen», gestand Ingrid. «Aber ich mag es, ich mag alles an dir.» Sie fuhr erschrocken zurück. «Musst du morgen wirklich schon wieder fort?»

Er legte sanft seine von der Arbeit raue Hand auf ihre Wange. «Ja, aber ich komme Mitte September wieder, versprochen.» Seine Augen funkelten vor Schalk. «Schaffst du es, bis dahin keine anderen Männer mehr zu küssen?»

«He!» Sie boxte ihn spielerisch gegen die Brust. «Sei nicht so frech.»

Er lachte leise. «Lass mich dich noch mal küssen, damit du mich nicht vergisst.» Er zog sie an sich ran, diesmal etwas forscher, dabei drückte er mit seiner Hand Ingrids Unterleib fest gegen seinen.

Ingrid stöhnte wohlig auf. «Ich werde nie, nie wieder einen anderen Mann küssen wollen, Gunnar», sagte sie, nachdem er sie sanft von sich weggeschoben hatte, um sie erneut fast verwundert anzuschauen. Wie schnell war nur alles anders geworden!

«Das geht mir auch so mit dir.» Er lächelte sie glücklich an. «Ich muss morgen sehr früh los, aber heute habe ich noch Zeit. Können wir die bitte zusammen verbringen? Jede Minute davon? Lass uns jetzt eine Runde spazieren gehen, unten am Wasser. Was meinst du»

«Sehr gern. Ja, zu beidem.»

Er griff nach ihrer Hand. «Dann komm.»

Sie gingen durch den Garten auf die Straße, hinunter zum Hafen und an der großen Mole vorbei bis zum steinigen Strand. Hand in Hand. Die überraschten und auch sehr neugierigen Blicke der Dorfbewohner störten Ingrid nicht. Im Gegenteil, sie genoss es sehr, dass Gunnar die ganze Zeit ihre Hand festhielt, um allen zu zeigen, dass sie und er zusammengehörten. Erst als sie bei den Findlingen ankamen, ließ Gunnar sie los. Hier hatten sie früher schon oft beisammengesessen, und genau so hatte es Gunnar davor auch mit Hannah gemacht. Es war nun mal einer der schönsten Plätze hier am Wasser, aber trotzdem wünschte Ingrid sich insgeheim, sie hätten schon etwas Eigenes, einen Ort, den er nur mit ihr verband.

Gunnar schien ihre Gedanken zu lesen. «Ich wollte dir noch etwas sagen, zu Hannah», sagte er, als sie nebeneinander auf dem großen Stein saßen. «Es ist mir wichtig, dass du weißt, dass ich Hannah nicht richtig geliebt habe. Das ist mir klargeworden, nachdem ich mich jeden Tag ein wenig mehr in dich verliebt habe, besonders aber auch nach unserem Kuss in der Backstube. Ich mochte Hannah natürlich, schon als Kind. Aber ich glaube, wir sind nur zusammengekommen, weil ich es sonst nicht geschafft hätte, Pia loszuwerden. Unser erster Kuss, also ...» Er räusperte sich verlegen. «Ich habe Hannah beim ersten Mal nur geküsst, weil Pia gerade in der Nähe war und sie uns gesehen hat. Pia wollte nicht einsehen, dass ich es ernst gemeint habe, als ich ihr gesagt habe, dass ich sie nicht liebe und die Beziehung beenden will. Das musst du Hannah ja nicht unbedingt erzählen. Es ist gar nicht so, dass sie mir nichts bedeutet hat, im Gegenteil, wie gesagt, ich hatte sie sehr gern, und sie ist eine phantastische Frau. Anfangs war ich dann auch ein wenig verliebt. Aber ich habe erst hinterher verstanden, dass es irgendwie nie richtig, nie tief gefunkt hat zwischen uns. Ihr ging das ähnlich, sonst hätte sie sich nicht in Karl verliebt. Ich war damals nur so verletzt, weil alles auf einmal kam, mein Vater tot, das Boot weg, und dann noch Hannah ... Auf jeden Fall, was ich eigentlich sagen wollte ... Für sie habe ich nie so empfunden, wie ich es für dich tue. Ich sag dir das, weil ich nicht möchte, dass das mit Hannah zwischen uns steht.»

«Steht es nicht», sagte Ingrid, die still in sich hineingelacht hatte, als Gunnar das über den ersten Kuss mit ihrer Schwester erzählte. Damit hätte sie nie im Leben gerechnet. Aber umso besser, dann war ja diesbezüglich nun wirklich alles geklärt. «Da habt ihr wohl beide ähnlich empfunden. Hannah ist übrigens gerade hier, das hast du ja bestimmt mitbekommen. Sie ist schwanger, und in drei Wochen geht sie mit Karl für ein Jahr nach Deutschland.»

«Tatsächlich?» Gunnar zog die Stirn kraus. «Deutschland rüstet immer weiter auf, ich nehme an, das weiß Hannah.»

«Sie hat sich das sehr genau überlegt», erklärte Ingrid.

«Dass sie schwanger ist, freut mich.» Gunnar griff nach Ingrids Hand. «Du weißt ja, dass ich gern irgendwann einmal möglichst viele Kinder hätte. Aber du musst wissen, eine gute Partie bin ich nicht. Wie gesagt, wenn ich wiederkomme, habe ich zwar das Geld für das Boot zusammen, aber kein Haus, um darin mit einer Frau oder gar einer Familie zu wohnen. Nur die Hütte im Garten, aber die ist viel zu klein und im Winter zu kalt, du kennst sie ja.»

Ingrid konnte ihr Glück kaum fassen. Eben war sie noch davon ausgegangen, dass sie Gunnar für immer verloren hatte, und jetzt sprach er von Kindern und einem Haus. War das wirklich wahr?

«Was ist, Ingrid? Habe ich dich erschreckt?», fragte Gunnar verlegen, als sie nicht sofort antwortete. «Im Dorf erzählt man, dass dein Kaffeegarten jetzt so erfolgreich ist, dass die Leute von überall herkommen. Ich hingegen habe noch immer nicht mein Boot zurück. Ich habe nichts, was ich dir bieten könnte. Nicht, dass du es eines Tages bereust.»

Ingrid schlug Gunnar mit der flachen Hand auf seinen Unterarm. Das hatte er nun wirklich verdient. «Erzähl nicht so einen Blödsinn!»

«Auch wenn du mich jetzt gleich noch mal schlagen wirst ...» Gunnar grinste. «Du erinnerst mich gerade an deine Großmutter.»

Sie sah ihn entgeistert an, aber als Gunnar anfing zu lachen, stimmte sie mit ein.

Dann rutschte er ein Stück nach oben, setzte sich hinter Ingrid und zog sie zu sich, sodass sie nun mit dem Rücken zu ihm zwischen seinen Beinen saß. Er legte seine Arme um ihren Körper und ließ seinen Kopf gegen ihre Schulter sinken.

In Ingrid hallten noch immer die Worte nach, die Gunnar

gerade zu ihr gesagt hatte. «Du hast eben von Kindern gesprochen.» Sie nahm all ihren Mut zusammen. «Mit mir?»

«Mit wem sonst?» Gunnar griff nach ihrer Hand. «Unsere
erste Tochter würde ich gern Astrid nennen, nach meiner Großmutter mütterlicherseits. Sie war eine gute Frau, ich habe ihr
viel zu verdanken, sie hat sich immer um mich gekümmert, als
das Verhältnis zu meinem Vater noch sehr schlecht war. Leider
ist sie viel zu früh gestorben.»

«Astrid.» Ingrid ließ den Namen in ihr nachklingen.

«Geht dir das zu schnell? Ich hatte ein halbes Jahr Zeit, darüber nachzudenken. Und immer wieder bin ich zu dem Schluss
gekommen, dass du und ich – wir beide – zusammengehören.»

Wir beide! Glücklich drückte Ingrid Gunnars Hand. «Das will
ich auch, Gunnar. Nein, es geht mir nicht zu schnell. Ich kenne
dich, ich weiß, wer du bist. Ich weiß, wer wir sind. Und der
Name Astrid gefällt mir.»

«Dann ist ja alles gut.» Gunnar zeigte an ihr vorbei auf das
Wasser. «Es ist heute sehr ungestüm, fast wild. An anderen Tagen ist es still. Aber eins ist immer gleich. Am Meer fühle ich
mich zu Hause und tanke Kraft – so wie bei dir. Du bist mein
Meer, Ingrid.»

So etwas Schönes hatte noch nie jemand zu ihr gesagt. Sie
wusste, dass dies der Moment war, an den sie nun jeden Tag
denken würde, wenn Gunnar weg war. «Ich weiß gar nicht, wie
ich es ohne dich aushalten soll die nächsten drei Monate.» Sie
seufzte. «Gut, dass ich so viel Arbeit habe, da bin ich abgelenkt.
Und wenn du wieder zurück bist, ist auch weniger zu tun, dann
haben wir nur die normale Bäckerei. Übrigens wissen die Leute
im Dorf auch nicht alles. In einer Sache haben sie recht, unser
Kaffeegarten läuft gut. Aber wir mussten uns Geld leihen, um
ihn überhaupt eröffnen zu können. Tische, Stühle, Geschirr,

alles musste bezahlt werden. Dann ist da auch noch der neue Ofen, den wir anschaffen mussten. Das müssen wir alles noch zurückzahlen. Und du darfst auch nicht vergessen, dass die ganze Familie von den Einnahmen ernährt werden muss. Außer Hannah – und mein Vater, der noch in Kiruna ist.»

«Aber du hast da mit eurem Süßen Himmel ein kleines Paradies erschaffen. Ich habe mir den Garten angesehen, als ich dich besuchen wollte. Er ist wunderschön. Da kannst du wirklich stolz sein.»

«Danke.» Es bedeutete Ingrid viel, dass er das so sah. «Ein Problem ist, dass wir momentan nur bei gutem Wetter öffnen können, weil die Gäste draußen sitzen. Aber vielleicht können wir ja bald erweitern.» Sie schmiegte sich an Gunnar. «Aber es hat auch Vorteile, so haben wir im Winter mehr Zeit füreinander, du und ich – wir beide.»

Er küsste sie auf das Haar. «Das hört sich gut an, wir beide im Winter.» Gunnar nahm ihre Hand und verknotete seine Finger mit ihren. «Was ist eigentlich mit deinem Vater? Im Dorf sagt man, dass er schon lange nicht mehr hier war», sagte Gunnar.

Ingrid zögerte einen Moment. Aber sie wollte keine Geheimnisse vor Gunnar haben, auch nicht, was ihre Familie betraf. «Er wird auch so schnell nicht wieder auftauchen, denken wir. Er hat nämlich eine andere Frau dort kennengelernt. Aber das ist noch nicht alles …»

Sie hatten so viel zu besprechen … Zwischendurch küssten sie sich immer wieder. Beinahe wäre Ingrid dabei vom Stein gefallen, weil sie sich immer zu Gunnar hochdrehen musste. Aber er hatte sie festgehalten, und lachend hatte sie sich neben ihn gesetzt, um eine kusstaugliche Position einzunehmen, wie Gunnar ihr mit blitzenden Augen vorgeschlagen hatte. Die Zeit verflog nur so.

Als Ingrid Gunnars Magen knurren hörte, fielen ihr die Chokladbollar in ihrer Tasche wieder ein. «Ich habe noch was für dich.» Sie holte die Tüte heraus und gab sie Gunnar. «Die habe ich für dich gemacht, ich denke, du wirst sie sehr mögen. Hannah hat mir dabei geholfen, sie hat die Bollar in einer Stockholmer Konditorei entdeckt und war sofort begeistert. Wir dachten, dass sie genau richtig für dich sind.»

Gunnar nahm eine Schokoladenkugel und schob sie sich in den Mund. Ingrid drehte sich zu ihm und beobachtete gespannt sein Gesicht. Sie freute sich, als Gunnar genussvoll mit den Augen rollte. «Kaffee, Schokolade, Haferflocken, Zucker und Butter», erklärte sie.

«Sehr lecker.» Er deutete mit dem Kopf in Richtung Arild. «Da kommt jemand.»

Es waren zwei Frauen, und Ingrid erkannte sofort, um wen es sich da handelte. Hannah hatte heute eines ihrer alten Kleider an, es war grün und hatte viele kleine weiße Punkte. Die Mutter trug einen blauen weiten Rock und darauf eine Bluse. «Das sind meine Mutter und Hannah», sagte Ingrid überrascht. Jede von ihnen hatte einen Eimer in der Hand. «Sie suchen bestimmt Muscheln, heute ist das richtige Wetter dafür.»

«Soll ich mich etwas weiter von dir wegsetzen?», fragte Gunnar besorgt.

«Nur, wenn du es nicht ernst mit mir meinst.»

Gunnar griff nach Ingrids Hand – und rutschte noch etwas näher an sie heran.

Es dauerte nicht lang, bis Hannah und ihre Mutter bei ihnen ankamen.

«Ingrid», sagte die Mutter überrascht. «Und Gunnar, also habe ich doch richtig vermutet.»

Hannah stand die Freude ins Gesicht geschrieben. «Hallo

Gunnar, schön, dich zu sehen», sagte sie. «Schön, euch beide zusammen zu sehen.»

Vor diesem Moment hatte sich Ingrid ein wenig gefürchtet, immerhin waren Hannah und Gunnar mal ein Paar, aber nun wusste sie ja, warum Gunnar Hannah das erste Mal geküsst hatte.

«Hej, Hannah, hej, Helene, es ist auch schön, euch beide zu sehen. Ihr sucht Muscheln?»

Hannah nickte. «Für das Abendessen.»

Da bemerkte Ingrid den Blick ihrer Mutter, der auf Gunnars Hand geheftet war, mit der er immer noch fest Ingrids hielt. Außerdem schien der Mutter erst jetzt aufgefallen zu sein, wie nah Gunnar neben Ingrid saß. Ihr Gesicht war ein einziges Erstaunen.

«Na, so was», sagte sie schließlich. «Habe ich da irgendwas verpasst?»

«Sieht so aus, Mor», erklärte Hannah und grinste. «Und dabei hast du vorhin noch behauptet, dass du mehr mitbekommst, als wir denken.»

Die Mutter sah zu Ingrid und Gunnar. «Veralbert ihr mich?»

«Nein, Helene, es ist ernst», sagte Gunnar. «Es hat eine Weile gedauert, bis ich verstanden habe, welche deiner Töchter die Richtige für mich ist.» Er lächelte verschmitzt. «Ich hoffe, du hast nichts dagegen, dass ich demnächst wieder häufiger bei euch bin. Ich liebe Ingrid. Und sie liebt mich.»

«Das stimmt, Mor.» Ein sehr warmes Gefühl durchströmte Ingrid. «Wir lieben uns.»

Die Augen der Mutter leuchteten vor Freude. «Ach, ist das schön! Ich freue mich für euch.» Sie schüttelte den Kopf. «Dass ich das nicht kommen sehen habe. Ihr passt perfekt zueinander!»

Ingrid war glücklich und traurig zugleich. Es war schon halb elf am Abend. Gunnar hatte sie nach Hause gebracht, aber sie wollte ihn am liebsten gar nicht gehen lassen. Gerade hatten sie zueinandergefunden, da verabschiedete Gunnar sich schon wieder von ihr für die nächsten drei Monate.

«Wir küssen uns noch einmal, dann dreh ich mich um und verschwinde, ohne mich noch einmal umzudrehen. Sonst komme ich nie von dir los», sagte Gunnar.

Sie nickte mit einem Kloß im Hals.

Gunnar beugte sich zu ihr herunter, seine Lippen trafen auf Ingrids, er zog sie noch einmal fest an sich heran, bevor er sie losließ, sich umdrehte und seine Ankündigung in die Tat umsetzte. Ohne noch einmal anzuhalten, ging er über den Hof auf die Straße in Richtung Arild und verschwand aus Ingrids Blickfeld.

Ingrid musste schlucken, Tränen rannen ihr die Wangen hinab. Sie setzte sich auf die Bank. Bei all dem Glück, das sie erfüllte, fragte sie sich gleichzeitig, wie sie nur die nächsten drei Monate ohne Gunnar überstehen sollte.

Gerade als sie sich wieder etwas gefangen hatte, kam Matilda wie der Blitz auf ihrem Fahrrad auf den Hof gefahren. Sie bemerkte Ingrid nicht, stellte ihren Drahtesel an die Birke und ging in Richtung Haupthaus.

«Matilda», sagte Ingrid.

Ihre Schwester blieb stehen und drehte sich zu ihr um. «Huch, ich habe dich gar nicht bemerkt.»

«Warte, ich komme mit.» Ingrid ging zu Matilda.

«Ist Mutter sehr verärgert? Ich habe ihr gesagt, dass ich um acht zu Hause bin», sagte Matilda.

«Nein, sie freut sich darüber, dass du jetzt einen netten Freund hast und dich nicht mehr mit Kristiane triffst», erklärte

Ingrid. «Sie hat Hannah und mich vorhin gefragt, ob dein Freund wirklich Kristian heißt.»

«Was habt ihr geantwortet?», fragte Matilda erschrocken.

«Nichts, sie hatte es ja selbst rausgefunden», antwortete Ingrid. «Du hast Glück, heute ist wieder mal so viel passiert, dass sie wahrscheinlich gar keine Zeit hatte, darüber nachzudenken. Aber das erzählen wir dir gleich alles auf dem Zimmer.» Sie musterte Matilda kritisch. Matildas Haar war zerzaust, aber ihr fehlte das Strahlen in den Augen, das sie immer hatte, wenn sie von dem verheirateten Mann zurückkam. «Du hast sicher auch was zu berichten.»

Sie gingen ins Haus. In der Küche brannte, wie nicht anders zu erwarten, noch Licht.

Im Flur hielt Matilda Ingrid am Arm fest. «Hast du geweint?», fragte sie leise.

«Ein bisschen», antwortete Ingrid. «Aber aus einem schönen Grund. Mehr gleich. Lass uns schnell Mutter gute Nacht sagen, sie wartet bestimmt schon.»

Doch es war nicht die Mutter, die in der Küche auf die beiden wartete. Hannah saß am Tisch, die Arme vor der Brust gekreuzt.

Sie sah Ingrid und Matilda vorwurfsvoll an. «Habt ihr mal auf die Uhr geschaut, es ist schon nach halb elf!», sagte sie in strengem Tonfall der Großmutter, konnte sich ein Lächeln aber nicht verkneifen. «Nur damit ihr Bescheid wisst, morgen gibt es keinen Nachtisch!»

24

Hannah

Hannah freute sich über die überraschten Gesichter der Schwestern. Der Spaß war ihr gelungen.

Matilda hatte sich zuerst wieder gefasst. «Du bist gut, Hannah, deine Tochter tut mir jetzt schon leid.» Sie seufzte theatralisch. «Aber ich kann wirklich nichts dafür, irgendjemand hat die Luft aus meinem Fahrrad rausgelassen, ich musste schieben.»

«Im Ernst?», fragte Ingrid.

Matilda sah Ingrid ungläubig an. «Du hast mich doch eben gesehen, wie ich bester Dinge auf dem Fahrrad auf den Hof gekommen bin.» Sie schüttelte den Kopf. «Du bist Mutter von uns dreien am ähnlichsten, der kann man auch alles weismachen.»

«Sei dir da mal nicht so sicher, Matilda», sagte Hannah. «Mutter bekommt mehr mit, als du denkst.»

«Ich weiß, Ingrid hat mir schon erzählt, dass Mutter mir die neue Freundin nicht abgenommen hat», erklärte Matilda. «Wo ist Mutter, schläft sie schon?»

«Sie hat sich mit Tuva und Sanna verabredet, Schimpfen üben», sagte Hannah.

Ingrid fing an zu kichern. «Meinst du, sie hat Matildas Liste wirklich aufgehoben?»

«Meine Liste?» Matilda setzte sich zu Hannah an den Tisch. Sie sah Ingrid auffordernd an. «Komm, Ingrid, wir können uns auch hier unterhalten, während wir auf Mutter warten. Hat sie gesagt, wann sie zurückkommt, Hannah? Es ist immerhin gleich schon elf Uhr.»

Nun musste Ingrid noch mehr kichern. «Du willst auf Mutter warten, so wie sie das immer macht, wenn du unterwegs bist? Das ist echt komisch.» Sie setzte sich zu ihren Schwestern.

«Deine Augen sind ja ganz rot, hast du etwa geweint, Ingrid?», fragte Hannah besorgt. Das fiel ihr erst jetzt auf, wo Ingrid nah bei ihr war.

Ingrid nickte. «Aber nur, weil ich Gunnar die nächsten drei Monate nicht mehr sehe. Morgen früh legt der Frachter wieder ab. Gunnar braucht das Geld für sein Boot. Aber wenn er dann zurückkommt, bleibt er für immer.» Bei dem letzten Satz strahlte Ingrid.

Hannah freute sich für Ingrid und auch für Gunnar. «Das geht schneller vorbei, als du denkst, warte ab, drei Monate sind gar nichts, ich habe über ein halbes Jahr darauf gewartet, bis Karl endlich in Stockholm war und wir uns wiedersehen konnten.»

Matilda musterte Ingrid ungläubig. «Moment, Moment! Was habe ich da nicht mitbekommen? Bist du etwa mit Gunnar zusammen?»

«Ja!», antwortete Ingrid glücklich.

Matilda seufzte übertrieben. «Da ist man einmal weg, da passieren hier die spannendsten Sachen. Das freut mich für dich, Ingrid, wirklich.» Sie strahlte Ingrid an, stand auf und ging zur Fensterbank, wo eine angebrochene Flasche Schnaps stand. «Darauf stoßen wir an. Großvater hat seinen Brännvin hier stehen lassen. Selbst schuld.» Kurz darauf hatte sie drei kleine Schnapsgläser gefüllt.

«Für mich lieber nicht», sagte Hannah. «Eine Hebamme hat mir gesagt, dass es besser ist, wenn Schwangere nur mit großer

Zurückhaltung Alkohol trinken. Sie meint, dass zu viel Alkohol die Gesundheit des Kindes schädigen kann.»

«Dann hoffe ich mal, dass meine Blutung bald kommt», sagte Matilda mit einem sarkastischen Unterton in der Stimme, der Hannah sofort wieder daran erinnerte, dass Matilda trotz der vorübergehenden guten Laune vielleicht in ernsten Schwierigkeiten steckte. Sie holte eine Flasche Limonade und noch ein Gläschen, das sie füllte. «Hier, dann kannst du trotzdem mit uns anstoßen.»

«Bah!» Ingrid stellte das leere Glas auf dem Tisch ab. «Ich versteh echt nicht, was man daran so gut finden kann. Das Zeug schmeckt ekelig!»

«Es benebelt die Sinne, manchmal kann das sehr befreiend sein», erklärte Matilda. «Mit Kristian habe ich sogar schon mal eine grüne Fee getrunken.»

«Was ist das denn?», fragte Ingrid. «Davon habe ich noch nie gehört.»

«Absinth, ein Wermut aus Anis, Fenchel und anderen Kräutern», erklärte Matilda für Hannahs Geschmack etwas zu wichtigtuerisch. Sie wusste doch, wohin das geführt hatte. «Er hat eine grüne Farbe. Mir hat er sehr gut geschmeckt, aber nur weil Kristian ordentlich Zuckersirup hineingeschüttet hat, pur wäre er mir zu bitter. Auf jeden Fall soll man eigentlich einen schönen Rausch davon bekommen und sogar Halluzinationen.» Sie zuckte mit den Schultern. «Aber ich habe davon nichts bemerkt, außer dass ich müde geworden bin.»

«Matilda, ich will jetzt echt nicht wie Mutter wirken, aber du musst besser auf dich aufpassen», sagte Hannah vorwurfsvoll. «Grüne Fee, fieberbringende Kräutertees … Das kann auch mal schiefgehen. Du bist nicht unverwundbar. Von dem anderen Problem, das du vielleicht hast, ganz zu schweigen.»

«Ja, ich weiß, deswegen habe ich mich ja auch mit Oskar getroffen. Ich wusste, dass er heute Frühschicht hat, also bin ich zu ihm ins Hotel. Erst wollte er nicht mit mir sprechen, aber dann habe ich ihn doch rumgekriegt», erzählte sie stolz. «Er hat sich mit mir verabredet. Wir sind nach Ransvik gegangen – zu Großmutters sündigen Klippen.»

«Armer Oskar», sagte Ingrid. Sie zeigte auf das leere Schnapsglas. «Heute könnte ich glatt noch einen zweiten trinken.»

Matilda schenkte sofort nach. Sie zog dabei eine Augenbraue nach oben und fragte: «Was heißt denn hier armer Oskar? Ich glaube, er hat sich heute sehr wohl mit mir gefühlt.»

«Willst du uns für dumm verkaufen, Matilda? Nicht mit uns. Entweder hast du genug von Mistkerlen und bist deshalb zum lieben Oskar gegangen, weil du etwas Wesentliches verstanden hast, oder sorgst du vor, weil du Angst hast, dass du einen Vater für dein Kind brauchst, falls du schwanger bist», sagte Hannah unverblümt.

Matilda war die Empörung ins Gesicht geschrieben. «Hannah, hältst du mich etwa für so abgebrüht?»

Hannah hatte sich wieder etwas beruhigt. «Ehrlich gesagt, schon.»

«Ich übrigens auch, Matilda. Ich wusste wirklich nicht, was ich denken sollte, als du heute Morgen gut gelaunt vom Hof geradelt bist, nachdem es dir gestern noch so schlecht ging.» Ingrid sah ihre Schwestern an, bevor sie das Schnapsglas hob, wohl um ihren Worten die Schärfe zu nehmen. «Aber ich hab dich trotzdem lieb, Matilda.»

Hannah schüttete sich noch ein Gläschen Limonade ein. «Ich dich auch, Matilda! Versteh uns nicht falsch, aber wir wissen eben, wie du sein kannst. Deswegen musst du uns auch nichts vormachen. Mit uns kannst du ehrlich sein.»

«Also, nur damit ihr es wisst», sagte Matilda. «Natürlich habe ich mich mit Oskar getroffen, weil er sehr nett ist.» Auf ihrer Stirn bildete sich eine steile Falte, wie immer, wenn sie intensiv nachdachte. Dann wurde ihre Stimme weicher und trauriger. «Ich mag ihn wirklich. Aber es stimmt auch, dass der Tee nicht gewirkt zu haben scheint, meine Blutung habe ich nicht vorzeitig bekommen.» Sie schluckte und konnte einen Moment nicht weitersprechen. «Auch wenn es berechnend sein mag, ist es doch nicht falsch, sich für sein Kind einen guten Vater zu wünschen. Oder?»

«Da hast du natürlich recht, jede Mutter wünscht sich doch einen guten Vater für das Kind», erklärte Hannah behutsam. Sie konnte ihre Schwester nicht verurteilen für das, was sie sich wünschte. «Aber als Frau wünsche ich mir einen Mann, der zu mir passt.»

«Einen, den du liebst», sagte Ingrid.

«Das ist mir schon klar», sagte Matilda unglücklich. «Aber wer nimmt mich denn noch, wenn ich ein uneheliches Kind habe? Und findet mal einen Mann, der das Kind dann auch noch wie seins behandelt. So was gibt es doch nicht!»

«Und du meinst, Oskar wäre da anders?», fragte Hannah hoffnungsvoll.

«Na ja ...» Matilda tippelte nervös mit den Fingerspitzen auf dem Tisch und sah keine der Schwestern an.

«Also doch!» Ingrid schüttelte empört den Kopf. «Du willst ihm also tatsächlich weismachen, dass es sein Kind ist!»

«Auffallen würde es nicht, zumindest haben beide dunkles Haar und sind etwa gleich groß», erklärte Matilda trotzig. «Und Oskar liebt mich, das hat er mir gesagt.»

Hannah traute ihren Ohren nicht. «Matilda, das kannst du nicht machen», sagte sie ernst. «Abgesehen davon, dass das gemein und widerwärtig ist, ist es ganz bestimmt nicht gut, wenn eine Ehe auf einer Lüge aufgebaut ist. Vor allem aber denke ich, dass es dich unglücklich machen wird.»

«Noch steht ja gar nicht fest, ob ich überhaupt schwanger bin», sagte Matilda verstockt. Anscheinend fühlte sie sich in die Ecke gedrängt. Hannah wusste, dass das keine gute Grundlage für ein Gespräch war, aber Hannah hatte nun einmal nicht an sich halten können. So konnte Matilda nicht mit anderen Menschen umgehen!

«Außerdem kann ich nichts dafür, dass ich bin, wie ich bin», verteidigte sich Matilda weiter. «Wie heißt es so schön? Der Apfel fällt nicht weit vom Stamm, ich hab das von Vater.»

«An der Sache ist was dran, Matilda», sagte Hannah ruhig. «Ihr seid euch in vielerlei Hinsicht ähnlich, ihr habt zum Beispiel beide diese starke Ausstrahlung. Wenn ihr einen Raum betretet, schauen sich alle nach euch um, ihr habt ein ganz besonderes Charisma. Ihr findet schnell Kontakt, und ihr habt Spaß am Leben, aber ...» Hannah griff nach Matildas Hand. «Aber nur weil Vater ein uneheliches Kind gezeugt hat, kannst du ihm nicht die Schuld für dein Verhalten geben. Du triffst deine eigenen Entscheidungen. Und du musst dir gut überlegen, was diese für dich und für andere bedeuten, nicht zuletzt für dein Kind, das später nicht herausfinden sollte, dass es gar nicht das Kind seines Vaters ist.»

Matilda zog ihre Hand zurück. «Jetzt male nicht den Teufel an die Wand, ich weiß ja nicht, ob da überhaupt was passiert ist.»

«Gut», sagte Hannah. Jetzt weiter mit Matilda zu diskutieren, machte keinen Sinn. «Ich bin ja noch zwei Wochen da, da werde ich auf jeden Fall mitbekommen, wie es ausgeht. Ich bin sicher, dass du die richtige Entscheidung treffen wirst.»

«Ich hoffe echt, dass du nicht wegen eines Kindes denkst,

heiraten zu müssen, Matilda, du hast einen Mann verdient, der dich glücklich macht», sagte Ingrid da in ihrer diplomatischen Art. «Wenn du tatsächlich ein Kind erwartest, kann ich verstehen, dass du dafür einen netten Vater möchtest. Vielleicht wäre es die beste Lösung für dich und für ihn, wenn du Oskar dann einfach reinen Wein einschenken würdest. Das wäre langfristig für euch beide am besten. Was meinst du?»

Matilda seufzte wieder auf. «Darüber habe ich auch schon nachgedacht. Aber könnten wir jetzt vielleicht über etwas anderes reden? Was ist nun mit Gunnar?»

«Themenwechsel also», sagte Ingrid. «Na gut, das bringt jetzt wahrscheinlich sowieso nichts, wenn wir weiter über ungelegte Eier diskutieren. Du hast ja noch ein paar Tage Zeit, darüber nachzudenken. Und was Gunnar betrifft ...» Sofort hellte sich Ingrids Gesicht auf. «Wir sind ab heute ein Paar. Wenn er in drei Monaten zurückkommt, wollen wir es offiziell machen.» Sie legte eine bedeutungsvolle Pause ein. «Er hat gesagt, dass er mir einen Verlobungsring mitbringt.»

«Oh, das freut mich aber, ehrlich, Ingrid.» Matilda sprang auf und umarmte Ingrid.

Auch Hannah drückte Ingrid lange und innig. Wie froh sie war, dass ihre Schwester nun auch ihr Glück gefunden hatte – und dass es Gunnar auch so ging. «Das ist eine sehr schöne Nachricht, und du wirst sehen, die drei Monate hältst du jetzt auch noch durch ohne ihn.»

«Aber danach haben wir auch ein Problem», verkündete Ingrid da. «Gunnar hat dann zwar das Geld für das Boot zusammen, aber er hat keine vernünftige Bleibe. Die Hütte im Garten ist für den Winter ungeeignet, und in seinem Elternhaus wird er nicht übernachten, da ist ja Wilmas neuer Mann mit eingezogen.»

«Hannahs Bett ist doch frei.» Matilda grinste frech. «Ich habe nichts dagegen, wenn Gunnar mit in unserem Zimmer schläft – solang er in seinem eigenen Bett bleibt und nicht jede Nacht in deins kriecht.»

Ingrid kicherte. «Das würde Gunnar niemals machen, da friert er sich lieber den Hintern ab.»

«Als Großmutter und Großvater damals aus dem Haupthaus gezogen sind, haben sie zuerst überlegt, ob sie den Schuppen umbauen», überlegte Hannah laut. «Vielleicht wäre das ja eine Möglichkeit, wobei das auf Dauer wahrscheinlich auch zu eng wird.» Aber der Gedanke an sich gefiel ihr, denn das hätte durchaus seine Vorteile. Ingrid und Gunnar hätten ihren eigenen Ort, an dem sie ungestört wären. «Oder ihr baut neben Großmutter und Großvaters Haus, da ist genug Platz.»

Ingrid sah sie mit großen Augen an. «So weit habe ich noch gar nicht gedacht.»

«Wenn ihr euch verlobt und wenn ihr heiraten wollt, müsst ihr doch irgendwo wohnen, Ingrid. Hier wäre genügend Platz – und außerdem bin ich vermutlich nicht die Einzige, die es schön fände, wenn ihr beide hier leben würdet. Bestimmt auch Mutter, denn die wird Unterstützung brauchen, wenn Vater nicht zurückkommt, weil er sich um seine neue Familie kümmern muss.»

«Wie, Vater hat eine neue Familie?», hörten sie da plötzlich.

Sie waren so in ihr Gespräch vertieft gewesen, dass keine von ihnen mitbekommen hatte, dass Ulla und Ebba in der Tür standen. Die beiden Jüngsten sahen aus wie zwei Engel in ihren weißen Nachthemden und den auf dem Kopf zu einem Kreis hochgesteckten geflochtenen Zöpfen. Nun waren es überaus erschrockene Engel.

«Seit wann lauscht ihr denn schon?», fragte Matilda alarmiert.

«Lang genug, um zu hören, dass Vater nicht zurückkommen wird», erklärte Ebba mit Nachdruck.

Matilda atmete erleichtert auf, sie hatte wohl befürchtet, dass die Zwillinge schon etwas länger dort gestanden und ihr Geheimnis mit angehört hatten. Dem war glücklicherweise nicht so, sonst wären Ebba und Ulla noch verstörter, als sie nun wegen des Vaters waren.

«Kommt, setzt euch zu uns», sagte Hannah beruhigend. «Es tut mir leid, dass ihr es so erfahrt, eigentlich wollte Mutter mit euch in Ruhe darüber reden.»

Sie setzten sich mit an den Tisch, beide hielten die Arme vor der Brust verschränkt und warteten auf eine Erklärung.

«Es ist so ...» Hannah erzählte in knappen Worten, was sich da in Kiruna ereignet hatte. Sie beschönigte nichts, versuchte aber auch, nicht ganz so hart zu klingen. Ebba und Ulla hörten still zu. Hannah rechnete damit, dass die beiden in Tränen ausbrechen würden, aber das geschah nicht.

«Hab ich's dir nicht gesagt, Ebba!», blaffte Ulla. «Vater ist so ein Mistsack!»

«Wie geht es Mutter damit?», fragte Ebba besorgt. «Ist sie deswegen heute weg?»

«Sie ist bei Tuva und Sanna, in so einer Situation ist es immer gut, wenn man Freundinnen hat, die einem beistehen», sagte Ingrid. «Mutter geht es ganz gut, soweit wir das beurteilen können. Zumindest lässt sie sich nicht viel anmerken, aber wie es wirklich in ihr aussieht, verrät sie nicht. Ihr wisst ja, dass sie sich da meistens sehr gut im Griff hat.»

«Arme Mutter», sagte Ulla mitfühlend. «Dass Vater eine andere hat, haben wir uns ja schon lange gedacht, aber gleich ein Kind ... das geht gar nicht.»

«Vermissen werde ich ihn nicht», tat Ulla da kund. «Wir haben ihn ja sowieso schon Ewigkeiten nicht mehr gesehen. Soll er doch im kalten Norden bleiben. Ist mir egal!»

Das stimmte nicht. Ulla gab zwar ihr Bestes, um kühl und abgeklärt zu wirken, aber ihre traurigen Augen sagten etwas anderes. Sie war verletzt, und das zu Recht.

«Es ist gut, dass ihr es jetzt wisst», erklärte Hannah. «Mutter hatte nämlich Angst davor, es euch zu sagen, weil es ihr leidtut, dass Vater so egoistisch ist und nicht an seine Kinder hier denkt.»

«Mutter tut immer alles leid!», sagte Ebba. «Wir können mehr wegstecken, als sie denkt. Sie muss mal mehr an sich denken!»

«Sehen wir auch so», stimmte Ingrid zu.

«Was ist es denn? Ein Mädchen oder ein Junge?», fragte Ulla.

«Ein Mädchen, sie haben sie Greta genannt», antwortete Hannah. «Das weiß Mutter von ...»

Sie kam nicht dazu, den Satz zu Ende zu sprechen, da Matilda wütend von ihrem Stuhl aufsprang. «Was? Das gibt es ja wohl nicht! Greta? So wollte ich *meine* Tochter nennen. Das wusste Vater, das verzeihe ich ihm nie!»

Ebba sah Matilda mit großen Augen an. «Bist du etwa auch schwanger?»

Matildas Gesicht verfärbte sich innerhalb weniger Sekunden tiefrot. «Natürlich nicht! Ich meinte damit, *wenn* ich irgendwann mal eine Tochter bekomme, dann soll sie Greta heißen.»

«Na, das kannst du ja jetzt vergessen», stellte Ulla lakonisch fest.

«Schaffen wir das denn finanziell, jetzt, wo Vater noch eine zweite Familie hat?», fragte Ebba da. «Vater zahlt immerhin unsere Schule.»

So weit hatte Hannah selbst noch nicht gedacht, Ebbas Frage war durchaus berechtigt.

«Da macht euch mal keine Gedanken, das bekommen wir schon hin.» Ingrid lächelte die beiden Jüngsten liebevoll an.

«Notfalls backen wir ein paar Kuchen mehr und beliefern doch wieder die Hotels. Das schaffen wir schon.»

«Greta, unfassbar, dass Vater mir das angetan hat!», warf Matilda, wie immer theatralisch, dazwischen.

Wieder dachte sie zuerst an sich. Das musste Matilda wirklich ändern. Hannah wollte gerade etwas darauf erwidern, da kam Ulla ihr zuvor.

«Ja, du kannst einem echt leidtun, du Arme. Dich hat es am schlimmsten getroffen. Wir fühlen alle mit dir, Matilda, weil du deine Tochter später mal nicht Greta nennen kannst», sagte sie ironisch. «Egal, ob wir bald nicht mehr in die Schule gehen können. Hauptsache ‹Greta› klappt.»

«Aber recht hat Matilda irgendwie schon», warf Ingrid ein. «Wir *alle* haben es gewusst, auch Vater, aber das war ihm offensichtlich egal. Übrigens hat seine Ersatzfrau auch eine Konditorei in Kiruna eröffnet – und unser Rezeptbuch ist verschwunden. So wie es aussieht, hat Jorunn es für Vater mitgenommen, natürlich ohne unsere Zustimmung.»

«Sie hat es geklaut?», rief Ebba. «Uns hat sie erzählt, dass ihr es ihr erlaubt habt, sie wollte nur ein paar Rezepte daraus abschreiben.»

«Das Buch lag in ihrem Fahrradkorb, als sie das letzte Mal hier war», sagte Ulla. «Wir haben das gesehen und sie gefragt, warum sie es mitnimmt. Dass sie uns anlügt, konnten wir ja nicht wissen.»

«Vielleicht hat sie wirklich nur etwas abgeschrieben, und wir bekommen das Buch irgendwann zurück», sagte Ingrid. «Darum geht es aber gar nicht, die Rezepte habe ich alle im Kopf. Es ist nur unfassbar, dass sie uns so hintergangen hat – von Vater mal ganz zu schweigen. Und traurig ist es auch.»

Eine Weile sagte keine von ihnen etwas. Da zeigte Matilda auf die Schnapsflasche. «Also, auf den Schrecken brauche ich jetzt noch einen. Wer möchte noch?»

Ingrid schob ihr kommentarlos das Glas hin.

Ein kleines bisschen würde schon nicht schaden. Auch Hannah hielt Ingrid das Glas hin. «Aber nur halb voll bitte.» Sie sah zu Ebba und Ulla. Heute war ein Ausnahmetag. «Was ist mit euch, wollt ihr mit uns anstoßen?»

Sie nickten beide, immer noch traurig und wütend, aber Hannah sah einen Glanz in ihren Augen, der wohl von der Freude kam, von den älteren Schwestern einbezogen worden zu sein.

Kurz darauf klirrten ihre fünf Gläser aneinander. «Auf uns, auf die Schwestern Fürchterlich», sagte Matilda feierlich. «Gemeinsam schaffen wir alles.»

Alle lachten, als Ebba und Ulla sich nach dem Trinken schüttelten.

«Schmeckt widerlich», stellte Ulla fest.

Da stand plötzlich die Mutter in der Küche. «Was ist denn hier los?», fragte sie verwundert.

«Wir haben darauf angestoßen, dass wir gemeinsam alles schaffen können, Mor», erklärte Ebba mit gewichtiger Stimme.

«Komm her zu uns, Mor», schlug Hannah vor. Ihre Mutter sah müde aus, hatte aber ein Lächeln im Gesicht.

«Ihr scheint ja jede Menge Spaß zu haben», sagte die Mutter. Sie setzte sich. Dabei blieb ihr Blick an den Schnapsgläsern hängen. «Habt ihr etwa Brännvin getrunken, auch Ebba und Ulla?»

«Sie haben sich einen verdient, aber nur ausnahmsweise», erklärte Hannah.

«Wir haben das von Vater mitbekommen.» Ebba strich über den Arm der Mutter. «Du musst es uns also nicht mehr sagen.»

Die Mutter atmete tief durch. «Das ist gut, dass ihr es wisst», sagte sie erleichtert, und dann lächelte sie. «Ich bin froh, dass ich so wundervolle Töchter habe. Was würde ich nur ohne euch machen?»

Da war das laute Zuklappen der Haustür zu hören.

«Bestimmt Großmutter», sagte Ingrid.

Aber es war der Großvater. Er kam in die Küche, musterte sie alle mit grimmigem Blick und sagte: «Habt ihr etwa meinen Brännvin ausgetrunken?»

Matilda hob die Flasche und betrachtete die kleine Pfütze, die sich darin noch befand. «Fast leer, Morfar.»

«Jetzt trinken die Frauen in der Familie auch noch meinen Schnaps aus, wo soll das nur hinführen?», maulte der Großvater, drehte sich um und ging.

Es dauerte nicht lang, da kam die Großmutter in ihrem schneeweißen Nachthemd in die Küche spaziert. «Euer Großvater hat mir gesagt, ihr sitzt hier alle beisammen und trinkt seinen Schnaps», sagte sie und stemmte ihre Hände auf die Hüften. «Bin ich etwa nicht eingeladen?»

«Setz dich, Mor», sagte die Mutter. «Du gehörst natürlich dazu.»

Hannah lächelte in sich hinein. Diesen Abend würde sie nie vergessen. Sie würde ihn in Erinnerung behalten, wenn sie in Deutschland war und sich vielleicht ab und zu allein fühlte. Aber erst einmal hatte sie noch zwei wundervolle Wochen mit ihren vier Schwestern, der Mutter, der Großmutter und auch dem Großvater. Jeder Einzelne war auf ganz eigene Art speziell, aber sie waren alle besonders und hatten eins gemeinsam: Sie gehörten zu ihrer Familie, und sie liebte sie sehr, die Lindholms, sie war stolz, eine von ihnen zu sein.

25

Februar 1940

Ingrid

Ingrid hielt ihre Tochter auf dem Arm und sah aus dem Fenster in den Garten. Die Eiskristalle auf den schneebedeckten Tischen glitzerten silbern in der Sonne, die sich heute ausnahmsweise mal wieder am Himmel zeigte. Büsche und Sträucher waren teilweise gänzlich im Schnee versunken. Hier und da ragte ein Zweig aus dem weißen Mantel, der sich über das ganze Land gelegt hatte. Im Frühling würde sich zeigen, wie viele der Pflanzen den harten Winter überstanden hatten. Wahrscheinlich müsste Ingrid einen Großteil davon neu anlegen. Der Eiseskälte konnten auch die an sich robusten Kräuterstauden nicht trotzen. Vom Rosmarin, der in den letzten Jahren zu stattlichen Büschen herangewachsen war, musste sie sich wohl verabschieden. Auch der Lavendel und der Thymian mussten neu gepflanzt werden. Aber das war momentan das geringste Problem. Wie auch in den letzten Tagen und Wochen war das Thermometer wieder auf minus zwanzig Grad gefallen. Im Dezember waren sie alle von einem Wintereinbruch überrascht worden, der Eiseskälte mitgebracht hatte. Der viele Schnee hatte das Dach des Haupthauses eingedrückt, sodass das Zimmer unbrauchbar geworden war. Es war zum Glück am Tag geschehen, als niemand sich darin aufhielt. Nicht auszudenken, was passiert wäre, wenn die Balken nachts heruntergekommen wären, als Matilda, Ulla und Ebba oben in ihren Betten schliefen. Nun waren sie alle etwas näher zusammengerückt. Matilda teilte sich mit den Zwillingen unten das Zimmer. Die Mutter nahm mit dem Sofa im Wohnzimmer vorlieb, sie hatte darauf bestanden, dass Ingrid, Gunnar und Astrid ihr Schlafzimmer bekamen. «Für die glückliche kleine Familie», hatte sie mit einem Strahlen in den Augen gesagt. In der Beziehung hatte die Mutter recht, Ingrid war glücklich. Sie hielt ihre gesunde Tochter in den Armen, ihr Mann liebte sie, und sie liebte ihn. Sie hatten genügend zu essen, und zumindest im Moment noch war es im Haus warm. Der Großvater hatte durch seine Voraussicht einen großen Vorrat an Kohle und Holz angelegt. Die Brennmittel im Land waren Mangelware, viele Menschen froren. Durch den Krieg war Schweden vom Welthandel abgeschnitten. Wenn das so weiterging, würden mit Sicherheit vielerorts bald die Lebensmittel knapp. Zum Glück hatten sie etwas Kaffee auf Vorrat. Der war mittlerweile in ganz Schweden rationiert und so gut wie gar nicht mehr zu bekommen. Deswegen wurde er nur noch zu besonderen Anlässen getrunken. An normalen Tagen kam Getreidekaffee auf den Tisch. Aber immerhin konnten sie sich weitestgehend selbst versorgen. Wenn der Winter endlich vorüber war, konnte Gunnar fischen gehen. Den Garten würde Ingrid wieder zum Blühen bringen, sodass sie vom Sommer bis in den Herbst Früchte und Beeren ernten konnten. Genügend Mehl, Fett, Zucker, Reis, Gewürze, Tee, aber auch Schmierseife und einige Medikamente hatten sie für ganz schlechte Zeiten im Keller gebunkert. Aber das war nur ein kleiner Einschnitt. Es war von allem so viel vorhanden, dass sie im Frühling auch den Süßen Himmel wieder öffnen könnten. Sie hoffte nur, dass die Gäste nicht ausblieben. Im letzten Jahr war alles noch so gut gelaufen, sie hatten sogar Agnetha einstellen können, so viel hatten sie zu tun gehabt. Und nun drohte der Krieg ihnen einen Strich durch die Rechnung zu machen. Aber sie durfte und wollte sich nicht beschweren, in anderen Ländern starben die Menschen durch Bomben und Kugelhagel und kämpften dazu noch gegen die Kälte. Niemand wusste, wie lang dieser elende Krieg noch gehen würde und ob Schweden nicht doch mit hineingezogen werden würde.

«Uns geht es gut hier, kleine Zaubermaus», sagte Ingrid leise und legte ihre Tochter in die unter dem Fenster stehende Wiege. Der Großvater hatte sie gebaut und ihnen zur Geburt geschenkt. Er hatte sie weiß gestrichen und auf jede Seite ein rotes Lindholm-Herz gemalt. Die Großmutter hatte passende weiß-rote Decken dazu genäht und bestickt. Sie waren wunderschön, so wie ihre Tochter, die Ingrid gerade erst gestillt hatte und die nun zufrieden schlief.

Als Ingrid Schritte im Flur hörte, lächelte sie. Sie musste sich nicht umdrehen, um zu wissen, dass es Gunnar war. Die Frauen in der Familie waren leichtfüßiger unterwegs, der Großvater schlurfte, nur Gunnars Schritte glichen eher einem Stampfen.

«Sie schläft jetzt», sagte sie leise, als er den Raum betrat.

Gunnar stellte sich neben Ingrid, legte den Arm um ihre Taille, und einen Moment sagten sie nichts. Sie sahen einfach nur auf ihre Tochter, die friedlich in ihrer Wiege schlief, und genossen den Anblick.

«Möchtest du einen Kaffee?», fragte Ingrid schließlich. «Und vielleicht etwas Kuchen dazu?»

«Wie könnte ich da nein sagen?» Er küsste sie auf die Wange. «Habe ich dir schon gesagt, wie glücklich ich darüber bin, dass ich eine Bäckerin zur Frau habe?»

«Ungefähr tausendmal.» Ingrid legte ihre Hand auf Gunnars Bauch. «Dass es dir schmeckt, sieht man dir an.»

«Ihr verwöhnt mich einfach zu sehr. Du backst, deine Mutter kocht, dein Großvater verführt mich regelmäßig zu einem Gläschen Schnaps. Du musst besser auf mich aufpassen, sonst passe ich bald nicht mehr in meine Hosen», neckte Gunnar sie.

«Großmutter ist sehr geschickt mit der Nähnadel», erwiderte Ingrid schelmisch. «Was hältst du von einem Stück Kronans Kaka – mit Blaubeeren? Es ist noch etwas von gestern übrig.» Zu dem Schnaps sagte sie nichts. Es gefiel ihr gar nicht, dass der Großvater sich Gunnar als Saufkumpanen heranziehen wollte. Aber das wusste Gunnar, sie hatten schon mehrmals darüber gesprochen. Doch er hatte immer wieder abgewiegelt, und jedes Mal lief es auf das Gleiche hinaus. Er sagte, sie würde übertreiben – sie bat Gunnar, sich ihretwillen zurückzuhalten –, er beteuerte, er würde nicht wie der Großvater enden, dessen Hände mittlerweile zitterten, wenn er zu lang keinen Alkohol mehr getrunken hatte. Gunnar fehlte die Arbeit auf dem Boot. Sie hoffte, dass sich das mit dem Alkohol besserte, wenn er wieder jeden Tag auf das Meer rausfuhr.

«Das hört sich verlockend an.» Er legte seine Hand auf ihren Hintern und sah sie mit einem Blick an, der nicht nur Lust auf den Kuchen ausdrückte. «Wie geht es dir eigentlich mittlerweile ... was die Folgen der Geburt angeht?»

Sie drehte sich zu ihm und küsste ihn auf den Mund. Astrid war vor knapp zwei Monaten zur Welt gekommen. Obwohl ihre Tochter recht klein und zierlich war, als sie das Licht der Welt erblickt hatte, war Ingrids Damm etwas eingerissen. Mittlerweile war die Wunde gut verheilt, sie hatte auch schon darüber nachgedacht, dass es nun an der Zeit war, sich körperlich wieder näherzukommen. «Ich würde sagen, wir könnten einen ersten Versuch wagen», sagte sie mit verheißungsvoller Stimme.

«Das klingt gut.» Er zog sie eng an sich, und sie küssten sich leidenschaftlich.

Da ertönte ein Räuspern aus dem Flur. Der Großvater kam.

«Hast du Lust auf ein zweites Frühstück, Morfar?», fragte Ingrid.

Ein paar Minuten später saßen sie zu dritt um den Tisch.

«Wo sind die anderen?», fragte der Großvater.

«Ich glaube, Großmutter ist noch in der Backstube, Mutter ist mit den Schwestern runter nach Arild», antwortete Ingrid. Die Bäckerei des Süßen Himmels war schon seit dem großen Schneesturm im Dezember geschlossen. Niemand verirrte sich bei dem Wetter vor die Tür, wenn es nicht unbedingt sein musste, die Kundschaft blieb aus. Heute hatten sie eine Ausnahme gemacht. Die Mutter und die Großmutter hatten den Ofen aufgeheizt und schon in den frühen Morgenstunden Brot gebacken. Die Laibe hatten Ebba, Ulla und Matilda in großen Körben auf ihren alten Schlitten befestigt. Und nun zogen sie gemeinsam durch Arild und verteilten das Brot an alte, kranke und bedürftige Bewohner, die aufgrund des langanhaltend kalten Wetters nicht vor die Tür konnten oder schlicht kein Geld hatten, um sich Essen zu kaufen. Dazu gaben sie jeweils etwas Schmalz.

«Unsere Vorräte verteilen.» Der Großvater runzelte die Stirn. «Ich finde es ja gut, dass sich hier in der Familie auch um die Armen gekümmert wird, aber wir müssen gut haushalten. Ich sag euch, der Krieg zieht sich noch eine Weile. Und wenn er vorbei ist, wird auch alle Hilfe benötigt, um Finnland wieder aufzubauen. Ich habe mit Johannes gesprochen, der hat sich Anfang der Woche mit einem Mann unterhalten, der mit einer Delegation des Bauernverbandes in Finnland war. Dort sieht es übel aus. Die Russen sind komplett verrückt geworden. Sie verfolgen Kinder und Frauen mit ihren Flugzeugen, sie bombardieren sie oder erschießen sie mit ihren Maschinengewehren. Und was machen wir Schweden dagegen? Nichts! Die Finnen bitten uns um Hilfe, aber Hansson lehnt direkte militärische Einmischung ab, wir lassen unsere Freunde im Stich», schimpfte der Großvater aufbrausend. «Was denken sich die feinen Herrschaften der Politik denn? Dass die Russen nicht über den Torne älv kommen, wenn sie Finnland eingenommen haben? Wir sind die direkten Nachbarn, sie müssen nur über den Fluss, dann sind die Russen bei uns.»

Ingrid sprach nicht gern über den Krieg, das hatten sie schon zu oft getan, stundenlang und immer wieder. Die Russen kämpften gegen die Finnen, die Deutschen gegen die Polen, Engländer, Franzosen. Aber auch Länder wie Australien, Indien und Kanada hatten den Deutschen den Krieg erklärt. Die Welt befand sich im Ausnahmezustand. Schweden steckte mittendrin und versuchte, sich aus allem rauszuhalten. Ingrid hatte Angst. Was, wenn der Krieg doch nach Schweden kam? Sie sehnte sich nach schönen Dingen, ein Stück weit Normalität, und wenn es nur Gunnars verlangender Blick war und die Aussicht, ihrem Mann endlich auch körperlich wieder ganz nah sein zu können. Aber wenn der Großvater sich erst einmal in Rage geredet hatte, was den Krieg anging, war er nicht mehr zu stoppen. Also widmete sich Ingrid ihrem Kaffee und hörte zu.

«Wenn ich noch jung wäre, ich würde nicht zögern, ich würde mich dem Freiwilligenkorps anschließen!», posaunte er. «Ich würde zur Waffe greifen und den Finnen helfen.»

«Darüber habe ich auch schon nachgedacht», sagte Gunnar da.

Ingrid rutschte das Herz in die Hose. «Du hast was?», fragte sie entsetzt.

«Na, daran gedacht, den Finnen zu helfen», erklärte Gunnar. «In der Sache ist Schweden nicht neutral, Ingrid, wir sind *nicht kriegsführend*, das ist ein großer Unterschied. Das heißt, dass die Regierung keine eigenen schwedischen Truppen schickt. Aber jeder kann helfen, wenn er will. Schweden hält sich doch nur zurück, weil sie die Deutschen nicht gegen sich aufbringen wollen.»

Ingrid traute ihren Ohren kaum. «Das weiß ich doch alles, Gunnar. Schweden hilft, indem wir Ausrüstung nach Finnland schicken, Nahrungsmittel, warme Decken, wir nehmen finnische Kinder auf ... aber wir sind, wie du eben schon so treffend gesagt hast, nicht kriegsführend.» Sie holte tief Luft. «Wir ziehen nicht in den Krieg! Und du auch nicht! Sag so etwas bitte nie wieder, Gunnar. Du bist gerade erst Vater geworden.»

Wie auf Kommando fing Astrid in ihrer Wiege an zu wimmern. Ingrid war recht laut geworden, so wie es aussah, hatte sie ihre Tochter geweckt. «Da siehst du es, deine Tochter ist auch dagegen.» Sie sah mit stechendem Blick zum Großvater. «Und du setz Gunnar bloß keine Flausen in den Kopf, sonst bekommst du Ärger mit mir, und mit Großmutter bestimmt auch. Gunnar wird hier gebraucht! Bei uns, außerdem muss er fischen.» Nun wandte sie sich direkt an Gunnar. «Und du! Du kannst das, was wir eben besprochen haben, vergessen», drohte sie, und es war ihr egal, dass der Großvater hörte, was sie zu sagen hatte. «Am Ende werde ich wieder schwanger und sitze dann mit zwei Kindern da – als Witwe! Überleg dir das also gut.»

Gunnar war so überrascht, dass ihm die Worte fehlten. Er starrte sie mit großen Augen an.

Ingrid war zufrieden, Gunnar kannte sie sonst nur ruhig, auch wenn sie mal diskutierten. Aber in der Angelegenheit war es Ingrid wichtig, ihren Standpunkt ganz klar zu vertreten. Gunnar hatte sich nicht freiwillig zu melden, um für ein anderes Land in den Krieg zu ziehen, auch wenn seine Absicht ehrenvoll war und sie es insgeheim gut fand, dass er helfen wollte.

«Ich hätte dich warnen sollen, bevor du meiner Enkeltochter

das Ja-Wort gegeben hast. In unserer Familie haben die Frauen die Hosen an», sagte der Großvater da mit einem leicht ironischen Unterton in der Stimme. «Aber in einer Sache hat Ingrid recht. Als Fischer hast du andere Aufgaben. Du wirst gebraucht, die Lebensmittelknappheit wird kommen, warte ab.»

Ingrid atmete erleichtert auf. Sie hoffte, das Thema war damit vom Tisch.

Da sagte Gunnar: «Ich habe ja auch nicht gesagt, dass ich es mache, sondern dass ich darüber nachdenke. Ihr habt beide recht, ich muss fischen.» Er sah zum Fenster. «Aber dazu ist es noch zu kalt. So wie es aussieht, dauert es noch eine ganze Weile, bis ich wieder rauskann, und die Menschen in Finnland brauchen jetzt Hilfe. Hier die ganze Zeit im Warmen zu sitzen, das ist nichts für mich.»

«Du willst helfen, Gunnar?» Ingrid stand auf, ging zur Wiege, nahm die weinende Astrid heraus und schunkelte sie in ihren Armen hin und her. «Kinder sind unsere Zukunft. Wenn du helfen willst, lass uns ein finnisches Kind aufnehmen und ihm hier eine Heimat bieten. Du willst nicht im Warmen sitzen? Reparier das Dach, hacke Holz …» Sie hielt frustriert inne. «Ich kann nicht fassen, dass du tatsächlich darüber nachdenkst, uns allein zu lassen.»

Gunnar setzte gerade zu einer Antwort an, da hörte sie Stimmen und Gelächter. Die Mutter und ihre Schwestern waren zurückgekommen. Und schon wurde die Haustür aufgestoßen, und ihre Schwestern marschierten durch den Flur in die Küche. Alle waren sehr warm angezogen, mit Strickdecken, die sie als zweite Lage über ihre Winterjacken gelegt hatten, und dicken Pudelmützen auf ihren Köpfen.

«Wir sind wieder zurück», sagte Ebba gut gelaunt. «Sie haben sich alle so gefreut, das könnt ihr euch nicht vorstellen.»

Aus den Augenwinkeln sah Ingrid ihre Mutter durch den Garten gehen – und im nächsten Moment erfüllte ein ohrenbetäubender Knall den Raum, der die Wände wackeln ließ. Astrid fing an zu schreien, Ingrid schloss instinktiv die Arme etwas fester um ihr Kind und sah zu ihrer Familie, die mit vor Schreck aufgerissenen Augen sekundenlang dastand, bis Ulla mit ängstlicher Stimme fragte: «Ist der Krieg jetzt auch bei uns angekommen? War das eine Bombe?»

«Ab mit euch in den Keller!», donnerte der Großvater im Befehlston los. «Sofort!»

Ulla und Ebba fingen an zu weinen.

«Los, kommt!», rief Matilda und lief los, gefolgt von den Zwillingen.

«Das gilt auch für dich, Ingrid», sagte der Großvater scharf.

Sie blieb stehen, den Blick aus dem Fenster gerichtet. «Mor, sie ist draußen», sagte sie, in der Hoffnung, dass ihre Mutter jeden Moment am Küchenfenster vorbeilief, um zu signalisieren, dass mit ihr alles in Ordnung war. «Und Mormor, wo ist Mormor?»

«Wir suchen sie», sagte Gunnar. Er kam zu ihr, legte seine Hand auf ihre Wange und sah sie durchdringend an. «Dein Großvater hat recht, Ingrid. Ihr müsst in den Keller, dort ist es am sichersten.»

Ingrid nickte, blieb aber stehen. Irgendwas war falsch, das spürte sie. Ihr Blick ging zum Himmel, um ihn nach dem Flugzeug abzusuchen, das die Bombe abgeworfen haben konnte. Da stand plötzlich wie aus dem Nichts die Mutter vor dem Fenster. «Der Ofen!», schrie sie.

Das war es, das war der Knall gewesen, der Ofen in der Backstube war explodiert! Ingrids Magen zog sich zusammen. Die Großmutter war in der Backstube gewesen.

«Oh nein!», sagte sie.

Da schob Gunnar sie zur Seite. Er öffnete das Fenster und war mit einem Satz draußen bei der Mutter.

Der Großvater war schon durch den Flur unterwegs. Ingrid lief ihm hinterher. Am Kellerabgang blieb sie stehen. «Matilda!», rief sie, so laut sie konnte. «Es war keine Bombe, es war der Ofen! Hörst du, Matilda!»

Kurz darauf kamen ihre Schwestern die Treppe nach oben gestürzt. Ingrid drückte Ulla Astrid in den Arm. «Ihr beiden bleibt hier, ihr passt auf eure Nichte auf!»

«Aber ...», protestierte Ulla.

«Keine Widerrede!», sagte Ingrid streng. Und dann lief sie los, gefolgt von Matilda.

Sie rannten über den Hof in den Garten. Beide vergaßen, wie glatt der zu Eis gefrorene Schnee sein konnte. Kurz vor dem Rosenbogen kam Matilda ins Straucheln. Sie hielt sich an Ingrid fest und riss sie mit. Beide segelten im hohen Bogen durch die Luft. Ingrid versuchte noch, sich an den Metallstangen des Bogens festzuhalten, verfehlte sie aber knapp. Stattdessen krachte sie mit voller Wucht dagegen, und ein stechender Schmerz durchfuhr ihre rechte Hand.

Benommen blieb sie einen Moment liegen, bis Matilda sich mit sorgenvollem Blick über sie beugte.

«Ingrid, ist alles in Ordnung? Hast du dir weh getan?», fragte sie und hielt ihr die Hand hin. «Ich helfe dir auf.»

Die Großmutter fiel ihr wieder ein. Ingrid verdrängte die schmerzende Hand. Sie hielt ihrer Schwester die linke hin und ließ sich hochziehen. Nun liefen sie achtsamer weiter.

«Hoffentlich ist da nichts Schlimmeres passiert», sagte Matilda mit angstvoller Stimme.

Der Mann, der den Ofen eingebaut hatte, hatte sie gewarnt.

Man dürfe die Rohre nicht überhitzen, das könnte sie durch den Druck zum Bersten bringen, was zu erheblichen Explosionen führen konnte. Ingrid sagte nichts zu Matilda, die Angst schnürte ihr die Kehle zu. Was, wenn die Großmutter den Ofen gerade bedient hatte ...

Zuerst sah Ingrid den Qualm, der aus der geöffneten Tür der Backstube und den in tausend Einzelteile zersprungenen Fenstern quoll. Danach fiel ihr Blick auf ihre Familie. Sie knieten alle drei um ihre Großmutter herum, die auf dem Rücken im Schnee lag.

«Nein!», schluchzte Matilda neben ihr auf und griff nach Ingrids Hand.

Ingrid zuckte schmerzerfüllt zusammen. Sie war sich sicher, dass sie sich bei dem Sturz irgendwas gebrochen hatte. Aber die körperlichen Schmerzen waren nichts gegen die, die sie beim Anblick der leblosen Großmutter empfand, deren Blut den Schnee rot färbte.

26

Ingrid

*G*unnar kam hustend aus der Backstube gerannt. «Schnell, wir brauchen ein paar Eimer voll Schnee. Sonst brennt uns noch die ganze Backstube aus», brüllte er. «Der Ofen brennt.»

Eimer, wo hatten sie Eimer stehen? Ingrid dachte fieberhaft nach. Da fielen ihr die Tischdecken ein, die sie in der Backstube im Schrank neben der Tür aufbewahrten.

«Die Tischdecken», rief sie, «neben der Tür. Darin können wir den Schnee tragen.»

Gunnar lief zurück und kam mit einem Stapel Tischdecken wieder.

Matilda und Ingrid machten sich sofort an die Arbeit. Mit bloßen Händen schaufelten sie den Schnee auf die Decken. Aus den Augenwinkeln sah Ingrid zur Großmutter. Die Mutter kniete bei ihr.

«Wir brauchen Alkohol!», rief die Mutter. «Alkohol, abgekochtes Wasser, Pinzetten, Verbandszeug! Ein sauberes Tuch auf das Bett! Wir müssen Großmutter ins Haus tragen, beeilt euch!» Dann redete sie beruhigend auf die Großmutter ein. «Alles wird gut, Mor. Du hast Splitter abbekommen, die können wir entfernen. Tut dir noch irgendetwas anderes weh …»

«Sie lebt, Mormor lebt», sagte Matilda mit kratziger Stimme.

«Ich besorg den Schnaps und die anderen Sachen.» Der Großvater rannte durch den Garten.

«Pass auf, Morfar, es ist glatt!», rief Matilda ihm nach.

Nach drei Fuhren Schnee war das Feuer gelöscht. Es hatte zum Glück nicht auf das Inventar übergegriffen, die Flammen hatten sich auf das Backrohr im Ofen begrenzt.

Die Großmutter sah schlimm aus. Sie hatte die Bluse bis über die Ellbogen hochgekrempelt. Die Unterarme waren voller kleiner Glassplitter, und ein paar steckten auch im Gesicht.

«So wie es aussieht, hat Mormor keine größeren Verletzungen an Bauch oder Beinen, zumindest keine offensichtlichen», erklärte die Mutter.

Und die Großmutter hatte die Augen geöffnet! Trotz des schmerzerfüllten Gesichts versuchte sie zu lächeln, als Gunnar seine Arme unter ihren Körper legte und sie behutsam hochhob, so als wäre die Großmutter ein Fliegengewicht.

«Ich bring dich jetzt ins Haus, Ida», sagte er liebevoll. «Ich wollte dich schon immer mal auf Armen tragen.»

«Ich höre dich nicht», sagte die Großmutter leise. «Ich nehme an wegen des Knalls.»

Im Schlafzimmer hatte der Großvater schon alles vorbereitet. Er hatte nicht nur eine, sondern gleich drei Flaschen Schnaps, wahrscheinlich nicht nur zum Desinfizieren der Wunden, mitgebracht. Ein sauberes Laken lag auf dem Bett, eine Schüssel Wasser, Verbandszeug und mehrere Tücher standen bereit.

«Gleich haben wir es geschafft, Ida.» Obwohl die Großmutter ihn nicht verstehen konnte, sprach Gunnar weiter mit ihr. «Wir sind alle hier bei dir ...»

Als er die Großmutter ins Bett legte, gab sie ein Wimmern von sich, das Ingrid einen Schauer über den Rücken jagte. Ebba schluchzte auf, hielt sich aber im nächsten Moment die Hand vor den Mund, als die Mutter sie kopfschüttelnd ansah.

«Eure Großmutter braucht jetzt Zuspruch und viele positive Gedanken», erklärte Gunnar da leise den Zwillingen.

«Das wird wieder!», sagte die Mutter beruhigend. «Der Ofen ist explodiert. Großmutter hat Glasstücke abbekommen, die wir jetzt aus ihr rausziehen müssen. Aber es sieht nur nach oberflächlichen Wunden aus. Das wird pieken, aber danach geht es ihr besser.»

«Der Stoff muss weg», sagte Gunnar. «Wir müssen nachschauen, ob da noch mehr Glas oder andere Verletzungen sind.»

Die Mutter fing sofort an, die Bluse der Großmutter aufzuknöpfen.

«Gut, dass ich heute meine beste Unterwäsche trage», sagte die Großmutter und verzog den Mund zu einem schiefen Lächeln.

Ingrid atmete erleichtert auf. Dass die Großmutter scherzte, war ein gutes Zeichen.

«Wer von euch hat die geschicktesten Hände?», fragte Gunnar. «Meine Finger sind zu dick für die Pinzette. Die Glassplitter müssen entfernt werden.»

«Ingrid», sagten Matilda und die Mutter gleichzeitig.

Ingrid sah auf ihre Hände, die beide rot vom Schneeschaufeln auf das Tischtuch waren. Der Mittelfinger und der Ringfinger der rechten Hand waren bis zum Knöchel angeschwollen und fingen schon an, sich blau zu färben.

«Das geht nicht», sagte Ingrid mit dünner Stimme. «Ich glaube, ich habe mir da was gebrochen.» Sie hob die verletzte Hand hoch.

«Dann machen wir das, Matilda und ich», bestimmte die Mutter. Sie sah zu Ingrid. «Das muss gekühlt werden. Draußen ist genügend Schnee. Ulla und Ebba, ihr geht mit. Wir brauchen hier Ruhe. Far, du begleitest sie. Schau dir Ingrids Arm an, vielleicht müssen die Finger fest verbunden oder geschient werden.»

Eine gute Stunde später saß die Großmutter halb aufrecht im

Bett, ihren Kopf auf ein dickes Kopfkissen gebettet, auf dem ein Handtuch lag. In ihrem Gesicht klebten mehrere kleine Pflaster. Ihre Arme waren verbunden, sie hatte sie auf der Bettdecke abgelegt. Die Mutter hielt ihr ein Glas Wasser an die Lippen, und die Großmutter trank.

Gunnar stand neben Ingrid. Er legte seinen Arm um sie. «Es ist gerade noch mal gutgegangen. Das mit dem Hören wird sich hoffentlich legen. Wir hatten auf dem Frachter auch mal eine kleinere Explosion, bei der ein Kollege was abbekommen hat. Es hat ein paar Tage gedauert, aber die Ohren haben sich wieder erholt. Und du? Was machen deine Finger?»

Ingrid streckte ihre Hand aus. Der Großvater hatte einen Stab zwischen Mittelfinger und Ringfinger gelegt und einen festen Verband darum gewickelt. «Großvater meint, sie sind beide gebrochen. Aber das heilt wieder.» Sie traute sich nicht zu fragen, tat es dann aber doch. «Was ist mit der Backstube?»

«Der Ofen ist hin», sagte Gunnar. «Ich vermute, dass ein paar der Rohre geplatzt sind. Wahrscheinlich waren sie zu heiß, dazu kommt die Kälte der letzten Wochen. Der Temperaturunterschied war zu groß. Die Fenster sind kaputt, das hast du ja gesehen. Deine Großmutter hatte Glück, dass sie nicht direkt am Herd stand. Aber auch ein wenig Pech. Sie hat sich in der Nähe der Fenster aufgehalten, als es passiert ist. Sie hat aber instinktiv die Arme vor das Gesicht gehalten und dadurch Schlimmeres abgewendet.»

Gunnar hatte recht, sie hatten noch mal Glück gehabt. Die Großmutter war blass um die Nase und sah recht lädiert aus, aber die Wunden würden heilen. Wenn das Hörvermögen auch zurückkam, würde sie keine bleibenden Schäden zurückbehalten. Aber da war auch noch der Ofen, den sie unbedingt brauchten, wenn es mit dem Süßen Himmel weitergehen sollte.

«Ich möchte mir die Backstube gern anschauen», sagte Ingrid.

Es war ein Albtraum. Der Ofen war verrußt, Wasser tropfte heraus. Durch die Wucht der Explosion waren auch einige Steine aus der Wand gebrochen, in der der Ofen gemauert war. Aus dem Regal waren Teller, Tassen und Schüsseln geflogen, Porzellanscherben mischten sich auf dem Fußboden mit Mehl, Gewürzen und Asche. Fassungslos betrachtete Ingrid das Desaster, dabei liefen ihr unaufhaltsam die Tränen über das Gesicht.

«Hauptsache, deiner Großmutter ist nichts Ernstes passiert», versuchte Gunnar sie zu trösten.

«Das stimmt, aber wie soll es denn nun weitergehen?», fragte sie mit zittriger Stimme. Der Vater zahlte schon länger keinen Unterhalt mehr. Das Dach musste erneuert , die Backstube instandgesetzt werden. Wie sollten sie das alles bezahlen, wo doch das Herzstück der Bäckerei heute mit einem Knall in die Luft geflogen war? Hätte sie nur auf die Großmutter gehört. Sie war von Anfang an gegen den Ofen gewesen. «Was machen wir denn jetzt?» Sie ließ sich in Gunnars Arme sinken. Er hielt sie fest und streichelte ihr über das Haar, bis sie sich wieder etwas beruhigt hatte.

Da ertönte eine helle aufgeregte Stimme zu ihnen. «Ingrid, um Himmels willen, was ist denn passiert?»

Es war Agnetha. Sie war nicht allein da, auch andere Nachbarn waren gekommen, Johannes, Wilma, Wilmas Mann Keno, ein paar Fischer … Alle standen mit besorgten Gesichtern draußen im Garten und wollten wissen, was passiert war.

Gunnar erklärte in knappen Worten, was sich hier heute abgespielt hatte.

«Meine Güte!», sagte Agnetha. «Ich habe im ersten Moment

gedacht, dass der Krieg nun auch zu uns gekommen ist.» Sie ging zu Ingrid und fiel ihr um den Hals. «Gut, dass euch nichts passiert ist.»

«Ja.» Ingrid schniefte. «Nur die Backstube ist hin.»

Da kam Wilma in den Raum. Sie legte eine Hand auf Ingrids Arm. «Das bekommen wir wieder hin.» Sie drehte sich zu den Nachbarn. «Ihr helft doch auch mit, oder?»

«Natürlich!», sagte Johannes sofort, und auch die anderen stimmten zu.

«Na gut.» Wilma klatschte in die Hände. «Ich würde vorschlagen, dann fangen wir gleich jetzt an. «Wir machen sauber. Danach müssen die Fenster zugenagelt werden.»

«Danke, Wilma», sagte Ingrid ergriffen.

Ihre Schwiegermutter lächelte sie an. «Wir sind eine Familie, wir halten zusammen. Und wozu hat man schließlich Freunde!» Sie sah auf Ingrids Hand. «Du gehst ins Haus, du musst dich schonen. Wir machen das schon!»

«Meine Mutter hat recht, Ingrid, ruh dich aus.» Gunnar küsste sie auf die Stirn. «Kümmere dich um unsere Tochter. Wie hast du vorhin so schön gesagt. Kinder sind die Zukunft, wir müssen jetzt nach vorne schauen.»

Als Ingrid knappe zwei Stunden später gemeinsam mit Matilda und der Mutter zur Backstube ging, sah alles schon nicht mehr so schlimm aus. Die Nachbarn hatten ganze Arbeit geleistet, der Schmutz war weg. Das kaputte Geschirr, die Glasscherben und andere unbrauchbar gewordene Utensilien lagen auf einem großen Haufen im Garten. Zwei aus einzelnen Brettern zusammengenagelte Holzläden lehnten an der Wand. Sie mussten nur noch angebracht und später durch neue Fenster ersetzt werden.

«Ich hatte gehofft, dass man den Ofen eventuell reparieren

kann», sagte Gunnar bedauernd. «Aber es sieht leider nicht gut aus. Nicht nur die Rohre sind hin, der ganze Ofen an sich ist instabil. Ich befürchte, dass wir ihn durch einen neuen ersetzen müssen.»

Das würde nicht möglich sein, denn sie hatten den alten noch nicht abbezahlt, und noch einmal würde die Bank ihnen kein Geld geben. Nicht in der jetzigen Situation, wo der Krieg die Welt aus den Angeln hob. Wer brauchte da noch einen Süßen Himmel?

«Darüber machen wir uns später Gedanken», sagte die Mutter. «Jetzt gibt es erst einmal heißen Punsch für alle, und echten Kaffee haben wir auch. Dazu ein paar Pfannkuchen. Ida schläft. Wir möchten sie nicht stören, deswegen haben wir alles im Geschäft hingestellt. Da ist es warm.» Sie lächelte. «Es ist schön zu wissen, dass wir Freunde haben, die besonders in schwierigen Zeiten für uns da sind. Ich, wir danken euch allen von Herzen.»

Am Abend konnte die Großmutter schon wieder etwas hören, aber sie hatte noch ein schlimmes Rauschen in den Ohren. Ihre Arme schmerzten, und das würde auch noch eine Weile so bleiben. Manche der Wunden waren recht tief, und zwei davon hatte Gunnar sogar genäht. Bei diesem Wetter einen Arzt nach Arild zu bringen, war so gut wie unmöglich. Der nächste wohnte in Höganäs, und in Mölle gab es auch welche. Deswegen hatten sie alles allein gemacht. Da die Großmutter darauf bestand, in ihrem Bett zu schlafen, hatte sich die Mutter kurzerhand auf der Couch im Haus der Großelter einquartiert. Sie wollte in der Nähe sein, falls es doch noch Komplikationen mit den Wunden gab.

Astrids Wiege hatte Gunnar wie jeden Abend ins Schlafzimmer gebracht. Die Kleine schlief friedlich. Gunnar kuschelte sich eng an Ingrid heran, seinen Bauch an ihren Rücken geschmiegt. Er griff nach ihrer unverletzten Hand. «Ich liebe dich,

Ingrid», sagte er. «Und ich verspreche dir, dass ich immer auf euch aufpasse, auf dich und Astrid. Ihr seid mir das Wichtigste. Und du musst auch keine Angst haben, dass ich nach Finnland gehe. Ich bleibe hier bei euch. Sobald das Wetter wieder besser ist, werde ich ein paar Freunde organisieren und das Dach reparieren. Wenn das Meer uns wieder das Fischen erlaubt, fahre ich raus und komme mit Netzen voller Fische zurück.»

«Das ist gut», sagte Ingrid und seufzte. «Ich bin so froh, dass wir uns haben.»

Sie drehte sich zu ihm und legte ihre unverletzte Hand auf sein Hinterteil. «Ich glaube, dass es mir gut tun würde, wenn wir uns jetzt so nah wie möglich kommen. Aber du musst ganz vorsichtig sein, auch wegen meiner Hand.»

«Ich passe auf», sagte Gunnar mit dunkler Stimme. «Ich werde ganz sanft sein.»

In der Früh wurde Ingrid durch Astrids fordernde Schreie geweckt. Sie stand auf, nahm sie aus der Wiege und war schon fast zur Tür raus, da sagte Gunnar: «Schaffst du das mit der verletzten Hand?»

«Das geht schon», antwortete Ingrid leise. «Schlaf du noch etwas weiter.» Gunnar hatte gestern hart gearbeitet, er konnte etwas Schlaf gebrauchen. «Sie braucht Milch, da kannst du sowieso nicht helfen.» Sie zog leise die Tür hinter sich zu.

Ingrid war nicht die Einzige, die schon wach war. In der Küche traf sie überraschenderweise auf Matilda. Sie hatte schon Kaffee gekocht. In der linken Hand hielt sie eine Tasse, in der rechten einen Stift, vor ihr lag ein weißes Blatt Papier.

«Guten Morgen, du bist ja auch schon wach», sagte Ingrid. Normalerweise schlief Matilda bis in die Puppen, wenn sie konnte. «Wie spät ist es denn?»

«Halb sechs.» Ihre Schwester lächelte sie an. «Hat die kleine Maus schon wieder Hunger?»

Ingrid nickte. «Aber ich bin ja schon froh, dass sie mittlerweile ein paar Stunden durchschläft.» Sie deutete mit dem Kopf auf den Bogen Papier. «Schreibst du an Oskar?» Obwohl Matilda damals nicht schwanger war, waren die beiden ein Paar geworden. Matilda hatte es tatsächlich ernst gemeint mit ihm. Richtig glücklich war sie zwar nicht mit ihm, aber es gefiel ihr immerhin so gut, dass sie ein ganzes Jahr zusammenblieben. Doch dann war Oskars Vater gestorben, und Oskar ist zu seiner Familie zurück nach Sundsvall gezogen, was noch weiter weg von Arild lag als Stockholm. Er hatte Matilda gebeten, ihn zu heiraten und mitzukommen. Aber Matilda hatte abgelehnt, also war er allein gegangen. Trotzdem hielten die beiden Kontakt, indem sie sich schrieben, was Ingrid sehr schön fand.

Doch Matilda schüttelte den Kopf. «Ich schreibe an Hannah», erklärte sie. «Damals ist sie mit Karl nach Deutschland gegangen, weil der Vater sich ein Bein gebrochen hatte. Vielleicht kommt sie ja nun zurück, weil du dir den Arm gebrochen hast und Großmutter schwer verletzt wurde.»

Ingrid setzte sich schmunzelnd zu Matilda an den Tisch. «Du weißt aber schon, dass es nur zwei Finger sind und Großmutter wieder ganz gesund wird.»

«Das mit Großmutter weißt du nicht», sagte Matilda ungewohnt ernst. «Und das mit dir habe ich wohl in der Aufregung falsch verstanden. Aber meinst du nicht auch, dass es Zeit wird, dass Hannah nach Hause kommt? Sie ist unglücklich in Deutschland. Das hat sie zwar noch nie so geschrieben, aber ich weiß, dass es so ist. Sie schreibt nie etwas Negatives über das Land, weil die Briefe zensiert werden. Nur deswegen berichtet sie immer harmloses Zeug, da bin ich mir sicher. Mir wäre es lieber, wenn sie nach Schweden kommt, hier ist es auf jeden Fall sicherer für sie und ihre Tochter.» Sie griff zum Stift. «Außerdem ist es auch ihr Süßer Himmel. Sie muss wissen, wie es um unseren Kaffeegarten steht.»

«Schreib ihr liebe Grüße von mir dazu, und dass Astrid unbedingt ihre Cousine kennenlernen will, wir unsere Nichte, Mutter ihre Enkeltochter und die Großeltern ihre Urenkelin!», sagte Ingrid mit warmer Stimme.

«Das ist eine gute Idee!» Matilda grinste sie an. «Bis sie den Brief erhält und hier ist, ist dein Arm schon wieder verheilt.»

«Falls sie kommt …»

«Sie muss!», sagte Matilda mit fester Stimme.

27

März 1940

Helene

Helene küsste sanft die Stirn ihrer Enkeltochter. Sie zog der Kleinen vorsichtig die Mütze etwas weiter über die Ohren und drehte sich so, dass sie beide zum Wasser gewandt standen. Das Mädchen war nun drei Monate alt, und es war noch nie am Meer gewesen. Die letzten Wochen war das Wetter einfach zu kalt dazu. Auch heute war das Thermometer nur knapp über null Grad geklettert, aber das war immer noch besser als die fast fünfzehn Grad minus, die ihnen Mitte Februar das Leben zur Hölle gemacht hatten.

Trotz des Eises war das Meer in Bewegung. Mit jeder Bewegung schoben die Wellen die Eisschollen zusammen und türmten sie am Ufer auf. Helene blieb stehen und hörte dem Meer zu, dem stetigen dumpfen Knirschen und Krachen, das die Schollen verursachten, wenn sie aufeinandertrafen. Der Spülsaum zu Helenes Füßen sah aus wie in der Bewegung eingefroren, die See und die unzähligen filigranen Eiskristalle funkelten in der Sonne, die sich endlich wieder am Himmel zeigte. Was für ein traumhaft schöner Anblick! Helene füllte ihre Lungen mit der frischen Seeluft, aber da kam plötzlich eisiger Wind auf und riss ihren Atem mit. Sie drehte sich schnell weg, die Arme schützend um Astrid gelegt, und entfernte sich vom Wasser.

«Nicht, dass uns noch eine Welle erwischt», sagte Helene mit sanfter Stimme. Am Fuße des Abhangs blieb sie stehen und drehte sich wieder zum Wasser. «Das ist das Meer, Astrid. Wir stehen am Skälderviken, einer Bucht des Kattegats. Von hier aus könnten wir mit dem Boot über den Öresund und die Ostsee zu deiner Cousine fahren. Sie heißt Helena und ist ein gutes Jahr älter als du.»

Ihre erstgeborene Enkeltochter hatte Helene bisher noch nicht gesehen. Hannah war nicht zurückgekommen, obwohl Deutschland am 1. September des letzten Jahres den Krieg begonnen hatte. Helenes Vater hatte also recht behalten. Es war ein trauriger Tag gewesen. Die Deutschen hatten mehrere polnische Städte bombardiert. Nur zwei Tage später hatten England und Frankreich Deutschland den Krieg erklärt. Seitdem herrschte auch in Schweden erhöhte Alarmbereitschaft und Mobilmachung. Der Großvater war natürlich zu alt, um eingezogen zu werden, und Gunnar war zwar wehrpflichtig, hatte bisher aber Glück gehabt, er wurde noch nicht einberufen. Und er war vernünftig genug gewesen, sich nicht als Freiwilliger zu melden, nachdem die Russen in Finnland eingefallen waren. Man hörte schlimme Dinge von dort, die armen Menschen taten Helene leid. Auch viele Polen, Franzosen, Engländer ... und auch Deutsche hatten ihr Leben schon im Krieg verloren. Hannah lebte noch immer in Berlin. Sie war mittendrin in diesem Land, das diesen fürchterlichen Krieg entfacht hatte, der schon so viele Menschenleben gekostet hatte. Und wer wusste, wann der Krieg auch nach Deutschland, nach Berlin kommen würde? Das konnte jederzeit geschehen.

Zu allem Überfluss hatten sie auch noch diesen schrecklichen Wolfswinter bekommen. Die klirrende Kälte hatte bereits im Dezember eingesetzt und sich bis in den März gezogen. Aber nun wurde es langsam besser. Nach jedem Regen folgte ein Sonnenschein und nach jedem Winter der Frühling.

«Das reicht für heute», sagte Helene. Nachher würde sie einen Eintrag in das Tagebuch schreiben, das sie für das kleine zauberhafte Kind angelegt hatte, nachdem es Mitte Dezember das Licht der Welt erblickt hatte. «Am 12. März 1940 hat Astrid Karlsson, Gunnars und Ingrids wunderhübsche Tochter, zum ersten Mal die Bekanntschaft mit dem Meer gemacht.»

Die Geburt ihrer Enkeltochter würde Helene für immer in ihrem Herzen behalten. Wegen des schlechten Wetters hatten sie die Hebamme nicht rufen können. Während vor der Tür ein Schneesturm und in der Welt ein Krieg tobte, hatte Helene gemeinsam mit ihrer Mutter das Kind auf die Welt geholt. Seitdem füllte das kleine Mädchen Helenes Herz mit Liebe. Helene war Großmutter.

Die Kleine erinnerte sie aber auch jeden Tag an ihren Mann Anders. Astrid hatte die Augen ihres Großvaters geerbt. Damals, vor nunmehr neunundzwanzig Jahren, hatte sich Helene auf den ersten Blick in den gutaussehenden großen Mann mit den ausdrucksstarken Augen verliebt. Ein Jahr später hatten sie geheiratet, und elf Monate später kam Hannah zur Welt. Im Abstand von jeweils zwei Jahren wurden Ingrid und Matilda geboren – also in Kriegszeiten, genau wie Astrid.

Obwohl Anders Helene so bitter hintergangen hatte, sehnte Helene sich manchmal nach ihm. Und seitdem der Brief in der letzten Woche bei ihr eingetroffen war, war sie sich nicht mehr sicher, ob sie ihm vielleicht doch vergeben sollte, um einen Neuanfang zu wagen. Ihren Töchtern hatte sie noch nicht erzählt, dass Tante Svea in Kiruna verstorben war. Nisse und Jorunn wollten das Haus verkaufen. Und nun bat Anders, nach Arild zurückkommen zu dürfen. Als Helene zum ersten Mal seine Zeilen gelesen hatte, wollte sie das Papier wutentbrannt zerreißen. Aber dann war ihr klar geworden, wie schlecht es um den Süßen

Himmel stand, und Anders würde das Geld aus dem Verkauf des Hauses mitbringen. War sie zu berechnend, dass sie darüber nachdachte, ihm deswegen seine Rückkehr zu erlauben? Sie rechnete ihm an, dass er sich nicht einfach in den Zug gesetzt hatte, um unangemeldet vor der Tür zu stehen. Er hatte sie darum gebeten, darüber nachzudenken. Und je länger sie das tat, umso öfter ertappte sie sich dabei, dass sie sich seine Rückkehr wünschte, und zwar nicht nur wegen des Geldes. Es war um so vieles einfacher, wenn man nicht allein war, auch wenn sie immer noch ihre Töchter hatte. Entschieden hatte sich Helene noch nicht. Sie wollte sich erst sicher sein, bevor sie ihm antwortete.

Helene ging weit genug entfernt vom Spülsaum zurück in Richtung Haus. Die Treppe den Hügel hinauf war rutschig. Sie passte besonders gut auf, um nicht auszurutschen mit dem kostbaren Schatz in ihren Armen.

Noch nicht am Garten angekommen, hörte Helene Ingrids lautes Rufen. «Da seid ihr ja, ich habe mir schon Sorgen gemacht.»

Ihre Tochter stand hinter dem Zaun, die Strickjacke eng um ihren Körper gewickelt. Auf dem Kopf saß die dunkelrote Pudelmütze, die Helenes Mutter gestrickt und Ingrid zu Weihnachten geschenkt hatte. Sie sah ähnlich aus wie die, die Helene heute trug, nur dass Helenes dunkelgrün war. Helenes Mutter hatte Stunden damit verbracht, warme Kleidungsstücke für alle zu fabrizieren, dicke Socken, Schals, Strickjacken, Mützen … Sie würden für die nächsten Jahre genug haben, wobei Helene hoffte, dass dies ein Ausnahmewinter blieb.

«Ist es nicht viel zu kalt unten am Wasser?», fragte Ingrid und streckte ihre Arme willkommen heißend nach der Kleinen aus. «Sie ist doch so klein und zierlich.»

Helene legte Ingrid das Kind in die Arme. «Astrid ist robust, sie ist die Tochter eines Fischers.»

«Das stimmt.» Ingrid rieb ihre Nase liebevoll gegen die ihrer Tochter. «Die Tochter eines Fischers, der wegen der Kälte nicht fischen kann», sagte sie voller Sorge, als sie wieder aufblickte. «Und die einer Bäckerin, die ohne Ofen nicht backen kann.» Sie seufzte. «Und der Strom funktioniert auch immer noch nicht. Wie soll das alles nur weitergehen?»

«Wir finden eine Lösung, bald wird das Wetter besser», sagte Helene tröstend. «Warte mal ab, wenn alles wieder grünt und blüht, sieht die Welt gleich ganz anders aus.»

«Die Welt spielt gerade verrückt, Mutter», sagte Ingrid.

Sie gingen durch den Garten zum Haus. Helene musste ihre Tochter weiter Mut zusprechen. «Trotzdem bin ich guter Dinge, dass wir zu Ostern den Kaffeegarten wieder öffnen werden. Wir finden einen Weg, die Menschen brauchen gerade in diesen Zeiten ein Stück Normalität, sie brauchen unseren Süßen Himmel, und wir brauchen ihn auch!»

«Das stimmt, Mutter.» Ingrid klang nun etwas hoffnungsvoller. «Wir könnten einfach einen Steinofen mitten in den Garten bauen.»

«Na siehst du, da haben wir doch schon einen Plan. Und dein Gunnar kann bei besserem Wetter auch wieder auf die See raus und seine Netze auswerfen», sagte Helene aufmunternd. Sie war froh, dass Ingrid und er zusammengefunden hatten. Wie sehr Gunnar Ingrid und Astrid liebte, war seinen Blicken anzusehen. «Mal die Welt nicht ganz so schwarz. Du trägst die Zukunft in deinen Armen.»

«Das stimmt.» Ingrid lächelte sanft.

Da kam Matilda in den Garten gerannt. «Großvater war bei Johannes, sie haben dort Radio gehört», rief sie aufgeregt. «Heute findet eine Friedenskonferenz in Moskau statt. Vielleicht gibt es endlich Frieden zwischen Finnland und Russland. Um elf Uhr am Abend soll es neue Informationen darüber geben.»

«Das wäre schon mal ein Lichtblick», sagte Helene, aber sie glaubte nicht daran. Die Finnen würden sich nur darauf einlassen, wenn sie ihr Selbstbestimmungsrecht behalten dürften. Das würden die Russen nicht zulassen. Und wenn doch, um welchen Preis?

«Hoffentlich geht das gut. Dann kann Gunnar endlich aufhören, ein schlechtes Gewissen zu haben, weil er sich uns zuliebe nicht den Freiwilligen anschließt», sagte Ingrid hoffnungsvoll.

«Wollt ihr einen heißen Kakao?», fragte Matilda gut gelaunt, als sie bei ihr angekommen waren. «Großvater hat Milch mitgebracht. Ich finde, zur Feier des Tages können wir uns auch mal was leisten, oder? Und ach ja ...» Sie strahlte. «Gunnar hat eben gesagt, dass er bald das Dach reparieren kann. Er hat ein paar Freunde, die ihm dabei helfen werden. Geld wollen sie dafür nicht.» Sie sah zu Ingrid. «Aber sie würden sich jeden Tag über einen Kuchen freuen.»

«Wenn der Ofen doch nur nicht kaputtgegangen wäre», sagte Ingrid und seufzte.

«Wir haben doch den in der Küche, der funktioniert noch. Du sollst ja nicht gleich fünfzig backen, nur jeden Tag einen.» Sie stupste Ingrid auffordernd in die Seite. «Komm, jetzt freu dich ein bisschen. Dann können Ebba, Ulla und ich wieder oben schlafen, und Mutter bekommt endlich ihr Schlafzimmer zurück.»

Wie unterschiedlich ihre Töchter waren, Matilda war oftmals zu sorglos, während Ingrid dazu neigte, zu viel zu grübeln. «Ein heißer Kakao klingt jetzt genau richtig. Und dazu essen wir ein paar Pfannkuchen mit Blaubeeren!», entschied Helene. Es war Zeit für eine Fika.

Die Küchlein in der Pfanne dufteten nach gebräunter Butter, auf dem Tisch stand eine große Schüssel Heidelbeerkompott, und in den Tassen dampften heißer Kakao oder Kaffee. Die Familie hatte sich in der Küche zusammengefunden. Sie saßen um den Tisch herum, lachten und genossen den schönen Moment.

«Wer will noch einen Kuchen?», fragte Helene. «Vier sind noch da.» Sie stand auf, ging rüber zum Ofen und zog die Pfanne von der Herdplatte. Da sah sie plötzlich ein kleines blondes Mädchen in einem hübschen blauen Kleid und weißen Strumpfhosen auf wackeligen Beinen in der Tür stehen – und dahinter stand Hannah! Helene traten vor Freude die Tränen in die Augen. Nur ein paar Schritte, da war sie bei ihnen, ging in die Hocke und breitete die Arme aus.

«Das ist deine Großmutter, Helena», sagte Hannah mit zittriger Stimme zu dem Kind, während auch ihr die Tränen kamen.

Glücklich hob Helene das kleine Mädchen hoch, hielt es auf einem Arm, und mit dem anderen umarmte sie ihre Tochter.

«Ich bin wieder da, Mor», sagte Hannah und schniefte. «Und ich hab dir deine Enkeltochter mitgebracht. Darf ich vorstellen: Helene, das ist Helena.»

Eine kleine Ewigkeit blieben sie so stehen, bis Hannahs Tochter unruhig wurde und anfing zu weinen.

Helene löste sich von Hannah. «Na, was ist denn los?», sagte sie zu Helena. «Deine Mor ist auch da, sie lässt dich nicht allein.» Sie lächelte das Kind an, und ihr Herz ging auf, als es aufhörte zu weinen und mit dem kleinen Händchen in Helenes Haar griff.

«Pass auf, Lena hat Kraft, das hat mich schon etliche Haare gekostet», erklärte Hannah.

Helene drehte sich zum Rest der Familie. Ingrid, Gunnar, Matilda, der Großvater, die Großmutter, die Zwillinge. Alle hatten Tränen in den Augen.

«Wir haben Besuch», sagte Helene glücklich.

«Kein Besuch, Mor», erklärte Hannah mit fester Stimme. «Ich hatte eigentlich gehofft, dass wir beide hier bei euch bleiben können.»

Ihre Tochter sah schmal aus, um ihre Augen lag ein tieftrauriger Ausdruck, den Helene so noch nie bei ihr gesehen hatte. Ein kleiner Stich fuhr durch Helenes Herz. Aber jetzt war nicht der richtige Zeitpunkt, darüber zu reden, was geschehen war. Dazu hatten sie noch viel Zeit. «Wie schön, darüber freuen wir uns alle», sagte sie.

«Und wie!», riefen Ebba und Ulla. Sie waren die Ersten, die Hannah nun um den Hals fielen und sie gebührend begrüßten. Danach folgten die anderen. Unter Freudentränen und Gelächter wurden Hannah und Lena von der Familie gedrückt und geküsst. Es dauerte eine ganze Weile, bis die Familie, nun endlich wieder fast komplett, um den Tisch versammelt war.

Hannah setzte Lena beherzt auf den Schoß des Großvaters. «Sie wurde in Deutschland geboren, wird aber in Schweden aufwachsen, Morfar. Sie liebt Blaubeerkompott über alles. Würdest du ihr etwas abgeben? Dann hättest du auf jeden Fall einen Stein im Brett bei ihr.»

Der Großvater blinzelte seine Tränen weg. «Dann wollen wir mal, kleine Dame.» Er sah zu Helene. «Hast du einen kleinen Löffel für mich?»

Helene brachte nicht nur den Löffel, sie brachte auch einen Teller für ihre Tochter mit und legte gleich zwei der Pfannkuchen darauf. Hannah war zu dünn geworden, aber das würden sie schon wieder hinbekommen.

Hannahs Augen blitzen auf, als Matilda ungefragt einen großen Klecks Blaubeeren auf den Teller gab und Ingrid ihr kurz darauf eine Tasse Kakao dazustellte.

«Ihr könnt euch nicht vorstellen, wie schön es ist, wieder zu Hause zu sein», sagte sie.

Erst als Hannah alles aufgegessen hatte, stellte die Großmutter die Frage, deren Antwort alle brennend interessierte. «Was ist mit Karl, Hannah?»

«Ihm geht es so weit gut», erklärte Hannah. «Im Moment ist er auf dem Weg nach Kiruna.» Sie schüttelte den Kopf und sah zu Helene. «Ist es nicht verrückt, wie manche Dinge im Leben sich wiederholen?»

Während Helene diese Information noch verarbeitete, fragte Ebba skeptisch: «Karl arbeitet im Erzbergwerk?»

Hannah schüttelte den Kopf. «Er trifft sich dort mit einigen Geschäftspartnern wegen des Exports von Eisenerz nach Deutschland.»

«Die Deutschen brauchen Stahl für die Kriegsmaschinerie», erklärte der Großvater beißend.

«Das ist richtig, Großvater», sagte Hannah mit klarer Stimme. «So wie auch die Engländer und die Franzosen und all die anderen, die in den Krieg gezogen sind. Mir gefällt das genau so wenig wie dir, glaub mir. Du hast recht gehabt, mit allem. Zwar hat sich Karls Vater tatsächlich das Bein gebrochen, aber es war sehr schnell verheilt. Sie brauchten Karl aber in der Firma, weil sie eine weitere Fabrik von einem jüdischen Geschäftsmann gekauft haben, die Karl übernommen hat. Es geht dabei um die Produktion von Stahlerzeugnissen, die für den Krieg benötigt werden. Als Inhaber eines kriegswichtigen Betriebes ist Karl nicht eingezogen worden, zumal er mit seinen nahezu perfekten schwedischen Sprachkenntnissen ein guter Verhandlungspartner hier im Land ist. Und da die Schweden sich nun mal dafür entschieden haben, die Deutschen trotz ihrer Neutralität weiter mit Eisenerz zu beliefern, ist Karl jetzt, wie schon gesagt, auf dem Weg nach Kiruna.» Sie atmete tief durch. «Momentan ist das alles sehr schwierig, auch was unsere Ehe angeht. Aber Karl möchte mich und seine Tochter in Sicherheit wissen. Deswegen hat er dafür gesorgt, dass Helena und ich ihn begleiten dürfen. Wir sind gemeinsam mit dem Automobil bis nach Stockholm gefahren. Karl ist heute Morgen mit dem Zug nach Kiruna aufgebrochen, ich habe mich mit dem Auto auf den Weg zu euch gemacht. Wie lange er in Kiruna bleibt, weiß ich nicht. Wann wir uns wiedersehen werden, steht also noch in den Sternen. Er muss danach zurück nach Deutschland. Aber er wird häufiger in Schweden sein, um zu verhandeln. Und wann immer es möglich ist, wird er mich und seine Tochter besuchen kommen, das hat er mir versprochen. Sobald der Krieg beendet ist, will er bei mir bleiben. Ob in Stockholm oder hier, wissen wir noch nicht. Nach Deutschland werde ich auf jeden Fall nie wieder einen Fuß setzen. Ihr könnt euch nicht vorstellen, was dort alles passiert. Es ist noch schlimmer als das, was in der Presse berichtet wird.» Hannahs Gesicht verzog sich schmerzvoll. «Hitler hat so viel Leid über die Menschheit gebracht!» Sie hielt einen Moment inne und straffte die Schultern. «Aber nur dass ihr es wisst: Auch wenn Karl Deutscher und seinem Land noch immer verbunden ist, tut er auch viel Gutes, wo er kann. Ich liebe ihn.»

Helene wurde angst und bange bei Hannahs Erzählungen. «Ich bin so froh, dass ihr beiden hier seid», sagte sie. «Und Karl wird immer willkommen sein.»

«Dein Mann hat richtig entschieden, euch mitzunehmen», sagte der Großvater. «Das rechne ich ihm hoch an. Schön, dass du wieder da bist, Hannah.»

Hannah war die Erleichterung anzusehen. Sie hatte wohl mit der Ablehnung ihres Großvaters gerechnet. «Danke, Morfar. Das bedeutet mir sehr viel.»

«Du und Helena, ihr könnt bei uns unten mit im Zimmer schlafen», schlug Ebba vor. «Das wird zwar ein bisschen eng, weil Matilda auch noch bei uns liegt, aber wenn wir uns schmal machen, passt das schon.»

Helene bemerkte Hannahs fragenden Blick. «Das Dach ist unter den Schneemassen eingestürzt», erklärte sie. «Wir mussten alle etwas enger zusammenrücken.»

«Ach herrje, das habe ich gar nicht mitbekommen», sagte Hannah.

«Ich hatte es dir doch geschrieben», sagte Matilda. Sie stutzte. «Du bist gar nicht wegen des Briefes hier, den ich dir geschickt habe?»

Hannah schüttelte den Kopf. «Durch das Unwetter wurden viele Briefe einfach nicht mehr befördert. Dazu der Krieg …»

«Dann weißt du noch gar nicht, was passiert ist», sagte Matilda. «Der Ofen ist nämlich letzten Monat explodiert. Großmutter war gerade in der Backstube, aber sie ist zum Glück nicht schwer verletzt worden.»

«Oh mein Gott!» Hannah sah zur Großmutter. «Da bin ich aber froh, dass es so glimpflich ausgegangen ist. Wie konnte das denn passieren, Großmutter?»

«Wir nehmen an, dass der Temperaturunterschied dafür verantwortlich war», erklärte Gunnar. «Der Ofen war seit Mitte Dezember aus, dann wurden etliche Fuhren Brot darin gebacken, dabei haben sich wohl die Rohre überhitzt. Das hat den Ofen zerlegt.»

«Oh, da hast du aber wirklich Glück gehabt, das hätte auch ins Auge gehen können, Großmutter», sagte Hannah erschrocken.

«Die habe ich geschützt.» Die Großmutter hob ihre Unterarme hoch. «Ich hatte ein paar kleine Schnittwunden», sagte die Großmutter. «Und mein linkes Ohr rauscht immer noch, aber es geht schon.»

Das war maßlos untertrieben, aber Helene korrigierte ihre Mutter nicht. Hannah hatte schon genug Sorgen.

«Da bin ich aber beruhigt!» Hannah sah zu Ingrid. «Und die Backstube?»

«Der Ofen ist hin, wir brauchen einen neuen, etliches Geschirr, Schüsseln und die Fenster müssen ersetzt werden», erklärte Ingrid. «Aber das ist jetzt unwichtig. Wir sind alle einfach nur froh, dass du jetzt da bist und dass es dir, Lena und Karl gutgeht.»

Hannah nickte. «Ja, das ist das Wichtigste. Wir sind alle gesund, das ist nicht selbstverständlich in diesen schlimmen Zeiten.»

Da gab Helene Hannah recht. Aber eine Sache ließ sie einfach nicht los, seitdem ihre Tochter erwähnt hatte, wo Karl nun war.

«Vielleicht trifft Karl ja in Kiruna auf euren Vater», sagte sie spontan. «Ich habe euch noch gar nicht erzählt, dass er mir geschrieben hat. Tante Svea ist gestorben. Euer Vater möchte zurück nach Arild kommen.»

Die Nachricht schlug ein wie ein Paukenschlag. Alle starrten Helene an.

«Ich habe mich noch nicht entschieden», erklärte sie ruhig.

«Du denkst ernsthaft darüber nach?», fragte Ingrid. Sie klang verwundert, während Helene fest mit Empörung gerechnet hatte.

«Ja», sagte Helene.

«Und was ist mit seiner neuen Familie?», fragte Ulla. «Vater denkt doch wohl nicht, dass er zurückkommen und so tun kann, als sei nichts gewesen. Er hat doch da jetzt eine neue Tochter.»

«Greta!», warf Matilda. «Sie heißt Greta.»

«Will er jetzt wegen dir die andere Frau verlassen?», fragte die Großmutter. «Oder hat sie ihm vielleicht den Laufpass gegeben, und er hat sich deswegen daran erinnert, dass er schon eine Familie hat?»

«Das weiß ich nicht. Ist das denn wichtig?», fragte Helene.

«Also, ich finde, schon!», sagte Ulla. «Wenn er nur zurückkommt, weil sie ihn nicht mehr will, soll er bleiben, wo der Pfeffer wächst.» Sie sah zu Hannah. «Vielleicht trifft Karl ihn ja und findet was raus.»

Hannah lächelte schelmisch. «Zumindest hat Karl nun den Auftrag, ihn nach dem Rezeptbuch zu fragen.»

«Gute Idee!», sagte Ingrid. «Ich kann immer noch nicht fassen, dass Jorunn es tatsächlich Vaters Ersatzfrau gegeben hat.»

«Ich wäre zu gern dabei gewesen, als ihr alle gemeinsam zu Jorunn gefahren seid, um sie nach dem Rezeptbuch zu fragen», sagte Hannah.

«Erst hat Jorunn behauptet, dass sie es nicht genommen hat.» Ebba zog die Stirn kraus. «Sie hatte Glück, dass sie nicht auch noch gesagt hat, dass Ulla und ich lügen, als wir ihr unter die Nase gerieben haben, dass sie das Buch im Fahrradkorb liegen hatte.»

«Darauf habe ich auch gewartet», sprang Ulla ihrer Schwester bei und sah zu Hannah. «Aber sie hat es dann doch zugegeben. Jorunn hat gesagt, Vaters Ersatzfrau hätte das Buch behalten. Jorunn wollte es ihr angeblich nur zum Abschreiben geben. Aber sie hat es wohl einfach nicht mehr rausgerückt. Und jetzt pass auf!» Ulla zog gleich beide Augenbrauen hoch: «Dieses elende

Miststück hat das damit begründet, dass ihre Tochter Greta schließlich auch eine Lindholm sei!»

«Na!», sagte Helene streng. «Achte auf deine Wortwahl, Ulla!»

«Ist doch aber wahr», verteidigte Ebba ihre Zwillingsschwester.

Helene seufzte. «Und was ist mit eurem Vater? Würdet ihr euch denn freuen, wenn er zurückkommen würde?», fragte Helene.

Es wurde wieder still. Keine ihrer Töchter traute sich, auf die Frage zu antworten.

Da sagte die Großmutter: «Helene, alles, was du hören musst, ist: Deine Töchter wollen, dass du glücklich bist.»

«Das stimmt, Mor!», sagte Ebba. «Wenn Vater dich glücklich macht, kann er kommen. Ansonsten soll er lieber in Lappland bleiben.»

«Sehe ich auch so!», stimmte Ulla zu, und die älteren drei Schwestern nickten.

Helene atmete tief durch. «Das ist lieb von euch, gebt mir noch ein paar Tage Zeit, um darüber nachzudenken.»

«Ist gut, Mor», sagte Ingrid und sah zu Hannah. «Und du bist wirklich mit einem Automobil gekommen, Hannah? Wie hast du es bis hierher geschafft? Es gibt doch kaum noch Benzin.»

«Es ist ein Auto mit einem Holzvergaser. Der Generator ist hinten an der Karosserie befestigt», erklärte Hannah. «Karl hat den Wagen besorgt. Wollt ihr ihn sehen? Er steht vor dem Haus. Dann können wir auch gleich das Gepäck reinholen. Viel ist es nicht, weil ich den Träger auf dem Dach für das Brennholz nutzen musste.»

Ingrid drückte der Großmutter Astrid in die Arme. «Passt du auf sie auf, Mormor? Wir helfen Hannah.»

Während ihre Kinder Hannahs Automobil bewunderten und

das Gepäck in das Haus trugen, blieben Helene und ihre Eltern in der Küche.

«Die Urenkel in euren Armen stehen euch», sagte Helene. Sie holte ein feuchtes Tuch und wischte damit über Lenas blaubeerverschmiertes Mündchen. Die Kleine sah sie mit ihren großen hübschen Augen an und streckte die Arme nach ihr aus.

«Sie will zu ihrer Großmutter», sagte Helenes Vater und hielt sie ihr hin.

«Dann komm mal her …» Mit Lena auf dem Arm ging Helene zum Fenster. «Das ist der Garten, hier kannst du bald mit deiner Cousine Astrid spielen.»

«Wird Zeit, dass eine von deinen Töchtern auch mal einen Jungen hinbekommt», sagte der Großvater. «Noch mehr Frauen verkrafte ich hier langsam nicht mehr.»

«Matilda wird den ersten Jungen in der Familie zur Welt bringen», erklärte die Großmutter da. «Aber das wird noch dauern. Sie ist noch nicht so weit. Erst einmal muss sie herausfinden, wo es hingeht im Leben.»

Da hatte ihre Mutter recht, Matilda war noch nicht so weit. Vor allem aber war auch der richtige Mann noch nicht in Sicht. Die Beziehung zu Oskar war schon nach einem halben Jahr in die Brüche gegangen. Seitdem hatte Matilda sich nicht mehr auf einen Mann eingelassen. Manche Dinge brauchten eben seine Zeit. Helene war sich sicher, dass Matilda sie alle noch positiv überraschen würde. Sie hatte etwas ganz Besonderes an sich. Vielleicht würde sie doch irgendwann mal Schauspielerin werden oder vielleicht Schriftstellerin. Das würde die Zeit zeigen.

Im Augenblick war Helene glücklich, denn im Hof lachten ihre Kinder.

VANILJHJÄRTAN
Vanilleherzen

Für 16 Herzen
300 g Weizenmehl
75 g Zucker
200 g Butter
2 Eigelb

Für die Creme:
150 ml Sahne
1 Eigelb
1 EL Zucker
1 EL Kartoffelstärke
Mark einer ausgekratzten Vanilleschote oder 1 Pck.
Vanillezucker

Alle Zutaten für den Teig zu einem Mürbeteig verkneten und mindestens eine Stunde kühlen.
Die Zutaten für die Creme in einen Topf verrühren
und vorsichtig erwärmen, bis die Creme dick wird.
Sie darf nicht kochen. Abkühlen lassen.
Den Teig etwa 3 mm dick ausrollen.
Vanilleherzen werde in Schweden in speziellen Herzförmchen gebacken. Herzförmchen gut mit Butter
einfetten und mit Mehl bestäuben. Den Teig vor-

sichtig hineindrücken und den überschüssigen Teig
an den Rändern der Förmchen entfernen. 2 bis 3 Teel.
Creme hineingeben und mit einem Deckel aus Teig
bedecken. Den Teig etwas am Rand andrücken.
Wenn man keine Förmchen hat, kann man auch
etwas größere Herzen ausstechen und auf die
Unterseite jeweils zwei bis drei Teel. Creme setzen.
Das zweite Herz behutsam mit den Fingern ein
paar Millimeter größer drücken, damit die Creme
darunter Platz hat. Vorsichtig über die Creme legen
und die Ränder festdrücken.
Auf Backpapier setzen und im Ofen bei 200 °C Ober-/
Unterhitze für 15 Minuten backen. Die Herzen
dürfen nicht zu braun werden.
Kurz abkühlen lassen und das noch warme Gebäck
vorsichtig aus den Förmchen lösen. Abkühlen lassen
und mit Puderzucker bestreuen.

Man kann daraus auch einfach einen Blechkuchen
backen, so wie Ingrid es im Buch macht: Teig ausrollen, auf eine mit Backpapier ausgelegte Form
geben, Vanillecreme daraufgeben, Deckel aus Teig
daraufsetzen und in den Backofen schieben.

KLADDKAKA
Klebriger Schokoladenkuchen

Rezept für eine 24er-Springform

Zutaten:
250 g Butter
200 g Puderzucker
4 Eier (Größe L)
120 g Mehl
90 g Kakaopulver (zum Backen, kein Instantkakao)

Butter und Mehl für die Form
Puderzucker zum Bestäuben des fertigen Kuchens

Zubereitung:
Den Ofen auf 180 °C Ober-/Unterhitze vorheizen.
Eine Springform mit Butter ausstreichen und mit
Mehl bestäuben.

Die Butter schmelzen und abkühlen lassen.
Die Eier mit dem Zucker verrühren, nur kurz, nicht
schaumig schlagen!
Die geschmolzene Butter unterrühren.
Das Mehl mit dem Kakao mischen und in die
Eimasse rühren.

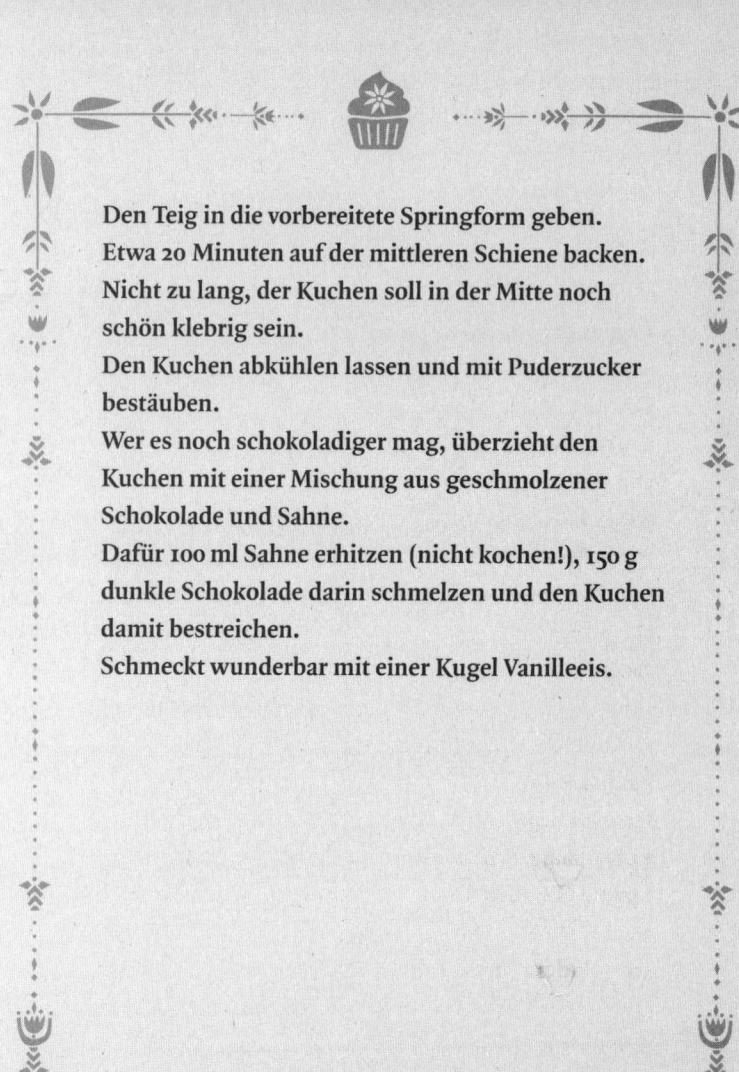

Den Teig in die vorbereitete Springform geben.

Etwa 20 Minuten auf der mittleren Schiene backen.
Nicht zu lang, der Kuchen soll in der Mitte noch
schön klebrig sein.

Den Kuchen abkühlen lassen und mit Puderzucker
bestäuben.

Wer es noch schokoladiger mag, überzieht den
Kuchen mit einer Mischung aus geschmolzener
Schokolade und Sahne.

Dafür 100 ml Sahne erhitzen (nicht kochen!), 150 g
dunkle Schokolade darin schmelzen und den Kuchen
damit bestreichen.

Schmeckt wunderbar mit einer Kugel Vanilleeis.

KANELBULLAR
Zimtschnecken

Rezept für 2 Backbleche

Zutaten für den Teig:
300 ml Milch
1 Würfel Hefe (42 g)
150 g Butter
750 g Weizenmehl
1 Ei (Größe L)
1 Prise Salz
125 g Zucker

Zutaten die Füllung:
150 g Butter
150 g Zucker
3 EL gemahlener Zimt
1 Ei, 3–4 EL Hagelzucker
oder Glasur
150 g Puderzucker, 1–2 Teel. Milch

Zubereitung:
Die Milch etwas erwärmen (max. 37 °C).
Die Hefe zerbröseln und in die lauwarme Milch
geben.

Die Butter schmelzen und abkühlen lassen.

Das Mehl in eine Schüssel sieben. Alle anderen Zutaten (Milch mit Hefe, Butter, Ei, Zucker, Salz) dazugeben.

Ich arbeite hier mit der Küchenmaschine, aber den Teig kann man natürlich auch mit der Hand kneten. Erst alles behutsam verkneten, dann auf höchster Stufe etwa 5 Minuten.

Den Teig mit einem Tuch abdecken und 1½ bis 2 Stunden gehen lassen.

Nun die Butter für die Füllung schmelzen.

Den Zucker mit dem Zimt verrühren.

Den Teig in zwei Hälfen teilen und auf einer bemehlten Arbeitsfläche jeweils zu einem Rechteck ausrollen.

Jedes Rechteck mit der Hälfte der geschmolzenen Butter bestreichen und jeweils die Hälfte der Zimtmischung darüberstreuen.

Von der Längsseite aufrollen und jeweils in etwa 10 bis 12 Scheiben schneiden.

2 Backbleche mit Backpapier belegen.

Die Zimtschnecken mit der Schnittseite nach unten auf das Backblech setzen und mit dem verquirlten Ei bestreichen.

In Schweden bekommt man sie häufig mit Hagelzucker bestreut. Wer das mag, kann jetzt die Körner

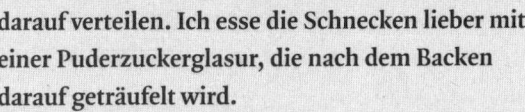

darauf verteilen. Ich esse die Schnecken lieber mit
einer Puderzuckerglasur, die nach dem Backen
darauf geträufelt wird.
Die Schnecken noch einmal für 30 Minuten aufgehen
lassen. Den Ofen auf 200 °C Ober-/Unterhitze vorheizen. Die Bleche auf der mittleren Schiene für etwa
20 Minuten backen.
Nicht zu lang, sonst werden sie zu trocken!

Für die Puderzuckerglasur:
150 g Puderzucker mit etwa 2 EL Milch verrühren.
Die Konsistenz sollte noch schön dickflüssig sein.
Die noch heißen Schnecken damit beträufeln.
Am besten noch lauwarm genießen!

KRONANS KAKA: KRONENKUCHEN

Ein saftiger Kuchen mit Kartoffeln

Zutaten:
Für eine 26er-Springform

200 g gekochte Kartoffeln
100 g Butter
Saft und Abrieb von 2 Zitronen
200 g Zucker
150 g gemahlene Mandeln, gehäutet
4 Eier (Größe M)
1 Prise Salz

Den Ofen auf 160 °C Heißluft vorheizen.
Die Kartoffeln mit einem Kartoffelstampfer sehr fein
zerstampfen (eine Presse geht natürlich auch).
Butter und Zucker mit dem Mixer cremig aufschlagen.
Die Eier trennen, die Eigelbe gründlich in die Butter-
Zucker-Masse rühren.
Nun die Mandeln, Kartoffeln, Saft und Abrieb der
Zitrone unter die Masse mischen.
Eiweiß steif schlagen und sorgfältig unterheben.
Den Teig in die gefettete Springform füllen und glatt
streichen.
Etwa 40 Minuten auf der mittleren Schiene backen.

Den Kuchen komplett auskühlen lassen und mit Puderzucker bestäuben.

Wer einen echten Kronenkuchen backen möchte, schneidet vorher eine Krone aus Papier aus und legt sie vor dem Bestäuben auf den Kuchen.

Blaubeersoße:
200 g Blaubeeren (frisch oder gefroren und aufgetaut)
100 ml Wasser (oder den aufgefangenen Saft der aufgetauten Blaubeeren)
50 g Zucker
Alles in einem Topf aufkochen.
1 EL Speisestärke mit 3 EL Wasser verrühren und die Blaubeeren damit andicken.
Nach Geschmack noch etwas Zitronensaft hinzufügen.

Mir schmeckt der Kuchen am besten mit einem Klecks Schmand und Blaubeersoße.

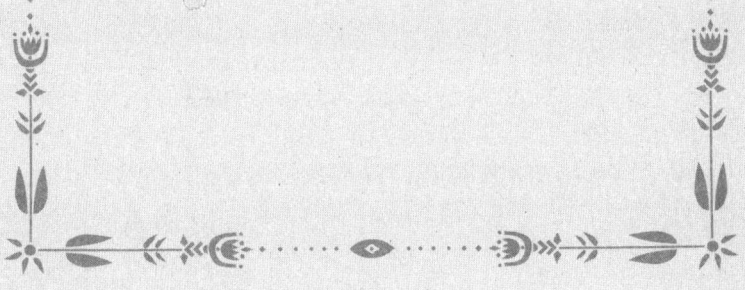

Danksagung

Lieben Dank an den Rowohlt-Verlag und meine Lektorin Anne Tente. Es war eine große Freude, ein Buch über ein Schwestern-Café in Schweden zu veröffentlichen. Und das lag nicht nur an den vielen süßen Köstlichkeiten, die ich zwischendurch immer mal wieder testgebacken habe. Mir sind die Schwestern und auch Schweden ans Herz gewachsen.

Liebe Anne Tente, mein Dank gilt dabei vor allem dir. Du begleitest mich nun schon seit meinem ersten Roman. Das war 2008. Wie sagte meine Mutter letztens? «Dein Beruf ist praktisch, Andrea. Du musst nicht in Rente gehen, du kannst bis ins hohe Alter schreiben.» So, wie es aussieht, werden also noch viele gemeinsame Bücher folgen. Ich habe auch noch ein Thema im Sinn, über das wir mal bei Jimmy Elsass in Hamburg gesprochen haben … Danke, liebe Anne, für deinen immer sehr guten Blick auf meine Texte, deine Inspirationen, dein Vertrauen – und für deine Geduld!

Vielen Dank an meinen Literaturagenten Bastian Schlück, der mich ebenfalls seit 2008 unterstützt. Die nächsten Bücher kommen bestimmt.

Bedanken möchte ich mich auch bei meinen fünf Testleser*innen, die mich schon während des Schreibprozesses begleitet haben:

Carin und Martin Heuck, ihr habt mir sehr geholfen mit euren Tipps rund um Skåne. Ich bin beeindruckt von deinem geschichtlichen Wissen und die vielen Details, die du kennst, lieber Martin. Ich freue mich auf das nächste Buch und hoffe euch beide bald persönlich kennenzulernen.

Anne-Louise Held und Camilla Stengård, ihr habt mein Manuskript gelesen und dabei in erster Linie einen Blick auf die schwedischen Begriffe geworfen. Danke, dass ich euch jederzeit Fragen stellen durfte. Ich freue mich darauf, euch für den nächsten Roman wieder zu löchern, um noch ein wenig mehr über das wunderschöne Land zu erfahren.

Tanja Prskawetz, Viel-Leserin, Bloggerin, verrückte Nudel, du bist mir ans Herz gewachsen, seitdem wir uns auf der Leipziger Buchmesse kennengelernt haben. Danke fürs emsige Testlesen, Fehler finden und Testbacken!

Doreen Wiegand, Viel-Leserin, beste Tortenbäckerin der Welt, Bobtail-Mama, schön, dass wir uns kennengelernt haben. Danke für deine Hilfe, besonders was die Recherche am Meer angeht – und natürlich wenn es sich ums Backen dreht.

Und auch vielen Dank an meine anderen Testleserinnen, die mich immer wieder begleiten: Nicole, Evelyn, Melanie, Franzi, Anja, Katrin, Raphaela und Ute. Unsere kleine WhatsApp-Gruppe macht Spaß, auch privat.

Und da das Beste zum Schluss kommt, möchte ich mich hier auch bei meinem Mann bedanken, der mir jeden Morgen eine Tasse Kaffee ans Bett bringt. Danke, dass du auch meine Manuskripte liest, um die letzten Fehler zu entdecken. Und schön, dass du dabei hin und wieder Tränen in den Augen hast – nicht wegen der Fehler, sondern aus Rührung.